U0127460

史蒂芬金選

Stephen King

黑塔

II 三張預言牌

The Dark Tower
Drawing Of The Three

【黑塔系列導讀】

在玫瑰的歌聲中

【中國時報副總編輯兼主筆】張慧英

恐怖大師史蒂芬．金的名號，在全世界都喊得響叮噹，他的作品不只多，而且本本登上排行金榜，許多還改拍成電影，得了不少獎，堪稱是最成功、閱讀範圍最廣、也最具影響力的現代暢銷作家。在這麼多作品中，最特殊、也最為核心的一部，就是《黑塔》（The Dark Tower）七部曲了。

金大師非常擅長說故事，他想像力豐沛，敘事細膩，情節扣人心弦，作品主題從外星人、吸血鬼、殭屍、鬼店到幽靈，每本都能讓你冒著冷汗欲罷不能。當然，還有不少非靈異、但深刻描繪人性的小說（例如改拍成電影『熱淚傷痕』的《Dolores Claiborne》）。然而，《黑塔》七部曲的風格卻完全獨樹一格，和其他的作品很不相同，雖然也有妖魔鬼怪，但它真正迷人之處，在於有一種史詩般的壯闊、迷離與蒼涼；美麗，但也憂傷。

《黑塔》這套系列，金大師足足寫了七大冊。而且，照著他的老習慣，幾乎每一本都厚得可以砸死人，被譽為史上最長的小說之一。不只總篇幅長，書寫時間也長到不可置信。史蒂芬．金在七〇年代開始發想，要寫一本像《魔戒》一樣的史詩型長篇小說，接著構想出故事輪廓。《魔女嘉莉》（Carrie）讓他一夕成名，加上『鬼店』（The Shining）轟動全球，奠定了他恐怖大師的地位，也讓似乎不具票房吸引力的這套超級長篇小說得以陸續出版。

金大師追趕黑塔的進度時快時慢，有時隔好幾年才孵出一本，中間經常不務正業跑去玩別的事寫別的書，還經歷了一次九死一生的大車禍，直到二〇〇三年才終於完成最後一集《業之門》。從最初到最終，總共花了三十三年光陰。三十三年！這是古今中外罕見的一項紀錄，金大師其實是在用他的人生書寫《黑塔》。

而讀者如果從第一集出版後就緊緊跟隨，一集一集等待，以無比的耐心（或無限的焦躁），隨著槍客羅蘭和他的共業夥伴們出生入死，經歷艱難險阻走過千山萬水，到終於親睹那座夢寐以求的黑塔、看到羅蘭的畢生追尋終於揭露謎底的時刻，竟也是悠悠過了二十載光陰。《黑塔》的無數追隨者，同樣地，也在金大師的召喚下，用自己的人生追尋那遠方的未知高塔。

無論三十三年，還是二十年，這漫長的年歲，正是『黑塔』系列的一項重要核心元素，是它意義與內涵的一部分。不過，這段話的意思，我不會先告訴你的，即使你只需要短短二年，就能在中文版取得通往黑塔的捷徑，而不是如我花了二十年苦候，但我也不想讓你更快得到答案。相信我，這是為了你好。

當然，如此漫長的等待，對讀者是很難熬的。如果故事不好看，直接丟掉也就是了，偏偏金大師寫得太好，讓人從此嗑上了癮，非等到下本新書不能稍解。問題是他拖拖拉拉，害得全球讀者望穿秋水，生怕沒撐到結局就先嗝屁了。

也因為如此，在他放下《黑塔》去寫別的書的那幾年，收到了來自世界各地萬千讀者催促抱怨的信，包括癌末病患和死刑犯的懇求。還有人寄來一張照片，是一隻被蒙上眼睛綁起來的泰迪熊玩偶，信上威脅說：『馬上出版《黑塔》續集，否則就殺了它！』（倒滿有幽默感的）。可是那時上天還沒把故事完全下載到他的腦袋裡，所以他自己也不知道會怎麼發展。

對《黑塔》迷來說，最大的驚嚇莫過於金大師在一九九九年的車禍了。那次他被撞得性命垂危，消息傳來，想到再也看不到《黑塔》的結局，讀者莫不感覺世界末日將臨。我簡直想飛到美國他的病榻前，學八點檔連續劇般呼天搶地：『大師！你不能死啊！起碼寫完了《黑塔》再死啊！』幸好，大難不死，經上天這一提醒，他火速趕完了最後三集，終於完成人生一大功課。

《黑塔》的發想，最早源自於長篇敘事詩〈公子羅蘭來尋黑塔〉，再加上《魔戒》與『黃昏三鏢客』的影響。黑塔佇立在遙遠的世界中心，被一大片玫瑰花田所包圍，六道光束就像巨大的樑柱，以黑塔為中心交會，支撐起萬千時空裡的萬千世界，這就是一切存在的存在基礎。但瘋狂的血腥之王佔據了黑塔，意圖毀滅一切，光束六道已經垮了四道，害得世界分崩離析，一步步走向衰亡滅絕。

故事的主角是羅蘭．德斯欽生存的中世界，是在我們時空之外的另一個世界，但又似乎位於離我們很遠很遠的未來。他是貴族，通過了測試成為『槍客』——接受過嚴格戰鬥訓練的武士，類似日本傳統武士或歐洲中世紀的騎士，地位特殊而尊崇，負有捍衛正義剷奸除惡的使命。支撐世界的光束受創，加上魔法師作祟，中世界傾頹瓦解，他也失去了家園與愛人，在所有人都死了之後，他成了碩果僅存的最後一個槍客。為了阻止黑塔崩解，為了拯救世界，羅蘭毅然往遙遠的黑塔前進，在『業』（ka，命運）的安排下，他找到了同伴。

這群共業夥伴包括毒癮患者的艾迪、雙腿截肢的蘇珊娜、與羅蘭情同父子的少年傑克。在羅蘭的訓練下，他們成了身手優異的槍客，以相同的信念與決心，一路朝黑塔前進。途中經歷了許多難關，包括愛猜謎語的火車、陰狠的巫師、恐怖的吸血鬼、兇殘的半獸人、無所不在的血腥之王等等，他們遭到魔法迷惑戲弄、面對可怕的獠牙利爪、被深淵峻嶺所阻擋、在驚險搏鬥中出生入死，所幸也始終有正義力量的護持。

雖然邪惡力量猖狂肆虐，但正義未死，光明的力量始終默默保護著他們。一朵位於紐約某廢棄空地的神奇玫瑰，悠然唱著最純淨美麗的歌聲，帶給他們撫慰和希望，那是善與美的光，何其脆弱，卻又何其堅強。

這群夥伴除了在異時空中行俠仗義，不時還會經由『任意門』到我們的世界裡辦點事——包括拜訪作者金大師本尊，並且揭露出他們身世的最大謎底。這是《黑塔》系列裡的一大高潮，不過，當然，我只會說到這裡為止。

《黑塔》七部曲分別是《最後的槍客》（The Gunslinger）、《三張預言牌》（The Drawing of the Three）、《荒原的試煉》（The Waste Lands）、《巫師與水晶球》（Wizard and Glass）、《卡拉之狼》（Wolves of the Calla）、《蘇珊娜之歌》（Song of Susannah）及《業之門》（The Dark Tower）。征途雖長，但從不枯燥，讀者無法預測接下來羅蘭一行人會遇上什麼麻煩，更不知道他們到底能不能抵達黑塔，或者黑塔到底會給他們什麼解答，只能屏氣凝神緊緊跟隨。

在金大師的作品裡，《黑塔》像是一個主軸，輻射衍生出許多作品來，並且相互呼應。它的基本架構和《末日逼近》（The Stand）很接近，講的差不多是同一個故事，只是擷取的時空片段不同。這也是金大師的習慣，筆下的人物情節經常彼此勾連，有時還會跑到別本書裡串門子，彷彿一個大故事裡的不同小故事。

比起其他作品裡的恐怖驚悚，《黑塔》談得更多的是追尋，對人生、對理想、也對使命。無論其間經過了多少生死危機，不管情勢多麼險惡，勝算多麼低，看來似乎死路一條，這群共業夥伴也不曾停下追尋的腳步，沒有誰提議放棄或自行落跑，即使明知很可能為此付出生命。

於是乎，金大師帶著羅蘭，羅蘭帶著他的夥伴，他們再帶著所有的讀者，共窮悠長歲月，追尋那不可預知的黑暗之塔。除了作者，我們都沒有答案，但依舊步步向前，永不放棄。人生的滋味，盡在其中。我們最後總會領悟，過程，就是人生。

《黑塔》談追尋、談人生，也談忠誠與勇氣。羅蘭是這群夥伴的領袖，嚴肅正直，身手矯健，但也疏離而疲憊。黑塔是他的天命，他願意為追尋黑塔付出一切代價，在某種程度上，這讓他變得冷酷無情，儘管他也並不欺瞞。他和夥伴建立起生死與共的情誼，他們接納羅蘭的使命為自己的共同天命，彼此信任，也彼此依賴，必要時更隨時準備為彼此犧牲。無論外在的試煉如何嚴苛，他們始終坦誠相對，全心付出，以最真摯的忠誠友情，緊緊團結起這群小小的生命共同體。

同時，《黑塔》還談勇氣；不是片刻之勇，而是能夠長期在險惡壓力下堅持向理想前進的勇氣。在漫長的人生追尋裡，沒有執著，沒有勇氣，是到不了終點的。黑暗之塔佇立於迢迢天涯路的彼端，是福是禍，不知。而在追尋黑塔的道路上，每一步的堅持不悔，都需要以無比的勇氣才能跨出；面對每天日出後無法預測但必定艱難的挑戰，也需要強大的勇氣才能戰鬥到日落，然後再迎接另一個日出。

而日出日落，每一天，都是我們人生之戰的軌跡，也是黑塔真正的追尋。無論多麼艱辛，只要心裡仍有一朵玫瑰在輕輕歌唱，我們就還有繼續前進的勇氣。

【《魔域大冒險》作者**向達倫**特別為中文版專文強力推薦】

吸血鬼王子深陷黑塔

我在一九八九年二月讀完《黑塔》的第一集，當時我十六歲。十八年後，也就是在我三十四歲的時候，我讀完了《黑塔》的最後一集。我從來沒有對任何一套系列作品投入這麼長的時間！最令人驚奇的是，在這些年歲裡，即使碰上了最長的出版間隔，這個故事仍然鮮明的印在我的腦海中，我總能輕而易舉的就回到羅蘭和他『共業夥伴』的故事裡。這個故事很長、很複雜、層次很多，穿梭了過去與未來，穿越了不同的世界，而且還有一大群角色參與，但是我從來不覺得迷失或是搞不清楚劇情。這個故事從一開始就深深吸引我，讓我到目前為止的大半生都深陷其中，無法自拔。

《黑塔》系列結合了最精采、也是我最喜歡的文類：恐怖小說、科幻小說、奇幻小說、西部小說。書裡的情節讓我忍不住想到塞吉歐．李昂尼導演的電影（《荒野大鏢客》、《黃昏三鏢客》等）、想到托爾金、想到電影《豪勇七蛟龍》、想到理查．亞當斯的小說《殺敵克》，甚至還想到了《哈利波特》！書裡偶爾會出現虛實交錯的情節，我們會發現我們居然在故事裡遇到了現實生活中的史蒂芬．金。書裡有槍戰、有激烈的打鬥、有善惡對立，還有怪獸、英雄與壞人。有些角色獲得了無上的名聲與榮譽，有些角色則是背叛了朋友與自己。書裡還有魔法和科技，有時候這些魔法和科技能幫這些遠征的角色一把，有時候又成了他們

的絆腳石。

不過，這套書裡最精采的，就是這趟遠征的過程。這是一趟波瀾壯闊、描寫精細、令人屏息的旅程，帶領讀者穿越許多遼闊又陌生的國度。黑塔和它無數的謎團永遠在召喚著你。你可以感覺到它就佇立在旅程的盡頭，高聳入雲、充滿邪氣，既迷人而又駭人。除非你跟著書中人物走到旅程的盡頭，否則你永遠也不曉得抵達終點的會是哪一個角色，但是如果你堅持到底，做一個忠實的讀者，你一定能得到回報：你將能仰望黑塔，探索其中無窮的秘密……不論是好是壞……

向達倫

各界名家的推薦

深受《魔戒》托爾金啓發的史蒂芬・金，繼初試啼聲的奇幻作品《龍之眼》後，耗費數十年構思完成的史詩大作《黑塔》，讓男女老少都能藉由主角羅蘭的冒險，體驗穿越時空，波瀾壯闊的驚奇旅程。強烈建議缺乏自制力的讀者，千萬別在睡前閱讀這本小說，以免欲罷不能，徹夜未眠！

——【史蒂芬・金網站站長】林尚威

史蒂芬・金無論寫恐怖、溫情、緊張、科幻、奇幻，都能隨心所欲的牽動讀者的心。原因無他，只因他瞭解人心，直接去描寫人心最深處最單純的恐懼，令人讀了會與故事中的角色感同身受。

——【名作家】張草

史蒂芬・金過人之處，便是他完全控制了文字的氛圍，從閱讀第一行字到結局，即便你能冷靜地判斷、猜測故事的走向，卻永遠離不開他所設下那有如迷霧無所不在的重重包圍，即便最後闔上書本，仍覺得故事還在書中蠢蠢欲動，準備脫困而出，進到現實的生活中。

——【名作家】黃願

史蒂芬・金的豐富想像力、對文字運用的掌控能力、還有非常優秀的小說寫作技巧，以及對人物塑造和氣氛營造都相當用心，所以在那種既曲折又懸疑的情節中，總是能夠讓讀者隨時感到不寒而慄的恐怖感覺。

——【資深譯者・影評人】景翔

如同電影『駭客任務』般的老莊哲學世界觀，加上反英雄式的主角與卓越的想像力，搭構出這部唯有史蒂芬・金方能寫出的特異奇幻史詩。而我們藉由閱讀緊緊跟隨著槍客一同追尋黑塔，在不知不覺中，讓雙眼成爲了虛幻與現實世界的互通之門；至於成爲門所得到的報酬，自然便是那手不釋卷的閱讀樂趣了。

——【城堡岩小鎮家族創立人】劉韋廷

史蒂芬・金的文句在簡鍊無比的文字裡卻蘊藏著深邃無比的意象，他運用動詞的巧奪天工更堪稱一絕，卻非刻意矯飾，而是渾然天成，難怪史蒂芬・金有此盛名，也難怪《黑塔》被喻爲他最成功、最偉大的一部作品。

——【奇幻文學評論者】譚光磊

【自序】

那一年我十九歲……

1

我十九歲（在各位要開始看的這本書裡，十九可是個重要的數字）的時候，哈比人正當紅。

在伍茲托克音樂節（Great Woodstock Music Festival）❶上，大概有半打的梅里和皮聘跋涉過雅斯各（Max Yasgur）牧場的爛泥，此外還有成打的佛羅多，多得數不清的嬉皮甘道夫。在那段日子裡，托爾金的《魔戒》極為風行，雖然我沒去伍茲托克（真遺憾），但我想我至少算是個嬉皮半身人（halfling），自然，看到《魔戒》就愛上它。就像大部分我那個年代的長篇奇幻故事一樣（例如史蒂芬·唐那森〔Stephen Donaldson〕的《湯瑪士·寇文能傳奇》〔Chronicles of Thomas Covenant〕、泰瑞·布魯克斯〔Terry Brooks〕的《沙那拉之劍》〔Sword of Shannara〕），《黑塔》系列也是托爾金啟發下的產物。

不過，雖然我在一九六六年跟一九六七年看了《魔戒》，但我並沒有執筆寫作。我非常景仰托爾金驚人的想像力，還有他完成史詩鉅作的雄心壯志，但是我想要寫一個屬於我的故事。要是我當時就開始寫作，我一定會寫出『托爾金式』的故事。要真是如此，那就會像故總統滑頭迪克❷常說的：大錯特錯。多虧了托爾金先生，二十世紀已經不缺精靈和巫師了。

一九六七年，我還不曉得『屬於我的故事』會是個什麼樣的故事，但那並不重要，因為我覺得總有一天靈感會從天而降。我年方十九，心高氣傲，傲到覺得我可以再等等，等我的繆思女神和經典大作（我確定那絕對會是經典大作）問世。我想，人在十九歲的時候是有權利驕傲，因為時間還沒有開始鬼鬼祟祟的偷走你的東西。一首流行的鄉村歌曲唱道：『時間會奪去你的頭髮，讓你沒力氣投籃。』但事實上，時間奪去的遠不只這些。一九六六年跟一九六七年，我還不知道這件事，就算我知道，我也不會在乎。我勉強可以想像自己活到四十歲會是什麼德行，但是五十歲？不可能。六十歲？門都沒有。我怎麼可能會變成六十歲的老頭子！十九歲就是這樣。十九歲的時候你會說：喂，大家注意，我抽的是火藥，喝的是炸藥，腦袋清楚就別擋路——史蒂芬來也！

十九歲是個自私的年齡，而且也沒有什麼煩惱。我有很多朋友，那是我關心的；我有遠大的抱負，那也是我關心的。我有台打字機跟著我從一間爛公寓搬到另一間爛公寓，口袋裡永遠放著一包煙，臉上永遠掛著微笑。中年危機很遙遠，老年的屈辱更遠在天邊。就像鮑伯·塞格（Bob Seger）❸那首歌的主角（現在成了卡車的廣告歌），我覺得自己充滿潛力，前途光明。我的口袋空空，但是腦袋裡充滿了想說的話，心裡充滿了想講的故事。這些話現在聽起來有些陳腔濫調，但那時可覺得棒透了，簡直是酷斃了。我最大的夢想，就是用我的故事直通讀者的心房，從此改變他們的一生。我覺得我辦得到，我覺得我天生就是這塊料。

這些話聽起來有多自負？非常自負，還是只有一點點？不管怎樣，我不會後悔。當時我

❶譯註：一九六九年，美國西北部的雅斯各牧場舉辦搖滾音樂會，湧入五十萬名搖滾樂迷，成為搖滾樂史上劃時代的大事。
❷譯註：Tricky Dick Nixon。尼克森總統在大選時對手為他取的小名。
❸譯註：美國鄉村搖滾歌手。

十九歲，一根白鬍子也沒有。我有三件牛仔褲，一雙靴子，我覺得全世界都是我的囊中物，而接下來二十年也沒有發生什麼事情證明我錯了。然後大概在三十九歲的時候，我的麻煩來了：酗酒、嗑藥、一次車禍讓我行動不便（還有一大堆）。我已經在別的地方詳述過，這裡就不再贅述。此外，你不也是一樣的嗎？世界最後都會派個糾察隊員叫你減速慢行，告訴你誰才是老大。你一定已經遇到你的糾察隊員（要是你還沒遇見，遲早都會遇見）；我已經遇到我的糾察隊員了，而且我確定他一定會再回來。他知道我住哪兒。他是個壞心的男孩，壞心的軍官，誓死要與悠閒、性交、驕傲、抱負、震破耳膜的音樂，還有所有屬於十九歲的事情為敵。

但我還是覺得那是個不錯的年齡，也許是最好的年齡。你可以聽一整夜的搖滾樂，但是等到音樂消逝，啤酒見底，你還能思考，還能做遠大的夢想。壞心的糾察隊員最後一定會讓你漏氣，所以如果你不一開始就把牛皮吹大點，等他大功告成，你大概就漏氣漏到只剩兩隻褲腳了。『又抓到一個！』他吼著，然後手裡抓著糾察簿往前大步走去。所以，一點點自負（甚至是非常自負）不是件太壞的事，不過你媽一定不是這麼說。我媽就不是這麼說。她說：史蒂芬，驕者必亡……後來我發現（在我的年齡剛好是十九乘以二的時候），不管怎樣最後你一定會死，或是被撞進水溝裡。十九歲的時候，要是你進酒吧，會有人開你罰單，叫你滾出去，但是如果你坐下來畫畫、寫詩，或是說故事，絕對不會有人來煩你。如果你非常年輕，千萬別理長輩或是自以為高你一等的人說什麼。當然，你從來沒去過巴黎，也沒有在西班牙的潘普隆那（Pamplona）跟牛賽跑，你只是個無名小卒，腋毛三年前才長出來——但是那又怎樣？如果一開始褲子不做得大一些，長大了怎麼穿得下？告訴你，不要管別人怎麼說，坐下來抽你的煙吧！

2

我覺得小說家有兩種（包括一九七〇年以前的我，那個乳臭未乾的小說家）。第一種小說家是比較『文學』的，或者說是比較『嚴肅』的，這種小說家在選擇主題時會問：寫這種故事對我有什麼意義？另一種小說家的天命（你也可以把它叫做『業』〔Ka〕）則是通俗小說，這種小說家比較會問另一個問題：寫這種故事對別人會有什麼意義？『嚴肅』的小說家在尋找自我的解答，而『通俗』小說家則在尋找觀眾。兩種作家都一樣自私。我認識不少作家，保證絕無半句虛言。

總之，我相信我在十九歲的時候，就把佛羅多還有他想盡辦法甩掉至尊戒的故事歸為第二種小說。這些冒險故事的主角是一支略帶大不列顛血統的遠征隊，背景則有幾分挪威神話的味道。我喜歡這個追尋的主題，事實上是愛死了這個主意，但是我對托爾金拿粗壯的鄉村鄙夫當主角不以為然（這並不表示我不喜歡他們，因為我真的很喜歡他們），也對矮林叢生的北歐背景沒什麼興趣。如果我朝那個方向走，我一定會把事情搞砸。

所以我等。一九七〇年，我二十二歲，長出了第一根白鬍子（我想這應該跟一天抽兩包半潑墨牌〔Pall Mall〕香煙脫不了關係），但即使是到了二十二歲，你還是可以等。二十二歲，時間還是站在你這邊，不過那個壞心的糾察隊員已經開始跟鄰居打聽消息了。

然後，在一間幾乎空無一人的電影院裡（如果你想知道，那是緬因州班格市的寶珠戲院），我看了一部由塞吉歐・李昂尼（Sergio Leone）執導的電影。那部電影叫『黃昏三鏢客』（The Good, the Bad, and the Ugly），電影還沒放到一半，我就發現我要寫的小說是什麼了：我希望能延續托爾金那種追尋與魔幻的感覺，但背景要設在李昂尼古怪、壯闊的西部荒野。如果你只在電視上看過這部奇特的西部電影，你不會懂我在說什麼——恕我冒昧，但事實如此。在大銀幕上，透過最對味的 Panavision 鏡片投射，『黃昏三鏢客』成了可比美『賓漢』（Ben-Hur）的史詩。克林伊斯威特看起來大概有十八呎高，臉頰上鋼絲般的鬍碴看起來八成有紅木小樹那麼粗。李凡克里夫（Lee Van Cleef）臉上那兩道法令紋深如峽谷，搞不好每道法令紋下都有一個薄域（見《黑塔第四部：巫師與水晶球》〔Wizard and Glass，暫譯〕）。荒漠場景似乎大到可以碰到海王星的軌道，每枝槍的槍管看起來都有荷蘭隧道（Holland Tunnel）❹那麼大。

然而，除了背景之外，我更希望能捕捉那種史詩般巨大的尺寸。李昂尼對美國地理一竅不通（根據其中一個角色所言，芝加哥位在亞利桑那州鳳凰城附近），讓這部電影更具有一種壯麗的錯置感。我滿懷熱情——我想這種熱情大概只有年輕人才有——不只想寫一本很長的書，而是史上最長的通俗小說。我沒能寫出最長的，但也很接近了：《黑塔》一到七集講的是同一個故事，前四部的平裝版加起來超過兩千頁，後三部的手稿則有兩千五百頁。我的意思不是長度愈長，品質就愈好，我的意思是我想寫一篇史詩，而就某方面來說，我成功了。如果你問我為什麼想寫史詩？我也說不上來，也許是因為我在美國長大，什麼都要拿第一：要蓋最高的大樓，挖最深的溝，寫最長的小說。你問我動機何在呀？我想那應該也是因為我在美國長大，我的動機就像咱們美國人最愛說的，因為一開始看起來是個好主意。

3

另一個關於十九歲的事情是：我想很多人都有一種『十九歲情結』，拒絕長大（我是指心理跟情感方面，當然生理方面也有可能）。一年一年過去，有一天你發現自己看著鏡子，嚇了一大跳。你心想：我的臉上怎麼會有皺紋？那個愚蠢的大肚子怎麼來的？天呀，我不是才十九歲嗎！這也是個陳腔濫調，但想起來仍然讓人十分驚奇。

時間讓你長出白鬍子，時間奪去你的精力，而你這個傻瓜卻還以為時間站在你這邊。你的理智知道事實是怎麼一回事，但你的情感卻拒絕相信。如果你夠幸運，那個檢舉你開快車、玩過頭的糾察隊員也會給你一劑醒腦的嗅鹽。這就是二十世紀末發生在我身上的事情：一輛普利矛斯（Plymouth）廂型車把我撞進家鄉路邊的水溝裡。

意外發生三年後，我在密西根第爾本市的博得書店（Borders）為《緣起別克八》（From a Buick 8）舉辦簽書會。輪到一個年輕人的時候，他說他真的、真的很高興我還活著。（常有人這樣對我說，不過我老覺得他們真正的意思是：『你怎麼還沒死？』）

『我聽到你被撞的時候，剛好跟我的好朋友在一起，』他說：『老兄，那時我們一邊搖頭一邊說：「黑塔完了，它歪了，它要倒了，啊，該死，現在他永遠也寫不完了。」』

我也曾經有過同樣的想法——我常常不安的想到，我在百萬名讀者的共同想像中建立了黑塔，也許只要有人還願意看它，我就有責任保護它。或許只有五年，然而就我所知，也許會有五百年。奇幻故事不管寫得好，寫得壞（就連現在也許都有人在看《吸血鬼瓦涅爵士》〔Varney the Vampire〕或是《僧人》〔the Monk〕），似乎都能長命百歲。羅蘭保護黑塔的方法，是讓支撐黑塔的光束不受威脅，而在車禍之後，我發現我保護黑塔的方法，是把槍客的故事寫完。

《黑塔》一到四部花了很長的時間，在這段時間裡，我收到了上百封想讓我良心不安

❹譯註：連接紐約與紐澤西的河底隧道。

的信件。一九九八年（也就是我還以為自己只有十九歲的時候），我收到一封八十二歲老奶奶的臨終遺願。老奶奶告訴我，她大概只剩一年好活（癌細胞擴散全身，最多只能活十四個月），她不指望我為了她一個人把故事趕出來，但是她想知道能不能拜託（拜託！）我告訴她結局是什麼。真正讓我心痛（但還沒痛到能讓我開始寫作）的那句話，是她保證『不會告訴任何人』。一年以後（大概在那個送我進醫院的車禍之後），我的一個助理，瑪莎．迪菲莉波（Marsha DiFilippo）收到一封來自德州還是佛州死刑犯的信，他的心願跟老奶奶差不多，也就是：結局到底是什麼？（他保證帶著這個秘密進墳墓，真讓我寒毛直豎。）

如果可以，我一定會讓這兩位朋友得償所願，跟他們簡述一下羅蘭接下來的冒險故事，但是，哎，我辦不到。我完全不知道槍客跟他的朋友最後到底怎麼了。如果我要知道，我就必須寫作。我曾經擬了一份故事大綱，但不知丟到哪兒去了。（不過大概也沒什麼用。）我只有幾張便條紙（現在我桌上就有一張，上頭寫著：『裘西、奇西與哲西，××××裝滿籃』）。終於，在二〇〇一年七月，我又開始動筆了。那時我知道我已經不是十九歲，也知道我對人生的病痛老死並沒有免疫力。我知道我會變成六十歲，甚至七十歲，而且我希望能在糾察隊員最後一次上門前把故事寫完。我可不希望我的書成了另一本《坎特伯里故事》（Canterbury Tales）或是《艾德溫．杜魯德之謎》（The Mystery of Edwin Drood）[5]。

忠實的讀者（不論你是正打算開始看第一部，還是已經準備進入第五部），現在成果（不管是好是壞）就在各位眼前。不管你喜不喜歡，羅蘭的故事都已經完成了，我希望它能為你帶來一些樂趣。

至於我，我非常盡興。

史蒂芬．金

二〇〇三年一月二十五日

修訂版前言

大部分的作家在談論寫作時都是廢話連篇❻，所以你從來沒看過有什麼書叫做《西方文明百篇序言傑作選》或是《美國人最愛前言選》。當然，這是我個人的主觀意見，不過我曾經寫過至少五十篇序言與前言（更別提寫了一整本談寫作技巧的書），我想我是有權利這麼說的，而且我想，如果我告訴你這篇前言會是少見的例外，真的值得一看，你也可以把我的話當真。

幾年前，我推出了《末日逼近》（the Stand）的增修版，在我的讀者群裡引起一陣軒然大波。我會特別在意那本書，也是情有可原，因為在我的作品裡，《末日逼近》一直都是讀者的最愛。（根據某些最死忠的『末日逼近迷』，如果我完成《末日逼近》後，在一九八〇年死掉，這個世界並不會有什麼太大的損失。）

如果在我的作品裡，有什麼故事能跟《末日逼近》比美，也許就是羅蘭・德斯欽跟他追尋黑塔的故事。而現在——可惡！——我又對它幹了一樣的事情。

❺譯註：《坎特伯里故事》為中世紀喬叟（Chaucer）所作，《艾德溫・杜魯德之謎》為狄更斯（Charles Dickens）所作。兩書都未能在作者生前完成。

❻作者註：關於『廢話因子』，詳見《史蒂芬金論寫作》（On Writing），二〇〇〇年Scribner出版（中譯本由商周出版）。

不過事實上，我並沒有那麼做，我希望你知道這一點，我也希望你知道我做了什麼，理由何在。也許這對你來說並不重要，但是對我來說非常重要，因此（我希望）這篇前言並不符合金氏的『廢話原則』。

首先，請注意《末日逼近》的手稿會遭到大幅刪減，不是因為編輯上的原因，而是因為財務上的原因。（此外還有裝訂上的限制，但在此我不想多談。）❼我在一九八〇年代末期推出的修訂版，其實是修改原先就存在的手稿。我也重新修改了整個作品，大部分是為了順應時事，加入一些跟愛滋病有關的情節，最後修訂版比首次推出的版本多了十萬字左右。

至於《最後的槍客》這本書，原先的版本很短，而新增的頁數也只有三十五頁，也就是大概九千字。如果你曾經看過原本的《最後的槍客》，在這本書裡，你只會發現兩、三個完全不同的場景。當然，《黑塔》純粹主義者（為數還真不少，看看網路就知道）會想把這本書再看一次，而且看這本書的時候，大概都會是既好奇，又生氣。我同情他們，但是我必須說，比起他們，我更關心從來沒見過羅蘭和他共業夥伴（Ka-tet）❽的讀者。

雖然有一票死忠的書迷，但《黑塔》的故事卻沒有《末日逼近》來得有名。我舉行讀書會的時候，有時候會問在場的人有誰看過我的小說。既然他們都不辭辛勞的出席了（有時候還得大費周章，請保姆帶小孩，或是花錢替老爺車加油），大部分的人自然也都會舉手。然後我會請沒看過《黑塔》的人把手放下，這時候至少會有一半的人會把手放下。結論十分清楚：雖然在一九七〇年到二〇〇三年這三十三年中，我花了非常多的時間寫這些書，但是相較之下，並沒有很多人看過。然而，看過的人都非常熱愛這些書，我自己也非常熱愛——所以我捨不得讓羅蘭跟那些未完成的角色一樣，漸漸淡出江湖（想想喬叟那個去坎特伯里朝聖的故事，或是狄更斯未完成小說《艾德溫．杜魯德之謎》裡的角色）。

我想我從前總以為我會有時間寫完《黑塔》（應該是在我的潛意識裡這麼想，因為我不記得我曾經有意識的這麼想過），以為時間到了，上帝就會寄一份會唱歌的電報給我：『啦啦，啦啦啦／回去工作史蒂芬／快去寫完黑塔傳』。從某方面來說，我的想法成真了，只不過提醒我繼續寫作的，不是會唱歌的電報，而是與一台普利矛斯小貨車的近距離接觸。如果那天撞我的車子再大一點，或是撞得再準一點，恐怕最後就是來賓獻花，家屬答禮，而羅蘭的遠征就再也無法完成，至少不會是由我完成。

總之，在二〇〇一年（那時我的身體狀況已經漸漸好轉），我決定時機已到，該完成羅蘭的故事了。我排開一切雜事，全心全意寫作最後三本書。一如往常，我這麼做不是因為讀者的要求，而是為了我自己。

現在我寫這篇前言時，是二〇〇三年的冬天，《黑塔》的最後兩部還在修改階段，但是事實上，我在去年夏天就完成了初稿。在編輯第五部（《卡拉之狼》〔Wolves of the Calla〕，暫譯）及第六部（《蘇珊娜之歌》〔Song of Susannah〕，暫譯）時，我有一些空檔，於是我決定回頭把整個故事重新修改一次。為什麼？因為這七部書不是獨立的故事，而是《黑塔》這個長篇小說裡的七個小節，但是故事的開頭卻和跟結尾不太一致。

這些年來，我修改作品的方法並沒有太多改變。我知道有的作家是邊寫邊改，但是我的策略一直都是一頭栽進去，能寫多快就寫多快，讓我的寫作之刃愈磨愈利，然後努力超越小說家最陰險的敵人：懷疑。停下筆回頭看稿會激起太多問題：我的角色可信嗎？我的故事有

❼譯註：此書出版時長達八百多頁，修訂版更長達千頁。
❽作者註：指命運與共者。

趣嗎？我寫得到底好不好？有人會喜歡嗎？我會喜歡嗎？

寫完小說的初稿後，我會把它統統丟到一邊，讓它『醒一醒』。過了一段時間（六個月、一年、兩年都可以），我就能用一種比較冷靜（但是仍然充滿疼愛）的眼神回頭看它，然後開始修改。雖然我把黑塔系列的每一本書分開修改，但是要等到完成第七部《黑塔》之後，我才真正把它們當作一個完整的作品來看。

在我回頭看第一部的時候（也就是各位手上這本書），我發現了三件事。第一，《最後的槍客》是個年輕的作家寫的，所以所有年輕作家的問題，全都能在這本書裡找到。第二，書裡有不少錯誤及跟後文不一致的地方，尤其是在看完後面的幾部後，錯誤更是明顯。[9]第三，《最後的槍客》的語調跟後面幾部書完全不同，老實說，還滿難讀的。我老是聽到自己為了這件事道歉，告訴大家如果他們堅持下去，就會發現這個故事在第二部《三張預言牌》（Drawing of the Three，暫譯）裡漸漸步上軌道。

在《最後的槍客》裡，我把羅蘭描述成會在陌生的旅館裡，動手把歪掉的畫像擺正。我想我自己也是這種人，而就某種程度而言，修改作品也是這麼一回事：把畫像擺正、吸地板、刷馬桶。在修改作品時，我做了很多家事，而且做了所有作家寫完初稿以後想做的事：把歪的地方擺正。一旦你曉得故事的結局，你就必須對潛在的讀者——還有你自己——負責，回頭把事情整理好。那就是我想在這本書裡做的事，而且我也很小心，希望增修之處不會把最後三本書裡的秘密洩露出來，有些秘密我可是耐心珍藏了三十年。

在我停筆之前，我想談談那個大膽寫了這本書的年輕人。那個年輕人上了太多寫作課，也被那些寫作課裡宣傳的東西洗了腦：寫作是為了別人，不是為了自己；詞藻比故事重要；模糊比清楚簡單好。所以，在羅蘭初次登場的作品裡發現很多矯揉造作的地方（更別提書裡大概有一千個不必要的副詞），我並不驚訝。我儘可能刪掉了這些空洞的廢話，而且一點也不心痛。在書裡其他的地方（也就是我想到什麼讓人入迷的故事，一時忘了寫作課上教的東西），我則可以幾乎完全不改動，只微微修正必要的地方。就像我在另一本書裡提到的，只有上帝才會第一次就把事情做對。

總而言之，我不會完全改掉這個故事的敘事風格，甚至也不會做太大的變動。對我來說，雖然它有很多缺點，但是也有它獨特的魅力。將它改頭換面，等於是完全否定了那個在一九七〇年春末夏初創造槍客的年輕人，而我並不想那麼做。

我想做的（如果可能的話，希望是在《黑塔》系列最後幾本書出版之前），是讓《黑塔》故事的新讀者（還有想重溫記憶的舊讀者）能更容易抓到故事的脈絡，更輕鬆的進入羅蘭的世界。我也希望這本書裡的伏筆能埋得更有技巧。我希望我達成這些目標了。如果你從來沒有來過這個奇異的世界探訪羅蘭跟他的朋友，我希望你能享受你在書裡找到的驚奇。最重要的是，我希望能說一個精采的故事。如果你發現自己讓《黑塔》給迷住了，即使只有一點點，我也覺得我達成任務了。這個任務從一九七〇年前開始，在二〇〇三年粗略完成。但是羅蘭會第一個告訴你，這三十多年的時間並沒有什麼意義，事實上，在你追尋黑塔的時候，時間是一點也不重要的。

二〇〇三年，二月六日

❾作者註：我想我舉一個例子應該就夠了。在初版的《最後的槍客》中，『法爾森』是一個城鎮的名字，但在後面幾冊裡，它居然變成了一個男人的名字：叛徒約翰．法爾森，毀滅羅蘭故鄉基列地的幕後黑手。

contents

獻給艾德·佛曼（Ed Ferman），他給了這些故事機會，一個接著一個。

19

舊而復新

前情提要

史蒂芬・金

《三張預言牌》是長篇故事《黑塔》的第二集。這個長篇故事的靈感來自羅伯・布朗寧的敘事詩〈公子羅蘭來尋黑塔〉（Childe Roland to the Dark Tower Came）（這首詩又是受到《李爾王》的啟發），甚至可以說，是以這首詩為架構寫成。

《黑塔》的第一集《槍客》描述羅蘭費盡千辛萬苦，終於追上了黑衣人……羅蘭的世界是個已經『前進』的世界，他是那個世界裡最後一名槍客。羅蘭已經追了黑衣人很久——不過到底追了多久，我們無從得知。最後，羅蘭發現黑衣人原來是一個叫做華特的傢伙。華特謊稱在世界還沒前進之前，與羅蘭的父親有舊誼。

羅蘭的目標不是這個半人半魔的術士，而是『黑塔』。黑衣人——說得更精確一些，是黑衣人知道的消息——是他前往那個神祕之地的第一步。

羅蘭到底是誰？他的世界在『前進』之前是什麼模樣？『黑塔』是什麼？為什麼羅蘭要追尋它？我們只有一些片段的解答。羅蘭是個槍客，有點像是中古時代的騎士，他的責任是要讓他記憶中『充滿愛與光明』的世界保持原貌，阻止它前進。

我們知道，羅蘭在發現母親與馬登有染後，一怒之下提早接受了成年的試驗。馬登是一個比華特更高強的術士（華特是馬登的分身，但羅蘭的父親並不知道）。我們知道，羅蘭會發現母親與馬登有染，完全是馬登一手策劃的，因為馬登以為羅蘭會在試驗中敗北，被送到西方；我們也知道羅蘭通過了試驗。

我們還知道什麼？我們知道，槍客的世界跟我們的世界並不是完全不同。這個世界裡仍然保留著加油機之類的機器，以及一些歌曲（例如〈Hey Jude〉，或是一些童謠，像是『豆子豆子懂音律……』），還有一些殘存的習俗與儀式——帶點美國西部傳奇的風味。

此外，還有一個核心人物把我們的世界跟槍客的世界連結在一起。在一片廣大貧瘠的荒漠中，槍客遇見了一個名叫傑克的男孩，男孩在我們的世界中死了。事實上這個男孩是被無所不在（而且無比邪惡）的黑衣人推到馬路上讓車撞死的，那時傑克一手拿著書包，一手拿著便當盒，正要去上學。對於他的世界，也就是我們的世界，傑克最後的記憶是自己讓一台凱迪拉克的輪子輾過……瀕臨死亡。

在找到黑衣人之前，傑克又死了一次……這次是因為槍客在面對人生中第二痛苦的抉擇時，選擇了犧牲這個象徵之子。面對黑塔與傑克（或許可說是面對毀滅與救贖），羅蘭選擇了黑塔。

『那就去吧。』傑克在墜入深淵前告訴羅蘭，『除了這裡，還有別的世界。』

羅蘭與華特最後面對面的地方是一個粉塵漫天的髑髏地，佈滿了腐朽的白骨。黑衣人用塔羅牌預知羅蘭的未來。第一張塔羅牌是囚犯，第二張是陰影夫人，第三張則是死神（『但不是找你的，槍客。』黑衣人告訴他），這三個預言就是這一集的主題……也是羅蘭邁上這條漫長又艱辛的道路，前往黑塔的第二步。

《槍客》的最後一幕是羅蘭坐在西方之海的海灘上，看著落日。黑衣人死了，槍客的未來混沌不明。不到七個小時後，《三張預言牌》就從這片海灘展開序幕。

prologue
水手

序曲

槍客從混亂的夢境中醒來，夢裡似乎只有一個影像：塔羅牌裡的水手，黑衣人就是用那付塔羅牌，預言了（或者是宣稱可以預言）槍客悲哀的未來。

黑衣人說，他溺水了，槍客，但沒有人拉他一把。他是男孩傑克。

但這不是惡夢，而是好夢。它是好夢，因為黑衣人說的是他溺水了，也就是說溺水的不是羅蘭，而是傑克，這讓羅蘭覺得如釋重負，因為像傑克一樣溺死，總比像自己（這個男人為了一個冷酷的夢想，背叛了一個信任他的男孩）這樣賴活著好太多了。

好，很好，我會溺死。他心想，聽著洶湧的海浪聲。讓我溺死。但這個聲音不是來自遼闊的海洋，而是喉嚨裡塞滿石塊般的刺耳漱口聲。他是水手嗎？如果是，為什麼陸地這麼靠近？事實上，他不是就在陸地上嗎？這感覺就好像……

冰冷的水淹過他的靴子，漫過雙腿，往胯下襲來。他的雙眼倏然睜開，但是讓他真正清醒過來的不是他冰冷的睪丸（他的睪丸突然間縮小，只剩下核桃般大），也不是他右手邊的怪物，而是他的槍……他的槍，更重要的是，他的子彈。槍濕了可以馬上拆開，擦乾，上油，再擦乾，再上油，然後再組裝起來；但要是子彈濕了，就像火柴濕了一樣，很可能再也不堪使用了。

那怪物用兩隻鉗子在地上爬行著，八成是讓海浪捲上岸的。牠在沙地上吃力的拖著潮濕、閃亮的身軀。那怪物大概有四呎長，離槍客的右方大約四碼。牠用空洞的眼神睥睨著羅蘭，張開鋸齒狀的鳥嘴，發出一陣像人話似的聲音，那古怪的口音滿懷憂傷的問著問題，甚至帶著一絲絕望：『滴答嘰？嚐麼嗆？噠噠錢？德噠切？』

槍客曾經看過龍蝦。這東西不是龍蝦，不過在他看過的動物裡，只有龍蝦跟這個怪物勉強有些相像。牠似乎一點也不怕他。槍客不知道牠有沒有危險。他不在乎自己的腦袋不太清楚：他完全想不起來自己身在何方，也不曉得自己是怎麼來的，更不知道自己是真的抓到了黑衣人，又或者一切只是一場夢。他只知道要趕快離開水邊，免得海水浸濕他的子彈。

他聽見刺耳、洶湧的海浪聲，於是把眼神從怪物的身上移開（怪物停了下來，原先拖著身體爬行的兩隻鉗子舉在前方，活像一個擺出預備姿勢的拳擊手。卡斯博曾經告訴他，這個姿勢叫做『敬禮式』），轉向一波波襲來的海浪與浪濤上凝結的泡沫。

牠聽得見海浪，槍客心想。不管牠是什麼，牠都有耳朵。他努力想站起身，但他的雙腳麻木，一個踉蹌，跌落在地。

我還在做夢，他心想；但即使他的神智如此混亂，這個念頭仍然太過誘人，無法說服他。他再次努力起身，差一點就成功了，但最後還是跌了下來。海浪襲來，情況再次迫在眉睫，他必須像右手邊的怪物一樣，用兩隻手拖著身體爬上堅硬的鵝卵石地，遠離浪潮。

他前進得不夠快，並沒有完全避開海浪，但已經達成他的目的。海浪只淹到他的靴子，差一點就浸到膝上，但旋即退去。也許上一波浪潮沒有我想像中淹得那麼遠，也許……

天空裡掛著半月。一層雲霧遮蔽了明月，但仍有足夠的光線讓他看見槍套的顏色過深。至少槍濕了，但他無從得知情況到底有多嚴重，不知道彈膛或是槍套裡的子彈是不是也濕了。在檢查前，他必須先離開海水，必須……

『噠噠查？』聲音更靠近了。他只顧著煩惱海水，完全忘了海水捲上來的怪物。他轉過頭，看見牠現在只有四呎遠。牠的兩隻鉗子陷在佈滿碎石與貝殼的沙灘裡，拖著身子前進。牠抬起了佈滿鋸齒的身軀，看起來突然有點像蠍子，不過羅蘭看見牠的尾巴上沒有刺。

又是一陣刺耳的浪濤聲，這次更大聲。怪物立刻停了下來，再次舉起鉗子，擺出那獨特的『敬禮式』。

這陣浪潮更大了。羅蘭再次開始拖著身子爬上海灘斜坡，他伸出手，那帶著鉗子的怪物突然用前所未有的速度狂奔了起來。

槍客覺得右手傳來一陣灼熱的疼痛，但現在他無暇多想。他努力踢著潮濕的靴子後跟，雙手奮力爬著，總算遠離了浪潮。

『滴答嘰？』那醜惡的怪物彷彿在說著悲傷的問句：幫幫我好嗎？你看不出來我很需要幫忙嗎？羅蘭突然發現右手的食指與中指進了怪物鋸齒狀的鳥嘴，消失不見了。怪物再次襲擊，羅蘭舉起淌著血的右手，差一點又要失去剩下的無名指與小指。

『噹麼嗆？噠噠錢？』

槍客踉踉蹌蹌的站起身。怪物扯開他滴著水的牛仔褲，扯破柔軟卻又韌如鋼鐵的皮靴，然後從羅蘭的小腿肚上啄下一塊肉。

他伸出右手掏槍，但左輪手槍卻砰的一聲掉在地上，他這才發現那兩隻執行古老殺人工作的手指已經不見蹤影。

醜陋的怪物貪婪的啄著手槍。

『不，混帳！』羅蘭吼著，踢了怪物一腳，感覺就像踢在一塊石頭上——只不過這塊石頭

會咬人。牠扯掉了羅蘭右腳的靴頭，把他的大腳趾扯掉了大半，最後把整隻靴子從腳上扯了下來。

槍客彎下腰，撿起左輪手槍，又掉下，他罵了聲髒話，最後總算設法握住了手槍。掏槍曾是一件無比簡單的事，根本不必思考，但現在卻突然成了雜耍一般的特技。

怪物蹲在槍客的靴子上，一邊扯著靴子，一邊問著牠困惑的問題。一陣浪打向海灘，在半月月光交織成的羅網下，浪頂的白色泡沫看來蒼白、死氣沉沉。龍蝦怪停了下來，舉起鉗子，擺出拳擊手的姿勢。

羅蘭用左手掏槍，扣下扳機三次。喀嗒，喀嗒，喀嗒。

至少現在他知道彈膛裡的子彈能不能用了。

他把左手的槍放回槍套。要把右手的手槍放回槍套，他必須用左手把槍管往下轉，然後再滑進右邊的槍套裡。槍柄上佈滿了鮮血，變得又黏又滑，右側的槍套與牛仔褲上沾了斑斑血跡，鮮血從兩隻斷指的根部汩汩流出。

他遍體鱗傷的右腳還太麻木，感覺不到疼痛，但他的右手卻如火燒般刺痛。那充滿天才、訓練有素的手指雖然已經在怪物的消化液裡分解，但卻陰魂不散，尖叫著它們還活著，正承受著烈焰焚身的苦楚。

看來我的麻煩大了，槍客漠然的想著。

浪潮退去，怪物放下鉗子，在槍客的靴子上扯出一個新的洞，然後決定靴子的主人比那層不知怎麼蛻下來的皮好吃多了。

『噠噠嗆？』牠問著，然後以驚人的速度朝槍客飛奔而來。槍客用幾乎毫無感覺的雙腳退開，發覺怪物一定多少有些智能。在槍客昏迷的時候，牠小心翼翼的靠近槍客，也許是從海灘那兒大老遠一路爬來，不確定他是什麼，也不確定他有多少能耐。如果那波浪潮沒有喚醒他，怪物也許會在他好夢正酣時啄爛他的臉。現在牠決定他不只吃起來可口，還很脆弱，很容易就能得手。

牠幾乎壓在他身上，一個長四呎、高一呎的怪物，重量也許有七十磅，嗜肉成性，就像他少年時豢養的獵鷹大衛一樣——只不過少了大衛那隱約殘存的忠誠。

槍客的左靴跟踩到一塊突出沙地的石頭，他一個踉蹌，差點又要跌倒在地。

『噠噠查？』怪物問著，似乎充滿了熱切的期待，然後一邊用那雙高傲、飄蕩的眼睛睥睨著槍客，一邊把鉗子伸向槍客……突然一陣浪潮襲來，那對鉗子再度舉成了敬禮式，不過卻微微晃動著，於是槍客發現怪物會受到浪潮的影響，而現在浪潮稍微減弱了——至少對怪物來說是如此。

他退到石塊後，趁浪潮打在海濱的卵石上，發出轟隆巨響時，彎下身來。他的頭離怪物昆蟲般的臉只有幾吋遠，怪物只要伸出一隻鉗子，輕輕鬆鬆就能刮瞎他的雙眼，但是牠顫抖的雙鉗仍然舉在鸚鵡般的鳥嘴兩側，像兩個緊握的拳頭。

槍客伸手拾起先前差點害他跌倒的石塊。石塊很大，半埋在沙中，砂粒與卵石尖銳的邊緣輾進淌著鮮血的傷口時，他殘缺的右手發出痛苦的號叫，但他仍然使勁拉出石塊，高高舉起，他的雙唇用力往兩邊扯開，露出牙齒。

『噠噠……』隨著浪潮退去，潮聲減弱，怪物放下了雙鉗，準備開始行動，槍客立刻使出全身的力氣，將石塊丟向怪物。

怪物長滿體節的背部嘎吱一聲裂了開來。牠在石塊下瘋狂扭動著，下半身拍打著地面，一上一下，一上一下。牠的問句成了唧唧喳喳的痛苦驚嘆句，雙鉗時開時合，鳥嘴裡嚼著沙團與石塊。

但即使如此，等到下一波浪潮襲來，牠又想再度舉起雙鉗。等牠真的舉起雙鉗，槍客就舉起剩下的那隻靴子往牠的頭狠狠踩下去。怪物的身軀傳來一陣像許多小樹枝折斷的聲音。濃稠的液體從槍客的鞋跟下爆裂而出，往兩個方向飛濺而去，看來十分黝黑。怪物瘋狂的蠕動著，槍客把靴子踩得更深。

一波浪潮襲來。

怪物的雙鉗舉起一吋……兩吋……然後一陣顫抖，頹然放下，在地上一開一合的抽動著。

槍客移開靴子。怪物佈滿鋸齒的鳥嘴（這隻鳥嘴活生生咬斷槍客兩隻手指跟一隻腳趾）慢慢張合著，一隻觸鬚斷在沙地上，另一隻則無意義的抖動著。

槍客再重重踩了一腳，然後再一腳。

他嘟囔一聲，使勁把石頭踢到一旁，沿著怪物屍體的右側大步走著，然後仔細的用左靴踩著怪物，踩碎牠的外殼，擠出蒼白的內臟，濺在深灰色的沙灘上。怪物已經死了，但槍客還是繼續踩。在他漫長陌生的歲月中，他從來沒有受過這麼重的傷，而且一切完全出乎他的意料。

他繼續踩，直到他看見自己的一隻手指出現在怪物酸臭的體液中，看見指甲下來自髑髏地的白色粉塵（他與黑衣人就是在那髑髏地促膝長談），然後他別過臉，嘔吐起來。

槍客像喝醉似的走回海邊，把受傷的手靠在襯衫上，不時回過頭去確定怪物真的死了，不會像一隻頑強的黃蜂，一打再打，卻仍然隱隱抽動，只是昏了過去，還沒死透。他也要確定怪物沒跟上來，用牠無比絕望的聲音，問著那些奇異的問題。

在卵石遍佈的沙灘上走到一半，槍客便停下腳步，搖搖晃晃的站著，回頭看著他先前待過的地方，努力回想一切。顯然他睡著的地方剛好是在高潮線的正下方。他抓起包袱與破爛的靴子。

在光滑的月光下，他看見另一隻龍蝦怪，在浪潮止息時，聽見牠們提問般的聲音。

槍客一步一步慢慢後退，退到了長滿綠草的卵石海灘盡頭。他在那兒坐下，心裡清楚自己該做什麼：把剩下的最後一把菸草撒在手指與腳趾的斷指根部上，希望能止血。儘管菸草激起一波新的刺痛（他消失的大腳趾也加入了大合唱），但他仍然撒了厚厚一層菸草，然後靜靜坐著，冒著冷汗，想著細菌感染的問題，想著自己右手的兩根手指不見了，要怎麼在這個世界生存（兩隻手的槍法都一樣好，但他畢竟還是個右撇子），想著怪物是不是有毒，毒性是不是已經發作了，想著早晨是否會來臨。

chapter one
囚犯

第一章 門

1

三，這是你的命運之數。

三？

是的，三是神祕的，三是咒語的中心。

三個什麼？

第一個是黑髮的年輕人。他站在搶劫與謀殺的邊緣。魔鬼染指了他。魔鬼的名字叫做海洛因。

那是什麼魔鬼？我從沒聽過，也未曾在兒時的故事裡聽說。

他想說話，但他的聲音消失了，而神諭的聲音，星辰裡的婊子，風裡的淫婦，她的聲音也消失了。他看見一張牌四處飛舞著，在遲滯的黑暗中翻轉著。牌上有一隻狒狒在黑髮年輕人的肩上咧嘴笑著，牠那酷似人類的手指緊緊嵌入年輕人的脖子裡，指尖都消失在肉裡了。再仔細瞧瞧，槍客發現狒狒那雙緊掐著脖子的手裡，有一隻抓著鞭子。牠胯下的男人似乎在無言的恐懼中扭動著。

囚犯，黑衣人（槍客曾經信任這個男人，他的名字叫華特）像個好朋友似的親切低語著。他真是件令人心煩的小事，不是嗎？一件令人心煩的小事……一件令人心煩的小事……一件

令人心煩的……

2

槍客倏然驚醒，瘋狂揮動著殘缺的那隻手，以為那來自西海的帶殼怪物馬上就要撲在他身上，一邊絕望的用古怪的語言問著問題，一邊把他的臉從頭蓋骨上扯下來。

但事實上，那只是一隻海鳥被他襯衫釦子上閃閃發亮的晨光吸引而來。鳥兒驚慌的嘎嘎叫著，盤旋而去。羅蘭坐起身。

他的手陣陣抽痛，痛苦不堪，無窮無盡。他的右腳也一樣。兩隻手指與一隻腳趾堅持自己還在原位。他襯衫的下半部不見了，剩下的部分看起來像是件破爛的背心，這是因為他從襯衫上撕下兩塊布，一塊拿來包紮手，另一塊拿來包紮腳。

走開，他告訴自己已經不存在的肢體。你們現在已成了幽靈，走開。

這麼做有點幫助。幫助不大，但還是有點幫助。它們是幽靈，沒錯，不過是有生命的幽靈。槍客吃起了肉乾。他的嘴巴並不想吃，他的胃更不願意，但是他仍然硬是吃下了肉乾。等肉乾吃下肚，他覺得稍微恢復了精力，不過肉乾所剩不多，他幾乎已到了窮途末路。

但該做的事還是得做。

他蹣跚的站起身，環顧四周。鳥兒從空中俯衝而下，潛進水中，但這個世界裡，好像除了鳥兒與他，別無他物。怪物不見蹤影。也許牠們是夜行動物，也許只有漲潮時才會出現，但在此時此刻，這一點似乎並不重要。

那片海極為廣闊，與天交際處是一片朦朧的藍，海天連成一片，幾乎無從區分。槍客望著海，好一陣子忘了自己的痛苦。他從來沒看過海。當然，他在童話裡聽過，甚至有一些老師跟他信誓旦旦的表示，世上真的有海，但是在經過數年的乾旱之地後，親眼看見它，看見這片無窮無盡的汪洋，這片令人驚奇的大海，他依然覺得難以接受……甚至難以正視。

他望著大海好一會兒，著迷不已，強迫自己看著它，因為驚奇不已而暫時忘卻了疼痛。

但現在是早晨，該做的事還是得做。

他在背包裡摸著下巴骨，小心的用右手的手掌領路，不希望傷口碰到下巴骨（要是下巴骨還在的話），讓不停歇的陣陣刺痛成了刺耳的尖叫。

下巴骨還在。好吧。下一步。

他笨拙的解開槍套，放在向陽的石頭上，接著解下手槍，打開彈膛，拿出沒用的子彈，往空中拋去。一隻鳥瞄準一顆子彈閃出的光芒，用鳥嘴接住了子彈，沒多久就把子彈吐掉，飛走了。

雙槍也必須清理一番。早就該清理了，但是既然不管在哪個世界裡，槍沒了子彈就是廢鐵一支，他決定在做其他事情之前，先把槍套放在大腿上，用左手小心翼翼的撫過槍套。

兩個槍套從釦子到臀部交叉處都濕了，而臀部以上則似乎是乾的。他小心的從乾的地方解下子彈。他的右手一直忍不住想上來幫忙，儘管疼痛難當，仍然堅持忘記它少了兩隻手指。槍客發現自己必須一而再、再而三的把手放回膝蓋，就像一隻太笨或叛逆的狗兒，怎麼樣都學不會用後腳站立。有時他痛得受不了，幾乎忍不住要用勁拍打右手。

看來我的麻煩大了，他再次心想。

他把這些看起來還堪用的子彈堆在一起，看起來真是少得令人沮喪。總共有二十顆。在這些子彈裡，還有一些子彈幾乎可以確定一定無法發射，他一顆子彈也不能信任。他解下其他的子彈，堆成另外一堆。總共有三十七顆。

噯，你的彈藥本來就不太多嘛，他心裡這麼想著，但是他也知道，五十七顆威力十足的子彈與二十顆似乎可以發射的子彈，實在是天差地遠。不，或許那些似乎可以發射的子彈只有十顆，五顆，一顆，甚至一顆也沒有。

他把這些可疑的子彈堆成另一堆。

他的包袱還在，真是難得。他把包袱放在腿上，慢慢拆起槍，進行清槍的儀式，等他清完槍，已過了兩個小時，他的傷口痛得他頭昏眼花，清醒思考已是難如登天。他想睡覺。這輩子他從來沒這麼想睡過，但是不管有什麼理由，該盡的責任還是得盡。

『寇特。』他發出連自己都認不得的聲音，然後乾笑了幾聲。

他慢慢組合起手槍，然後裝入他認為是乾的子彈。等工作完成，他拿起左手專用的手槍，扳起扳機……然後再慢慢放下扳機。是的，他想知道。他想知道在他扣下扳機時，會是一聲令人滿意的槍響，抑或又是一次無用的喀嗒聲。但要是喀嗒聲，他不會有任何損失，而要是傳來槍響，只會讓二十顆子彈減為十九顆……或是九顆……或是三顆……或是一顆也不剩。

他再從襯衫上扯下一塊布，把另一堆子彈（潮濕的子彈）包在裡頭，用左手跟牙齒把布綁起來，然後放進包袱裡。

睡吧，他的身體命令他。睡吧，你必須睡，現在，在天黑之前，你已經山窮水盡，筋疲力竭……

他蹣跚的站起身，望向杳無人煙的圓石沙灘。它的顏色像一件很久沒洗的內衣，撒滿了沒有顏色的貝殼。粗糙的沙灘上四處有巨石突起，巨石上滿佈鳥糞，較舊的鳥糞層像古老的牙齒般澄黃，而新的鳥糞則是斑斑白點。

乾燥的海草形成了高潮線，他看見右腳靴子的碎片和水袋躺在那條線附近。翻騰的海浪居然沒有捲走他的水袋，真讓他覺得是個奇蹟。槍客步履緩慢、一瘸一拐的走過去，撿起一只水袋，在耳邊搖了搖。另一只水袋是空的，但這只還剩下一點水。大部分的人都分不清這兩只水袋，但槍客可以，就像母親分得清自己同卵雙生的孩子一樣。他已經帶著這兩只水袋旅行了一段很漫長的時間。水在水袋裡搖晃著，這是件好事——是天賜之福。攻擊他的怪物或是其他的怪物只要輕輕一啄，或是用鉗子輕輕一劃，就能把水袋扯破，但水袋卻逃過一劫，而海浪也沒有把水袋沖走。雖然槍客與怪物纏鬥的地點離高潮線很遠，但槍客卻沒瞧見怪物的蹤跡。也許是其他的掠食者把牠的屍體拖走了，也許是牠的同類替牠舉行了海葬。他兒時曾經聽說過的一種龐大生物，好像叫做『大項』吧！傳說牠們會埋葬自己的同類。

他用左手肘撐起水袋，喝了一大口，覺得恢復了些力氣。右靴當然已經毀了……但話說回來，他還是感到一絲希望。右腳還算是完好無缺——是受了點傷，但還算是完好無缺——也許他可以剪下左靴，做成另一隻靴子湊和著穿，至少還能撐一陣子。

昏眩感悄悄向他襲來，他努力對抗，但他的膝蓋一軟，跌坐在地，愚蠢的咬著舌頭。

你不准昏倒，他嚴肅的告訴自己。不准在這裡昏倒，否則今天晚上另一個怪物就會回到此地，把你徹底的解決掉。

於是他站起身，把空的水袋綁在腰間，但他只往留下雙槍與包袱的地方走了二十碼，就再次跌倒，呈現半昏迷狀態。他在原地躺了一會兒，一側的臉頰靠著沙地，一顆貝殼的邊緣深深刺進他的下巴，幾乎扎出血來。他勉強喝了點水袋裡的水，然後爬回他醒來的地方。在坡地上二十碼的地方，有一棵約書亞樹——樹十分矮小，但至少能遮點太陽。

對羅蘭來說，二十碼長如二十哩。

然而他仍然奮力把剩下的所有物推進那塊小小的遮蔭裡，然後仰面倒下，頭落在草地

裡，神智逐漸喪失，不知是即將睡去，即將昏去，抑或是即將死去。他看著天空，努力想判斷時間。不是中午，但樹蔭的大小告訴他中午就快到了。他努力撐了一會兒，舉起右手靠近眼睛，在手臂上尋找紅色的線條，紅線代表他受到了感染，代表毒性漸漸滲透進他的體內。

他的手掌呈現暗紅色，情況看來不太妙。

他心想，*幸好我是用左手手淫，至少這一點還算幸運。*

然後黑暗吞噬了他，接下來的十六個小時他在沉睡中度過，西海的浪潮在他夢寐的耳裡不停拍打著。

3

等槍客再度醒來，海面是一片黝黑，但東方遙遠的天空閃著微弱的光芒，早晨將至。他坐起身，陣陣暈眩感幾乎要淹沒他。

他低下頭，靜靜等待。

等到暈眩感過去，他看著自己的手。好吧，它感染了——一道明顯的紅線從手掌通往手腕。紅線在手腕停下，但他已經隱約看見其他紅線蠢蠢欲動的痕跡，最後這些紅線將到達他的心臟，奪去他的性命。他覺得全身發熱，躁熱難當。

他心想，我必須吃藥，但這裡沒有藥。

難道他大老遠來這裡就是為了死嗎？他不願意。如果儘管他如此堅決，仍免不了一死，他寧可死在去黑塔的途中。

你真是了不起，槍客！黑衣人在他的腦袋裡吃吃笑著。真是不屈不撓！真是執著得無可救藥，浪漫到家！

『去你的！』他沙啞的說著，又喝了一口水。水也所剩不多。他的眼前有一整片海，但卻毫無用處。水，水，四處都是，卻無一滴能飲。沒關係。

他繫上槍套，綁在腰間——這個動作花了他很長的時間，等他完成，第一抹隱約的晨光已為白晝點亮了序曲——然後他努力站起身。他不相信自己能夠站起來，直到他真的站起身。

他用左手扶著約書亞樹，用右手臂抱起還不算太空的水袋，甩到肩上。接著是包袱。等他直起身子，暈眩感再次湧向他，他低下頭，靜靜等著，努力發揮意志力。

暈眩感退去了。

槍客歪七扭八、搖搖晃晃的走回卵石海灘，像一個爛醉如泥的人。他站著，看著像桑椹酒一般黝黑的海面，然後從包袱裡拿出最後一點肉乾。他吃了一半，這一次他的嘴和胃比較心甘情願一些。他轉過身，吃掉另外一半肉乾，看著太陽從傑克喪命的山脈上升起——先是抓著山峰無情、光禿的利齒，然後升到了山峰之上。

羅蘭抬頭對著太陽，閉上眼，微微笑了起來。他吃完剩下的肉乾。

他心想：很好，我現在沒了食物，比出生時少了兩隻手指、一隻腳趾；我是個槍客，但身上的子彈卻可能全是廢物；我中了怪物的毒，但卻沒有解藥；如果走運，我的水還能撐一天；如果我拚盡全力，也許能走個十幾哩。簡而言之，我幾乎已到了窮途末路。

他該往哪裡走？他從東方來，而除非有聖人或救世主相助，他不可能往西方走。只剩下北方與南方。

北方。

他的心這麼回答他，他毫無置喙之地。

北方。

槍客邁開了步伐。

4

他走了三個小時，倒下了兩次，第二次倒下時他覺得自己不可能再站起來。一陣潮水襲來，近得他想起了他的槍，然後他毫不思考的立刻站了起來，兩隻腿像踩著高蹺似的抖個不停。他覺得自己在那三個小時裡應該走了四哩。太陽愈來愈熱，但卻不足以解釋為什麼他頭痛欲裂，滿頭大汗；海風雖強，卻也不足以解釋為什麼有時會有突如其來的一陣顫抖攫住他，讓他全身起滿雞皮疙瘩，牙齒格格打顫。

*你發燒了，槍客，*黑衣人吃吃笑著。*你身體裡剩下的東西已經起了火。*

現在感染的紅線更明顯了，從他的右手腕爬到了手臂的一半。

他再走了一哩，把水袋喝個精光，跟另一只水袋一起綁在腰間。四周景色單調，讓人十分不愉快。他的右邊是海，左邊是山，穿著破靴的腳下是撒滿貝殼的沙灘。海浪來了又走。他尋找龍蝦怪的身影，但卻連一隻也沒瞧見。他來自不知名的地方，向著不知名的地方前去。一個來自另一個時間的男人似乎終於到達了終點，但這個終點卻一點意義也沒有。

正午前不久，他再次倒下，知道自己再也起不來了。就是這裡了，這裡。終究到了盡頭。

他雙手撫地，雙膝跪地，抬起頭，像一個喝醉了的鬥士……他隱約看見前方有某個從未出現過的東西，也許離他一哩，也許三哩（海濱景物一成不變，再加上槍客發著燒，使得眼球時脹時縮，實在難以判斷距離）。那東西直挺挺的站在海灘上。

那是什麼？

（三）

沒關係。

（三是你的命運之數）

槍客費盡力氣，終於又站了起來。他低啞著聲音，似乎在請求著什麼，但只有海鳥聽得見（他心想，牠們多希望能啄出我的眼珠，多希望能享用這人間美味！），然後繼續往前走，步履更蹣跚，身後的足跡凌亂，繞成了詭異的圓圈。

他的眼睛直盯著站在海灘上的東西，要是頭髮遮住了眼睛，他就伸手撥開。他似乎永遠也無法到達那裡。太陽到達了天頂，而且似乎停留得太久了一些。羅蘭幻想自己又回到了荒漠，離開了前一個棄民的茅屋，

（豆子豆子懂音律，吃下肚去全是屁）

而男孩

（你的以撒）

還在驛站等著他。

他的雙膝發軟，挺直，發軟，然後又挺直。他的頭髮遮住了眼睛，但這次他卻懶得伸手撥開，也沒有力氣伸手撥開。前方不知名的東西在山坡上投下一道狹窄的陰影，他盯著那個東西，繼續往前走。

現在他知道那是什麼了，不管有沒有發燒。

那是一扇門。在離那扇門四分之一哩的地方，槍客的膝蓋又發軟了，但這次卻沒辦法挺直。他倒了下來，右手掃過礫石與貝殼遍佈的沙灘，把剛結的痂硬生生的剝了下來，斷指的根部放聲尖叫，再次開始出血。

於是他開始爬行。一邊爬，一邊聽著西海的海浪聲在耳裡不停的起落著。他用手肘與膝

蓋爬行，在綠色海草纏繞而成的高潮線上方，挖出一道道溝槽。他猜想風應該還在吹——一定還在吹，因為他仍然感到陣陣冷風掃過他的身體——但是他唯一能聽見的風聲，只有從他肺部狂進狂出的陣陣疾風。

門愈來愈近。愈來愈近。

終於，在那漫長狂亂的一天下午約三點時，在他的影子開始在左方拉長時，他到達了那扇門。他坐了下來，疲累的望著它。

它的高度約有六呎半，似乎是用堅硬的鐵木製成，儘管最近的鐵樹離這裡一定超過七百哩。門把似乎是用金子做成的，上頭用金線鑲成了一個圖形，槍客端詳了好一會兒，終於發現那圖形是什麼：那是一個微笑的狒狒臉。

門把裡沒有鑰匙孔，門把上下也沒有。

門上有門鉸，但卻是平空固定——*至少看來是這樣*，槍客這麼想著。這是一個謎，一個天大的謎，但是這重要嗎？你快死了，你就快要面對那個真正重要的謎——那個對每個人來說都是真正重要的謎。

但是它看起來還是很重要。

這扇門。這扇不應該出現的門。它就站在離高潮線二十呎的灰色海灘上，彷彿大海一般永恆不朽，隨著太陽西移，往東方投下一道斜長的影子。

門上離地面三分之二的地方，用貴族語寫了兩個黑色的字：

囚犯

*魔鬼染指了他。魔鬼的名字叫做***海洛因**。

槍客聽見低沉的嗡嗡聲。一開始他以為是風聲，或是自己發燒腦袋裡的幻聽，但他愈來愈肯定那是引擎發出的聲響……而且是來自門後。

那就打開它吧。它沒上鎖，你知道它沒上鎖。

但是他卻搖搖晃晃、姿態笨拙的站了起來，往那扇門走去，繞到門的另外一邊。

門沒有另外一邊。

只有灰色的海灘，一望無際的海灘。只有海浪、貝殼、高潮線，與他來時的痕跡——靴子留下的印子，以及手臂留下的坑洞。他再仔細瞧瞧，不由得微微張大了眼睛。門不見了，但陰影卻還在。

他伸出右手——噢，這隻手真是笨，就是學不會在槍客的餘生中乖乖扮演好新的角色——然後又放下右手，伸出左手。他摸索著，看看能不能感到什麼堅硬的阻力。

槍客心想，如果我能摸到，我要試試敲空氣的滋味。在死前做些有趣的事情倒也不錯。

但槍客的手只摸到稀薄的空氣，穿過了那扇門（即使是無形的也好）應該在的地方。

沒東西可敲。

引擎聲（如果那真是引擎聲）也不見了，徒留風聲、浪聲，與腦袋裡令人暈眩欲嘔的嗡嗡聲。槍客慢慢走回另一邊，開始覺得一切不過是個錯覺，不過是個……

他停了下來。

前一刻他還往西看著一望無際的灰色海浪，但下一刻他的視線就讓一扇門給擋住了。他看見門上的鑰匙孔板，鑰匙孔板似乎也是金質的，門栓從鑰匙孔裡伸出，猶如一隻粗短的舌頭。羅蘭把頭往北方微微移動，門消失了，然後他再把頭移回來，門又再次出現。它並不是突然出現，而是一直都在那裡，沒有離開過。

他走回看得見門的那一側，面對著門，身體搖晃著。

他可以從靠海的那側再繞一次，但他相信會發生同樣的事情，只不過這次他可能會倒地不起。

真想知道我能不能從什麼也看不見的那一側穿門而過？

噢，想知道的事情太多了，但事實再簡單不過：這扇門平空立在一望無際的海灘上，它最終的結局只有兩個：打開或是永遠關上。

槍客發現，自己或許還沒有想像中那麼快死，不由得感到一陣隱約的幽默。如果他馬上就要死了，他還會感到這麼害怕嗎？

他伸出左手，握住了門把。金屬如死亡一般冰冷，上頭纖細金線鑲成的圖案如火焰一般炙熱，這些都在他的意料之中。

他轉動門把，拉開了門。

門後的景色完全出乎他的意料。

槍客盯著，呆若木雞，發出他成年後第一聲恐懼的尖叫，然後用力甩上門。門平空佇立，照理說應該不會發出聲響，但門還是發出砰然巨響，驚得棲在岩石上窺視槍客的海鳥尖聲叫著，振翅而起。

5

他看見的是從高空俯視的地面，他似乎離地數哩，從不可能的高度俯視著地球。他看見雲朵的陰影投在地面上，像夢境一般輕輕飄過。他彷彿是從鷹的眼睛看世界，但飛翔的高度卻是老鷹的三倍。

要是踏出這扇門，他就會尖叫著往下墜落，幾分鐘後他的身體才會落地，整個陷入地面。

不，你看到的不只這些。

他呆坐在緊閉的門前，把受傷的手放在大腿上，仔細思考著。他的手肘上已經出現了第一道隱約的感染痕跡，沒多久就會到達他的心臟，這一點是毫無疑問的。

他的腦袋裡出現了寇特的聲音。

聽著，豬頭。想活命就仔細聽，有一天它可能會派上用場。眼見不可為憑。他們把你們送到我這兒，就是要我教你們眼見不可為憑——在你們害怕、戰鬥、逃命，還有做愛的時候，絕不能相信自己的眼睛。沒有人能了解他所看到的一切，但是等到你們成為槍客——也就是沒從西方離開的人——你們一眼所見，會多於他人一生所見。一眼未見者，會在事後用你們的記憶之眼瞧見，不過這得看你們能不能保住小命。因為見與未見之別，可能就是生與死之別。

他從極高處俯視地面（他與黑衣人的會面結束前，也曾有一種騰空升起的幻覺，但這次他覺得更暈眩、更扭曲，因為門後的景色不是幻覺，而是千真萬確的），在他殘存的記憶裡，他看到的地面既不是荒漠也不是大海，而是茂密驚人的綠地，綠地中夾雜水流，讓他覺得是片沼澤，但是……

寇特的聲音野蠻的嘲諷著他：你的觀察力真是太差了，你看到的不只這些！

是的。

他看見白色。

白色的邊框。

萬歲，羅蘭！寇特在他的心裡歡呼，羅蘭彷彿感覺到寇特那隻堅硬、長滿繭的手。他皺了皺臉。

他是從一扇窗俯視地面。

槍客奮力站起身，伸出手，掌中感到冰冷的金屬與炙熱的金線。他再次打開門。

6

他期望中的景象——也就是從無以想像的可怕高空俯視地面——不見了。他看著他看不懂的字。這些字他似懂非懂，彷彿是扭曲了的貴族字。

在字的上方是一幅圖，畫的是不用馬拉的車子，一輛汽車，據說在世界前進前，這種車子隨處可見。突然他想起了在驛站催眠傑克時，傑克跟他說的話。

一個披著毛皮披肩的女人在這輛不用馬拉的車子旁笑著，也許在另一個古怪世界裡輾死傑克的，就是這種車子。

*這裡就是另一個世界，*槍客心想。

突然間眼前的景象……

它沒有改變，而是移動了。槍客雙腳顫抖，感到天旋地轉，暈眩欲嘔。字與圖往下降，現在他看見一道長廊，長廊遠處有兩排座椅。一些座椅是空的，但大部分都坐了男人，穿著奇怪衣服的男人。他猜想那些衣服應該是套裝，但他從來沒看過。他們脖子上圍的東西可能是領帶或是武士領巾，但他也從來沒看過。此外，就他視線所及，沒有一個人攜帶武器，他沒看到匕首或是長劍，更沒看見手槍。這些人還真是容易相信別人的蠢蛋。有的人在看佈滿小字的紙張，有的人則拿著槍客沒看過的筆在紙上寫字。但是引起槍客注意的不是筆，而是紙。在他的世界裡，紙與金子差不多珍貴，他這輩子從來沒看過這麼多紙。現在甚至有個男人從腿上的黃色筆記本上撕下一張紙，但是他只寫了一面的上半部，另一面連碰都還沒碰。

雖然槍客頭昏腦脹，但面對這麼奢侈浪費的行為，他仍然忍不住感到既恐怖，又憤怒。

眾多男人的身後是一面有弧度的白色牆壁以及一排窗戶。一些窗戶上遮著百葉窗，但他可以從其他的窗戶看見藍色的天空。

現在一個女人往門這裡走來，女人穿的衣服看來像是制服，但羅蘭從來沒看過。它是鮮紅色的，而且還是褲裝，他可以看見女人兩條腿合成胯下的地方。那個地方他只在裸體的女人身上看過。

女人離門非常近，羅蘭以為她要走進門，連忙踉蹌的倒退幾步，差一點跌倒在地。她看著他，臉上露出了訓練有素的關心之情，但卻不卑不亢，好像她儘管是個僕役，卻又不是任何人的禁臠，只有她是自己的主人。槍客對這並不感興趣，讓他感興趣的是她的表情從頭到尾都沒有改變。槍客骯髒不堪，搖搖欲墜，筋疲力竭，雙槍繫在臀部，右手纏著鮮血淋漓的布條，牛仔褲破爛不堪，活像用電鋸鋸過。一個女人看見這樣的男人，竟然能面不改色，著實出乎槍客的意料。

『您要……』穿紅衣的女人問道。接下來的話槍客聽不太懂，他猜想可能是食物或飲料。紅衣的布料——不是棉，是絲嗎？看起來有點像絲，但是……

『琴酒。』一個聲音回答，這句話槍客倒是聽懂了。突然間他靈光一閃：

那不是門。

那是眼睛。

聽來瘋狂，但他正看著一輛飛行馬車的一部分，而且是從某個人的眼睛裡看見的。

誰的眼睛？

但是他已經知道了答案。那是囚犯的眼睛。

第二章　艾迪．狄恩

1

說時遲，那時快，槍客的視線突然間往上升，然後歪向一側，好像在確認槍客的想法一樣，儘管這個想法瘋狂透頂。槍客眼前的景象轉了個彎（槍客再次感到一陣天旋地轉，好像站在一塊有輪子的木板上，而木板由一雙他看不見的手推來推去），接著走廊往門的兩側退去。他經過了一個地方，那裡有許多穿著同樣紅色制服的女侍站著。這個地方充滿了鋼鐵製成的東西，雖然他痛苦、疲憊不堪，但他還是很想叫眼前的景象停下來，讓他好好看看那些鋼鐵製品是什麼──那些東西好像是機器，其中一件看起來像是爐子。他先前見到的軍裝女人正遵照聲音的指示，倒著琴酒。酒瓶很小，是玻璃做的；酒杯看起來也是玻璃，但槍客覺得它並不是玻璃。

他還沒來得及瞧仔細，門外的景象就又移動了。他又是一陣天旋地轉，接著眼前出現了一道金屬門。一個橢圓形的牌子上亮著一個標誌，標誌上的字槍客認得，上頭寫著：無人使用。

槍客的視線稍稍往下滑動。一隻手從門的右側伸進槍客的視線中，抓住槍客眼前的門把。他看見藍色襯衫的袖口，袖口微微拉起，露出黑色的捲曲毛髮。手指十分纖長，其中一隻手指戴了戒指，戒台上鑲了珠寶，可能是紅寶石、暗火石，或者只是個假貨。槍客覺得它八成是假的──它太大、太粗俗，不可能是真貨。

金屬門打開，槍客的眼前出現了他見過最奇怪的茅房，裡頭的東西全都是金屬。

金屬門滑過海灘上的門緣，槍客聽見門關上、扣上門栓的聲音。他沒有感到那陣可怕的天旋地轉，所以他猜想，這個男人應該是把手伸到身後，把自己鎖進茅房裡。

接著視線一轉——並沒有轉一整圈，只轉了半圈——他發現自己看著鏡子，看見一張他曾經看過的臉……曾經在塔羅牌上看過的臉。同樣的黑色眼睛，同樣的黑色頭髮。那張臉冷靜但卻蒼白，而在他的眼裡（先前他透過那雙眼睛看世界，現在那雙眼則反射出他自己的模樣），羅蘭隱約看見他像塔羅牌上狒狒胯下的男人一樣，帶著害怕與恐懼。

男人在發抖。

他也病了。

然後他想起了諾特，塔爾城的食鬼草者。

他想起了神諭。

魔鬼染指了他。

槍客突然想起也許他其實知道海洛因是什麼——某種像鬼草的東西。

真是一件令人心煩的小事，不是嗎？

槍客不假思索，只帶著一分決心，毅然踏進那扇門。就是這分決心讓他成為最後一名槍客，讓他在卡斯博與其他人早已死亡、放棄、自殺、變節，或者乾脆對黑塔這個念頭嗤之以鼻後，還能不斷前進。這分決心專一、不問緣由，驅使他穿過荒漠，熬過到達荒漠前追尋黑衣人的無數個年頭。

2

艾迪點了一杯琴湯尼，也許喝得醉醺醺過紐約海關不是個好主意，而且他知道他一旦開始喝，就停不下來，但他就是非得來點東西不可。

亨利曾經告訴他：如果你想下樓但卻找不到電梯，你會不擇手段就是要下樓，即使是用鏟子挖也行。

然後，就在他點完酒，空服員離開後，他開始覺得自己好像要吐了。他不是非常確定自己要吐，只是覺得自己好像要吐，但一切還是小心為上。兩腋各夾一磅高純度古柯鹼，滿身酒氣的過海關，已經夠糟糕了，要是褲子上再加上嘔吐物乾掉的痕跡，那可真是個災難，所以一切還是小心為上。噁心的感覺也許會過去，通常也都會過去，但一切還是小心為上。

問題是，他快成了『涼火雞』（cool turkey）。是『涼』火雞，不是『冷』火雞（cold turkey）❶。這句金玉良言可是來自毒界聖哲，無所不知的亨利．狄恩。

那時他們坐在麗晶塔（Regency Tower）的閣樓陽台上，剛嗑了藥，昏昏欲睡，陽光暖暖的照在他們的臉上，一切都還很好……真是美好的舊日時光，那時艾迪才剛開始吸那玩意兒，而亨利還沒開始碰針頭。

亨利說：每個人都說『冷火雞』，不過在變成冷火雞之前，你要先變成『涼火雞』。

艾迪嗑藥嗑得恍恍惚惚，聽到這句話忍不住狂笑起來，因為他完全知道亨利在說什麼，但亨利卻是面不改色，臉上連微笑都沒有。

亨利說：從某些方面來說，涼火雞比冷火雞更糟。至少在你變成冷火雞的時候，你知道你

本書全為譯註

❶cold turkey 指毒癮發作者。

要吐了，你知道你要發抖，你知道你會拚命流汗，直到你覺得自己好像要淹死在汗水裡。而涼火雞呢，涼火雞就像是帶著詛咒的期待。

艾迪還記得問過亨利，如果有個針頭怪胎（在那段逝去的朦朧歲月中，也就是大概十六個月前，他們曾經發誓自己絕對不會加入針頭怪胎的行列）來上一針熱的毒品，那麼這種人應該叫做什麼。

那叫做『烤』火雞。亨利脫口而出，然後一臉驚訝，就像一個人說了個笑話，結果竟然比他意料中的還好笑一樣。他們互望了一眼，接著一起放聲大笑，緊緊抓著對方。烤火雞，真好笑，不過現在看來似乎沒那麼好笑了。

艾迪穿過走廊，走到盡頭，確定門上顯示『無人使用』，然後打開門。

嘿，亨利，噢，毒界聖哲，無所不知的亨利大哥，你對咱們長了羽毛的朋友還真是瞭若指掌，想知道我對『煮熟的火雞』的定義是什麼嗎？那就是甘迺迪機場的海關覺得你的形跡可疑，或是把緝毒犬從港口帶進海關，然後狗兒全部開始狂吠，在地板上到處撒尿，牠們不顧脖子上抽緊的項圈，寧可勒斷脖子，也要朝你狂奔而來。接著海關搜遍你的行李，帶你到一個小房間，問你介不介意脫掉你的襯衫。你說我介意，我非常介意，我在巴哈馬染上一點風寒，這兒的冷氣又這麼強，我怕我會得肺炎。然後他們說噢，是嗎，冷氣太強的時候你會滿身大汗嗎？狄恩先生，現在能不能麻煩你脫掉襯衫？於是你脫掉襯衫。然後他們說，老兄，或許你最好連汗衫也一起脫了，因為你好像有點健康上的問題，你腋下那兩團東西好像是某種淋巴腫瘤。而你根本懶得說什麼，就像中外野手看到球飛過一個地方之後就不會再去追球，只會轉過身，看球飛出場外，因為追也是沒用的。於是你脫掉汗衫。然後他們說，嘿，看看這個，你這小子真走運，那不是腫瘤，不過那玩意確實是社會的毒瘤，哈哈哈，那玩意看起來比較像是用

膠帶纏上去的袋子，*順便一提，別在意那個味道，孩子，那是鵝，煮熟的鵝。*

他把手伸到背後，扣上門鎖，頭上的燈亮了起來。引擎的聲音是微弱的蜂鳴。他轉身面對鏡子，等著看看自己的模樣到底有多糟，然後突然間，一陣可怕、強烈的感覺湧向他：一種被監視的感覺。

他不安的心想：*嘿，拜託，少來了，你應該是全世界腦袋最清楚的人，所以他們才派你來，所以……*

但是突然間，鏡子裡的眼睛好像不是他的眼睛，不是艾迪・狄恩那雙接近綠色的淡褐色眼睛，那雙眼睛曾經讓他在二十一年人生歲月的最後三年中，融化了多少女孩的心，上了多少漂亮的妞兒。不，不是他的眼睛，是一個陌生人的眼睛。不是淺褐色，而是褪色Levi's牛仔褲的顏色。那雙眼睛冷酷、精確，出人意料的神準。投彈手的眼睛。

他在那雙眼睛裡看見——幾乎看見——一隻海鷗撲向一道碎浪，然後從海浪裡抓起什麼東西。他還有時間思考*老天爺這是什麼鬼東西？*然後他知道噁心的感覺不會過去，他終究還是要吐。在他嘔吐前的半秒鐘，在他繼續看著鏡子的那半秒鐘，他看見那雙藍色的眼睛消失了……但在此之前，他突然感覺自己身體裡多了另一個人……感覺自己被附身了，就像電影『大法師』裡的小女孩一樣。

他很清楚的感覺到自己的腦袋裡出現了另一個人，聽見一個想法，但這個想法不是他的，而是一個來自收音機的聲音：*我穿過了，我進了飛行馬車。*

那個聲音還說了些別的，但艾迪沒聽見，他忙著努力壓低聲音，吐在洗臉盆裡。

等他吐完，還沒來得及擦嘴，又發了一件他從來沒發生過的事。突然間，他什麼感覺也沒有，只有一片空白，好像報紙上突然有一欄被仔仔細細、完完整整的塗掉了。

艾迪無助的想著：這是什麼？這到底是什麼鬼東西？

然後他又開始吐了起來，或許此刻嘔吐來得剛剛好，因為不管嘔吐有什麼壞處，它至少有一個好處：只要你在吐，你的腦袋就不能多想別的事情了。

3

我穿過了，我進了飛行馬車，槍客這麼想著，然後過了一會兒：他在鏡子裡看見我了！

羅蘭抽回身——他沒有離開，而是抽回身，就像一個小孩縮回一間狹長房間最深的一角。他進了飛行馬車，也進入了另一個男人的身體，進入了囚犯的身體。在那一刻，在他接近『前方』（這是他唯一想到的說法）時，他不只是進入了男人的身體，而是幾乎成為那個男人。他感到男人的病痛，不管那是什麼，而且也感覺到男人快要吐了。羅蘭了解如果他需要，他可以控制男人的身體。他會感受他的痛苦，那隻邪惡的人猿也會騎在他的肩上，但如果他需要，他可以控制男人的身體。

或者他也可以待在原地，無人注意。

等囚犯吐完，槍客便往前一跳，這次他直接跳進了『前方』。他對這個陌生的情況不太了解。不了解情況就草率行事，會招致最可怕的後果，可是他急需知道兩件事——知道這兩件事的需求是如此急迫，讓他不顧可能發生的後果。

第一件事情是，帶他進入另一個世界的那扇門是不是還在？

第二件事情是，他的身體是不是還在那兒，頹倒在地，失去了靈魂，也許即將死亡？又或者由於靈魂無法無意識的操縱呼吸、心跳與神經，他的身體早已死亡？就算他的身體仍然活著，也只能活到日落以前。等天色漸黑，龍蝦怪就會出來問問題，尋找海岸大餐。

他猛然轉動那顆暫時屬於他的頭，迅速回頭望了一眼。

門還在，還在他身後。門開著，門後就是他的世界，門的樞紐埋在這個獨特茅房的鋼鐵牆壁中。接著，是的，他的身體躺在那兒。羅蘭，最後一名槍客，他側躺著，裹著布的手放在肚子上。

羅蘭心想：我在呼吸。我必須回頭移動我的身體，但事有輕重緩急……事有……

他退出囚犯的身體，從旁觀察，等著看囚犯知不知道他的存在。

4

艾迪吐完，仍然趴在洗臉盆上，雙眼緊閉。

我的腦袋空白了一下。不知道是怎麼一回事。我是不是回頭了？

他摸向水龍頭，打開冷水，把水潑向臉頰與額頭，雙眼仍然緊閉。

等到他再也忍受不了，他抬頭再次望向鏡子。

他的眼睛回望著他。

他的腦袋裡沒有奇怪的聲音。

沒有被監視的感覺。

無所不知的毒界聖哲告訴他：你只是一時恍神，艾迪。對一個快變成涼火雞的人來說，這是很正常的現象。

艾迪瞥了一眼手錶。還有一個半小時到達紐約。飛機預計在東部夏令時間（EDT）四點零五分降落，但實際抵達時間應該是將近中午。一決勝負的時候就要到了。

他走回座位。他的飲料放在杯架上。他啜了兩口，空服員又回來問他還要不要什麼。他原想開口說不用了……但腦袋又是一陣奇怪的空白。

5

『我想要點吃的東西，麻煩妳。』槍客透過艾迪．狄恩的嘴巴說。

『我們馬上就要上熱點心了，請您再等……』

『可是我真的很餓。』槍客這句話可是據實以告，『什麼都可以，就算是個小脆捲也行。』

『小脆捲？』空服員對他皺皺眉，槍客突然間看見了囚犯的心靈。三明治……這個詞聽來十分遙遠陌生，彷彿是海螺裡的一聲低喃。

『三明治也行。』槍客說。

空服員一臉狐疑。『呃……我有一些鮪魚……』

『可以可以。』槍客說，雖然他這輩子從來沒聽過什麼『偉大的魚』，但要飯的沒資格挑三揀四。

『您看起來臉色有點蒼白……』空服員說，『我想也許是暈機。』

『我只是餓了。』

她露出職業性的微笑。『我看看能不能幫您湊點吃的。』

『湊』點吃的？槍客茫然的想著。在他的世界裡，『湊』是個粗話，意思是強搶民女。沒關係，食物就要來了。他不曉得自己能不能把食物帶回門後，讓他飢餓無比的身體享用，但是事情要按部就班，一步一步慢慢來，一步一步慢慢來。

湊，他這麼想著，不可置信的搖了搖艾迪．狄恩的腦袋。

然後槍客再度退開。

6

你只是神經過敏，無所不知的毒界哲人向他保證。你只是快變成涼火雞而已，小弟。

但如果是神經過敏，為什麼他會感到一陣奇怪的睏意——這陣睏意相當奇怪，因為他應該是坐立不安、緊張兮兮，全身扭來扭去、抓來抓去，即將進入全身顫抖的階段。就算他沒有要變成亨利口中的『涼火雞』，也別忘了他馬上就要帶著兩磅的古柯鹼闖過美國海關，這是個重罪，要是被逮到了，可要在聯邦監獄裡待個十年以上，但是他居然開始莫名其妙的失去意識。

話雖如此，他還是感到陣陣睏意。

他再啜了一口酒，然後閉上眼。

你幹嘛昏倒？

我沒有昏倒，不然她早就急著去拿急救設備了。

那你就是靈魂出竅了。兩種都很糟。你這輩子從來沒有靈魂出竅過。或許曾經嗑藥嗑到睡魔附身，但從來沒有靈魂出竅過。

他的右手也覺得怪怪的，有點隱隱抽痛，好像有人拿榔頭搥過一樣。

他甩甩右手，還是閉著眼睛。不痛，沒有抽痛，沒有投彈手的眼睛。至於那股靈魂出竅的感覺，也許一方面是因為他快變成涼火雞，另一方面則很可能是因為他得了『走私者的憂鬱』，就像那位毒界聖哲、無所不知的傢伙說的。

他心想：但是無論如何，我還是要睡，怎樣？

亨利的臉從他身邊飄過，就像一個沒綁好的氣球，對他說道：別擔心，你會沒事的，小弟。你飛到拿索，住進阿圭奈飯店，星期五晚上會有一個人去找你。那傢伙是個好人。他會替你解解癮，留下足夠的東西，讓你安安穩穩過完週末。星期天晚上他會帶貨來，你把保險箱的鑰匙交給他。星期一早上你就像巴拉札說的一樣照常行事。那傢伙很瞭解，他知道該怎麼辦。星期一中午你上飛機，像你這樣一臉老實，過海關簡直就是輕而易舉，不用等太陽下山，我們兩人就可以在火光牛排屋大吃牛排啦！真的是輕而易舉，就像一陣微風一樣，小弟，不過就是一陣清涼的微風啊！

但結果卻是一陣燠熱的微風。

他跟亨利的問題就是，他們就像查理布朗與露西。唯一的不同是，亨利偶爾會把足球抓好，讓艾迪能一踢就中——並不時常這樣，但偶爾會有那麼一次。某次嗑海洛因嗑到茫茫然的時候，他還想寫信給作者查爾斯．舒茲。他會這麼寫：親愛的舒茲：你老是讓露西在最後一刻把足球拿走，這可是大大失策。她應該偶爾把球抓好，讓查理布朗永遠猜不透，你懂吧？有時候她甚至把球抓好，讓他連續踢到個三次，甚至四次，然後三、四天都踢不到，接著你應該懂了吧？這真會讓那小子氣炸了，不是嗎？

艾迪知道那會讓那小子氣炸了。

他可是過來人。

亨利說，那傢伙是個好人，但最後出現的，卻是個膚色蠟黃、講話帶著英國腔的傢伙，這傢伙留著細細的八字鬍，看起來活像一九四〇年代法國黑色電影裡的人物，一口黃牙往內凹陷，就像老舊捕獸器的鋸齒。

『你有鑰匙吧，Senor（先生）？』他問道，只不過在他那英國公立學校般低俗的腔調之

中，這句刻意賣弄的西班牙語聽起來反而讓人覺得這傢伙高中沒畢業。

『鑰匙沒問題。』艾迪說，『如果你是這個意思的話。』

『那就給我吧。』

『照規矩來。你應該先給我點貨，讓我度過週末。星期天你應該要給我點東西，然後我再把鑰匙交給你。星期一你進城，拿鑰匙去取某個東西。我不知道那東西是什麼，因為那不關我的事。』

突然間膚色蠟黃的傢伙手上多了一支小小的扁平藍色自動手槍。『你為什麼不直接給我就好了，Senor？我可以省些時間與精力，你則可以保住小命。』

艾迪．狄恩骨子裡是個硬漢，不管他是不是隻毒蟲。亨利知道，更重要的是，巴拉札也知道，所以才會派他來。大部分的人都以為，他會去是因為他嗑藥嗑到骨子裡去了。他知道，亨利知道，巴拉札也知道，但只有他跟亨利知道，就算他一點毒都不碰，他還是會去。為了亨利去。巴拉札沒想這麼多，但是去他的巴拉札。

『把那玩意拿開，你這個小雜種。』艾迪問道，『還是你要巴拉札派人來這兒，用生銹的刀子把你的眼睛挖出來？』

膚色蠟黃的傢伙微微一笑，手槍像變魔術似的不見了，取而代之的是一個小小的信封。他把信封交給艾迪。『開個小玩笑而已，你知道的嘛！』

『最好是喔。』

『星期天晚上見了。』

他轉身往門走去。

『你最好等一等。』

膚色蠟黃的傢伙轉過身，揚起了眉毛。『你覺得如果我想走，你阻止得了我嗎？』

『我覺得如果你走了，這玩意卻是個假貨，明天我就死定了，然後你會死得更難看。』

膚色蠟黃的傢伙繃著臉，轉過身，坐在房間裡的單人安樂椅上，而艾迪則打開信封，撒出一點點棕色的東西，那東西看起來很邪惡。他望著膚色蠟黃的傢伙。

『我知道那玩意兒看起來怎樣，它看起來很爛，但是它本來就那樣。』膚色蠟黃的傢伙說，『沒問題的啦！』

艾迪從桌上的筆記本上撕下一張紙，從那一小堆棕色的東西裡分出一小部分，用手指摸了摸，用上顎嚐了嚐味道，然後往垃圾桶一啐。

『你找死啊！這什麼玩意？你真那麼想死？』

『就是這玩意兒。』膚色蠟黃的傢伙臉繃得更緊了。

『我訂了明天的機票。』艾迪說。這當然不是真的，但他覺得膚色蠟黃的傢伙沒那個功夫去查。『環球航空，我自己訂的，以免碰頭的人剛好是個靠不住的傢伙，就像你一樣。我不在乎，正合我的心意，反正我不是這塊料。』

膚色蠟黃的傢伙坐了下來，凝神盤算。艾迪也坐了下來，努力不要有任何動作。他很想動，他早上十點來過一針，離現在也過了十個小時，但如果他現在輕舉妄動，局勢就會改變。膚色蠟黃的傢伙不只是在凝神盤算，而是盯著他，打量他的能耐。

『也許我可以找點東西出來。』他終於開口。

『你最好努力找。』艾迪說，『十一點以前來。十一點一到，我就會把燈關掉，在門口掛上請勿打擾的牌子，如果有人過了十一點才來敲門，我會打電話給櫃台，說有人在騷擾我，請派警衛上來。』

『操你的。』膚色蠟黃的傢伙用那無懈可擊的英國腔說道。

『不。』艾迪說，『被操的人是你，我來的時候兩條腿可夾得好好的。十一點以前帶著我能用的東西來——不必太好，只要能用就行——不然你就會變成一個死掉的雜種。』

7

膚色蠟黃的傢伙回來了，時間離十一點還早，九點半而已。艾迪猜想另一批貨應該一直都放在他的車上。

這次的量比較多。不是純白色的，但至少帶點暗沉的象牙色，看來有點希望。艾迪嚐了嚐，似乎還可以。事實上不只還可以，而是很不錯。他捲起紙，吸了一點。

『好啦，那就星期天見了。』膚色蠟黃的傢伙快活的說著，站了起來。

『等等。』艾迪說，好像手上有槍的人是他。從某方面來說，他的確有槍。他的槍是巴拉札。在紐約的美妙毒界中，安立可．巴拉札是一把威力十足的大槍。

『什麼？』膚色蠟黃的傢伙轉身瞪著艾迪，好像覺得艾迪瘋了，『為什麼？』

『呃，其實我是在替你著想啦！』艾迪說，『如果我因為吸了你剛才給我的東西，真的生了病，事情就完了。如果我死了，事情當然就完了，但如果我只有生一點點病，我也許會再給你一次機會。你知道，就像那個故事，一個小孩摸摸神燈，就能許三個願。』

『它不會讓你生病，那是中國白。』

『如果那是中國白，』艾迪說，『那我就是杜懷特．古登❷。』

❷Dwight Gooden（一九六四—），知名棒球投手，於大都會隊成名，後加入洋基隊。

『誰？』

『當我沒說。』

膚色蠟黃的傢伙坐了下來。艾迪坐在汽車旅館房間裡的桌子旁，那一小堆白色的粉末放在旁邊（先前那堆老鼠藥之類的東西大概早就在廁所裡沖掉了）。電視上，多虧了WTBS電視台和阿圭奈飯店屋頂上的大耳朵，大都會隊正在痛宰勇士隊。艾迪隱約感到一陣平靜，這陣平靜彷彿是發自內心……但從他看過的醫學期刊裡，他知道這陣平靜感其實是來自脊椎底部的那叢神經，海洛因在脊椎底部使神經幹不自然的增厚，造成海洛因成癮。

他曾經這麼問過亨利：*想要戒毒的特效藥嗎？折斷你的脊椎，亨利。你的腳動不了，你的小弟弟也動不了，但你馬上就能戒毒。*

亨利並不覺得好笑。

事實上，艾迪也不覺得有那麼好笑。如果要甩掉肩膀上的猴子，唯一的方法只有折斷脊椎神經，但這隻猴子可不是隻普通的猴子，牠不是小巧的捲尾猴，也不是手搖風琴師的可愛吉祥物，而是一隻又大又壞的老狒狒。

艾迪開始用鼻子吸了起來。

『好。』他終於開口。『這玩意可以。你可以滾出房間了，雜種。』

膚色蠟黃的傢伙站起身。『我有朋友。』他說，『我可以叫他們來，整到你求我讓你告訴我鑰匙在哪裡。』

『別做夢了，冠軍。』艾迪說，『別做夢了。』然後微微一笑。他不知道自己的微笑是什麼模樣，但一定不會是個開心的微笑，因為那膚色蠟黃的傢伙滾出了房間，很快就滾了，頭也不回的滾了。

等艾迪・狄恩確定他離開了，便弄起了貨。解了癮。沉沉睡去。

8

他睡著了。

槍客莫名其妙的進入了這個男人的意識（他還不知道這個男人的名字，他腦中『膚色蠟黃的傢伙』，也不知道他的名字，所以也一直沒有開口稱呼），他看著眼前這一幕，就像小時候看話劇一樣，那時世界還沒有前進……或者說他覺得眼前這一幕像在看話劇，因為他只看過話劇，如果他看過電影，他應該會覺得像在看電影。沒看到的事情，他可以從囚犯的意識裡得知，因為各種事情之間的關係相當緊密，不過在名字這件事上面，有件事相當奇怪：他知道囚犯哥哥的名字，卻不知道囚犯的名字。但當然，名字是神祕的，充滿力量的。

而且真正重要的兩件事也不是囚犯的名字。第一件重要的事是毒癮的弱點；第二件事則是埋藏在這個弱點之下的剛強，就像藏在流沙之下的良槍。

這個男人讓槍客心痛的想起了卡斯博。

有人來了。囚犯熟睡著，沒有聽見。槍客清醒著，聽得一清二楚，於是他再次走上前去。

9

太好了，珍心想。他告訴我他很餓，我瞧他還滿可愛的，就去找東西給他吃，結果他竟然在我面前睡著。

然後那位乘客——他年約二十，很高，穿著乾淨、微微褪色的藍色牛仔褲與渦紋圖案的毛織襯衫——稍稍睜開了眼，對她微笑。

『多謝，塞爺。』他說——又或者是她聽錯了。這句話聽起來好古老……又像是外國話。他只是在說夢話而已，珍心想。

『不客氣。』她露出她最完美的空服員微笑，心想他一定會再睡著，等到用餐時間真的到了，三明治還會在哪兒，動也沒動。

噯，這不就是他們教你要做好心理準備的，不是嗎？

她走回廚房抽煙。

她點燃火柴，舉向香煙，但舉到一半就停了下來，心不在焉，因為有些事情他們教你要做好心理準備。

我覺得他滿可愛的，主要是因為他的眼睛。他淡褐色的眼睛。

但不久前，坐在3A的人張開眼睛時，他的眼睛不是淡褐色的，而是藍色的。不是像保羅．紐曼那樣甜蜜性感的藍，而是冰袋般的藍。那雙眼……

『好痛！』

火柴燒到她的手指。她甩掉火柴。

『珍？』寶拉問。『妳還好吧？』

『很好，只是在做白日夢。』

她再點燃一根火柴，這次穩穩的點著了煙。她只吸了一口，就想到了一個完美的解釋。他戴了隱形眼鏡。沒錯，那種會改變眼睛顏色的隱形眼鏡。他去過廁所，還在那裡待了很久，她差點要擔心他是不是暈機——他的臉色蒼白，看起來好像不太舒服。但是他只是去拿掉隱形眼鏡，好讓自己午睡得更安穩。完全合理。

突然間有個聲音從她那不算太遙遠的過去對她說話：妳可能會感覺到一些事情。感覺到有事情讓妳不太舒服。妳可能會看到只有一點點讓妳不舒服的事情。

有色的隱形眼鏡。

珍．朵寧認識超過兩打戴隱形眼鏡的人，大部分都在航空公司工作。沒有人談過這件事，但她覺得也許其中一個原因是他們都感覺到乘客不喜歡看見空服員戴眼鏡，空服員戴眼鏡會讓他們緊張。

在戴隱形眼鏡的人中，她知道也許有四個人戴有色的隱形眼鏡。普通的隱形眼鏡很貴，有顏色的隱形眼鏡更是天價。這些願意撒錢買隱形眼鏡的人都是女人，而且全都非常愛慕虛榮。

那又怎樣？男人也可以愛慕虛榮。為什麼不行？他長得很帥。

不，他不帥。也許稱得上可愛，但還稱不上帥，而且他的膚色蒼白，說他長得可愛還有些勉強。那他幹嘛戴有色的隱形眼鏡？

飛機乘客通常都很怕飛行。

在這個世界裡，劫機與走私毒品已成了真實生活中的事件，所以空服員通常都很怕乘客。那個對她講話的聲音，是空服員學校的一位講師，一個難纏的兇老太婆，搞不好還跟偉利．波斯特❸一起送過航空郵件。她說：不要忽視你的懷疑。如果你忘了我教你怎麼對付潛在或實際的恐怖份子，記得一件事：不要忽視你的懷疑。在錄口供的時候，有時候你會聽到空勤人員說，他們什麼都不知道，直到那個傢伙掏出手榴彈，要飛機向左飛到古巴，否則大家就一

❸ Wiley Post，一八九八—一九三五。美國航空界早期的重要人士，曾於一九三一年創下八天內開飛機環遊世界的紀錄。

起飛上天堂。但是你通常都會聽到兩三個人有不同的說法，大部分都是空服員，也就是各位小姐不到一個月後的身分。這些人會說他們感覺到一些事情，感覺到有事讓他們不太舒服，感覺到坐在91C的男士或是3A的年輕小姐有一點點不對勁。他們感覺到一些事情，但卻袖手旁觀。他們會因此被炒魷魚嗎？老天爺，不會！你不能因為不喜歡一個人抓痘痘的樣子，就把他關起來。真正的問題是，他們感覺到一些事情……然後就忘了。

難纏的兇老太婆緩緩舉起一根手指，珍．朵寧跟同學一起全神貫注的聽她說話：如果你覺得有事不太對勁，什麼都別做……但也包括不要忘記，因為你永遠都會有一個小小的機會阻止事情發生……比如說意外在某個髒不拉嘰的阿拉伯國家中途滯留十二天。

只是有色的隱形眼鏡，但是……

多謝，塞爺。

是夢話嗎？還是他睡昏頭了，不知不覺說了什麼外國話？

珍決定要仔細觀察。

而且她不會忘記。

10

就是現在，槍客心想。現在真相就要揭曉了，不是嗎？

他可以穿過海灘上的門，從他的世界來到這個世界，現在他想知道的是，他能不能從這個世界帶東西回去。噢，他指的不是他自己。他確定只要他願意，他隨時都可以穿過門，回到他的世界，再度進入他中了毒、奄奄一息的軀體中。但是其他的東西呢？具有實體的東西呢？比如說他眼前的食物：也就是軍裝女人所謂的『偉魚三明治』。槍客不曉得『偉魚』是什麼，但是他知道它長得很像『小脆捲』，不過這個小脆捲看起來好像沒煮熟。

他的身體需要進食，他的身體需要喝水，但是比進食喝水更重要的是，他的身體需要藥物。如果沒有藥，他就會死於龍蝦怪咬的傷口。這個世界也許會有他需要的藥。在這個世界裡，連馬車都能飛得比最強的老鷹高，還有什麼事情是不可能的呢？但如果他不能穿過那扇門，把東西從這個世界帶回他的世界，不管這個世界有多少藥效強大的藥物，都是一點用也沒有。

你可以住在這個身體裡，黑衣人的聲音在他的腦袋深處低語著。*把那塊會呼吸的肉留給龍蝦怪，反正它只是副臭皮囊。*

他不願意。第一，奪人軀體是最駭人聽聞的盜竊之罪，而且他不願意永遠當個過客，永遠從這個男人的眼睛看世界，像一個遊子從馬車的窗戶望著不斷逝去的風景。

第二，他是羅蘭。如果他必須死，他也要以羅蘭的身分死。就算他死，他也要死在爬往黑塔的路上。

然後他性格中實際的一面跳了出來；那實際的性格與他浪漫的本性共存，就像虎與鹿。試都還沒試，談什麼死亡。

他拿起『小脆捲』。小脆捲切成了兩半，他兩手各拿一半。他睜開囚犯的眼睛，往外看。沒有人在看他（不過在廚房裡，珍・朵寧在想他，而且想得非常認真）。

羅蘭轉身面對門，拿著切成兩半的小脆捲，穿門而過。

11

一開始，他聽見震耳欲聾的浪潮聲，接著他掙扎著坐起身，聽見許多海鳥從近處岩石飛起的嘈雜聲（他心想：那些卑劣的雜碎要爬上來了，牠們一定很想把我蠶食鯨吞，不管我還有沒有呼吸——牠們不過就是多了層烤漆的禿鷹），然後他發現右手拿的半塊小脆捲掉在堅硬的灰色沙地上，因為他穿過門的時候，是用一隻完整無缺的手拿著它，但現在（或者說是『剛才』）卻是用一隻缺了百分之四十的手拿著它。

他笨手笨腳的撿起它，用拇指和無名指捏著，盡量拍掉上頭的泥沙，試探的嚐了一口，沒多久他就開始狼吞虎嚥，完全沒注意到自己嚼到了一些泥沙。過了一會兒，他把注意力轉向另一半，三口就吃下肚。

槍客不知道『偉魚』是什麼——只知道它非常美味，而知道這一點似乎就已經足夠了。

12

在飛機上，沒有人看到鮪魚三明治是怎麼不見的。沒有人看到艾迪．狄恩的雙手緊緊抓住它，甚至在白麵包上捏出深深的指印。

沒有人看到三明治變得愈來愈透明，然後整個消失不見，只剩下一點麵包屑。

這件事發生後二十秒，珍．朵寧熄了煙，走過客艙廁所，從手提包裡拿出一本書，但是她的目的其實是要再看一眼3A。

他看起來睡得很熟……但是三明治不見了。

珍心想：天啊，他不是用吃的，他是整個用吞的。而且他現在又睡著了？開什麼玩笑！

不管剛才3A那位『一下褐色一下藍色』先生有什麼事讓她覺得不舒服，現在那件事還是讓她覺得很不舒服。他就是有事不太對勁。

就是有事。

第三章　接觸與降落

1

一陣廣播吵醒了艾迪；是副機長在廣播，他說飛機即將於四十五分鐘後降落甘迺迪國際機場，視線良好，吹西風，風速每小時十哩，溫度是怡人的華氏七十度；他要把握機會感謝各位選擇搭乘達美航空。

艾迪四下張望，發現大家都在檢查海關申報卡跟身分證明——從拿索入境美國，應該只要準備駕照跟美國銀行通用的信用卡就足夠，但大部分的人還是帶著護照——他不由得感到一條鋼索開始纏緊他的五臟六腑。他還是不能相信自己居然睡著了，而且睡得這麼熟。

他站起來，走向廁所。腋下的古柯鹼好像還安安穩穩的在那兒，跟剛綁上去的時候一樣，緊緊貼著身體。古柯鹼是一個講話輕聲細語的美國人在飯店替他綁上的；美國人名叫威廉·威爾遜，剛好跟愛倫坡鼎鼎大名的小說同名（艾迪稍稍提到這件事，不過那傢伙只白了他一眼）。他在綁完古柯鹼之後，交給艾迪一件襯衫。只是一件普通的渦紋毛織襯衫，有點褪色，就像一個參加兄弟會的小子在結束了短暫的考前假日後，坐飛機回國一樣……只不過這件襯衫經過特別縫製，可以隱藏那兩團醜陋的腫塊。

『降落前再檢查一次，以防萬一。』威爾遜說，『不過你不會有事的。』

艾迪不知道他會不會有事，但他想在『請繫緊安全帶』的燈亮起前如廁，還有另外一個理由。儘管誘惑難以抗拒——前晚那幾乎不只是誘惑，而是急切的需求——但到目前為止，他還能強忍著不用光蠟黃傢伙膽敢稱為『中國白』的東西，剩下最後一點。

從拿索入關，不像從海地或是昆康或是波哥大入關，但還是有人在看。受過訓練的人。他必須做好萬全的準備。如果他入關時能冷靜一點，只要冷靜一點點，也許他就能順利過關。他吸了粉末，把那一小捲紙丟進馬桶裡沖掉，然後洗手。

他心想：你永遠也不知道自己能不能順利過關，不是嗎？不，他不知道，而且也不在乎。在他回座位的路上，他看見那個送飲料來的空服員（飲料他還沒喝完）對他微笑。他回以微笑，坐下來，繫上安全帶，翻起航空雜誌，看著圖片跟文字。圖片跟文字完全引不起他的興趣。那條鋼索繼續纏緊他的內臟，等到『請繫緊安全帶』的燈真的亮了起來，它更是卯足全力，纏得教人透不過氣。

海洛因發作了，他的鼻塞證明了這一點——但他卻一點感覺也沒有。

但在落地前不久，他再次感覺到一陣令人不安的空白……很短，但卻是千真萬確。

七二七飛機斜飛過長島海峽，開始降落。

2

那個看起來像大學生的傢伙走進頭等艙廁所時，珍．朵寧在商務艙的廚房中，幫彼特跟安妮收好最後一批餐後飲料的玻璃杯。

她拉起隔開商務艙與頭等艙的布簾時，他正走回座位，她不假思索，立刻加快腳步，對他微微一笑，引得他抬起頭，對她報以微笑。

他的眼睛又成了淺褐色。

好吧好吧，他在午睡前進廁所拿掉隱形眼鏡，睡醒後再進廁所戴上隱形眼鏡。老天啊，珍妮！妳真是隻呆頭鵝！

但她並不是隻呆頭鵝。她無法清楚指出問題在哪裡，但她絕對不是隻呆頭鵝。

他太蒼白了。

那又怎樣？臉色蒼白的人多得是，妳媽自從切除膽囊後，臉色也蒼白得很。

他有雙非常吸引人的藍眼，也許沒有淺棕色隱形眼鏡吸引人，但還是非常吸引人。那他為什麼要費那個力，花那個錢？

因為他喜歡有設計師品牌的眼睛。這個答案還不夠嗎？

不夠。

在『請繫緊安全帶』的指示燈亮起以及最後一趟巡視前不久，她做了一件她從來沒做過的事，她做這件事的時候，心裡想著那個難纏的老太婆講師。她在一只熱水瓶裡裝滿了熱咖啡，沒有壓下止水蓋就直接蓋上紅色的塑膠蓋。她只稍微旋了一下塑膠蓋，感覺到它卡住第一道溝紋就停了下來。

蘇西．道格拉斯正在做最後一次的落地廣播，要那些呆頭鵝熄掉香煙，要他們把拿出來的東西收好，告訴他們達美的登機門服務員即將前來服務大家，告訴他們再檢查一次，確定手邊已經準備好海關申報卡跟身分證明，告訴他們現在要去回收所有的杯子、玻璃杯跟耳機。

真驚訝我們不必檢查他們是不是喝了酒，珍心煩意亂地想著。她也感到一條鋼索纏著她的五臟六腑，而且纏得非常緊。

『到我這邊。』珍在蘇西掛掉電話時說。

蘇西看了熱水瓶一眼，然後看著珍的臉。『珍？妳生病了啊？妳的臉白得像……』

『我沒生病。到我這邊，等妳回去我再跟妳解釋。』珍瞥了瞥左手邊逃生門旁的活動摺椅。『我要坐在前座。』

『珍……』

『到我這邊。』

『好吧。』蘇西說，『好吧，珍。沒問題。』

珍．朵寧坐在最靠近走廊的活動摺椅上，兩手抓著熱水瓶，沒有繫上安全背帶。她希望能完全控制熱水瓶，而要完全控制熱水瓶，她必須保持雙手活動自如。

蘇西以為我瘋了。

珍希望自己是真的瘋了。

如果麥唐納機長降落不順，那我就要滿手起水泡了。

她願意冒這個險。飛機往下降落。坐在3A的男人，有著雙色眼睛、臉色蒼白的男人，突然間往前傾，從椅子底下拉出他的旅行包。

就是現在，珍心想。現在他要拿出手榴彈或是自動槍或是任何他手裡有的東西。

只要她一看到那個東西，就在那一刻，她會立刻彈開她微顫雙手中的熱水瓶紅蓋，然後就會有一個阿拉之友大吃一驚，在達美航空九〇一號班機的走廊地板上滾來滾去，臉上的皮膚被燙熟了。

3A拉開了袋子的拉鍊。

珍做好了準備。

3

槍客覺得，不管是不是囚犯，這個男人都比他在飛行馬車上看見的其他人精通生存之術。其他人大部分都很肥，就算身材適中的，看起來也是毫無戒心，他們的臉就像被寵壞的小孩，在逼不得已時會戰鬥，但會沒完沒了的抱怨到戰鬥前一刻。你可以把他們開膛剖肚，讓他們的腸子流到鞋子上，但他們最後的表情不會是憤怒或是痛苦，而是愚蠢的驚訝。

囚犯就好多了……但還不夠好，一點也不夠好。

那個穿軍服的女人。她看到了什麼。我不知道是什麼，但她看到了有事不對勁。她對他特別注意。

囚犯坐了下來。他看著一本封皮鬆軟的書，囚犯把這本書稱為『瑪格達看見了（Magda-Seen）❹』，不過瑪格達到底是何方神聖，槍客一點也不關心。儘管這樣的東西很神奇，但槍客不想看書，他想看那個軍裝女人。踏出門控制一切的衝動十分強烈，但他仍勉強克制……至少現在是克制住了。

囚犯去了某個地方，拿了一點藥。那個藥不是他剛才吸的，也不能讓槍客病懨懨的身體好起來，但卻有很多人願出高價購買，因為它是非法的。他會把藥交給他的哥哥，他的哥哥再把藥交給一個名叫巴拉札的人，巴拉札會拿他們兩兄弟需要的藥來交換，整筆交易便大功告成——不過前提是，囚犯必須先正確完成一個槍客不知道的儀式（在這個奇怪的世界裡，想必一定有很多奇怪的儀式），這個儀式叫做『通過海關』。

但那個女人看到他了。

她能阻止他『通過海關』嗎？羅蘭覺得也許有可能。然後呢？坐牢。而如果囚犯去坐牢，他就沒辦法拿到藥，治療他那受到感染、奄奄一息的身體。

❹來自另一世界的槍客不知道雜誌是什麼，所以誤將囚犯說的magazine（雜誌）聽成Magda-Seen。

他必須通過海關，羅蘭心想。他必須通過海關，而且他必須跟他哥哥一起去見那個叫巴拉札的人。這不在計畫裡，哥哥也不會喜歡，但他必須這麼做。

因為買賣藥物的人很可能認識會治病的人，要不然就是本身會治病。他也許會聽聽他說是哪裡出了毛病，然後……也許……

他必須通過海關，槍客心想。

答案是這麼顯而易見，這麼靠近他，他差一點就要視而不見。還用說嗎？通過海關會變得這麼困難，就是因為囚犯想要偷運的那堆藥。遇到可疑人士時，某種神諭使者就會上來盤查。羅蘭心想，若非如此，通過海關的儀式會是輕而易舉，就像在羅蘭的世界裡通過友邦的國界一樣，只要出示對該國君主效忠的信號，也就是一個簡單的手勢，就能通行。

他可以從囚犯的世界把東西帶回自己的世界。偉魚三明治證明了這一點。他會把藥帶走，就像他帶走小脆捲一樣。囚犯會通過海關，然後羅蘭再把藥帶回來。

你可以嗎？

啊，這個問題真是煩人，讓他無法專心看著下方的水景……他們來到了一片汪洋之上，正往海岸線回頭飛去。愈接近海岸線，水面就愈靠近。飛行馬車正在下降（艾迪只是偶爾略略瞥向水面，但槍客卻是無比著迷，就像一個初次見到下雪的孩子）。他可以從這個世界帶走東西，這一點他知道，但是把東西帶回來呢？這一點他還不知道，他必須找出答案。

槍客把手伸進囚犯的口袋，用囚犯的手指抓住一枚硬幣。

羅蘭走回門後。

4

他坐起身，驚得鳥兒飛起。這次牠們不敢靠得像上次那麼近。他很痛，他頭昏眼花，渾身發熱……但是那微薄的營養還是讓他恢復了不少精力，著實令人吃驚。

他看著他帶回來的那枚硬幣。它看起來像是銀幣，但邊緣的紅色痕跡卻顯示它是用某種較廉價的金屬製成的。硬幣的一面是一個男人，男人的臉上流露出高貴、勇氣、固執。他一頭鬈髮，不只是在靠近頭皮的地方捲，就連靠近脖子的地方也捲成一束一束的，同時流露出些許的虛榮。他翻過硬幣，看到一個令他非常震驚的東西，他忍不住發出粗啞的叫聲。

硬幣的背面是一隻老鷹，槍客的戰旗便是一隻老鷹的圖形。在那段朦朧的歲月中，還有許多王國，還有許多繪著老鷹的戰旗。

時間不多。回去，快回去。

但他逗留了一會兒，思考著。在這個腦袋裡比較難思考，囚犯的腦袋也稱不上清醒，但至少在目前來說，比他自己的腦袋清醒多了。就算硬幣能在兩個世界來回，實驗也只算做了一半，不是嗎？他從彈匣裡拿出一顆子彈，跟硬幣一起握在手裡。

羅蘭走回門後。

5

囚犯的硬幣還在，緊緊握在口袋裡的手中。他不必走上前檢查那枚子彈，他知道它沒有到達這個世界。

但他還是走上前，只稍稍上前了一會兒，因為有一件事情他必須知道，必須看。

於是他轉過身，假裝要調整椅背上的那片紙（老天，這個世界裡到處都是紙），然後望向那扇門。他看見他的身體，像之前一樣頹倒在地，只不過現在多了一道新的血跡從臉頰上的傷痕流出……

他跟硬幣握在一起的子彈躺在門前，躺在沙地上。但他已經有了足夠的答案。囚犯可以通過海關，守衛也許會把他從頭搜到腳，從屁眼搜進肚子，然後倒回去再搜一次。他們會一無所獲。槍客靠向椅背，心滿意足，完全沒有察覺自己仍然不了解問題有多嚴重──至少在此時此刻，他還沒有察覺。

6

七二七飛機順利降落在長島的鹽鹼灘上，在身後留下焦黑的廢油跡。起落架發出一陣轟隆聲，接著是一陣砰然巨響，放了下來。

7

3A，有雙色眼睛的男人，站了起來，珍看見──真的看見──他的手上拿了一支短管烏茲衝鋒槍，但旋即發現那不過是他的海關申報卡和一個小小的拉鍊袋，有時候會有人拿這種袋子裝護照。

飛機像絲緞般平穩的降落。

她發出一陣深沉、劇烈的顫抖，然後旋緊了熱水瓶的紅色蓋子。

『罵我是笨蛋吧。』她一邊對蘇西低聲說，一邊繫緊了安全背帶，儘管有點為時已晚。她先前已經跟蘇西說過她的懷疑，好讓蘇西做好準備。『我真的很笨。』

『不。』蘇西說，『妳做的事情是對的。』

『我過度反應了。晚餐我請客。』

『那當然啦！別看著他，看著我。微笑，珍妮。』

珍妮微微一笑，點點頭，心想現在又是怎麼一回事。

『妳剛才只顧著看他的手。』蘇西說，然後笑了笑，珍也跟著笑了起來。『我則是在他彎腰拿袋子的時候，看見他的襯衫裡頭有點奇怪。他襯衫底下大概可以塞下整個伍爾渥斯超市的日常雜貨，不過我想他塞的東西大概沒辦法在伍爾渥斯買到。』

珍再次仰頭笑了起來，覺得自己像個傀儡。『我們該怎麼做？』蘇西比她資深五年，五分鐘前，珍還覺得一切都在自己的掌握之中，但現在她卻很慶幸有蘇西在身旁。

『我們什麼也不做。滑行時再告訴機長，機長會跟海關人員說。妳的那位朋友跟其他人一樣排隊，不過會有人請他出列，護送他到一間小房間。我想他接下來還會去很多小房間。』

『老天。』珍微笑著，但卻覺得全身一陣冷，一陣熱。

在反向推進器開始減速後，她解開安全背帶，把熱水瓶交給蘇西，然後站起來，打開駕駛員座艙門。

不是恐怖份子而是運毒犯。感謝老天爺賞賜的小小恩惠。但從某方面來說，她痛恨這樣，他剛才真的很可愛。

不是非常可愛，而是有一點可愛。

8

他還是沒發現，槍客想著，覺得既生氣又絕望。老天爺！

艾迪彎下腰去拿完成儀式所需的文件，他抬起頭時，軍裝女人正瞪著他，兩眼圓睜，兩頰白得像椅背上的紙。那個他原以為是某種容器的紅頂銀罐顯然是種武器。現在她把它夾在胸部之間，羅蘭覺得再過一兩分鐘，她可能會把罐子甩出去，或是旋開紅色的蓋子，然後拿罐子掃射他。

但接下來她放鬆了下來，然後繫上背帶，儘管那陣砰然巨響告訴槍客和囚犯，他們已經落地了。她轉向坐在旁邊的軍裝女人，說了一些話。另一個女人笑了起來，點點頭，但槍客心想，如果那笑容是真心的，那他就是河裡的癩蛤蟆。

槍客心想，這個男人的心靈是他『業』的暫時居所，但這個男人怎麼會這麼愚蠢。當然，他幹的蠢事之一就是吸那個東西……那個東西是這個世界裡的鬼草。但他的蠢事還不只這樣。他不像其他人一樣軟弱又粗心，但他遲早也會與那些人同流合污。

他們會這樣是因為他們活在光明之中，槍客突然這麼想著。就是那道你最珍愛的文明之光。他們活在還沒有前進的世界裡。

如果在這樣的世界裡，每個人都會變成這樣，羅蘭心想他或許寧可選擇黑暗。『那就是世界還沒前進前的樣子。』在他的世界裡，大家都這麼說，而且都是帶著無比的惋惜與悲傷……但也許，那樣的悲傷是沒有經過思考的，沒有經過細細思量的。

她以為我（他）彎腰是要去拿武器，但事實我只是去拿文件。她看見文件所以鬆了一口氣，然後做了大家在飛行馬車再度落地前都會做的事。現在她和她的朋友在談笑，但她們的臉——特別是她的臉，那個拿著金屬管的女人——不太對勁。沒錯，她們在交談，但她們只是假裝在笑……因為她們在談的是我（他）。

現在飛行馬車沿著一條看似水泥鋪成的長路上移動，水泥長路不只一條。大部分的時間他都看著那兩個女人，但從他的眼角餘光，槍客可以看見其他的飛行馬車沿著其他的道路四處移動著。有的拖著腳步緩慢移動，有的則以驚人的速度移動著，看起來完全不像馬車，而

是從手槍或是大炮裡發射出來的彈藥，準備躍向天空。雖然情況危急，但槍客還是很想走上前，轉動囚犯的頭，看著那些飛行器飛向天空。它們是人造的，但卻像傳說中的大羽鳳凰一樣神奇，傳說中，大羽鳳凰曾經棲息在遙遠的（或許是虛構的）加闌王國中——也許正因為這些飛行器是人造的，所以它們比大羽鳳凰更神奇。

曾替他送來小脆捲的女人解開了背帶（離她繫上背帶不到一分鐘），往一扇小門走去。那裡是駕駛的座位，槍客心想，但等到門打開，女人走進去，槍客發現這輛飛行馬車需要三位駕駛，不過他立刻就了解了原因，因為儘管他只稍稍瞥了一眼，他就看見了無數的按鍵與操縱桿。

囚犯什麼都看在眼裡，卻什麼都沒發現——寇特一定會冷笑一聲，然後抓他去撞最近的牆壁。囚犯的心思全都放在從椅子底下抓出包包，從頭上的行李箱拿出薄外套……還有那場即將來臨的嚴峻儀式。

囚犯什麼都沒看見，而槍客什麼都看見了。

那個女人覺得他是個小偷或是瘋子。他（又或者該說是『我』，是的，該說是『我』）做了某件事讓她有這種想法。她改變了心意，然後另一個女人又讓她恢復了心意……只是我覺得她們現在知道是哪裡不對勁了，她們知道他要去褻瀆那場儀式。

然後他感到一陣青天霹靂，突然發覺其他問題。第一，把那些袋子帶回他的世界跟把硬幣帶回他的世界，完全是兩碼子事。硬幣並沒有用沾滿黏膠的帶子一圈又一圈纏在囚犯的上半身，緊緊貼著他的身體。沾滿黏膠的帶子只是問題的一部分，硬幣有很多，丟了一枚不會引起囚犯的注意，但如果他冒著生命危險的東西不見了，他一定會驚慌失措……那可怎麼辦？囚犯的行為很可能會失去理智，最後的下場跟褻瀆儀式沒什麼兩樣，也就是鋃鐺入獄。

而這個損失是非常糟糕的，如果腋下的袋子突然間平空消失，囚犯很可能會覺得自己真的瘋了。

飛行馬車降落地面，像牛車一樣拖著腳步緩緩左轉。槍客發現他沒有時間再多做思考，他該做的不只是走上前，他還必須跟艾迪．狄恩接觸。

就是現在。

9

艾迪把申報卡跟護照塞進胸前的口袋。那條鋼索現在緊緊繞著他的五臟六腑，陷得愈來愈深，讓他的神經爆出火光，嘶嘶作響。然後突然間，他的腦袋裡出現了一個聲音。

不是一個想法，而是一個聲音。

聽著，夥伴，仔細聽好。如果你想保持安全，就別讓你的臉上出現任何表情，免得讓那些軍裝女人更懷疑你，天知道她們已經夠懷疑你了。

艾迪的第一個念頭是，他還戴著航空公司發的耳機，不小心收到了從駕駛員座艙傳出的奇怪訊息，但是耳機早就在五分鐘前收走了。

他的第二個念頭是，有人站在他的身邊說話。他幾乎要把頭轉向左邊，但這個念頭實在是太荒謬了。不管喜不喜歡，事實擺在眼前：那個聲音來自他的腦袋裡面。

也許他從補牙的東西裡接收到某種訊號——AM、FM，或是VHF。他曾經聽過這種……

清醒一點，豬頭！你不用表現出一副發瘋的模樣，她們就已經夠懷疑你了！

艾迪立刻坐直了身體，如遭當頭棒喝。那個聲音不是亨利的聲音，但卻讓他想起了小時候住在國宅時的亨利。亨利大他八歲，兩人中間還有一個女孩，但現在已成了記憶中的幽靈。在艾迪兩歲，亨利十歲的時候，塞琳娜在一場車禍中喪生。亨利每次發現艾迪在做什麼危險的事，可能讓他時候未到就住進一口松木盒子裡（就像塞琳娜一樣），就會用這種刺耳的命令語氣對他說話。

他媽的到底是怎麼一回事？

你聽見的不是幻覺，腦袋裡的聲音又回來了。不，不是亨利的聲音——更蒼老、更粗啞……更有力。但是它很像亨利的聲音……而且教人很難不相信它是真的。這是第一件事。你沒瘋，我是另一個人。

這是心電感應嗎？

艾迪隱約知道自己的臉上毫無表情。他心想，在這樣的情況下，他應該可以贏得奧斯卡最佳男主角獎。他望向窗外，看見飛機逐漸靠近甘迺迪國際機場入境大廈的達美航空區。

我不知道那四個字是什麼意思，但我知道那些軍裝女人知道你在運……

聲音停了一下。他突然有一種感覺（一種奇怪得難以言喻的感覺），好像有幽靈般的手指在他的腦中翻找，好像他是一本活的圖書館卡片目錄。

……在運海洛因或是古柯鹼。我不能確定是哪一種，不過——不過我想一定是古柯鹼，因為你要把你身上帶的東西賣了，才能買你平常吸的那種東西。

『什麼軍裝女人？』艾迪喃喃問道。他完全不曉得自己在大聲說話。『你到底在說……』

閉上你的嘴，你這個該死的笨驢！

好吧好吧！老天爺！

現在他又感到有手指在他的腦袋裡翻找。

軍裝的空服員，奇怪的聲音回答。你懂了嗎？我沒時間一個字一個字幫你翻譯！

『你到底……』艾迪把話吞了回去。你剛才叫我什麼？

別在意，聽就是了。時間非常、非常短。她們知道了，軍裝的空服員知道你有古柯鹼。

她們怎麼知道？真是太荒謬了！

我不知道她們怎麼知曉的，而且也無關緊要。她們之中有一個人告訴了駕駛員，駕駛員會告訴執行儀式的祭司，就是通過海關的儀……

那個聲音的語言很難懂，用的字非常古怪，幾乎有些可愛……但話裡的意思卻傳達得清清楚楚。雖然艾迪還是保持面無表情，但他卻緊緊闔上牙齒，發出一聲痛苦的喀嗒聲，然後從牙縫裡吸了一小口熱氣。

那個聲音在告訴他，遊戲結束了。他還沒下飛機，遊戲就結束了。

但這不是真的，這絕不可能是真的，一切都是他的幻覺，他只是在最後一刻神經有點錯亂而已，就是這樣。他不要理它，不要理它它就會不見……

你不能不理它，否則你就會去坐牢，我就會死！那個聲音吼道。

我的老天爺，你到底是誰？艾迪不甘不願、又懼又怕的問道，接著他的腦袋裡聽見某個人或是某個東西鬆了一口氣，發出一陣深沉、強勁的嘆息。

10

他相信了，槍客心想。感謝過去現在所有的神，他相信了！

11

飛機停了下來。『請繫緊安全帶』的燈熄了。空橋往前滑動，撞上前艙門，微微發出一陣聲響。

他們抵達了。

12

那個聲音說道：在你進行通過海關的儀式時，你可以把東西放在一個地方。一個安全的地方。然後等你完成之後，你可以把東西拿回來，給那個叫巴拉札的人。

乘客起身，把東西從頭上的行李箱拿下來，努力處理大衣，因為根據機長廣播，外頭的天氣太溫暖，用不著大衣。

拿好你的包包，拿好你的夾克，然後再到茅房去一趟。

茅……

噢，洗手間，廁所。

如果他們知道我身上有毒品，他們會以為我要去把毒品丟掉。

但艾迪知道那並不重要，他們不會真的破門而入，因為那可能會嚇到乘客，而且他們也知道你不可能把兩磅的古柯鹼丟進飛機廁所，一點痕跡也不留，除非那個聲音說的是實話……真的有個安全的地方。但怎麼可能會有？

別瞎想了，你這該死的傢伙！快點行動！

艾迪行動了，因為他終於察覺到苗頭不對。他看到的東西沒有羅蘭多，因為他不像羅蘭經歷了多年的折磨與嚴苛訓練，但他可以看見空服員的臉——真正的臉，儘管她們露出微笑，親切的幫忙遞送放在前方衣櫃的衣物與紙箱，但他仍然可以看見她們藏在底下的真正臉孔。他可以看見她們的眼神飄向他，然後迅速彈開，一次又一次。

他拿起包包，拿起夾克。通往空橋的門打開了，乘客已經開始從走廊移動。駕駛座艙的門也打開了，機長站在門口，也微笑著……但同時也看著仍在收拾行李的頭等艙乘客，看著他——不，瞄準他——然後再次移開目光，對某人點點頭，摸摸一個小孩子的頭。

現在他覺得很冷。不是冷火雞，而是很冷，他不需要腦袋裡的聲音就已經覺得很冷了。冷——有時候冷不是件壞事，只是要小心不要冷過頭，被凍僵了。

艾迪往前走，一直走到左轉就會進入空橋的地方——然後突然用手摀住嘴。

『我不太舒服。』他低聲說，『對不起。』他推開稍稍擋住通往頭等艙廁所門的駕駛座艙門，然後打開右邊的廁所門。

『恐怕您必須離開飛機。』艾迪打開廁所門時，機長突然說道。『現在……』

『我覺得我要吐了，我不想吐在你的鞋子上。』艾迪說，『也不想吐在我的鞋子上。』

他馬上進了廁所，鎖上門。機長說了些什麼，艾迪聽不清楚，也不想聽清楚。重點是他只是在說話，不是大吼，他沒猜錯，沒有人會在還有大約兩百五十名乘客等著從唯一的前門下飛機時，開始大吼大叫。他在裡頭，他暫時安全了……但這對他又有什麼好處？

他心想：如果你在，你最好快點想想辦法，不管你是誰。

有那麼可怕的一段時間，什麼事情也沒發生。那段時間很短，但艾迪．狄恩卻覺得漫長如永恆，就像小時候亨利偶爾會買給他的Bonomo's土耳其太妃糖。如果他不乖，亨利會痛揍他一頓；如果他乖，亨利就會買土耳其太妃糖給他。暑假時，亨利就是這麼一肩挑起照顧弟弟的責任。

天啊，噢老天啊，全是我想像的，噢基督啊，我怎麼會發瘋到相信……

一個可怕的聲音說道：準備好，我一個人辦不到。我可以走上前，但是我不能讓你走過

來，你必須跟我一起做。轉過身。

艾迪突然覺得自己透過兩雙眼睛看東西，透過兩組神經（但另一個人的神經並沒有完全在這裡，一部分不見了，而且是不久前才硬生生扯開的，現在正發出痛苦的尖叫）感覺，透過十種感官感受外在事物，透過兩個大腦思考，他的血液隨著兩顆心臟脈動。

他轉過身，洗手間的一側有一個洞，一個看起來像是門的洞。他可以看見門後有一片砂礫遍佈的灰色海灘，還有浪潮打在海灘上，浪潮的顏色就像舊的運動襪。

他可以聽見海浪聲。

他可以聞到鹽味，那味道就像他鼻子裡的淚水一般苦澀。

走過去。

有人在敲廁所的門，要他出去，告訴他他必須立刻下飛機。

走過去，該死的傢伙！

艾迪嘴裡邊發著牢騷，邊往那扇門走去……跌了一跤……跌進了另一個世界。

13

他慢慢站起身，發現一顆貝殼的利緣割傷了右手掌。他呆呆的看著血流過生命線，然後看見另一個男人在他的右邊慢慢站起身。

艾迪縮了一下，突然間，尖銳的恐懼取代了混亂的方向感與夢境般的錯位感，這個男人不知道自己已經死了。他的面容憔悴，臉上的皮膚扯過臉上的骨頭，就像把布條用力纏在纖細的金屬尖端上，直到布條幾乎要被扯裂為止。男人的皮膚蒼白，只有在兩頰和下巴下方兩側的脖子上有發燒引起的紅點，他的兩眼間有一個圓形的痕跡，就像小孩子模仿印度人的種姓標記一樣。

但他的眼睛——藍色、沉穩、清醒——卻是活生生的，而且充滿了可怖、頑強的生命力。他穿著手織的深色衣服，上衣是黑色的，但幾乎褪成了灰色，袖子捲了起來，褲子則看起來像是牛仔褲。臀上有槍套交叉，但上頭幾乎一枚子彈也沒有。槍套裡的槍看起來像是點四五，但點四五手槍早就是陳年古董了。木製的槍把磨得光滑，彷彿由內而外發出光亮。

艾迪不曉得自己想說話——也不曉得自己有什麼話要說——但卻聽見自己開口說話：『你是鬼嗎？』

『還不是。』帶著槍的男人啞著聲音說，『那個鬼草，還是古柯鹼，管你叫它什麼。脫掉你的襯衫。』

『你的手臂……』艾迪曾經看過這樣的手臂。那個男人看起來活像是從義大利西部片裡走出來的槍客，他的手臂上閃著明顯的紅線，邪惡的紅線。艾迪知道那樣的紅線代表什麼，代表敗血症，代表魔鬼不只往你的屁眼吹氣，而是沿著下水道往上爬，直搗黃龍。

『別管我那他媽的手臂！』蒼白的幽靈告訴他。『脫掉你的襯衫，把那玩意拿下來！』

他聽見海浪聲，他聽見來去自如的風寂寞的咻咻作響，他看見這個垂死的瘋子，除此之外就是遍地的寂寥。但從他身後，他聽見下飛機乘客的喃喃語聲，以及陣陣不停歇的模糊敲門聲。

『狄恩先生！』他心想，那個聲音是在另一個世界裡。他不再懷疑眼前的一切，而是努力想把這個念頭搥進腦袋裡，就像把釘子搥進厚厚的桃花心木一樣。『你真的必須……』

『你可以把它放在這裡，之後再來拿。』槍客啞著聲音說，『老天啊，你看不出來在這裡我必須開口說話嗎？我的喉嚨很痛！而且沒有時間了，你這個白痴！』

如果有人敢叫他白痴，他可能會動手殺了對方……但是他覺得要殺這個男人可能得費一番功夫，儘管這個人看起來死了還比較快活。但他在那雙藍色的眼睛裡感受到了真實；那雙眼睛投射出瘋狂的怒火，讓所有的問題灰飛煙滅。

艾迪開始解開襯衫的鈕釦。他的第一個衝動是乾脆把襯衫扯開，就像露易絲被綁在鐵軌上的時候，超人也會一把扯開襯衫，但在現實生活中，這麼做可不是太好，遲早你都得解釋為什麼鈕釦不見了。所以他開始把鈕釦一顆顆穿過鈕釦眼，而身後仍然傳來陣陣敲門聲。

他把汗衫從牛仔褲裡拉出來，從頭上脫掉，丟在地上，露出胸前纏繞的膠帶，他看起來像是即將復原的肋骨骨折病患。

他匆忙回頭瞥了一眼，看見一扇打開的門……門底在遍佈砂礫的灰色海灘上磨出了一個扇形，應該是垂死男人打開時造成的。透過那扇門，他看見頭等艙的廁所、洗臉台、鏡子……還有鏡中他那張絕望的臉，黑色的頭髮散落在眉上，遮住他淺褐色的眼睛，背景則有槍客、海灘，還有振翅而飛的海鳥發出刺耳的尖叫，為了莫名的事情爭吵著。

他在膠帶上摸來摸去，不曉得該從哪裡開始，該怎麼找到膠帶頭，然後一陣令人暈眩的無助感向他襲來。小鹿或是兔子在穿越鄉間小路時，轉過頭，突然發現刺眼的車頭燈朝牠直衝而來，一定也是這種感覺。

威廉．威爾遜（那個與愛倫坡著名小說同名的男人）花了二十分鐘才綁好他，而再過五分鐘，最多七分鐘，那些人就要撞開頭等艙廁所的門了。

『我沒辦法把這該死的東西拿下來。』他告訴眼前那個搖搖欲墜的男人。『我不知道你是誰，也不知道這是哪裡，但是我可以告訴你我們的膠帶太多，時間太少！』

14

麥唐納見3A先生沒反應，氣急敗壞的開始撞門，副機長迪爾趕緊建議他停手。

『他能去哪裡？』迪爾問。『他能做什麼？把自己沖進馬桶？他也太大了吧。』

『但如果他帶著……』麥唐納說。

迪爾自己也是古柯鹼的愛好者。『如果他帶著那東西，他一定帶了不少在身上，他是丟不掉的。』

『把水關掉。』麥唐納突然怒氣沖沖的頂了回去。

『已經關了。』導航員說（他吸古柯鹼的次數比吹長笛的次數還多）。『但是我覺得那並不會有任何影響。你可以把東西溶掉，沖進蓄水箱裡，但是你不能讓它平空消失。』他們聚在廁所的門外，門上『使用中』的燈號嘲諷的亮著，每個人都壓低了聲音說話。『藥管局的傢伙會把水箱抽乾，取出樣本，然後那傢伙就死定了。』

『他可以說有人比他先進去，藥是別人丟的。』麥唐納回答。他的聲音漸漸失去耐心。他不想要談這件事，而是真的動手解決這件事，儘管他知道那些呆頭乘客正在排隊下機，許多人都用非常好奇的眼神看著聚在廁所門口的駕駛員與空服員。機組人員都很清楚，如果他們的行動……呃，『明顯得過於明顯』，很可能會讓這些乘客的『恐怖份子恐懼症』發作。麥唐納知道導航員跟飛行機師說得沒錯，他知道那玩意可能放在塑膠袋裡，袋子上沾滿了那個混蛋的指紋，但是他腦袋裡的警鈴還是響個不停。他的心裡有個東西一直尖叫著：小心老千！小心老千！好像坐在3A的傢伙是個遊輪賭徒，手掌裡藏了一張A，隨時準備耍花招。

『他沒有沖馬桶。』蘇西．道格拉斯說，『他也沒有打開水龍頭。如果他有，我們會聽

見吸空氣的聲音。我聽到一些聲音，但是——』

『離開。』麥唐納唐突的說。他的眼睛飄向珍．朵寧。『妳也是。這裡交給我們就行。』

珍轉身離開，氣得雙頰發燙。

蘇西靜靜的說：『珍發現那傢伙，我看見他襯衫底下那兩團東西。我想我們會留下來，麥唐納機長。如果你想指控我們不服從上級指示，儘管去，但是我要你記得，你也許會讓藥管局痛失一次破大案的機會。』

他們四目相視，電光石火。

蘇西說：『我跟你飛過七、八十次了，我想幫你。』

麥唐納盯著她看了一會兒，然後點點頭。『那就留下來吧，不過我要妳們兩個往駕駛艙後退一步。』

他踮起腳，回頭看，看見隊伍的尾端從經濟艙進入商務艙。剩下兩分鐘，也許三分鐘。他轉向機門旁的登機門服務員，登機門服務員從頭到尾一直緊緊盯著他們，而且解下了對講機，拿在手上，似乎感覺到事情不太對勁。

『告訴他我要海關人員上來這裡。』麥唐納低聲對導航員說，『三個或四個，要武裝，而且現在就要。』

導航員一邊露出輕鬆的笑容道著歉，一邊穿過大排長龍的乘客，然後對登機門服務員低聲說了幾句話，登機門服務員便舉起對講機，對著對講機低聲說話。

麥唐納（他這輩子吃過最猛的藥大概就只有阿斯匹靈，而且就連阿斯匹靈他也很少吃）轉向迪爾，雙唇緊緊抿成一條細細的白線，就像一道疤。

『等最後一名乘客下機，我們就把那個茅坑的門給轟開。』他說，『我不管海關來了沒有，懂嗎？』

「收到。』迪爾說完，看著隊伍的尾端走進頭等艙。

15

『去拿我的刀。』槍客說，『在我的錢包裡。』

他比了比放在沙地上的破爛錢包。它看起來不像錢包，而是一個大型帆布包，就像嬉皮會帶的那種包包。那些嬉皮走在阿帕拉契山徑中，不靠藥物就自然『駭』起來（也許偶爾會抽上兩根大麻煙）。不過這個包包看起來是真的，而不是哪個傻瓜用來裝形象的道具，看起來歷經了多年的艱辛（甚至是險惡）旅程。

他只是比了比錢包放置的方向，而不是指了指錢包，他不能指。艾迪發現為什麼這個男人的右手包了塊破襯衫：他有幾根手指不見了。

『去拿。』他說，『剪斷帶子，小心別剪到自己。很簡單，你要小心，但你也必須動作快，時間不多了。』

『我知道。』艾迪說，然後跪在沙地上。全都不是真的，就是這樣，這就是答案。就像毒界聖哲，無所不知的亨利．狄恩所說：啪啦啪啦，嘻嘻哈哈，來點搖滾，駭到爆表。人生虛幻無常，世界滿紙荒唐，放點清水（Creedence）❺，無煩無惱。

全都不是真的，全都只是嗑藥以後極度真實的幻覺，所以上上之策就是放低身體，隨波逐流。這個幻覺的確是非常真實。他伸出手，以為會摸到男人『錢包』上的拉鍊——又或許是魔鬼粘，但卻發現錢包的封口是用交叉的生皮索繫上的，有些生皮索還斷過，然後再小心的重新打結接起來——結打得非常小，好穿過金屬繩眼。

艾迪拉動頂端的繩結，打開包包，在一個略微潮濕的包裹下找到刀子；包裹其實是塊包著子彈的襯衫布。光是刀把就讓他倒抽了一口氣……它閃著圓潤灰白的純銀色澤，刻著引人注意的複雜圖案，讓他的目光……

一陣劇痛在他的耳裡爆炸，轟進他的腦袋，讓他的眼前暫時浮起了一片紅雲。他笨拙的跌在打開的錢包上，趴在沙地上，然後抬起頭，看見那個穿著破靴的蒼白男人。這不是幻覺，那張垂死臉龐上熾烈的藍眼告訴他一切都是真的。

『要欣賞等晚點再說，囚犯。』槍客說，『現在拜託你把它拿起來用。』

他可以感覺到他的耳朵陣陣作痛，還有些耳鳴。

『你幹嘛一直叫我囚犯？』

『剪斷帶子。』槍客說，『如果他們闖進茅房時你還在這裡，我有預感你會在這兒待上很長一段時間，沒多久還會有一具屍體一起陪你。』

艾迪拔刀出鞘。刀不舊，而是比舊更舊，比古老更古老。刀鋒看起來猶如融入了無數歲月的金屬片，磨得極薄，肉眼幾乎看不見。

『沒錯，它看起來很利。』他說，而他的聲音聽起來不太鎮定。

16

最後一批乘客走進了空橋。其中一名乘客是個七十多歲的老太太，她一臉疑惑，這種表情只有在年紀太大或是不諳英語的人頭一次搭飛機時才會出現。她停下腳步，把機票拿到

❺清水合唱團，全名是 Creedence Clearwater Revival，六、七〇年代的搖滾合唱團。

珍・朵寧眼前。『我要怎麼找到去蒙特婁的飛機？』她問。『還有我的行李呢？我要在這裡通關還是在那裡？』

『空橋出口會有登機門服務員為您提供協助，女士。』珍說。

『噯，我就是不懂為什麼妳不能為我提供協助。』老太太說，『那個什麼空橋的東西上頭還塞滿了人哪！』

『女士，麻煩您前進。』麥唐納機長說，『我們現在要處理問題。』

『噢，真抱歉我還活著。』老太太氣呼呼的說，『我想我剛剛才從靈車上掉下來！』

然後大踏著步走過機組員身邊，鼻子舉得老高，就像一隻狗聞到遠處有火災發生，一隻手夾著手提包，另一隻手夾著機票夾。（機票夾裡夾了一堆機票票根，不明就裡的人可能會以為這名女士幾乎遊遍世界各地，沿途換了無數次的飛機。）

『那名女士可能這輩子都不搭達美航空了。』蘇西喃喃說道。

『就算她塞在超人的內褲裡環遊世界，我也他媽的不想管。』麥唐納說，『她是最後一個？』

珍跑過他們的身邊，瞥了商務艙一眼，然後把頭探進主座艙，空無一人。

她回來報告飛機已清空。

麥唐納轉身面向空橋，看見兩個穿著制服的海關人員正努力越過人群，嘴上不停說著『抱歉，借過』，但卻沒有回頭看看被推開的人，最後一個被推開的人就是那位老太太，老太太的機票夾被撞掉了，文件滿天飛舞，她像隻生氣的烏鴉般驚聲尖叫。

『好。』麥唐納說，『你們就停在那兒。』

『先生，我們是聯邦海關人員……』

『沒錯，是我請你們來的，我很高興你們這麼快就到了。現在請你們就站在那裡，因為這是我的飛機，裡頭那個傢伙是我的乘客。等他下了飛機，進了空橋，他就交給你們處置，任憑你們擺佈。』他對迪爾點點頭。『我再給那個狗娘養的傢伙一次機會，然後我們就破門而入。』

『我沒問題。』迪爾說。

麥唐納舉起拳頭，猛敲廁所門，大吼道：『出來，朋友！這是我最後一次問你！』

沒有回答。

『好。』麥唐納說，『我們上。』

17

艾迪隱隱約約聽見一個老太太說：『真抱歉我還活著！我想我剛剛才從靈車上掉下來！』

他扯掉了一半的膠帶。老太太說話時，他的手抖了一下，一道鮮血從他的肚皮上流下來。

『可惡。』艾迪說。

『現在沒法子管那個。』槍客粗啞的聲音說，『做好你的工作。還是你會怕看到血？』

『我只怕看到我自己的血。』艾迪說。膠帶從他的肚子上方開始綁，切得愈高就愈難看清楚。他再切了三英寸左右，差點又切到自己，然後他聽見麥唐納對海關人員說：『好，你們就停在那兒。』

『我能把工作做好，然後順便在自己身上切出一個大洞，又或者你可以幫幫忙。』艾迪說，『我看不到我在幹嘛，我那該死的下巴擋住我了。』

槍客用左手接過刀，他的手在抖，那把刀銳利無比，要是有個閃失可是人命一條。艾迪看著槍客顫抖的手，不由得感到極度的緊張。

『也許我最好還是自己……』

『等等。』

槍客緊緊注視著自己的左手。艾迪不算是完全不相信心電感應，但他也不能算是完全相信，但是他現在卻有一些感應，那種感應十分真實、清晰，就像從烤箱裡散發出來的熱氣。過了一會兒，他終於了解那是什麼：是這個陌生人在集中意志力。

我能感覺到他的意志力強得驚人，他怎麼可能會是個垂死的病人？

顫抖的手漸漸穩了下來，沒多久就穩若磐石。

『現在。』槍客說。他往前走了一步，舉起刀，艾迪感到他的身上還散發出另一種東西——令人作嘔的熱氣。

『你是左撇子嗎？』艾迪問。

『不是。』槍客說。

『噢，老天啊！』艾迪說，然後決定閉上眼或許會覺得好一點。他聽見割開膠帶的沙沙聲。

『好了。』槍客說，後退一步。『現在盡量扯，我繼續割背後。』

現在門上沒有禮貌的微微敲門聲，而是重重的拳擊聲。艾迪心想：乘客都下機了，這些傢伙不扮好人了。該死！

『出來，朋友！這是我最後一次問你！』

『用力扯！』槍客咆哮道。

艾迪兩手各抓住一個膠帶頭，然後用盡全力扯。很痛，痛得要死。他心想：別發牢騷了，事情可能更糟。你可能長滿胸毛，就像亨利一樣。

他低下頭，發現他的胸骨上出現一條過敏的紅斑，大約寬七吋。心窩正上方是他割傷自己的地方。鮮血從傷口裡湧出，流向他的肚臍，成了一道血紅的小河。在他的腋下，裝毒品的袋子晃來晃去，像沒綁好的鞍囊。

『好。』廁所門外那個模糊的聲音對另一個人說，『我們上……』

接下來的話艾迪沒聽清楚，因為槍客突然開始粗魯的扯下剩下的膠帶，讓艾迪痛得什麼也聽不見。他咬緊牙關，忍住尖叫。

『穿上襯衫。』槍客說。艾迪原本覺得他的臉蒼白得猶如鬼魂，現在更有如古老的灰燼。他的左手拿著扯下來的膠帶（現在膠帶全亂七八糟的纏在一起，裝了白色東西的大袋子看起來像是奇怪的繭），然後把膠帶丟到一邊。艾迪看見槍客右手臨時包紮的繃帶上滲出了鮮血。『動作快。』

陣陣重擊聲傳來，這次可不是敲門聲。艾迪抬起頭，剛好看到廁所的門震了一震，門上的燈閃了一下。他們想破門而入。他撿起襯衫，但他的手指突然間變得太巨大、太笨拙。左邊的袖子整個翻了出來，他想把袖子塞回去，但卻反而把手卡在袖子裡，於是他努力想把手抽出來，結果抽得太用力，又把袖子翻了出來。

『砰！』廁所的門又是一震。

『老天！你怎麼這麼笨手笨腳？』槍客嘟囔著，然後把自己的拳頭伸進艾迪襯衫的左手袖子裡。艾迪抓住袖口，讓槍客把他的手拉進袖子裡。現在槍客拿著襯衫，等艾迪穿上，就像男管家拿著大衣，等男主人穿上一樣。艾迪穿上襯衫，摸向最底下的鈕釦。

『還沒！』槍客大吼，然後從自己破爛不堪的襯衫上撕下一塊布。『擦擦你的肚皮！』

艾迪盡量擦乾，但刀子劃傷的傷口仍然不斷湧出血水。好吧，刀子很利，真的夠利。

他把槍客血跡斑斑的襯衫丟在沙地上，開始扣釦子。

『砰！』這次門不只是震動，而是凸出了門框。艾迪從海灘上往門外望去，看到洗手乳的瓶子從洗臉盆旁邊掉了下來，掉在他的拉鍊包包上。

他扣好襯衫（居然沒扣歪，真是個奇蹟），原本打算把襯衫塞進褲子裡，但是突然間有了更好的主意。他開始解皮帶。

『沒時間搞那個了！』槍客發現自己忍不住想尖叫，而且非常暴躁。『只要再撞一次門就開了！』

『我知道我在做什麼。』艾迪希望自己真的知道自己在做什麼。他穿過連接兩個世界的門，邊走邊解開牛仔褲的褲子，拉下拉鍊。

經過一段絕望、無助的時刻，槍客也跟了上去，先是感到全身充滿了再實際不過的灼熱疼痛，接著又在艾迪的腦袋裡感到冰冷至極的業。

18

『再一次。』麥唐納嚴肅的說，迪爾點點頭。既然所有的乘客都離開了空橋與飛機，海關人員就都掏出了武器。

『就是現在！』

兩個男人一起撞向門。門開了，一塊門板在門鎖附近晃了一會兒，然後掉在地上。

3A先生坐在那兒，褲子垂在膝蓋上，褪色的渦紋毛織襯衫遮住了——不，應該說是『幾乎遮不住』——他的老二。麥唐納機長心想：呃，看起來咱們的確是逮他個措手不及，只不過就我所知，這件被咱們逮到的事情並沒有犯法。突然間他感到肩膀因為撞門而陣陣作痛——他撞了幾次門？三次？四次？

他大吼道：『先生，你到底在這裡幹嘛？』

『呃，我在拉屎。』3A說，『但是如果你們全都急著要用，我想我可以到航站裡再擦屁股……』

『我想你是沒聽見聲音吧，聰明的傢伙？』

『我搆不到門。』3A伸出手示範，雖然現在門斜斜的靠在他左邊的牆上，但麥唐納還是不得不相信他確實搆不到門。『我想我本來可以站起來，但是呢，我手上有事要先處理，你懂我的意思吧？不過我當然不希望那東西沾到我的手，你應該懂我另一個意思吧？』3A露出充滿勝利、略為痴呆的微笑，在麥唐納機長眼裡，那抹微笑就像九塊錢的鈔票❻一樣，是真的才有鬼。聽他說話，你會以為從來沒人教過他身體前傾這個簡單的伎倆。

『起來。』麥唐納說。

『樂意之至，但是能不能麻煩你請幾位女士後退幾步？』3A露出迷人的微笑。『我知道現在這麼做已經過時了，但是我沒辦法，我是很害羞的。事實上，有很多事情會讓我害羞。』他舉起左手遮住臉，拇指與食指微微分開一英寸，從細縫裡對珍．朵寧眨眨眼，珍的臉紅了起來，馬上消失在空橋上，身後緊跟著蘇西。

麥唐納機長心想：你看起來一點都不害羞，你看起來像一隻剛嚐到奶油的貓，你就是那隻得意洋洋的貓。等空服員離開，3A就站起身，拉上內褲和牛仔褲，然後把手伸向沖水鈕；麥唐納機長一個箭步上前拍開他的手，抓住他的肩膀，押著他朝走廊走去，迪爾接著伸出手扣住他的褲子後方。

『別扯到私人恩怨上呀！』艾迪說。他的聲音很輕快，聽來恰到好處（至少他是這麼認為的），但是心裡卻是七上八下。他可以感覺到另一個人清楚的感覺到他的感受。他在他的腦袋裡，緊緊盯著他，鎮靜的站著，準備只要艾迪一搞砸就馬上接手。天啊，一切都是一場夢，不是嗎？不是嗎？

『站好。』迪爾說。

麥唐納機長探頭往馬桶裡瞧。

『沒屎。』他說，導航員忍不住大笑了起來。麥唐納怒瞪了他一眼。

『哎喲，你知道的嘛！』艾迪說，『有時候你運氣好，只是虛驚一場。剛才這兒可是劈哩啪啦吵得很。我的意思是說，剛才這兒沼氣沖天，要是你三分鐘前在這兒點根火柴，大概可以烤隻感恩節火雞來吃了，你懂吧？大概是我上機前吃了什麼東西，我想……』

『把他帶走。』麥唐納說。迪爾抓著艾迪的褲子後頭，推著他走出飛機，走進空橋，在空橋上，兩個海關人員各抓住艾迪的一隻手。

『喂！』艾迪喊。『我要我的包包！我要我的夾克！』

『噢，我們希望你不要忘了什麼東西才好。』一個海關人員說。他的口氣撲在艾迪的臉上，滿是胃藥跟胃酸的氣味。『我們對你的東西非常感興趣。現在我們走吧，小老弟。』

艾迪一直叫他們放輕鬆，別緊張，他會乖乖走，但是之後他發現從七二七的艙門到航站出口，他的腳尖大概只碰到空橋的地板三、四次。航站出口站了另外三個海關跟半打的機場保安警察，海關人員等著接收艾迪，警察則負責維持現場秩序，隔開一小群人群，那群人用充滿不安與好奇的眼神，看著艾迪被帶走。

第四章 塔

1

艾迪．狄恩坐在椅子上。椅子放在白色小房間裡。白色小房間裡只有這一把椅子。白色小房間裡擠滿了人。白色小房間裡煙霧密佈。艾迪想抽煙。白色小房間裡的其他六個人——不，七個人——都西裝筆挺。其他人繞著他站著，把他圍住。其中三個人——不，四個人——在抽煙。

艾迪想要蹦蹦跳跳，艾迪想要手舞足蹈。

艾迪乖乖坐著，放輕鬆，興味十足的看著圍在身邊的人，好像他不是想吸毒想得快瘋了，好像他不是因為幽閉恐懼症而快瘋了。

他能這麼冷靜，他腦袋裡的另一個人就是原因。一開始，另一個人把他嚇得屁滾尿流，但現在他卻感謝老天讓另一個人出現。

另一個人也許生病了，甚至快死了，但是他的勇氣十足，夠分給這個嚇壞了的二十一歲毒蟲。

『你胸前的紅色痕跡很有趣。』一個海關人員說。他嘴角叼著煙，襯衫口袋裡放著一包煙。艾迪很想從那包煙裡抽出五根煙，把煙從嘴角排到嘴角，一次全部點燃，深深吸一口，享受飄飄欲仙的滋味。『艾迪老兄，那看起來像被什麼東西纏過，好像你曾經用膠帶把什麼東西黏在那兒，然後突然決定把它扯下來丟掉。』

『我在巴哈馬犯了過敏。』艾迪說，『我跟你說過了。我的意思是，這些問題都問了幾百次了。我很想保持幽默感，可是我發現保持幽默感愈來愈難了。』

『去你的幽默感。』另一個海關粗魯的說。艾迪覺得這樣的語氣似曾相識。他曾經冒著寒風等藥頭，但藥頭卻遲遲不現身，那時他的語氣聽起來也是這樣。這是因為這些海關也是毒蟲，唯一的差別是他們苦苦等待的毒品是艾迪跟亨利之類的傢伙。

『你肚皮上那個洞是怎麼回事？那是怎麼來的，艾迪？雜誌廣告送的？』第三個海關人員指著艾迪不小心戳傷自己的傷口。傷口總算不再滴血，但還是有個深紫色的泡泡，好像輕輕一碰傷口就會裂開。

艾迪指著膠帶留下的紅色帶狀痕跡。『會癢。』他說，這可是實話，『我在飛機上睡著了……如果你不相信，可以去問空服員……』

『我們幹嘛不相信你，艾迪？』

『我不知道。』艾迪說，『你常常看見運毒犯在路上睡著嗎？』他停下來，給他們一點時間好好思考，然後伸出手。他的指甲像狗啃的一樣邊緣凹凸不平。他發現在變成『涼火雞』的時候，指甲會在突然間變成最可口的零食。『我一直忍著不去抓，但我想我一定是在睡著的時候不小心抓過頭了。』

『或者你是嗑了藥才昏昏欲睡，那可能是針孔。』不過艾迪知道他們都曉得那是不可能的。心窩是神經系統的配電盤，在那附近打上一針，這輩子都不必再打第二針了。

『饒了我吧。』艾迪說，『你靠我靠得那麼近，我還以為你想親我，我想我的瞳孔你應該看得很清楚。你知道我沒嗑藥。』

第三個海關忍不住露出噁心的表情。『對一隻無辜的小羊來說，你對毒品了解得還真不少，艾迪。』

『我沒事就愛看「邁阿密風雲」跟《讀者文摘》。現在跟我說實話——你們到底還要再問這些問題幾次？』

第四個海關舉起一個小小的塑膠袋，裡頭裝了幾條纖維。

『這些是纖維絲。我們會送實驗室鑑定，但是我們知道這是哪種纖維絲，是膠帶裡的纖維絲。』

『我離開飯店前沒沖澡。』艾迪說了第四次。『我在游泳池旁邊曬太陽，想要消消紅疹，過敏引起的紅疹。我睡著了，能趕上飛機真算我走運。我得拚死命跑才趕上。風很大，我不知道什麼東西黏到我身上。』

另一個海關伸出一隻手指，指指艾迪左手肘內側關節上方三吋處。

『那這些也不是針孔囉？』

艾迪拍開那隻手。『蚊子咬的。我跟你說過了，快好了，老天，你自己看不出來嗎？』

他們看得出來。這次的交易不是一夜之間突然冒出來的，艾迪一個月前就開始不在手臂上注射毒品。亨利就辦不到，而這也是他們派艾迪來的原因，必須派艾迪。如果他真的不得不來上一針，他會打在左大腿的上方，打在左睪丸靠在大腿皮膚的地方……就像前天晚上一樣，前天晚上膚色蠟黃的傢伙總算替他帶了一些可以用的東西。大部分他是用吸的，對亨利來說，用吸的已經無法滿足，這讓艾迪有一種說不上來的感覺……一種混合了驕傲與羞恥的感覺。如果他們檢查那裡，如果他們把他的睪丸掀起來，他的問題就大了。要是驗血，他的問題就更大了，但他們必須要有確切的證據才能走到那一步——而他們就是沒有證據。他們什麼都知道，卻什麼也不能證明。『這就是現實跟渴望的差別。』他親愛的老母親一定會這麼說。

『蚊子咬的。』

『沒錯。』

『紅色的疹子是過敏反應。』

『沒錯。我在巴哈馬起的過敏，沒那麼嚴重就是了。』

『他去那兒得了過敏。』一個海關對另一個海關說。

『嗯哼。』第二個海關說，『你相信嗎？』

『相信。』

『你相信聖誕老公公嗎？』

『相信。小時候我甚至還跟他拍過照。』他看著艾迪。『在你步上你那短短的旅途之前，你的胸前就有那幅紅色疹子名畫啦，艾迪？』

艾迪沒回答。

『如果你是無辜的，為什麼你不驗血？』這句話是第一個海關說的，就是嘴角叼著煙的那個傢伙，煙幾乎要燒到濾嘴了。

艾迪突然感到一陣怒火襲來——熾熱的怒火。他傾聽內心的聲音。好。那個聲音立刻回應，艾迪感到的不只是同意，而是真心的讚許，這種感覺就像亨利抱抱他，拍拍他的頭，用拳頭搥搥他的肩膀，告訴他：小子，做得不錯——別得意忘形，但是你真的做得不錯。

『你知道我是無辜的。』他突然站了起來，嚇得眾海關倒退了幾步。他看著離他最近

的抽煙海關。『我告訴你，寶貝，如果你的香煙再不從我的眼前消失，我就要伸手把它打掉了。』

抽煙海關縮了回去。

『你們已經把飛機上的屎坑抽乾了。老天，你們的時間夠檢查那裡三次了。你們已經檢查完我的東西。我彎下腰，讓你們之中的一個把全世界最長的指頭伸進我的屁眼裡。跟前列腺檢查比起來，那簡直稱得上是去非洲狩獵啦！我不敢往下看，我怕我會看見那個傢伙的手指從我的老二裡伸出來。』

他怒氣沖沖的盯著他們。

『你們查了我的屁眼，查了我的東西，現在我穿著內褲讓你們把煙呼在我臉上。你們想要驗血？好，找人來做。』

眾海關竊竊私語，面面相覷，既驚訝，又不安。

『但是如果你們沒拿到法院命令就想做……』艾迪接著說，『最好準備多一點針筒跟試管，因為我死也不要一個人驗。我要有一名聯邦司法官在場，而且我要你們每個人都做那個該死的試驗，你們每個人都得把名字標在試管上，然後全部交給聯邦司法官保管。我做了什麼試驗，管他是古柯鹼、海洛因、安非他命還是大麻，我要你們的樣本也全做同樣的試驗。另外，我也要求把你們的試驗結果送到我的律師那兒。』

『噢，我的天啊，你的律師。』其中一個海關說，『你們這些下三濫的傢伙最後總會使出這招，不是嗎，艾迪？我的律師會通知你，我會叫我的律師告你，那些廢話真讓我想吐！』

『事實上，我現在沒有律師。』艾迪說，這是實話。『而且我想我也不需要。你們改變了我的心意。你們什麼也沒查到，因為我什麼也沒有，但是你們就是不肯把搖滾樂停下來。

你們要我跳舞？很好，我會跳，但是我不要一個人跳，你們也要陪我一起跳。』

四周一片濁重、艱難的沉默。

『狄恩先生，麻煩你再把褲子脫下來一次。』一個海關說。這個傢伙年紀比較大，看起來好像是主管。艾迪心想也許（只有也許）這個傢伙終於想到新的針孔可能會在哪裡。目前為止他們還沒檢查過那個地方，他們已經檢查過他的手臂、他的肩膀、他的腳……但還沒檢查那個地方。他們原以為勝券在握，壓根兒沒想那麼多。

『我受夠了脫衣服、穿衣服，還有忍受這些狗屁。』艾迪說，『你們找人來這裡大家一起驗血，不然就得放我走。你們選哪一個？』

又是那陣沉默。等他們開始面面相覷，艾迪知道他贏了。

我們贏了，他更正。你叫什麼名字，夥伴？

羅蘭。你叫艾迪，艾迪・狄恩。

你聽得挺留神的嘛！

我耳聽八方，眼觀四面。

『拿他的衣服給他。』年紀大的海關極為厭惡的說，他看著艾迪，『我不知道你帶了什麼東西，也不知道你是怎麼把那東西丟掉的，但是我要你知道我們一定會追查到底。』

老男人上下打量著他。

『你就坐在那兒，坐在那兒，笑得嘴都要咧開了。讓我想吐的不是你說的話，而是你本身就是個令人噁心的傢伙。』

『我讓你想吐。』

『沒錯。』

『噢，老天啊。』艾迪說，『真是太讚了。我坐在這間小房間裡，身上光溜溜的，只穿著內褲，有七個人圍著我，屁股上還掛了手槍，結果竟然是我讓你想吐？老天啊，你真的有問題。』

艾迪朝他走了一步。管海關的傢伙一開始還堅守陣地，但接著艾迪的眼睛裡有個東西——一種瘋狂的顏色，看來一半是淺褐色，一半是藍色——讓他違背了自己的意志，往後退去。

『**我沒有運毒！**』艾迪吼道。『**現在就住手！給我住手！讓我走！**』

又是那陣沉默。接著年紀較大的海關轉過身，對某個人大吼：『你沒聽見嗎？去拿他的衣服！』

事情就這樣結束了。

2

『你覺得有輛車在跟蹤我們？』計程車司機問。他聽起來覺得很有趣。

艾迪把頭轉回前方。『怎麼說？』

『你一直往後窗看。』

『我不覺得有輛車在跟蹤我們。』艾迪說，這句話可是字字屬實。他第一次回頭時就看到有很多車跟蹤他們，是有*很多車*，而不是只有*一輛車*。他不用一直回頭就能確定他們沒跟丟，只有智障療養院的門診病人才有可能在五月底的下午跟丟艾迪的計程車，因為長島高速公路的車流稀疏。『我只是在研究交通型態，就這樣。』

『喔。』計程車司機說。在某些情境下，艾迪奇怪的回答可能會引來一些問題，但紐約的計程車司機很少問問題，而是發表演說，而且演說的主題都很深遠。大部分的演說開頭都是『這個城市真是！』好像這句話是佈道開始前的禱詞……而且通常也真的是這樣。不過這個計程車司機卻不太一樣，他說：『因為如果你真的覺得有車跟蹤我們，那就一定沒車跟蹤我們。我就知道，這個城市真是！老天爺！我自已就跟過一票人。你一定想不到有多少人跳上我的車說：「跟著那輛車。」我知道，聽起來很像電影情節，對不對？對。但是就像他們說的，藝術模仿生活，生活模仿藝術。事情真的發生了！至於甩掉跟蹤的車子，只要你知道怎麼引那些傢伙掉進陷阱，就是小事一樁。你……』

艾迪的耳朵把司機的音量降成背景聲音，只在必要的時候點頭敷衍一下。仔細想想，其實司機的饒舌秀還挺有趣的。其中一輛跟蹤的車子是深藍色的轎車，艾迪猜是海關的車；另一輛車是小型運貨車，車身上印著『吉拿里披薩』。車身上也畫了一個披薩，不過披薩是個微笑的男孩臉，微笑的男孩舔著嘴，圖下寫著宣傳標語：『嗯～～～～吉拿里披薩讓我回味無窮！』只不過不曉得哪個年輕的城市藝術家拿了罐噴漆，發揮了最基本的幽默感，在『披薩（Pizza）』上劃了條橫線，在上方寫上『小妞（PUSSY）』。

吉拿里。艾迪只知道一個吉拿里，他開了一家餐廳叫做『四兄弟』。披薩只是副業，注定生意冷清，是會計師的最愛。吉拿里和巴拉札，他們形影不離，就像熱狗跟芥末一樣。

根據原本的計畫，應該有一輛長禮車在航站外頭等著，由司機帶著他飛奔到巴拉札做生意的地方，也就是城中的一間酒吧。但是當然，計畫裡並不包括在白色的小房間裡待上兩個小時，讓一堆海關人員連續轟炸問題兩個小時，而另一堆海關人員則是先抽乾九〇一號班機的污水池，然後大搜特搜，尋找他們懷疑的那一大包貨，那一大包貨是沖不掉也溶不掉的。

當然，他出航站時，禮車連個影子也沒有。司機一定已經接到指令：如果那頭騾子沒在其他乘客出站後十五分鐘內出站，就趕快開走。禮車司機應該不至於笨到使用車上的電話，因為車上的電話實際上是一台無線電，很容易被竊聽。巴拉札會聯絡眼線，發現艾迪碰上了麻煩，開始準備處理自己的麻煩。巴拉札可能很賞識艾迪的骨氣，但是艾迪畢竟還是條毒蟲，毒蟲是靠不住的。

這就是說，那輛披薩車可能會停在計程車旁的車道，有人從披薩車的窗子裡伸出一把自動手槍，然後計程車的後座就會變成一片腥風血雨。如果拘留時間是四小時而不是兩小時，艾迪可能會開始擔心這樣的惡夢成真，如果是六小時而不是四小時，艾迪可能要擔心到坐立難安了。但是只有兩小時……他猜想巴拉札應該會相信他至少能撐兩個小時，不至於漏了口風。他會想知道他的貨下落如何。

艾迪頻頻回首，真正的原因是那扇門。

那扇門讓他著了迷。

海關人員半拖半拉的帶他走下甘迺迪國際機場行政區的樓梯時，他曾經回頭張望，發現那扇門還在那兒，看來極不可能，卻又是千真萬確、不容置疑，在大約前方三呎處飄浮著。他可以看見海浪不斷的湧上岸，打在沙灘上，他看見門後的天色已經漸漸轉暗了。

那扇門就像一張畫中有畫的魔術畫，一開始你怎麼看也看不出畫裡的玄機，但是一旦看破，你就永遠也不能視而不見，不管你多努力，你就是會看見那幅藏在畫像裡的畫。

那扇門曾經消失兩次，也就是槍客離開艾迪，獨自走回門後的時候，那時艾迪真是嚇壞了——艾迪覺得自己像個夜燈燒壞的小孩。第一次是在海關質問的時候。

羅蘭的聲音清楚的切過海關的問題：我必須走。我馬上回來，別害怕。

艾迪問：為什麼？為什麼你必須走？

『怎麼了？』其中一個海關問他。『你怎麼突然看起來很害怕？』

他回過頭，海關也跟著回頭。他們什麼也沒看到，只看到一片白色的牆壁，牆上貼著鑽了小洞的白色隔音板，而艾迪則看到那扇門，照樣離他三呎遠（現在它嵌在房間的牆上，就像一扇逃生機門，只不過質問的海關人員看不見）。但他看到的不只這些。他看見有東西從海浪裡跑出來，那些東西看起來像是從恐怖電影裡跑出來的難民，只是效果比你想像中的還要特殊，特殊到看起來跟真的一樣。牠們看起來像是蝦子、龍蝦跟蜘蛛的恐怖混種，還發出詭異的聲音。

『你神經過敏啊？』一個海關說，『看見牆上有蟲子爬下來，是不是，艾迪？』

這句話實在是太接近事實，艾迪差點笑了出來。不過他終於了解為什麼那個叫羅蘭的傢伙必須回去：羅蘭的精神很安全，至少現在很安全，但那些怪物正朝他的身體步步逼近，而艾迪覺得如果羅蘭不趕快把他的身體移開，他回去時可能就沒有身體了。

突然間他的腦袋裡聽到大衛李羅斯❼嘶聲唱道：噢，我……沒有人❽……於是他真的笑了出來，他忍不住。

『什麼事情這麼好笑？』那個想知道他是不是看見蟲子的海關問道。

『這整件事都很好笑。』艾迪回答。『不過只是因為這件事太奇怪了，而不是因為這件事太爆笑。我是說，如果把這件事拍成電影，應該會是費里尼的風格，而不是伍迪艾倫，你懂我的意思吧？』

你不會有事吧？羅蘭問。

不會，放心。安啦，夥伴。

什麼？

安心去辦你的事。

噢，好吧。我不會離開太久。

然後突然間，另一個人不見了。就這樣消失了，就像一縷淡淡的煙，只要突然一陣微風吹過，就會消失得無影無蹤。艾迪再次回頭，什麼也沒看見，只看見鑽了洞的白色隔音板，沒有門，沒有大海，沒有詭異的怪物，他不由得緊張了起來。畢竟一切很有可能只是幻覺，藥效退了，而證據就擺在眼前。但是從某方面來說，羅蘭真的……幫了不少忙，讓事情變得更容易。

『你要我在那裡掛幅畫嗎？』一個海關問。

『不。』艾迪說，嘆了口氣。『我要你放了我。』

『只要你告訴我你把海洛因丟到那兒了，我馬上就放了你。』另一個海關說，『還是古柯鹼？』於是一切又從頭開始：轉呀轉呀轉呀轉，停在哪兒天知道。

十分鐘後（還真是漫長的十分鐘）羅蘭突然回到他的腦袋裡，來無影，去無蹤。艾迪感覺到他非常疲憊。

事情辦好了？艾迪問。

好了。抱歉花了這麼久的時間。他頓了一頓。我得用爬的。

艾迪再次回頭，那扇門回來了，但是門後的景色卻有點不同；他終於恍然大悟，原來不只這個世界的景色會隨著艾迪的眼光改變，另一個世界的景色也會隨著槍客的眼光改變。這個想法讓他打了個冷顫，好像有一條不可思議的臍帶把他跟槍客連在一起。槍客的身體跟之

❼David Lee Roth（一九五四—）搖滾歌手，曾為范海倫（Van Halen）合唱團主唱。

❽沒有人（nobody）跟沒有身體（no body）為同字異義。

前一樣癱倒在門前，但現在他的目光沿著一片狹長的海灘，望著水草糾纏的高潮線，怪物在高潮線附近徘徊著，發出咆哮與嗡嗡低語。每次浪潮襲來，牠們就全體舉起鉗子，看起來像是紀錄片裡的群眾，希特勒在台上發表演說，眾人舉手敬禮，高喊『勝利萬歲！』好像不這麼做就會死一樣——仔細想想，要是他們不這麼做，可能真的會死。艾迪可以看到沙灘上留下了槍客掙扎前進的痕跡。

就在艾迪留神看著的時候，一隻怪物用迅雷不及掩耳的速度舉起鉗子，夾住一隻不巧飛得離海灘太近的海鳥。海鳥掉在沙灘上，成了兩段噴著鮮血的屍塊，還沒有停止抽動，帶殼的怪物就蜂湧而上。一根白羽毛飄上天，一隻鉗子將它掃落在地。

我的老天啊！艾迪嚇得失了神。好厲害的鉗子。

『你幹嘛一直回頭？』海關頭兒說。

『偶爾我需要來點解毒劑。』艾迪說。

『解什麼毒？』

『你的臉。』

3

計程車司機在合作城市⑨裡的一棟大樓讓艾迪下車，謝謝他的一元小費，然後把車開走。艾迪只站了一會兒，一隻手拿著拉鍊包，另一隻手則用一隻手指勾著夾克，掛在肩膀。他跟哥哥一起住在一間兩房公寓。他站了一會兒，抬頭看著大樓，看著眼前這個石雕的龐然大物，怎麼看怎麼像一個方方正正的蘇打餅乾盒。大樓上有無數的窗戶，讓艾迪覺得它像一座監獄，感到無比的沮喪——但另一個人卻感到無比的驚奇。

羅蘭說：我從來沒看過這麼高的建築，就連在兒時也沒看過，而且還有這麼多棟！

艾迪答道：沒錯。我們像住在蟻丘裡的螞蟻一樣。也許你覺得很炫，但是我告訴你，羅蘭，你會習慣的，馬上就會習慣。

藍色的車子慢慢開走，披薩車轉個彎，靠了過來。艾迪全身僵了起來，也感到羅蘭在他的身體裡僵了起來，也許他們最後還是打算轟掉他。

羅蘭問：那扇門？我們要不要走過那扇門避避風頭？你要嗎？艾迪覺得羅蘭已經準備好——準備好面對任何事情——但他的聲音卻很冷靜。

艾迪說：還不用。也許他們只想談談，但還是要做好準備。

他發覺這句話根本用不著說，他發覺羅蘭就算是在熟睡中，也比艾迪清醒時準備得更周全，隨時都能行動。

畫著微笑小子的披薩車停在他們身邊。乘客座的車窗搖了下來，艾迪站在他住的大樓入口外，他的影子從運動鞋的鞋頭長長拖在身前，他靜靜等待，等著瞧車窗後到底會是什麼——會是一張臉，又或者是一支槍。

4

羅蘭第二次離開艾迪時，是海關人員終於放棄，放他走後五分鐘。

槍客吃過東西，但是不夠，他也需要喝水，但最重要的是藥。艾迪還不能替羅蘭弄到他真正需要的藥（不過他懷疑槍客的想法是對的，巴拉札也許能幫上忙……只要他願意），但是

❾美國最大的合作社住宅，位在紐約的布朗克斯區。

僅僅阿斯匹靈也許就能替槍客退燒。槍客靠近他，替他割斷上半部的膠帶時，艾迪曾經感到他灼熱的體溫。他在主航站前的報攤停了下來。

你來的地方有阿斯匹靈嗎？

從沒聽過。它是魔法還是藥？

我想都是吧！

艾迪走進報攤，買了一罐超強效『安那辛』止痛藥，接著走到小吃攤，買了幾根超長型熱狗，一杯超大杯百事可樂。他開始在熱狗上面淋芥末醬跟番茄醬（亨利稱為『超長型酷斯拉熱狗』），但是突然想起這個東西不是他要吃的。就他所知，羅蘭可能是吃素的；就他所知，這個玩意可能會害死羅蘭。

呃，太遲囉，艾迪心想。羅蘭說話，或是羅蘭有所行動的時候，艾迪覺得一切都是再真實不過，但是在羅蘭沉默的時候，他又會忍不住開始覺得一切都是夢——他只是在飛往甘迺迪機場的達美九〇一班機上做了一個逼真無比的夢。

羅蘭告訴他他可以把食物帶回他的世界。他說在艾迪睡著的時候，他做過類似的事情。艾迪覺得很難相信，但羅蘭跟他保證是真的。

艾迪說：呃，我們還是必須非常小心。他們找了兩個海關來盯著我……不，是『我們』……管他的！

羅蘭說：我知道我們必須小心，不是兩個海關，是五個。艾迪突然感到這輩子最奇怪的感覺：他沒有轉動他的眼睛，但卻覺得他的眼睛被轉動了。羅蘭在轉動他的眼睛。

一個男人穿著突顯肌肉的緊身襯衫，在講電話。

一個女人坐在長椅上，翻著皮包。

一個年輕的黑人一表人才，只可惜生了一雙兔唇，整形手術也於事無補。他看著報攤上的T恤，艾迪剛離開那個報攤沒多久。

這些人表面上看起來都沒什麼問題，但是艾迪還是識破他們的身分，就像小孩子看出了拼圖裡隱藏的圖形一樣，一旦看穿，就永遠也無法視而不見。他覺得雙頰躁熱，因為他應該一眼就能識破，但竟然還要靠另一個人提點。他只識破兩個，其他三個偽裝的技術好一點，但也沒高明到哪裡去。講電話的那個眼神並沒有因為在想像通話對方的模樣而空洞無神，而是相當警醒，事實上根本就是在聚精會神的瞧著，至於艾迪所在之處……那個地方恰好就是他一看再看的地方。翻皮夾的女人沒找到她要找的東西，但還是不放棄，繼續不停的翻找下去。至於那個想買襯衫的傢伙已經在那不過方寸大小的攤子上看了老半天，差不多可以把每件襯衫都翻個十來遍。

突然間艾迪覺得自己又回到了五歲，沒有牽著亨利的手就不敢過馬路。

羅蘭說：**沒關係，也別擔心食物。我生吞過蟲子，吞的時候牠們還活蹦亂跳，可以從我的喉嚨爬下去。**

艾迪說：**話是沒錯，可是這裡是紐約。**

他帶著熱狗和汽水到櫃台最遠的一端，背對著機場的中央大廳，接著抬頭瞥瞥左邊的角落，一面凸面鏡掛在那兒，像一隻得了高血壓的眼睛。他可以從鏡子裡看到所有跟蹤他的人，但是沒有人靠得夠近，能看到他手上拿的食物跟汽水。這樣很好，因為艾迪不曉得那些東西接下來會發生什麼事。

把阿斯汀放進這個肉做的東西裡，然後把所有的東西放在手上。

是阿斯匹靈。

很好，隨便你愛怎麼叫，囚……艾迪。做就對了。

他從口袋裡拿出用釘書針封好的袋子，從袋子裡拿出安那辛，差點要直接塞進熱狗裡，然後突然想起羅蘭可能不知道怎麼把那層防毒封膜拆掉，更別提打開盒子了。

他只好自己來，在紙巾上倒了三顆藥，經過一番天人交戰後，又加了三顆。

他說：先吃三顆，之後再吃三顆，如果還有之後的話。

好吧，謝謝你。

現在怎麼辦？

把全部的東西握在手上。

艾迪再瞥了一眼凸面鏡。兩名探員正漫步走向小吃攤，也許不太喜歡艾迪背對著他們，也許嗅到他在變什麼把戲，想走近瞧個仔細。如果真的有事要發生，最好趕快發生。

他用手抓住所有的東西，感到熱狗在柔軟的白麵包裡發出陣陣溫熱，感到可樂的冰涼。在那一刻，他看起來像是一個準備帶點心回去給小孩的男人……然後那些東西開始融化。

他低頭盯著雙手，眼睛愈張愈大，愈張愈大，直到他覺得眼珠幾乎要掉出來，垂在眼眶外。

他可以穿過白麵包看見熱狗，他可以穿過杯子看見可樂，堆滿冰塊的液體彎成了看不見的杯型。

然後他穿過超長型熱狗看見紅色的塑膠櫃台，穿過可樂看見白色的牆壁。他的雙手慢慢互相滑近，兩手之間的阻力愈來愈小……然後兩手靠在一起，手掌對手掌。食物……紙巾……可樂……六顆安那辛……兩手之間的東西全都不見了。

艾迪呆若木雞，心想：天下事真是無奇不有，連耶穌都跳起來拉小提琴啦！他的眼睛又瞥

瞥凸面鏡。

那扇門不見了……就像羅蘭也從他的腦袋裡不見了。

艾迪心想：好好享用大餐吧，我的朋友……但是這個自稱羅蘭的傢伙真的是他的朋友嗎？他曾經救了艾迪，這一點無庸置疑，但那並不表示他是個童子軍。

但話說回來，他喜歡羅蘭。他害怕他……但是也喜歡他。

也許時間久了還會愛他……就像他愛亨利一樣。

他心想：好好享用大餐吧，我的朋友。好好享用，好好活著……然後記得回來。

附近有幾張用過的紙巾，上頭沾了芥末醬。艾迪拿起紙巾，捏成一團，走出門時順便丟進門邊的垃圾桶，口裡嚼著空氣，假裝剛吃完東西。他開始往指著『行李』跟『陸上交通』的路標前進，在接近那個黑人的身邊時，甚至還能打個飽嗝。

『找不到你喜歡的T恤呀？』艾迪問。

『你說什麼？』黑人原本假裝盯著美國航空的班機時刻表，聽到他這麼說馬上轉過身來。

『我想也許你想找上面寫著「請餵我，我是美國政府員工」的T恤。』艾迪說，然後繼續往前走。

他走下樓梯時，看見翻皮包的女士匆忙闔上皮包，站起身。

噢，老天，這簡直就是梅西百貨公司的感恩節大遊行嘛！

今天真是他媽的太有趣了，而且艾迪覺得好戲還沒結束。

5

羅蘭看到龍蝦怪再次從海浪裡出現時（看來牠們的出沒與浪潮無關，是黑夜引牠們出現），他離開了艾迪．狄恩，好在怪物發現他的身體，大快朵頤之前，移開他的身體。

他知道自己將面對極大的疼痛，也做好了準備。疼痛已經與他共存了如此之久，簡直成了他的老友，但是他體溫上升之快、體力衰減之速，還是讓他驚駭不已。如果他還沒有經歷所謂的『垂死』經驗，他相信現在一定就是了。囚犯的世界裡，有沒有什麼東西具有強大的效力，能讓他免於死亡？也許有。但是如果他不在六或八個小時內拿到那個東西，就算有這樣的東西也無濟於事。如果情況進一步惡化，不管是在那個世界或是其他世界，都沒有藥物或是魔法能讓他起死回生。

走路是不可能的，他必須用爬的。

正當他準備開始爬行時，他看見了那堆黏在一起的膠帶，以及那兩袋魔鬼之粉。如果他把東西留在那兒，龍蝦怪八成會把袋子扯開，海風會把那些粉末吹向四方。塵歸塵，土歸土，槍客漠然的想著，但是他不能讓這種事情發生。到時候要是拿不出那些粉末，艾迪．狄恩就要倒大楣了。他猜想，要嚇唬巴拉札這種人大概是不可能的，他會想看看自己付錢買了什麼，在他看到之前，會有一堆槍指著艾迪，為數之多足以稱得上是小型軍隊。

槍客把纏成一團的膠帶拉到身邊，掛在脖子上，然後開始往海灘上方爬去。

他爬了二十碼，推測應該夠遠，夠安全了，但是他猛然驚覺他離那扇門太遠了，這種感覺令他感到可怖至極（但也是可笑至極）。老天啊，他這麼辛苦的爬了老半天，到底是為了什麼？

他轉過頭，看見那扇門，它不在遙遠的海灘上，而是在他身後三呎。有那麼一會兒，羅蘭只能目瞪口呆的瞪著它。先前因為高燒不退，再加上海關人員不停拿問題轟炸艾迪：在哪

裡做的、怎麼做的、為什麼要做、什麼時候做的（龍蝦怪蠕動身體，爬出海浪，在海灘上四處爬行，嘴裡問的問題竟與海關的問題合而為一：噠噠喳？噠噠嗆？滴答嘰？），所以羅蘭一直以為是幻覺，但現在他如夢初醒，恍然大悟，不，不是幻覺。

他心想：現在我走到哪兒，那扇門就跟到哪兒，他也一樣。現在我們走到哪兒，它就跟到哪兒，像一個永遠甩不掉的詛咒。

一切是如此真實，不容置疑……此外還有一件事也是如此。

兩人之間的那扇門一旦關上，就會永遠關上。

羅蘭漠然的心想：門關上的時候，他必須在這邊，跟我在一起。

你真是個完人，槍客！黑衣人笑著這麼說，他好像決定永遠住在羅蘭的腦袋裡。你殺了那個男孩，把他做為犧牲品，好抓到我，還有創造連接兩個世界的那扇門。現在你想要引出三個人，一個接著一個，將他們打入你自己最痛恨的地方：一輩子待在一個陌生的世界，在那裡，他們可能會像從動物園放生到野外的動物一樣，輕易死去。

黑塔，羅蘭狂亂的想著。一旦我到達黑塔，做好我該做的事，完成我復原或救贖世界的重大使命，那麼也許他們……

但是黑衣人尖銳的笑聲不肯放過他。黑衣人已死，但仍活在羅蘭的心中，成為羅蘭已玷污的良知。

但就算是背叛的罪名，也不能讓槍客踏上歸途。

他努力再爬了十碼，回頭張望，發現就算是最大的爬行怪物也不敢離開高潮線超過二十呎。他已經超過二十呎三倍了。

很好，就這樣。

黑衣人愉快的回答：什麼都不好，你心知肚明。

閉嘴！槍客在心裡大吼，令人驚奇的是，那個聲音真的閉嘴了。

羅蘭將魔鬼之粉塞進石縫中，用幾把稀疏的鋸草覆蓋。完成後他稍做歇息，頭像一袋熱水似的陣陣作痛，皮膚時冷時熱，然後他翻身滾向那扇門，前往另一個世界，前往另一個身體，暫時將愈來愈致命的感染拋在身後。

6

第二次回到自己的身體時，他進入了一個睡得十分深沉的身體，讓他一時間以為自己的身體進入了昏迷狀態……它的生理機能極弱，讓他感到自己的意識也跟著一落千丈，墜入無邊的黑暗之中。

但他強迫自己的身體清醒過來，對它拳打腳踢，硬是把它拉出黑暗的洞穴。他強迫自己的心跳加快，強迫自己的神經接受在皮膚上燒灼的疼痛，喚醒他的肉體面對痛苦呻吟的現實世界。

已是夜晚，星辰滿天。艾迪給他的小脆捲是寒風中的點點暖意。

他並不想吃，但他還是要吃。不過首先……

他看著手裡的白色藥丸，艾迪稱它為阿斯汀。不，不太對，但那個字太饒舌，羅蘭唸不出來。總之它是藥，來自另一個世界的藥。

羅蘭漠然的心想：囚犯，如果在你的世界裡，有什麼東西能對我有所助益，我想應該是你的藥，而不是你的小脆捲。

但他還是必須一試。

先吃三顆，之後再吃三顆。如果還有之後的話。

他放了三顆藥丸在嘴裡，然後將飲料紙杯上的蓋子推開（蓋子是用奇怪的白色材料做成，不像紙也不像玻璃，但又有點像紙，也有點像玻璃），仰頭喝了一口。

第一口的滋味使他大為驚奇，有那麼一會兒，他只能躺在那兒，靠著石頭，雙眼圓睜，目不轉睛，眼珠裡反射出滿天的星斗，要是有人經過，一定會以為他已經死了。然後他開始狂飲，雙手抓著杯子，全心全意喝著飲料，完全忘了斷指的根部傳來陣陣腐敗的疼痛。

甜的！天啊，是甜的！是甜的！是……

飲料裡一小片扁平的冰塊哽在他的喉嚨裡，他開始咳嗽，用力搥胸，咳出了冰塊，現在他的頭感到一陣新的疼痛：因為喝了太涼的東西而引起的陣陣頭痛。

他靜靜躺著，感到他的心臟像一部失控的引擎狂跳著，感到全新的能量流過全身，速度極快，甚至讓他覺得自己快要爆炸了。他不假思索，從襯衫上撕下一塊布（沒多久襯衫就會變成一塊圍在脖子上的破布），放在一條腿上。等飲料喝完，他要把冰塊倒在布上，用來冰敷他受傷的手，但是他的心卻在別的地方。

甜的！他的心一次又一次的吼著，努力想找出個道理，或者是說服自己一切真有道理可言，就像艾迪也努力說服自己另一個人真的存在，而不是欺騙自己的幻覺。甜的！甜的！甜的！

黝黑的飲料裡攙了糖，就連馬登（在他道貌岸然的苦行外表下，其實是個嗜吃美食的老饕）在早晨咖啡或黃昏飲料裡放的糖也沒有這麼多。

糖……白色的……粉末……

槍客的眼神飄向那兩個袋子，袋子幾乎隱沒在他覆蓋的草堆下。他稍微疑惑了一下，想知道飲料裡的東西是不是跟袋子裡的東西一樣。他知道在這裡，艾迪聽得懂他說的話，而在這裡，他與艾迪是兩個分離的個體；他懷疑如果他進入艾迪的世界（他的直覺告訴他，他可以進入艾迪的世界……但是如果門關上時，他還留在艾迪的世界，他就會永遠待在那裡，就像如果門關上時，艾迪還留在槍客的世界，他就永遠也回不去他的世界一樣），他也能像艾迪一樣完全聽懂他的話。從他待在艾迪腦袋裡的經驗裡，他知道兩個世界的語言非常相似。相似，但並不相同。『三明治』的意思是小脆捲，而『湊』是指找東西來吃，所以……有沒有可能在槍客的世界裡，艾迪口中的『古柯鹼』其實叫做『糖』？

槍客重新思考後，發現這似乎不太可能。艾迪在光天化日下買了這杯飲料，知道『海關祭師』的手下在監視他。此外，羅蘭也可以察覺到這杯飲料並不貴，甚至比那幾塊肉做的小脆捲更便宜。不，糖不是古柯鹼，但是羅蘭不了解，在那個世界裡，已經有糖這麼有效的藥物，而且隨處可見，價格便宜，為什麼還有人會想要古柯鹼或是其他的非法藥物呢？

他再次看著那堆肉做的小脆捲，開始感到蠢蠢欲動的飢餓……然後他突然發現自己覺得好多了，不由得感到無比的驚奇，以及困惑的感謝。

是飲料嗎？是嗎？是飲料裡的糖嗎？

糖也許是部分的原因——但只是一小部分。糖可以恢復精力，自兒時他就知道這一點，但是糖不能止痛，也不能在你的身體因為感染而燒得像火爐時，澆熄狂熱的體溫。話雖如此，這樣的事情真的發生了……而且還在繼續發生。

抽搐般的顫抖停止了，眉上的汗水漸漸乾了，哽在喉間的魚刺消失了。儘管是如此不可思議，但它確實是不容置疑的事實，不是幻想，也不是奢望（事實上，槍客已經有無以計數的歲月不曾有過奢望），他消失的手指與腳趾仍然陣陣作痛、咆哮怒吼著，但是他相信就連那些疼痛也會漸漸止息。

羅蘭仰起頭，閉上眼，感謝上帝。

感謝上帝跟艾迪．狄恩。

別誤將你的心交到他的手上，羅蘭。一個聲音從他的內心深處說道——這個聲音不是黑衣人神經兮兮、吃吃竊笑的聲音，也不是寇特粗暴的聲音，對槍客來說，這個聲音聽起來像是他的父親。你知道他為你做的事情全都是出於他自己的需求，就像你知道那些人對他的看法也許有部分是對的，甚至完全沒錯，儘管他們是在審問犯人。他的意志軟弱，他們逮捕他的理由既非空穴來風，亦非無中生有。他有剛強的內在，我無法辯駁，但他也有軟弱的一面。他就像哈克斯，那個廚師。哈克斯下毒下得不情不願……但是不情不願並沒有平息死者在內臟爆裂時發出的尖叫。此外，還有一個原因必須注意……

但是羅蘭不需要任何聲音告訴他另一個原因是什麼。他曾經在傑克的眼裡看見它，就在那個男孩開始了解他的目的時。

別誤將你的心交到他的手上。

好一句忠告。在傷害該傷害的人時，如果稍有同情，你就是在傷害你自己。

謹記你的職責，羅蘭。

『我從來沒有忘過。』他粗嘎的聲音說道。繁星無情的照著大地，岸邊浪聲刺耳，龍蝦怪問著牠們痴呆的問題。『我的職責將我打入地獄。已入地獄者，怎會有翻身的一天呢？』

他開始吃艾迪稱作『狗』的肉。

羅蘭不太介意吃狗肉，而且跟『偉魚』比起來，這些東西嚐起來像是殘羹剩肴，但是既然已經喝了那麼美味的飲料，他還有什麼權利抱怨呢？他想他是沒有權利抱怨的。此外，要在雞蛋裡挑骨頭，現在也未免太遲了一些。

他把食物一掃而光，然後回到艾迪所在之處，艾迪現在在一輛神奇的車子裡，車子疾駛過一條金屬鋪成的道路，路上滿是其他相同的車子……數十輛，也許有數百輛，而且沒有一輛是用馬拉的。

7

披薩車靠邊停下時，艾迪屏氣凝神的站著，做好了準備；羅蘭在他的腦袋裡，比他準備得更充分。

羅蘭心想：又是一個戴安娜之夢。盒子裡裝了什麼？會是金碗或是咬人的蛇？就在她轉動鑰匙，把手放在盒蓋上時，她聽見母親喊著：『戴安娜，起床囉！該擠牛奶了！』

艾迪心想：好吧，會是什麼？淑女還是老虎？

一個臉色蒼白、長滿青春痘、有著大齙牙的男子從披薩車乘客座的窗戶探出頭來。他的臉艾迪認識。

『嗨，寇爾。』艾迪不太熱情的打了聲招呼。在寇爾．文森身後，坐在方向盤後面的是傑克．安多里尼，亨利叫他老醜八怪。

但是亨利從來沒有當他的面這樣叫他，艾迪心想。沒有，當然沒有。當著傑克的面叫他『老醜八怪』簡直是找死的捷徑。他的身形高大，額頭像山頂洞人一樣凸出，還有個相得益彰的戽斗下巴。他跟安立可．巴拉札是姻親關係……不知娶的是外甥女、堂妹，還是……管他的。他巨大的手掌緊緊抓著送貨車的方向盤，就像猴子的手抓著樹枝一樣。他的耳朵裡長了粗毛，不過艾迪只能看見一隻耳朵，因為傑克．安多里尼都是用側面對著艾迪，從來沒轉頭。

老醜八怪。但就連亨利（艾迪承認，亨利有時候真的很白目）也從來不敢叫他老笨蛋。寇爾（全名是柯林，文森）不過是個狐假虎威的嘍囉，而傑克那尼安德塔人般高聳的額頭後卻有著深藏不露的聰明，因此成了巴拉札的頭號愛將。巴拉札派了地位這麼高的人來，艾迪覺得不太妙，一點也不妙。

『嗨，艾迪。』寇爾說，『聽說你碰到了些麻煩。』

『小事一樁。』艾迪說。他發現他兩隻手不停的抓來抓去，典型的毒癮發作症狀，在海關拘留他時，他一直努力克制，現在他強迫自己停下來，但是寇爾在微笑，讓艾迪有股衝動，想一拳打穿那張笑臉。或許他早就一拳揮過去了……只不過礙著傑克在場，不好動手。傑克仍然直直盯著前方，好像在呆呆的想著什麼心事，也許光看他的外表，會讓人覺得他是個智障，所以他眼裡看到的世界只有三種原色，他所能理解的動作也是基本到不行。但是艾迪覺得傑克一天看見的東西，比寇爾．文森一輩子看到的東西還要多。

『嗯，不錯。』寇爾說，『很不錯。』

一陣沉默。寇爾看著艾迪，微笑著，等著看艾迪再次開始表演『毒蟲滑步舞』，開始抓來抓去，兩隻腳輪流站立，好像一個急著上廁所的小孩，不過最重要的是，他要等著艾迪開口問：最近好嗎?喔，對了，你們身上會不會剛好有貨啊?

艾迪只回望著他，沒有抓來抓去，連動都沒有動。

一陣隱約的微風將一張『響叮噹』牌巧克力派的包裝紙吹過停車場。四周一片寂靜，只有包裝紙飄過發出沙沙聲響，還有披薩車鬆開的閥門砰砰作響。

寇爾若有所思的微笑漸漸消失。

『上車，艾迪。』傑克頭也不轉的說，『咱們去兜兜風。』

『去哪裡？』艾迪明知故問。

『巴拉札那兒。』傑克沒有轉頭。他的手用力抓了一下方向盤，右手無名指上一枚巨大的戒指閃閃發亮，戒指是純金做的，一顆縞瑪瑙凸出戒台，像巨大的昆蟲眼睛。『他想知道他的貨怎麼了。』

『他的貨還在我這兒，安全得很。』

『很好，那麼就沒有人要擔心什麼了。』傑克．安多里尼說，仍然沒有轉頭。

『我想我要先上樓。』艾迪說，『我想換衣服，跟亨利說話……』

『然後別忘了解解癮頭。』寇爾說，然後咧嘴笑了起來，露出一口大黃牙，『不過你沒有東西可以拿來解，小朋友。』

嗟嗟嗆？槍客在艾迪的腦袋裡這麼想，然後兩人一起打了個哆嗦。

寇爾看見艾迪打了個哆嗦，嘴笑得更大了。那抹微笑說著：噢，畢竟它還是來了，令人懷念的毒蟲滑步舞。害我還擔心了一下哩，艾迪。這回露出牙的大黃牙跟前一回相比好不到哪兒去。

『為什麼？』

『巴拉札先生希望你們住的地方最好是乾乾淨淨的。』傑克頭也不轉的說，然後繼續用旁觀者不會相信的觀察力觀察世界，『免得有人臨時拜訪。』

『比如說拿著聯邦搜索票的人。』寇爾接口說。他的臉垂了下來，斜眼看著艾迪。現在艾迪可以感到羅蘭也想一拳打穿那口爛牙，就是那口爛牙讓那抹笑容如此可惡，如此莫名其妙的不可救藥。羅蘭與他有志一同，稍稍讓他開心了一點。『他派了清潔工去洗牆壁、吸地毯，而且不收你一文錢喔，艾迪！』

寇爾的笑容說著：現在你要問我我身上有沒有那玩意兒。噢，沒錯，你要問了，我親愛的艾迪，因為你也許不喜歡賣糖果的小販，但是你愛死了糖果，不是嗎？既然你知道巴拉札已經把你的私藏品拿走了……

一個醜陋又嚇人的念頭突然閃過艾迪的腦袋。如果私藏品不見了……

『亨利呢？』他衝口而出，嚇得寇爾縮了一下。

傑克．安多里尼終於轉過頭。他轉得非常慢，好像他很少轉頭，要花非常大的力氣才行。你幾乎以為可以從他粗壯的脖子裡，聽見齒輪因為年久缺油而嘎吱作響。

『很安全。』說完他將頭轉回原位，速度還是一樣緩慢。

艾迪站在披薩車旁，努力對抗在心中漸漸升起，想要溺斃理智的驚慌。突然間，解癮的需求變得無法抗拒，先前的奮力自持全都付諸東流。他必須來一針！只要來上一針，他就能思考，自我控制……

戒掉它！羅蘭在他的腦中大吼，聲音之大讓艾迪不由得皺了一下臉（寇爾誤以為艾迪又痛又驚的鬼臉是『毒蟲滑步舞』的一小段舞步，又開始咧嘴笑了起來）。戒掉它！我就是你要的那該死的自我控制！

你不懂，他是我哥哥！他是我該死的哥哥！巴拉札把我哥抓走了！

你講得好像我沒聽過那個詞。你擔心他嗎？

擔心？老天！當然擔心！

那就做他們覺得你會做的事，大哭大叫，苦苦哀求，問他們有沒有那玩意兒。我確定他們覺得你會問，我也確定他們身上有，你就讓他們稱心如意吧！讓他們確定你只有幾斤幾兩重，而你也可以確定你所擔心的事情很快就要成真了。

我不懂你的意思……

我的意思是如果你露出一點膽小鬼的模樣，你就會害你的寶貝哥哥離喪命之途更近，這就是你要的嗎？

好吧，我會努力裝酷。也許事情聽起來不是這樣，但是我會努力裝酷。

『裝酷』？是這樣說的嗎？好吧，就這樣。是的，裝酷。

『當初說的不是這樣。』艾迪直接對著安多里尼長了毛的耳朵說，故意對寇爾視而不見，『我辛辛苦苦保護巴拉札的貨，不管他們怎麼整我，我都不漏半點口風，換成別人，早就為了減刑把你們全都抖出來了！我這麼辛苦可不是為了這個！』

『巴拉札覺得你哥跟他在一起比較安全。』傑克說，沒有轉頭，『他在保護他。』

『那很好。』艾迪說，『你幫我謝謝他，然後告訴他我回來了，他的貨很安全，我可以照顧亨利，就像亨利以前照顧我一樣。你告訴他，我要去買六罐冰汽水，等亨利進家門，我要跟他一起分掉那六罐汽水，然後開車進城做生意，這事我們應該可以搞定，像我們之前說的那樣。』

『巴拉札想見你，艾迪。』傑克說，他的聲音毫不寬容，毫無情感。他沒有轉頭。『上車。』

『操你的屁眼，操你媽的。』艾迪說完，開始往他住的大樓走去。

8

從披薩車到大樓門口距離很短，但他還沒走到一半，安多里尼的手就像老虎鉗一般緊緊抓住他的上臂。他的鼻息撲在艾迪的脖子上，像公牛的鼻息一樣灼熱。在此之前，你或許還看著他的臉，心想這個傢伙若想打開車門，他的大腦還得先費一番功夫說服他的手才行，但才一眨眼的工夫，他的手就已經貼在艾迪的手臂上了。

艾迪轉過身。

艾迪，裝酷。羅蘭低聲說。

酷極了。艾迪回答。

『我可以因為那句話殺了你。』安多里尼說，『沒人敢操我，尤其是像你這種毒蟲小雜碎。』

『殺你個頭！』艾迪對他尖叫——但這是個經過精心計畫的尖叫，一個很『酷』的尖叫。他們就站在那兒，在布朗克斯合作城市住宅區的荒原中，在晚春金黃色的夕陽餘暉下，投下一對黑暗的人影。有人會聽見這聲尖叫，也有人會聽見『殺』這個字，但如果他們正在聽廣播，他們會把聲音調大，如果他們沒在聽廣播，他們會打開廣播，然後把聲音調大，因為這樣比較好，比較安全。

『安立可．巴拉札說話不算話！我為他盡心盡力，他卻在一邊涼快！所以你來我就操你，他來我就操他，誰來我就操誰！』

安多里尼看著他。他的眼睛是褐色的，那抹褐色深得彷彿滲進了虹膜中，染得虹膜成了焦黃色。

『就算是雷根總統也一樣，只要他說話不算話，我就操他，操他個祖宗十八代！』

這句話彈在磚塊與水泥上，發出陣陣回音，然後漸漸消失。一個小孩（他穿著白色的籃球衫與高筒運動鞋，黝黑的皮膚顯得更黑了）站在街對面的運動場看著他們，一隻手肘彎了起來，鬆鬆的夾著一顆籃球。

『你說完了？』等最後一聲回音消失，安多里尼開口問。

『說完了。』艾迪的語氣再正常不過。

『好。』安多里尼說。他伸伸人猿般的手指，微微一笑……在他微笑的時候，同時發生了兩件事：第一件事情是你發現他居然也有迷人的一面，吃了一驚，因此鬆懈了心防；第二件事情是你發現他其實是很聰明的，而且聰明得危險。『現在我們可以動身了吧？』

艾迪用雙手梳過頭髮，然後馬上把手交叉在胸前，這樣他就能同時抓兩隻手臂，接著說：『我想我最好趕快動身，因為再這樣耗下去是沒用的。』

『好。』安多里尼說，『沒有人說過什麼話，也沒有人對什麼人大吼。』然後頭也不回，順口接著說：『滾回車上，白痴。』

寇爾．文森趁兩人在說話時，悄悄從安多里尼打開的車門爬了下來，聽到安多里尼的話，嚇得立刻縮回車子裡，縮得太快，不小心還撞到了頭。他一邊揉著頭，暗暗發著火，一邊爬過駕駛座，沒精打采的坐回原位。

『你最好搞清楚，海關的手抓到你時，咱們的交易就變了。』安多里尼聽起來還滿講道理的。『巴拉札是個大人物，他有利益要保護，有人要保護，只是他要保護的人裡，有一個剛好是你哥。你覺得我在胡扯？如果你覺得我在胡扯，最好想想亨利現在是什麼德行。』

『亨利很好。』艾迪說，但是他心口不一，而且他的聲音無法掩飾。他聽得出來，也知道傑克．安多里尼聽得出來。最近亨利好像無時無刻不是恍恍惚惚的。他的襯衫上有香煙燒出來的洞；他在用電動開罐器替他們的貓『波西』開『卡羅』牌貓罐頭時，居然把自己的手指割出一個大洞。艾迪不曉得用電動開罐器怎麼會在手上開出一個大洞，但亨利就是辦到

了。有時候亨利會在廚房的桌子上留下一些用剩的粉末，或者艾迪會在浴室洗臉台上發現燒焦的紙捲。

他會說：亨利，亨利！你最好注意一點，這實在是太誇張了，你就像一隻大毒蟲明目張膽的走在路上，隨時等著警察抓。

亨利會回答：喔，好啦，小弟，小事一樁，一切都在我的控制之中。但有時候，看著亨利灰白的臉與疲倦的眼，艾迪知道亨利再也無法控制一切了。

他真正想對亨利說，但卻說不出口的話，跟亨利被逮到或是害他們兩人被逮到都沒有關係。他真正想對亨利說的是：亨利，你好像在自找死路，這就是我的感覺。我要你他媽的戒掉它，因為如果你死了，我活著幹嘛？

『亨利不好。』傑克．安多里尼說，『他需要有人照顧，他需要——那首歌怎麼唱來著？渡過惡水的大橋，那就是亨利需要的，渡過惡水的大橋。伊爾洛奇就是那座大橋。』

伊爾洛奇是通往地獄的大橋，艾迪心想。他大聲說道：『亨利就在那兒？在巴拉札那兒？』

『對。』

『我把貨交給他，他就把亨利交給我？』

『還有你的貨。』安多里尼說，『別忘了。』

『換句話說，交易又恢復正常了。』

『沒錯。』

『現在告訴我，你真的覺得會發生什麼事？快點，傑克，告訴我，我想知道你能不能面不改色的告訴我。如果你可以面不改色的告訴我，我想看看你的鼻子會變多長。』

『我不懂你的意思，艾迪。』

『你當然懂。巴拉札覺得我拿了他的貨？如果他真的這麼覺得，他一定是個大笨蛋，但是我知道他不笨。』

『我不知道他的想法是什麼。』安多里尼沉著的說，『他的想法是什麼，不是我的工作。他知道你離開巴哈馬時手上有他的貨，他知道海關抓了你然後又放你走，他知道你回來了而且沒有要去萊克家，他知道他的貨一定在某個地方。』

『而且他知道海關還緊緊黏著我，就像潛水衣緊緊黏著皮膚一樣，因為你知道，然後用披薩車上的無線電傳了一些密語給他，像是「雙份起士，留著鯷魚」，對吧，傑克？』

傑克．安多里尼一語不發，看起來冷靜沉著。

『只不過你跟他說的消息他早就知道了，就像在玩連連看，把虛線連起來就能變成一張圖，可是你早就看出那幅圖是什麼了。』

安多里尼站在慢慢轉成橘紅色的金色落日餘暉中，繼續看起來冷靜沉著，繼續一語不發。

『他覺得他們想讓我背叛他，派我來臥底。他覺得我會笨到答應臥底，我不怪他。我的意思是，他會這麼想是很正常的，毒蟲什麼都願意做。你想檢查看看我身上有沒有戴竊聽器嗎？』

『我知道他沒有。』安多里尼說，『我的車子上有台機器，它看起來很像測速器，只不過它測的是短距無線電訊號。根據這台機器，我想你沒有在替條子跑腿。』

『是嗎？』

『是的。所以我們要不要上車進城，還是……？』

『我有選擇嗎？』

沒有。羅蘭在他的腦袋裡說。

『沒有。』安多里尼說。

艾迪走回小貨車。拿著籃球的小孩仍然站在街對面，現在他的影子長長的拖在地上，像一架起重機。

『小鬼，快滾。』艾迪說，『你沒來過這裡，沒看到什麼事情，也沒看到什麼人，快給我滾蛋！』

小孩跑走了。

寇爾咧著嘴對他笑。

『冠軍，讓位。』艾迪說。

『我想你最好還是坐在中間，艾迪。』

『讓位。』艾迪再說了一次。寇爾看看他，然後再看看安多里尼，安多里尼沒看他，只是關上駕駛座的門，冷靜沉著的直視著前方，就像休假的佛陀，打算讓兩人自己解決座位的問題。寇爾再看回艾迪的臉，然後決定讓位。

他們往紐約前進——雖然槍客（他只能驚奇的瞪著一座比一座更高、更雅致的尖塔，看著無數的橋樑橫越大河，形成一片鋼鐵蜘蛛網，看著旋轉的飛行器在空中盤旋，活像人造昆蟲）並不知道，但他們正往那座塔前進。

9

和安多里尼一樣，安立可．巴拉札並不認為艾迪在替條子跑腿；和安多里尼一樣，他知道艾迪沒有在替條子跑腿。

酒吧裡空無一人，門上掛了個牌子，寫著『今晚公休』。巴拉札坐在辦公室裡，等著安多里尼和寇爾．文森帶著狄恩小鬼來見他。他身邊跟著兩個貼身保鑣，一個是傑克的弟弟，克勞迪歐．安多里尼，另一個則是西米．德列托。他們坐在巴拉札大書桌左邊的沙發上，看著巴拉札蓋的『牌屋』愈來愈高，看得入了迷。門是開的，門後是一條短短的走廊。走廊往右通往酒吧的後方和小廚房，小廚房裡在做幾盤簡單的義大利麵；走廊往左通往會計師辦公室與儲藏室，在會計師辦公室裡，三個巴拉札的『紳士』（大家都這麼稱呼他們）在跟亨利．狄恩玩『打破沙鍋問到底』的遊戲。

『好。』喬治．畢翁弟說，『這個問題很簡單，亨利。亨利？你在嗎，亨利？地球呼叫亨利，地球人需要你。說話，亨利。我再說一次，說話，亨……』

『我在，我在。』亨利說。他的聲音像爛泥一樣有氣無力，好像一個男人明明還在睡覺，卻告訴太太他已經醒了，好繼續賴床五分鐘。

『好。這個問題是「藝術與娛樂」類。問題是……亨利？他媽的不准在我面前睡著，你這個混蛋！』

『我沒睡著！』亨利嘀咕著說。

『好。問題是：「威廉．彼得．布雷提（William Peter Blatty）寫的哪部超級人氣小說場景設在喬治城郊區的高級地段華盛頓特區，內容是有關一個小女孩遭到惡魔附身？」』

『強尼．凱許⑩。』亨利回答。

『我的老天啊！』崔克斯．波斯提諾大喊，『你怎麼什麼都是強尼．凱許！強尼．凱許，你他媽的怎麼什麼都是強尼．凱許！』

『一切都是強尼．凱許。』亨利嚴肅的回答，眾人吃了一驚，陷入一片沉思……然後一陣哄堂大笑，不只是跟亨利一起坐在房裡的人在笑，就連坐在儲藏室的另外兩個『紳士』也跟著狂笑。

『您要我把門關上嗎，巴拉札先生？』西米低聲問。

『不用，沒關係。』巴拉札說。他是西西里裔第二代，但他一點口音也沒有，講起話來也不像是在街頭打混的『兄弟』。跟這一行的『同業』不同，他完成了高中學業，事實上不只高中，他還曾經上過兩年紐約大學商學院。畢竟是念過商的，他的聲音聽來沉穩、有教養、很『美國』，所以他就像傑克．安多里尼一樣，有一副會騙人的外表。第一次聽見他那一口清楚、道地的美語，幾乎每個人都會目瞪口呆，好像聽見什麼極為高明的腹語術表演。他看起來像是農夫或是旅館主人或是三流的黑手黨員，只是因為天時地利，才僥倖成功，而不是因為才智過人。他看起來像是上一代口中的『八字鬍彼特』⓫。他的身材肥胖，穿得像個鄉下人。今天晚上他穿著樸素的白襯衫，領子在喉嚨的地方敞開（兩腋下有滲開的汗漬），下身則是樸素的斜紋褲。他的雙腿肥胖，沒穿襪子，穿著棕色的平底懶人鞋，鞋子十分老舊，幾乎成了拖鞋。他的腳踝因為靜脈曲張而露出青紫色的血管。

西米和克勞迪歐看著他，出了神。

從前他的外號是『伊爾洛奇』，意思是『石頭』，老一輩的人還是這麼稱呼他。在右手邊第一個抽屜裡，一般的生意人都會放些便條紙、筆、迴紋針之類的東西，但是安立可．巴

⓾一九三二—二〇〇三。美國著名鄉村歌手。
⓫Mustache Pete。指二十世紀初的義裔美籍犯罪組織頭目。

拉札放的是三副撲克牌。不過他的牌不是拿來玩的。

他的牌是拿來蓋的。

他會拿兩張牌靠在一起，排成像『A』少了中間一橫的形狀，然後再做一個A。接著他會在兩個A上面放一張牌，當作屋頂。他會不停的做『A』，然後一個一個疊上去，直到他的桌上撐起一棟撲克牌屋。要是你彎下腰往裡頭瞧，你會看到一個三角形組成的蜂窩。西米曾經看過撲克牌屋倒過幾百次（克勞迪歐有時會看到，但不是常常看到，因為他比西米小了三十歲。西米馬上就要退休，跟他的潑婦老婆到他們位在紐澤西北部的農場養老，在那裡他可以全心全意整理他的花園……還有努力活得比他的老婆久，不是他的岳母，他很久以前就已經不再奢望能吃到一盤沒有『怪物岳母』的義大利寬麵條。『怪物岳母』是長生不死的，但是他至少還有一點希望能活得比他的老婆久。他的父親曾經有句名言，翻譯過來的意思大概是『上帝每天都會在你的脖子後面撒尿，但是只有一次會淹死你。』雖然西米不太確定這句話真正的意思是什麼，但是他猜想大概是說上帝到底還是個好人，所以他只能希望能活得比他的老婆久，而不是他的岳母），但是只看過巴拉札因為撲克牌屋倒了而發過一次脾氣。撲克牌會倒，大部分都是因為一些意外的小事，像是另一個房間有人關門關得太大力，或是有個醉鬼撞到牆。西米甚至曾經看過巴拉札（他仍然稱巴拉札為『老大』，就像切斯特．古德⑫漫畫裡的一個人物）蓋了幾小時的撲克牌大廈，卻因為點唱機的低音喇叭太大聲而毀於一旦。有時候這些輕飄飄的建築物莫名其妙就倒了。有一次——這個故事他起碼說了五千次，每個他認識的人（除了他自己）都聽膩了——『老大』抬起頭從撲克牌屋的廢墟裡抬起頭說：『西米，你看到了嗎？因為兒子橫死路邊而咒罵老天的母親，被工廠炒魷魚而咒罵上司的父親，生來就必須面對苦難的孩子，這些人如果想知道為什麼，這就是答案。人生就像我蓋的

這些撲克牌屋，它們會倒，有時候可以找到理由，有時候又是毫無理由可言。』

卡洛西米．德列托覺得這段話是他聽過最深奧的人生哲理。

巴拉札唯一一次因為撲克牌倒了而發飆，是在十二年前，也許是十四年前。有個傢伙來找巴拉札談酒的事，那個傢伙既沒品也沒禮貌，全身惡臭沖天，好像一年才洗一次澡，換句話說，他是個愛爾蘭人。當然是個愛爾蘭人，愛爾蘭人上門，絕對是談酒，不會是談毒品。這個愛爾蘭人以為老大桌上的東西是個笑話，在老大平心靜氣的跟他解釋為什麼不能跟他做生意之後，他大吼了一聲『許個願！』然後這個愛爾蘭人（他一頭捲捲的紅髮，膚色白得像得了肺結核，名字前有個『O』，『O』跟名字中間有條小小的曲線）對著老大的書桌吹了一口氣，就像一個尼諾（nino）⑬在吹生日蛋糕上的蠟燭一樣，於是撲克牌在巴拉札的頭上四處飛舞，然後巴拉札打開了書桌左邊第一個抽屜，也就是一般生意人放私人文具或是私人備忘錄的地方，拿出一支點四五手槍，朝愛爾蘭人的腦袋開了一槍，面不改色。在西米跟一個叫做楚門．亞歷山大的人（這個傢伙四年前死於心臟病發作）把愛爾蘭人埋在康乃迪克州塞東谷外的一間雞舍下之後，巴拉札對西米說：『夥伴，蓋房子在人，把房子吹垮在天，你同意嗎？』

『我同意，巴拉札先生。』西米說，他是真的同意。

巴拉札點點頭，十分高興。『你有照我的話做嗎？把他放在雞還是鴨能在他頭上拉屎的地方？』

⑫Chester Gould。著名漫畫有《狄克崔西》（Dick Tracy）。

⑬西班牙文『小孩』之意。

『是的。』

『非常好。』巴拉札平靜的說，然後從書桌右邊第一個抽屜裡拿出一副新的撲克牌。

對『石頭』巴拉札來說，一層是不夠的。在第一層的屋頂上面他會蓋第二層，只是沒有第一層那麼寬，第二層上面蓋第三層，第三層上面蓋第四層。他會一直蓋上去，但是在第四層之後，他必須站起來才能蓋。你不必彎腰就能往裡頭看，等你往裡頭一望，你會發現你看到的不是一排排三角形，而是一個無數菱形蓋起來的大樓，看來搖搖欲墜、令人頭昏，卻又是可愛得令人難以置信。要是看得太久，你會覺得頭暈。西米曾經去過康尼島⑭的鏡子迷宮，他的感覺就是這樣，從此他沒去過第二次。

西米曾說（他相信沒人相信他，但事實上根本沒人在乎）他曾經看過巴拉札把撲克牌疊得非常高，看起來不再像是撲克牌屋，而是撲克牌塔，蓋了九層才倒。巴拉札的牌蓋得多高，根本沒人在乎，但是西米不知道，因為每個聽他說這件事的人都會露出極為驚奇的表情，因為他是老大的親信。但是如果他知道怎麼形容它，他們也許會真心覺得驚奇——它有多麼精緻，它幾乎佔了書桌到天花板的四分之三，是一棟傑克（J）、兩點、國王、十點及鬼牌蓋成的花稍建築，一座紅黑交織的紙鑽石高塔，傲視著在宇宙中旋轉的世界，而在這個宇宙中，充滿了毫無條理的動作與力量。在西米驚奇的眼裡，它是一座塔，鏗然作響的否認了人生中一切不公平的矛盾。

如果他知道的話，他會這麼說：我看著他蓋的東西，對我來說，它解釋了星辰的意義。

10

巴拉札知道事情一定會走到這步田地。

條子聞到了艾迪——也許他派艾迪去本來就是件蠢事，但是艾迪看起來是那麼完美，是這項任務的不二人選。他的叔叔，也就是他進這行的第一個老闆，曾經告訴他每個規則都有例外，只有一個規則沒有例外，那就是：千萬不要相信毒蟲。那時候巴拉札什麼都沒說——一個十五歲的男孩並沒有說話的餘地，即使是表示同意也一樣——但是他暗自心想，唯一沒有例外的規則就是，有些規則就是有例外。

巴拉札心想：但是如果今天提歐．維羅納還活著，他也許會對著你笑然後說，看，石頭，你總是聰明反被聰明誤，你知道規矩，你會在該閉嘴的時候閉嘴，但是你總是露出那種惹人嫌的眼光。你總是太了解自己有多聰明，所以你跌進了驕傲的陷阱裡，我早就知道得一清二楚。

他做了個A，疊了上去。

他們抓了艾迪，拘留了一會兒，然後又放他走。

巴拉札抓了艾迪的哥哥跟兩人的私藏貨。這兩樣東西應該足以引艾迪過來……而且他要艾迪。

他要艾迪，因為他們只留了他兩小時，兩小時而已，不太對勁。

他們在甘迺迪機場盤問他，而不是在第四十三街，這也不太對勁。這表示艾迪丟了大部分的貨或是全部的貨。

又或者，他真的丟了嗎？

他左思右想，暗自納悶。

艾迪在他們把他抓下飛機後兩小時走出甘迺迪機場。要逼艾迪招供，兩個小時太短了；

⑭美國紐約市的遊樂區，瀕臨大西洋，原為一海島，河道淤塞後變為長島的一部分，現為美國最著名的娛樂公園之一。

要他們決定艾迪是無辜的，是空服員擺烏龍，兩個小時又太長了。

他左思右想，暗自納悶。

艾迪的哥哥已成了行屍走肉，但是艾迪還很聰明，艾迪還很堅強。他不會在短短兩小時裡招供……除非是他的哥哥，除非是跟他哥哥有關的事情。

但話說回來，為什麼不是在四十三街？為什麼沒有出動海關小貨車，也就是長得像郵局貨車，只不過後窗多了鐵絲網的車子？因為艾迪真的處理掉那批貨了？丟了？藏了？

飛機上不可能藏貨。

不可能丟掉。

當然，逃獄、搶銀行、開脫罪名也都是不可能的，但就是有人做到。逃脫大王胡迪尼曾經從綁瘋子的緊身衣、上了鎖的行李箱、該死的銀行保險櫃逃出來，但是艾迪不是胡迪尼。

他是嗎？

他可以派人在公寓裡殺了亨利，可以派人在長島高速公路上做了艾迪，或者更好，讓艾迪跟亨利一起死在公寓裡，讓條子以為是一對毒蟲走投無路，忘了彼此是兄弟，互相殘殺。但是這麼一來，會有太多問題沒有答案。

他要在這裡得到答案，也許是為了未雨綢繆，又或者只是想滿足好奇心，然後再殺了他們兩個。多了答案，少了兩隻毒蟲。有些收穫，沒有太多的損失。

在另一個房間裡，遊戲又輪到亨利了。『好啦，亨利。』喬治．畢翁弟說，『小心啦，因為這個問題有點難，這個問題是地理類，問題是：「袋鼠原產於哪一洲？」』

四周鴉雀無聲。

『強尼．凱許。』亨利說完，四周爆出一陣雷鳴似的哄堂大笑。

牆壁震了震。

西米緊張了起來，以為巴拉札的撲克牌屋（只要上帝願意，或是以上帝之名統治宇宙的盲目力量願意，這棟撲克牌屋就能變成撲克牌塔）要倒了。

撲克牌微微晃了晃，只要一張倒，全部都會倒。

沒有牌倒。

巴拉札抬起頭，對西米微笑。『夥伴，』他說，『Il Dio est bono; il Dio est malo; temps est poco-poco; tu est une grande peeparollo.』（『夥伴，』他說，『上帝有時好，有時壞，有時不好也不壞。你是隻大爛豬。』）

西米微微笑。『Si, Senor.』他說，『Io grande peeparollo; Io va fanculo port u.』（『是的，老大，』他說，『我是隻大爛豬。我會為你犧牲我的狗命。』）

『None va fanculo, catzarro.』巴拉札說，『Eddie Dean va fanculo。』（『我不要你為我犧牲狗命，白痴，』巴拉札說，『我只要艾迪．狄恩的狗命。』）他溫柔的微笑著，開始蓋第二層的撲克牌塔。

11

廂型車在巴拉札的地方附近靠邊停時，寇爾．文森剛好看著艾迪。他看到了一件很重要的事。他想說話，但卻說不出話，他的舌頭黏在上顎，只能發出幾聲悶哼。

12

他看見艾迪的眼睛從棕色變成藍色。

這次羅蘭走上前，完全是出於下意識。他不假思索的往前一跳，簡直就是反射動作，就像要是有人衝進房間，他也會不假思索的跳出椅子，伸手拿槍。

他狂亂的想著：塔！我的天啊！是那座塔！那座塔在天上！那座塔！我看見那座塔在天上，以火紅的線條畫成！卡斯博！艾倫！迪思蒙！那座塔！那座……

但這次他感到艾迪在掙扎——不是為了甩開他，而是想跟他說話，拚命想向他解釋什麼。槍客退了回去，仔細聆聽——不顧一切的聆聽著，而在一座位於不知名時空的海灘上，他毫無意識的身體抽動、顫抖著，彷彿在夢裡經歷了最大的狂喜，或是最深的恐懼。

13

標誌！艾迪對著自己的腦袋大吼……也對著另一個人的腦袋大吼。

那是一個標誌，只是個霓虹招牌，我不知道你想的這個塔是什麼，但是這只是間酒吧，巴拉札的地盤。他把它取名叫『斜塔』，跟位在比薩的那座塔一樣！那只是做得很像他媽的比薩斜塔的招牌！快住手！住手！還沒跟他們一決勝負，你就要把我們兩個害死了嗎？

比擦？槍客疑惑的回答，然後再看了一眼。

標誌。是的，沒錯，他現在了解了：它不是黑塔，而是一塊指示牌。它斜向一側，有許多荷葉形的曲線裝飾，相當神奇，但也不過就是這樣。現在他發現這塊標誌是許多管子組成的，管子裡不知如何裝了會發亮的紅色沼火。有些地方好像裝的沼火比較少，

現在他看見塔下用管子做成了幾個字母，大部分都是貴族字。『塔』，這個字他認得，還有『斜』。『斜塔』。第一個字有三個字母，第一個字母是T，最後一個字母是E，中間那個字母他從沒見過。

Tre？他問艾迪。

THE。那不重要。你看不出來那只是一個標誌嗎？這才重要！

我看出來了。槍客回答，

那就放輕鬆點！聽見了嗎？放輕鬆點！

裝酷？羅蘭問，接著兩人同時覺得羅蘭在艾迪的腦袋裡微微笑了笑。

裝酷，沒錯。把事情交給我處理。

是的。好。他會把事情交給艾迪處理。

暫時交給他。

14

寇爾．文森終於把舌頭從上顎扯下來。『傑克？』他的聲音聽起來像絨布地毯一樣厚重。

安多里尼熄掉引擎，看著他，不太爽。

『他的眼睛。』

『他的眼睛怎麼了？』

『對啊，他的眼睛怎麼了？』艾迪問。

寇爾看著他。

太陽已西沉，空氣中只留下白晝的餘燼，但還是有足夠的光線讓寇爾看到艾迪的眼睛又變回棕色。

如果那雙眼睛曾經變成其他顏色的話。

你看到了。他的理智有一部分這麼堅持，但他真的看到了嗎？寇爾今年二十四歲，而在這二十四年最後的二十一年裡，沒有人真的相信他是可靠的。他偶爾還挺有用的，幾乎總是很聽話……只是狗鏈不能放得太長。可靠嗎？不。最後就連寇爾自己也相信自己是不可靠的。

『沒事。』他咕噥著說。

『那我們走吧！』安多里尼說。

他們走出披薩車。安多里尼在左，文森在右，艾迪與槍客走進了斜塔。

第五章 決戰槍下

1

配合著二〇年代的藍調音樂，比莉．哈樂黛⓯（有一天這位爵士女伶也會發現歌詞裡的真義）唱著：『醫生告訴我，孩子妳得趕快戒掉它，因為只要火箭再一發，妳就要上天堂。』就在廂型車載著弟弟，在『斜塔』前靠邊停下前五分鐘，亨利．狄恩的最後一發火箭發射了。

因為喬治．畢翁弟坐在亨利的右邊，所以現在輪到畢翁弟問亨利問題。畢翁弟的朋友叫他『大喬治』，他的敵人則叫他『大鼻子』。現在，亨利坐著打瞌睡，雙眼茫然的望著遊戲板，動也不動，於是崔克斯．波斯提諾把骰子塞進他的手裡，亨利的手因為長期濫用海洛因，成了淺灰色，也就是壞疽的前兆。

『輪到你了，亨利。』崔克斯說，但亨利卻任憑骰子從手裡滑落。

他繼續茫然的盯著前方，沒有擲骰子的意思，吉米．哈斯皮歐索性替他擲了骰子。『你看，亨利。』他說，『你有機會贏一塊派⓰。』

『瑞市糖塊（Reese's Pieces）。』亨利迷迷糊糊的說，然後四下張望了一會兒，如夢初

⓯Billie Holiday，一九一五—一九五九。爵士女歌手，海洛因成癮，最後因吸毒入獄，死於獄中。

⓰『打破沙鍋問到底』的玩法是眾人圍坐遊戲板，輪流擲骰子，依骰子的點數決定可以前進的步數，但必須先答對問題才能前進。若走到某些特定的點，玩家可以贏得一塊『派』，贏得六塊派者為勝。

醒，『艾迪呢？』

『他馬上就到。』崔克斯安撫他，『你玩遊戲就對了。』

『來一針如何？』

『玩遊戲，亨利。』

『好啦好啦！不要靠著我。』

『不要靠著他。』凱文·布雷克對吉米說。

『好啦！我不靠了。』吉米說。

『你準備好了嗎？』喬治·畢翁弟說，然後對其他人用力眨了眨眼睛。亨利的下巴垂到了胸骨上，然後再慢慢抬起來，就像一塊木頭泡了水，還沒準備好永遠沉到水底，在水面載浮載沉。

『好了。』亨利說，『上吧！』

『上吧！』吉米·哈斯皮歐開心喊著。

『上你個大頭鬼！』崔克斯也跟著喊，然後全部一起爆出哄堂大笑（在另一個房間，巴拉札高達三層的建築物再次晃了晃，但沒有倒）。

『好，聽仔細。』喬治說，然後再次眨了眨眼。雖然亨利抽到的是運動類，但喬治宣布是藝術與娛樂類。『哪個受歡迎的鄉村與西部歌手有著名的歌曲〈名叫蘇的男孩〉、〈福森監獄悲歌〉⑰，還有其他一大堆紅到爛掉的歌曲？』

凱文·布雷克（他真的會算七加九，不過你得先給他撲克籌碼，讓他一張一張算）放聲大笑了起來，雙手緊緊抓著膝蓋，差點把遊戲板給掀了。

喬治假裝看著手上的牌，繼續說：『這個紅歌手又叫「黑衣人」。他的名字跟你去撒尿

的地方一樣，他的姓意思是你皮夾裡會放的東西⑱，除非你是個針頭怪。』

眾人屏息以待，四周一陣寂靜。

『華特．布倫南（Walter Brennan）。』亨利說。

陣陣怒吼般的爆笑傳來。吉米．哈斯皮歐抓著凱文．布雷克，凱文不停捶著吉米的肩膀。在巴拉札的辦公室裡，已經變成一座塔的撲克牌屋再次晃了晃。

『安靜！』西米大吼，『老大在蓋牌屋！』

他們立刻安靜下來。

『好。』喬治說，『你答對了一題，亨利。那題很難，但是你答對了。』

『我一直都答對。』亨利說，『我他媽的永遠都不會答錯。來一針如何？』

『好主意！』喬治說完，從身後拿出一個羅依譚雪茄盒，從盒子裡拿出一劑海洛因。他把針頭刺進亨利的手肘上方，於是亨利的最後一發火箭發射了。

2

披薩車的外表又髒又爛，但是在污泥與噴漆下，卻藏著神奇的高科技，足以讓藥管局的人羨慕不已。就像巴拉札曾經在不只一個場合說的，你不能打敗混蛋，除非你有辦法跟混蛋一較高下，也就是除非你的裝備能比得上那些混蛋。這些裝備很貴，但是巴拉札這邊有個優勢：藥管局得花天價買下的東西，他們可以用偷的。在東海岸地區，多得是電子公司員工願

⑰答案是強尼．凱許。
⑱Johnny在英文中有廁所之義，Cash則是指現金。

意以超低價賣出最高機密設備。這些『卡渣羅尼』（意思是『人渣』，而傑克．安多里尼則稱他們是『矽谷毒蟲』）幾乎是把設備丟到他們眼前。

儀表板下面有一台測速器、一台超高頻警用雷達干擾器、一台高射程／高頻無線電訊號偵測器、一台高射程／高頻干擾器、一台詢答放大機（要是有人想用標準三角測量法追蹤這輛廂型車，這台機器會讓他們以為這輛車同時出現在康乃狄克、哈林區、還有蒙淘克海灣⑲）、一台無線電話……還有一個小小的紅色按鈕，艾迪．狄恩一下車，安多里尼便按下了這個按鈕。

在巴拉札的辦公室裡，對講機發出一聲短短的嗶嗶聲。

『他們到了。』他說，『克勞迪歐，讓他們進來。西米，你叫大家不准出聲，讓艾迪．狄恩以為我身邊只有你跟克勞迪歐。西米，到儲藏室去跟其他的紳士在一起。』

眾人依命行事。西米向左轉，克勞迪歐向右轉。

巴拉札冷靜的開始蓋另一層牌屋。

3

交給我處理就好，克勞迪歐打開門時，艾迪又說了一次。

好，槍客說，但卻還是保持警覺，準備一有必要，立刻走上前。

鑰匙轉動，咯咯作響。槍客對氣味很敏感——在右邊，寇爾．文森身上有陳舊的汗味；在左邊，傑克．安多里尼身上有濃得近乎刺鼻的鬍後水味；在他們走進陰暗的酒吧時，酒吧裡傳來酸酸的啤酒味。

他只認得啤酒味。這間酒吧不是搖搖欲墜的小酒館，地上沒有鋸木屑，也沒有在鋸木架

上搭起木板湊和成的吧台——槍客心想，這裡跟塔爾城的薛伯酒館可是有天壤之別。玻璃到處閃著溫潤的光芒，自兒時以來，他從沒看過這麼多的玻璃，在他的兒時，玻璃的供給已經開始吃緊，一部分的原因是『善人』法爾森帶領叛軍發動封鎖掠奪，但他心想，真正的原因是世界正在前進。法爾森只是世界前進所帶來的徵兆，而不是世界前進的原因。

他到處都看到他們的投影——在牆上、在鏡面吧台上，還有吧台後面的長鏡子，他甚至看見他們的身影投射在倒掛在吧台上的鐘形酒杯上，成了彎曲的縮影……那些酒杯既華麗又脆弱，彷彿慶典上的裝飾品。

在角落，有一台造型奇特的物品，上頭裝飾著許多燈，燈不停的升升降降，變換色彩。金的變成綠的，綠的變成黃的，黃的變成紅的，紅的又變回金的。機器上寫著一排貴族字：ROCKOLA⑳。槍客認得字母，但卻不知道意思是什麼。

沒關係，他有正事要辦，他不是觀光客，他不能允許自己表現得像個觀光客，不管這些東西有多驚人、多奇特。

顯然，替他們開門的男人是艾迪所謂『廂型車』駕駛的兄弟（羅蘭心想：『廂型車（van）』，跟『打先鋒（vanguard）』一樣），不過高了許多，而且大概年輕了五歲。他的肩帶上掛著一支手槍。

『亨利呢？』艾迪問，『我要見亨利。』他提高了音量，『亨利！喂，亨利！』

沒有回答，四周一片沉黑，只有掛在吧台上的玻璃杯彷彿以人耳無法察覺的微妙幅度，

⑲美國長島東南方的一處度假名勝。
⑳Rockola是一種點唱機。

微微顫抖了一下。

『巴拉札先生想先跟你談談。』

『你們塞住他的嘴，把他綁起來了，對不對？』艾迪問道，克勞迪歐還來不及張開嘴回答，艾迪就笑了起來，『不，我的想法是——你們給他打了一針，就這樣。要讓亨利安靜，只要給他來上一針就行，哪用得著什麼繩子和破布呢？好，帶我去見巴拉札，咱們把這件事徹底解決掉。』

4

槍客看著巴拉札桌上的撲克牌塔，心想：又是一個標誌。

巴拉札沒有抬頭——撲克牌塔已經疊得太高，巴拉札根本用不著抬頭——而是從塔的上方看出去。他的表情充滿了喜悅與溫暖。

『艾迪。』他說，『真高興見到你，孩子。我聽說你在甘迺迪機場碰到了一些麻煩。』

『我不是你的孩子。』艾迪冷冷的說。

巴拉札做了一個小小的手勢，看起來好笑、悲傷，而又不可信賴，這個手勢好像在說：艾迪，你傷了我的心。你那樣說實在是太傷我的心了。

『長話短說。』艾迪說，『你知道我會在這裡只有兩種原因：不是條子派我來，就是他們必須放我走。你知道兩個小時不夠他們逼我招供，你也知道如果他們已經逼我招供，我會在四十三街回答他們的問題，偶爾休息一下去洗臉盆吐一吐。』

『你是他們派來的臥底嗎，艾迪？』巴拉札和善的問。

『不，他們必須放我走。他們跟蹤我，但是我沒有替他們帶路。』

『所以你把貨給丟了。』巴拉札說，『真是太神奇了，你一定得跟我說說怎麼樣在飛機上丟掉兩磅的古柯鹼。那會是很有用的資訊，就像是密室懸案一樣。』

『我沒丟。』艾迪說，『但是貨現在也不在我手上。』

『那在誰手上？』克勞迪歐問。他的哥哥狠狠瞪了他一眼，他的臉頓時脹紅了起來。

『在他手上。』艾迪說著，微微一笑，指著把頭伸在撲克牌塔上方的安立可．巴拉札，『貨已經送出了。』

在艾迪被護送進這間辦公室之後，巴拉札的臉上第一次露出了發自內心的表情：驚訝。但這抹驚訝馬上就消失了，他露出了彬彬有禮的微笑。

『沒錯。』他說，『送貨地點要之後才會揭曉，等到你救出你哥，拿到你的貨，遠走高飛之後。也許貨送到了冰島。這就是你打的如意算盤？』

『不。』艾迪說，『你不懂。貨就在這裡，直接送到你門口，就像我們當初說好的。因為就算是在今時今日，還是有些人堅守承諾，神奇吧？我知道，但事實就是這樣。』

眾人全盯著他。

羅蘭，我表現得如何呀？艾迪問。

我覺得你表現得非常好，但是千萬別讓這個叫巴拉札的男人站穩陣腳，我覺得他很危險。

啥，你覺得他很危險啊？這次我倒是比你快了一步，我的朋友。我早就知道他很危險，他媽的非常危險。

他再次看看巴拉札，向他眨眨眼。『所以現在要擔心條子的人是你，不是我。如果他們突然拿著搜索令出現，你可能會發現自己腿還沒打開就被上了，巴拉札先生。』

巴拉札手上拿著兩張牌，他的手突然間抖了一下，接著他把牌放下。雖然轉瞬即逝，但是羅蘭看到了，艾迪也看到了。一種不確定的表情——也許稱得上是短暫的害怕——出現在他的臉上，然後立刻消失。

『在我面前嘴巴放乾淨點，艾迪。說話給我小心點，還有請記得，我的時間跟耐性都很短。』

傑克．安多里尼提高了警覺。

『他跟他們做了交易，巴拉札先生！這個小混蛋把古柯鹼交給他們，然後他們假裝在質問他，乘機把貨放到這裡，想嫁禍於人！』

『沒有人來過這裡。』巴拉札說，『沒有人能接近這裡，傑克，你知道的。鴿子在屋頂放屁都會觸動警報器。』

『可是……』

『就算他們真有能耐陷害我們，我們在他們的組織裡有那麼多眼線，三天裡就能在他們的案子裡捅十五個洞。我們會知道誰會來、什麼時候來、怎麼來。』

巴拉札回過臉，看著艾迪。

『艾迪。』他說，『你有十五秒停止廢話，然後我會叫西米．德列托進來這裡傷害你，傷害你之後過一會兒他會離開，然後你會聽見他在附近的房間傷害你哥。』

艾迪僵了一下。

放輕鬆，槍客低聲說道，然後心想，想要傷害他，只要說他哥哥的名字就行，就像用棍子刺尚未痊癒的瘡口一樣。

『我要去你的廁所。』艾迪說。他指指房間左邊角落的一扇門，那扇門毫不起眼，幾乎成了牆板的一部分。『我要自己去，等我回來時我會帶著一磅的古柯鹼，一半的貨。你驗

驗貨，然後把亨利帶到這裡，讓我看看他。等我看到他，確定他沒事，你就把我們的貨交給他，然後他跟你的一位紳士一起回家，而我跟……』羅蘭，他差點衝口而出，『……我跟其他人可以在這裡看你蓋那個東西。等亨利平安到家——也就是說沒有人站在他身邊拿槍指著他的耳朵——他就會打給我，跟我說一個密語，這是我離開前我們商量好的，以防萬一。』

槍客檢查艾迪的心思，看看他說的是實話還是在唬人。他說的是實話，或者至少艾迪覺得自己說的是實話。羅蘭發現艾迪真的相信他的哥哥亨利寧死也不會假裝平安，說出那個密語。槍客就不是這麼確定了。

『你一定以為我還相信聖誕老公公。』巴拉札說。

『我知道你不相信。』

『克勞迪歐，搜他身。傑克，你去我的廁所搜看看貨有沒有在那兒，給我仔細搜。』

『那裡有什麼地方是我不知道的嗎？』安多里尼問。

巴拉札沉思了好一會兒，用他深褐色的眼睛仔細打量安多里尼。『在藥櫃後面的牆裡有個小暗門。』他說，『我在裡頭放了一些私人物品。那地方不夠大，藏不了一磅毒品，但也許你最好還是檢查一下。』

傑克離開了，在他進入小茅廁的時候，槍客看見一道凝結的白色閃光，和在飛行馬車上照亮茅廁的那道光一樣，然後門關上了。

巴拉札的眼光彈回艾迪身上。

『你幹嘛撒這麼瘋狂的謊？』他的語氣幾乎稱得上是充滿了憂傷，『我還以為你很聰明。』

『看著我的臉。』艾迪靜靜的說，『告訴我我在說謊。』

巴拉札看著艾迪的臉，凝視了許久。然後他轉過頭，雙手插在口袋裡，插得非常深，甚至露出了一點鄉下人的股溝。他的姿勢充滿了憂傷——為了犯錯的兒子而感到憂傷——但在他轉身之前，羅蘭看到巴拉札的臉上除了憂傷，還有別的神情。巴拉札在艾迪臉上看到的東西，並沒有讓他滿懷憂傷，而是深感困惑。

『脫衣服。』克勞迪歐說，現在他拿著槍指著艾迪。

艾迪開始脫衣服。

5

巴拉札等著傑克．安多里尼從廁所裡出來，心想：我不喜歡這樣。他很害怕，突然間不只他的腋下或胯下在流汗（就連在極為寒冷的冬天，他的腋下和胯下也是照樣流汗），而是全身都在流汗。艾迪離開時像隻毒蟲——一隻很聰明的毒蟲，但仍然是隻毒蟲。海洛因就像插在他老二上的魚鉤，只要拉拉它，到哪兒他都願意跟——但是他回來時卻像……像什麼？像他長大了，變了。

就像有人從他的嘴巴裡灌了兩夸脫的膽量。

是的，就是這樣。還有那批貨，那批他媽的貨。傑克在廁所裡翻箱倒櫃。克勞迪歐像一個有虐待狂的典獄長，用極度的兇殘檢查艾迪，艾迪堅定的站著（從前巴拉札絕不會相信他或是其他的毒蟲能站得這麼堅定），讓克勞迪歐在左手的手掌上吐四次口水，把黏呼呼的唾液塗在右手上，然後把右手塞進艾迪的屁眼裡，他把整隻手都塞了進去，甚至連手腕都進去了一、兩吋。

在他的廁所裡沒有毒品，艾迪身上或是艾迪身體裡也沒有毒品，艾迪的衣服、夾克或是

行李裡也沒有毒品，所以一切只是他在唬人。

看著我的臉，告訴我我在說謊。

於是他看著他的臉。他看到的東西讓他亂了陣腳。他看到艾迪自信滿滿：他打算走進廁所，帶著巴拉札一半的貨回來。

巴拉札幾乎就要相信了。

克勞迪歐把手抽回來。他的手指離開艾迪．狄恩的屁眼時，還發出『啪』的一聲。克勞迪歐的嘴歪七扭八，像一條打了許多結的釣魚線。

『快點，傑克，我的手上沾了這個毒蟲的大便！』克勞迪歐生氣的吼。

『克勞迪歐，要是我知道你要查那兒，上次拉屎的時候我就會用椅子的腳擦屁股。』艾迪和善的說，『你的手出來時就會比較乾淨，我也不會站在這兒，覺得自己好像剛被公牛費迪南㉑強暴了。』

『傑克！』

『去廚房洗乾淨。』巴拉札靜靜的說，『艾迪跟我沒理由互相傷害，對不對呀，艾迪？』

『沒錯。』艾迪說。

『總之他是乾淨的。』克勞迪歐說，『呃，我想「乾淨」這個說法不太好。我是說他身上沒有貨，這一點你可以確定。』他往房外走去，把弄髒的那隻手遠遠的端在面前，像拿著一條死魚。

㉑一部卡通的主角。

艾迪冷靜的看著巴拉札，巴拉札又想起胡迪尼、布拉克史東、唐漢寧還有大衛・考柏菲[22]。大家都說魔術跟雜耍表演一樣，早就過時了，但是唐漢寧是個超級巨星，而巴拉札也曾經在亞特蘭大城親眼看過大衛小子把觀眾唬得一楞一楞。巴拉札從第一次在街角看到有人表演撲克牌魔術，換取觀眾口袋裡的賞錢時，就愛上了魔術師。在變出東西之前，讓觀眾先是驚訝得倒抽一口氣，然後齊聲鼓掌之前，他們都會做什麼？他們會請一名觀眾上台，確定兔子或是鴿子或是裸胸美人要出現的地方空無一物，不只如此，還要確定魔術師沒有辦法把東西偷偷放進那個地方。

我想他也在耍同樣的花招。我不知道他是怎麼耍的，但是我不在乎。我只確定一件事，那就是我不喜歡這樣，他媽的一點也不喜歡。

6

喬治・畢翁弟也有一件不喜歡的事，他懷疑艾迪・狄恩也會不太喜歡這件事。喬治確定，在西米走進會計師辦公室，關上燈之後的某個時間，亨利就死了。死得很安靜，不吵不鬧，不麻煩。他就這樣飄走了，就像一陣微風吹走蒲公英的孢子。喬治心想，也許就在克勞迪歐去廚房洗他沾了大便的手時，亨利就死了。

『亨利？』喬治在亨利的耳邊低語。他的嘴靠得非常近，就像在電影院親馬子的耳朵一樣，真是他媽的噁心斃了，尤其是想到這個傢伙可能死了——就像是什麼『唸屍癖』[23]的來著——但是他必須一探究竟，而且這間辦公室跟巴拉札辦公室之間的牆壁很薄。

『怎麼回事，喬治？』崔克斯・波斯提諾問。

『閉嘴。』西米說。他的聲音有如一台空轉的卡車引擎，隆隆作響。

眾人閉上嘴。

喬治把一隻手滑進亨利的襯衫。噢，情況愈來愈糟了，跟馬子看電影的畫面不肯放過他。現在他的手在她身上摸來摸去，只不過不是『她』，而是個『他』，這不是『唸屍癖』，而是他媽的同性戀加唸屍癖，而且亨利瘦巴巴的毒蟲胸部沒有上下起伏，裡頭也沒有『砰砰砰』的聲音。對亨利．狄恩來說，一切都結束了，對亨利．狄恩來說，棒球賽在第七局因雨停賽了。四周一片寂靜，只有他的手錶滴答作響。

他靠近西米．德列托，進入他身邊那股充滿橄欖油與大蒜的濃重懷舊鄉村氣息中。

『我想我們可能有麻煩了。』喬治低聲說。

7

傑克走出廁所。

『裡頭沒有。』他說完，冷冷打量著艾迪，『如果你想打窗戶的腦筋，我勸你死了這條心，窗戶上的鐵條粗得很。』

『我可沒打窗戶的腦筋，它真的在那裡。』艾迪靜靜的說，『你只是找不到而已。』

『對不起，巴拉札先生。』安多里尼說，『但這小子牛皮也吹得太大了吧！』

巴拉札盯著艾迪，好像沒聽見安多里尼的話，他正在沉思。

沉思著魔術師從帽子裡抓出兔子。

㉒皆為著名的魔術師。

㉓喬治誤將戀屍癖（necrophilia）唸成narcophobia。

你挑一位觀眾上台檢查帽子。還有什麼事情是永遠也不會改變的？那就是不會有人知道帽子裡有什麼玄機，當然，除了魔術師以外。那小子說了什麼？我要去你的廁所，我要一個人去。

他通常不想知道魔術到底是怎麼變的，一旦知道訣竅，魔術就不再有趣了。通常不想。

但是這個魔術他卻急著想知道到底是怎麼變的。

『很好。』他對艾迪說，『如果貨在那兒，你就去拿，就用你這副模樣去，光著屁股。』

『好。』艾迪說完，開始往廁所的門走去。

『但不是一個人。』巴拉札說。艾迪立刻停了下來，他的身體僵了一下，好像巴拉札用隱形的魚叉射中了他，巴拉札看在眼裡，爽在心裡，事情終於沒照這個小子的計畫走了。『傑克跟你一起去。』

『不。』艾迪立刻說，『那不是我……』

『艾迪，』巴拉札溫柔的說，『不准跟我說不。那是你絕對不能做的事。』

8

槍客說：沒關係，讓他跟。

但是……但是……

艾迪幾乎要開始胡言亂語，快要無法自制。不只是因為巴拉札突然投的那記曲球，而是因為他對亨利的憂慮折磨著他，最重要的是，還有一股渴望愈來愈強烈：他需要來一針。

讓他跟，沒關係，聽我說：

於是艾迪仔細聆聽。

9

巴拉札看著他，一個削瘦、裸露的男人，身上只有毒蟲的初期徵兆，也就是前胸凹陷；他的頭歪向一側，巴拉札看著他，覺得自己的信心漸漸蒸發了。這個小子好像在聽一個只有他聽得到的聲音。

安多里尼的腦袋裡也出現了同樣的想法，只不過稍稍有點不同：這是怎麼回事？他看起來好像是RCA Victor唱盤標籤上那隻在聽留聲機的狗！

先前寇爾曾想告訴他有關艾迪眼睛的事，突然間傑克．安多里尼希望自己當初有仔細聽。

他心想：一隻手裝著希望，一隻手裝著大便。

如果艾迪在聽腦袋裡的聲音，現在那些聲音應該說完話了，或是他已經沒在仔細聽了。

『好。』他說，『來吧，傑克，我會向你展現世界第八大奇蹟。』他的臉上閃出一抹微笑，不論是傑克．安多里尼或是安立可．巴拉札，都一點也不喜歡這抹微笑。

『是這樣嗎？』安多里尼從背上的口袋式槍套裡拿出一支手槍，『你會讓我大開眼界嗎？』

10

艾迪的微笑更大了。『噢，沒錯，我想我會讓你嚇得屁滾尿流。』

安多里尼跟著艾迪進了廁所，他手上拿著槍，因為他覺得事情不太對勁。

『關門。』艾迪說。

『去你的。』安多里尼回答。

『關門，否則就沒貨。』艾迪說。

『去你的。』安多里尼又說了一次。現在安多里尼覺得有點害怕，覺得事有蹊蹺，他看起來比在廂型車上時聰明多了。

『他不關門。』艾迪對巴拉札大吼，『我快要對你死心了，巴拉札先生。也許這裡有六個聰明人，每個人都拿著四把槍，但是你們兩個卻怕一個在廁所裡的小鬼怕得要死，而且還是個毒蟲小鬼。』

『他媽的關上門，傑克！』巴拉札吼道。

『沒錯。』艾迪在傑克·安多里尼往後一踢，把門關上時說，『你到底是不是個男……』

『我的天啊，我真是受夠了。』安多里尼自言自語道。他舉起手槍，槍柄往前，打算用槍柄賞艾迪一個巴掌。

但是他僵住了，他把槍斜舉在身前，硬生生將嘴邊的怒吼吞了回去，下巴因為驚訝而合不攏，因為他看見了寇爾·文森曾經看過的景象。

艾迪的眼睛從棕色變成藍色。

『抓住他！』一個低沉、充滿威嚴的聲音說。雖然這個聲音來自艾迪的嘴，但卻不是艾迪的聲音。

傑克·安多里尼心想：精神分裂！這傢伙有精神分裂！他媽的精神分裂！

但艾迪的手抓住他的肩膀，打斷了這個念頭，因為在艾迪的手抓住他的肩膀時，他看見艾迪身後三呎的地方突然出現了一個洞。

不，不是洞。它的形狀太方正了，不是洞。

那是一扇門。

『聖母瑪利亞！』傑克低呼了一聲。那扇門掛在巴拉札私人淋浴間前的地板上方一呎左右，穿過那扇門，他看見一片黑暗的海灘斜向洶湧的海浪，有奇怪的東西在海灘上移動著。奇怪的東西。

他揮槍往艾迪的臉上掃去，但力道已經減弱，他原想打落艾迪的前牙，但卻只擦破了艾迪的嘴唇，讓嘴唇微微流了點血。他的力量不見了，他可以感覺得到。

『我跟你說過我會嚇得你屁滾尿流，傑克。』艾迪說完，拉了他一把。傑克在最後一刻察覺到艾迪打算要做什麼，拚命抵抗，但已經太遲了——他和艾迪一起跌進那扇門。夜晚的紐約城總是嗡嗡作響，這樣的聲響是如此熟悉而又從不間斷，所以除非它不見了，否則你無從察覺它的存在；而現在，紐約城的聲音消失了，取而代之的是震耳欲聾的海浪聲，還有隱約可見的怪物在海灘上爬來爬去，問著刺耳的問題。

11

羅蘭說：我們的動作必須非常快，否則咱們就要在烤箱裡烤熟了。艾迪知道這傢伙的意思是：如果他們的手腳沒有光速那麼快，煮熟的鴨子就要飛了。他知道此言不假，傑克．安多里尼是個難纏的傢伙，就像明星投手杜懷特．古登，你可以唬唬他，或許可以嚇倒他，但是如果你讓他在前幾局就占了上風，你就別想翻身了。

羅蘭在艾迪的身體裡一起穿過了那扇門，然後離開了艾迪的身體，在離開之前他對自己尖叫：左手！記得用左手！左手！左手！

他看見艾迪與傑克往後一跌，滾下沿著海灘散佈的碎石堆，爭奪著安多里尼手裡的槍。

羅蘭還在想著要是他回到自己的世界裡，卻發現他的身體在他離開的時候死了，會是個多好笑的笑話……然後一切都來不及了，來不及思考，來不及回頭。

12

安多里尼不知道發生了什麼事，他一方面覺得自己瘋了，一方面覺得是艾迪給他下了藥或是施了毒氣，另一方面又覺得是從兒時就看顧他的上帝終於受不了他作惡多端，決定將他拉出人間，打入這個詭異的煉獄之中。

然後他看見了那扇門，那扇門敞開著，一道扇形的白光——來自巴拉札廁所的光——從門裡傾洩而出，落在碎石地上，安多里尼發現他還有可能回去。安多里尼是個實際的人，他要晚點再來思考這一切代表的意義。現在他要先殺了這個讓他毛骨悚然的混蛋，然後穿過那扇門回去。

先前因為震驚而消失的力氣現在湧了回來，他發現艾迪努力想從他手中奪下那把外形小巧卻威力強大的寇爾特眼鏡蛇手槍，而且差一點就成功了。傑克罵了聲髒話抽回身，想瞄準艾迪，但艾迪馬上又抓住了他的手臂。

安多里尼舉起膝蓋，往艾迪右大腿的大塊肌肉撞去（安多里尼昂貴的縞瑪瑙石現在沾滿了骯髒的海灘泥沙），艾迪痛得尖叫起來。

『羅蘭！』他大喊，『幫幫我！看在老天的份上，幫幫我！』

安多里尼猛然把頭一轉，他看到的景象再次讓他慌了手腳。有個人站在那兒……只不過他看起來比較像鬼，不像人，也不是電影『鬼馬小精靈』裡頭可愛的小幽靈。那個人影搖搖晃晃，蒼白、憔悴的臉長滿粗糙的鬍碴，他的襯衫成了撕碎的布條，像扭曲的緞帶在身後飄蕩著，露出瘦骨嶙峋的前胸，右手則包著一塊骯髒的破布。他看起來病了，病了而且快死了，但即使如此，他看起來仍然十分難纏，讓安多里尼覺得自己成了半生不熟的水煮蛋。

而且那個小丑還帶著一對槍。

那對槍看起來比亙古的山丘更古老，簡直就像是西部博物館裡的收藏品……但是它們還是槍，或許甚至還能用，安多里尼突然發現他必須馬上解決這個臉色蒼白的傢伙……除非他真的是鬼，而如果他真的是鬼，那一切都他媽的無關緊要了，所以他根本不必擔心他是人還是鬼。

安多里尼放開艾迪，然後一個翻身，滾向右邊，幾乎感覺不到尖銳的石塊扯破他價值五百美元的運動夾克。就在同一個時刻，槍客用左手掏出了槍，他的動作一如往常，不論他是病或是健康，是清醒或是昏睡：他的動作比一道夏日的藍色閃電更迅速。

安多里尼心中充滿了毛骨悚然的驚奇：*我輸了。天啊，他是我看過最快的人！我輸了！聖母瑪利亞，他要把我轟掉了！他要……*

穿著破爛襯衫的男人扣下左手手槍的扳機，傑克．安多里尼覺得——真的覺得——他就要死了，但接著他發現自己只聽到遲鈍的喀嗒聲，而不是震耳欲聾的爆炸聲。

子彈沒射出。

安多里尼微笑著站起身，舉起他的槍。

『我不知道你是誰，但是你可以他媽的說再見了，你這個裝神弄鬼的混蛋！』他說。

13

艾迪坐起身，全身顫抖，他赤裸的身體滿是雞皮疙瘩。他看見羅蘭拔槍，聽見轟然巨響成了無趣的喀嗒聲，看見安多里尼起身跪在地上，聽見他說了幾句話；艾迪還來不及思考自己在幹嘛，他的手就找到一塊粗糙的石頭，從碎石地上拾起，拚盡全力丟出去。

石塊重重打在安多里尼的後腦，彈了開來。傑克．安多里尼的頭上破了一個大洞，鮮血從傷口中噴出。安多里尼開了槍，但那枚理當殺了槍客的子彈卻射偏了。

14

槍客會這麼告訴艾迪：不算是射偏。如果你能感到子彈從你的臉頰呼嘯而過，那就不能真的算是射偏。

他一邊縮著身體，閃過安多里尼的子彈，一邊用拇指壓下撞槌，再次扣下扳機。這次彈膛裡的子彈發射了——充滿威嚴的爆炸聲在海灘上迴盪著，驚醒了在龍蝦怪上方岩石沉睡的海鷗，海鷗尖聲叫著，成群飛起。

儘管安多里尼的子彈讓槍客縮了一下，但槍客的子彈還是可以讓安多里尼再也動不了，只不過那時安多里尼因為頭上吃了一記，頭昏眼花，身體不由自主的跌向一側，所以槍客的子彈沒有正中要害。槍客手槍發出的巨響聽來十分遙遠，但那股鑽進他左手臂的灼熱感，那股擊碎他手肘的灼熱感，卻是無比真實。安多里尼的腦袋立刻不暈了，他站起身，一隻手已經斷了，毫無用處，另一隻手則顫抖的握著手槍，他四下找尋目標。

他第一個看見的是艾迪，毒蟲艾迪，帶他來這個瘋狂地方的艾迪。艾迪站在那兒，像剛出娘胎一樣全身赤裸，在寒風中顫抖著，雙手抱著身體。好吧，他也許會死在這裡，但是他至少要帶著該死的艾迪·狄恩一起走才甘心。

安多里尼舉起槍，小小的眼鏡蛇手槍好像有二十磅那麼重，但他還是舉了起來。

15

最好給我乖乖發射，羅蘭肅然想著，然後再次壓下撞槌。在喧囂的海鷗叫聲中，他聽見彈膛轉動，發出上了油般滑順的喀嗒聲。

16

子彈乖乖發射了。

17

槍客並沒有瞄準安多里尼的腦袋，而是瞄準他手上的槍。他不知道他們還用不用得著這個男人，但是他也許還有用處；他對巴拉札來說很重要，而且巴拉札跟羅蘭料想的一樣危險，所以上上之策還是先留他一條命。

他擊中了目標，這在他意料之中；在他意料之外的，是安多里尼的槍出了一些差錯，而這些差錯讓他的手也碰上了麻煩。羅蘭曾經見過這樣的事情，但在他見過無數槍戰對決的一生中，只看過兩次。

槍客心想：夥伴，你運氣真背。安多里尼尖叫著，搖搖晃晃的走向海灘，鮮血流向他的襯衫和褲子，拿著眼鏡蛇手槍的手不見了下半部。手槍躺在沙地上，成了一塊毫無知覺的扭曲金屬。

艾迪瞪著他，呆若木雞。再也不會有人低估安多里尼那張原始人一般的臉，因為現在他根本沒有臉，只剩下一團攪爛的生肉和一個不斷發出尖叫的黑洞。

『我的天，這是怎麼回事？』

『我的子彈一定是在他扣下扳機時打到他的旋轉彈膛。』槍客說。他的語氣不帶感情，就像一位教授在警校教彈道學一樣。『結果造成爆炸，炸開他手槍的後半部。我想彈匣裡可能有一、兩顆子彈也爆炸了。』

『射死他！』艾迪說。他的顫抖比先前更劇烈，而且他的顫抖不只是來自夜風、海風和赤裸的身體。『殺了他，了結他的痛苦，看在老天的份上！』

『太遲了。』槍客的語氣冷淡，不帶感情，讓艾迪涼到了骨子裡。

艾迪轉過頭，但已經太遲了，他看見龍蝦怪湧向安多里尼的腳邊，扯下他的古馳休閒鞋……當然，他的腳還在鞋子裡。安多里尼放聲尖叫，雙手在眼前胡亂揮舞，撲倒在地。龍蝦怪貪婪的蜂湧而上，一邊將他生吞入肚，一邊焦急的問著問題：噠噠喳？滴答嘰？噹麼嗆？噠噠喳？

『天啊。』艾迪低呼，『我們現在怎麼辦？』

『現在你已經拿到足夠的，

（槍客說的是魔鬼之粉，艾迪聽見的是古柯鹼）

就像你答應巴拉札的一樣。』羅蘭說，『不多也不少。我們回去。』他平視著艾迪，『不過這次我跟你一起回去。不附在你身上，而是以我自己的形體回去。』

『我的老天爺。』艾迪說，『你辦得到嗎？』然後立刻回答自己的問題，『你當然辦得到。但是為什麼？』

『因為你一個人處理不了這件事。』羅蘭說，『來這裡。』

艾迪回頭看著海灘上四處蠕動的帶鉗怪物。他從來沒喜歡過傑克．安多里尼，但他還是覺得噁心欲嘔。

『來這裡。』羅蘭不耐煩的說，『我們的時間不多，我也不太喜歡做我接下來要做的事。這件事我從來沒做過，也從來沒想過我會做。』他的嘴唇痛苦的扭了一下，『不過我已經漸漸習慣了。』

艾迪慢慢走進那個骨瘦如柴的人影，覺得自己的雙腳愈來愈軟。在這片陌生的黑暗之中，他赤裸的皮膚蒼白、閃著光芒。他心想：羅蘭，你到底是誰？你是何方神聖？那股從你身上發出的熱氣——只是發燒嗎？還是瘋狂的氣息？我想或許兩者都是吧！

天啊，他需要來一針，應當來一針。

『從來沒做過的什麼事？』他問，『你在說什麼？』

『拿著這個。』羅蘭說著，用手比了比掛在右臀的古老左輪手槍。他不是用指的，因為他根本沒有指頭，只有一塊包了破布的笨重肉團。『對我來說沒用。不只是現在，也許永遠都沒用了。』

『我……』艾迪吞了口口水，『我不想碰它。』

『我也不希望你碰它。』槍客的聲音出奇的溫柔，『但恐怕我們兩個都沒得選擇，接下來會有一番槍戰。』

『真的？』

『真的。』槍客沉著的看著艾迪，『而且我想還會是槍林彈雨。』

18

巴拉札愈來愈不安。太久了，他們仕裡頭待得太久，也太安靜了。在遠處，也許在下個街區，巴拉札聽見有人在互相叫囂，然後是一陣爆炸聲，或許是鞭炮……但是幹巴拉札這一行的人，第一個念頭不會是鞭炮。

一聲尖叫。是尖叫嗎？

沒關係。下個街區發生了什麼事與你與關，你快變成神經兮兮的老太婆了。

但話說回來，這些徵兆不太妙，非常不妙。

『傑克？』他對著關上的廁所門大吼。

無人回應。

巴拉札打開書桌左邊的抽屜，拿出槍。這支槍不像寇爾特眼鏡蛇，小得可以塞進口袋式槍套裡，而是一把看頭十足的點三五七麥格農手槍。

『西米！』他大吼，『給我過來！』

他用力關上抽屜，撲克牌塔發出一聲輕柔的嘆息聲，垮了下來，但巴拉札根本沒注意。

西米．德列托兩百五十磅重的身軀擋住了整個門。他看見老大從抽屜裡拿出了槍，於是立刻從他的花夾克裡掏出了手槍。他的夾克顏色極為鮮豔，要是有人不小心盯著它看了太久，眼睛還可能會被夾克發出的閃光灼傷。

『我要克勞迪歐跟崔克斯。』他說，『叫他們馬上來，那小子在搞鬼。』

『我們碰到了一個問題。』西米說。

巴拉札的眼光從廁所彈到西米身上。『噢，我已經碰到一堆問題了。』他說，『你又給

我生了什麼問題出來，西米？』

西米舔舔嘴唇，就算是在最好的情形下，他也不喜歡跟老大說壞消息，更何況老大現在看起來……

『呃……』他再次舔舔嘴唇，『你知道……』

『你能不能他媽的長話短說？』巴拉札大吼。

19

左輪手槍的檀木槍柄光滑無比，艾迪接過手後第一個動作就是差點讓它砸在腳趾上。那把槍是如此巨大，簡直就像是古董；它是如此沉重，他知道自己必須用兩隻手才拿得起來。他心想：後座力八成會打得我穿過最近的牆，不過前提是子彈得射得出去才行。但是在他的內心深處，又有一部分想要拿著它，想要回應它再明顯不過的目的。他內心的那一部分察覺到它幽暗血腥的歷史，想要成為那段歷史的一部分。

艾迪心想：只有精英中的精英拿過這個寶貝，至少到目前為止。

『你準備好了嗎？』羅蘭問。

『還沒，不過我們上吧！』艾迪說。

艾迪用左手抓住羅蘭的左手腕，羅蘭把火熱的右手臂搭在艾迪赤裸的肩膀上。

他們一起穿過那扇門，從羅蘭瀕死世界裡狂風大作的黑暗海灘，走回巴拉札『斜塔』私人廁所裡的冰涼燈光中。

艾迪眯著眼，努力讓眼睛適應光線，聽見西米．德列托在另一個房間說話。西米說：『我們碰到了一個問題。』艾迪心想：哪個人沒有問題？然後他的眼光掃到了巴拉札的藥櫃。

藥櫃是開的。他回想起巴拉札叫傑克去搜廁所，接著又回想起安多里尼問那裡有什麼地方是他不知道的，巴拉札沉思了一會兒才回答：在藥櫃後面的牆裡有個小暗門。我在裡頭放了一些私人物品。

安多里尼把金屬暗門打開了，但卻忘了關上。『羅蘭！』他低聲說。

羅蘭舉起槍，把槍管壓在嘴上，比了個『噓』的手勢。艾迪躡手躡腳的走到藥櫃前。

一些私人物品——有一罐栓劑，一本印刷不清的雜誌，雜誌名叫《兒童樂園》（封面上有兩個年約八歲的裸體小女孩在舌吻）……還有八或是十包的凱復力樣品。艾迪知道凱復力是什麼，毒蟲常常受到局部或是全身感染的困擾，所以通常都知道凱復力是什麼。

凱復力是一種抗生素。

『噢，我已經碰到一堆問題了。』巴拉札說，他的聲音聽起來很煩躁，『你又給我生了什麼問題出來，西米？』

艾迪心想：如果這玩意還治不好那傢伙身上的毛病，沒東西能治得了。他抓起藥包，打算塞進口袋，然後突然想起他沒有口袋，他忍不住笑了起來，但只發出一聲粗啞的低吼，根本稱不上是笑聲。

他開始把藥包丟進洗臉盆裡，他必須之後再回來拿……如果有之後的話。

『呃。』西米說，『你知道……』

『你能不能他媽的長話短說？』巴拉札大吼。

『是那個小子的哥哥。』西米說。艾迪僵了一下，手上還拿著最後兩包凱復力樣品，他把頭歪向一邊，看起來更像RAC Victor舊唱盤上的那隻狗了。

『他怎麼了？』巴拉札不耐煩的問。

『他死了。』西米說。

艾迪手上的凱復力掉進洗臉盆裡，他轉身看著羅蘭。

『他們殺了我哥。』他說。

20

巴拉札張開口，想告訴西米不要拿廢話來煩他，因為他手邊有大事要處理，像是他心裡湧出了一個揮之不去的不祥預感，覺得不管有沒有安多里尼，這小子都會讓他很難過，但是他突然聽見那小子在說話，聽得一清二楚，就像那小子毫無疑問的也聽見他跟西米的對話。那小子說的是：『他們殺了我哥。』

突然間巴拉札不在乎他的貨，不在乎那些沒有回答的問題，他什麼也不在乎了，只想趕快踩煞車，讓一切馬上結束，免得事情變得更詭異。

『殺了他！傑克！』他大吼。

沒有回應。接著他聽見那小子又說了一次：『他們殺了我哥，他們殺了亨利。』

巴拉札突然了解那小子不是在對傑克講話。

『叫那些紳士全過來。』他對西米說，『全部都過來。我們要燒爛他的屁股，等他死了再把他帶進廚房，我要親自砍下他的頭。』

21

『他們殺了我哥。』囚犯說。槍客一語不發，只靜靜觀察一切，心想：罐子，洗臉盆裡的藥包，那就是我需要的，或是他覺得我需要的。那些藥包。別忘了，別忘了。

另一間房傳來：『殺了他！傑克！』

艾迪和槍客都沒有注意到這句話。

『他們殺了我哥，他們殺了亨利。』

現在，在另一個房間裡，巴拉札說要砍下艾迪的頭當戰利品。槍客感到一種奇特的欣慰：看來這個世界跟他的世界並不是完全不同。

那個叫西米的傢伙開始放聲大吼，叫其他人進來。一陣不太紳士的跑步聲傳來。

『你想要做點事，或是站在這裡袖手旁觀？』羅蘭問。

『噢，我想要做點事。』艾迪說著，舉起了槍客的左輪手槍。雖然不久前他還覺得自己要用兩手才能舉起槍，但現在他卻覺得毫不費力。

『那你想要做什麼？』羅蘭問。他的耳裡，他的聲音是如此遙遠。他病了，發著熱病，但現在他發的是另一種熱病，這種熱病他再熟悉不過，這種熱病曾經在塔爾城侵襲他。它是戰鬥之火，燒過他的全身，逼迫他停止思考，開始射擊。

『我要開戰。』艾迪．狄恩冷靜的說。

『你不曉得自己說的是什麼，』羅蘭說，『但你馬上就會曉得了。走出門之後，你往右，我必須往左，因為我的手。』

艾迪點點頭。他們開戰了。

22

巴拉札以為出來的會是艾迪或是安多里尼，或是艾迪跟安多里尼，沒想到出來的竟是艾迪跟一個陌生人：一個高大的男人，他的頭髮是骯髒的灰黑色，他的臉看起來彷彿是哪個野巒的神祇以一塊頑石雕琢而成。巴拉札一時間不曉得該射哪一個。

但是西米卻沒有碰上這個難題，老大不爽艾迪，所以他要先解決艾迪，然後再來煩惱另一個『卡渣羅尼』。西米緩緩轉向艾迪，射了三槍，彈殼在空中四濺，閃閃發光。艾迪看見大塊頭西米轉身，嚇得拚命在地板上爬行，發出颼颼的聲響，就像一個參加迪斯可比賽的小孩，跳得渾然忘我，根本沒發現自己把整套約翰．屈伏塔參賽服掉在身後，包括內褲。他的老二晃來晃去，赤裸的膝蓋摩擦著地板，先是感到陣陣灼熱，然後燒出了傷口。子彈打在他頭頂上的天篷，打出了幾個大洞，活像是瘢節累累的松節，碎片撒在他的肩膀上，落進他的頭髮裡。

他暗暗祈禱：上帝啊，別讓我死的時候光著屁股，而且還沒來上一針。他知道這樣的禱告不只是褻瀆神明，更是荒謬至極，但他還是停不下來：我會死，但是拜託，讓我再來一……

槍客左手的手槍發出轟然巨響。在海灘上，它發出的聲音只能稱得上是大聲，但在這裡，簡直就是震耳欲聾。

『噢，我的天呀！』西米．德列托尖叫了起來，他的聲音如鯁在喉，滿是沉重的呼吸聲。他竟然會尖叫，真是奇事一樁。他的胸部突然凹了下去，好像有人拿著大鍾朝木桶猛敲了下去。他的白襯衫滲出了片片血跡，就像是一朵朵罌粟花在襯衫上綻放。『噢，我的天呀！我的天呀！我的……』

克勞迪歐．安多里尼推開西米，西米砰的一聲倒了下來。巴拉札牆上兩幅裱了框的照片掉了下來。其中一幀照片是老大在警察體育聯盟宴會上將『年度風雲運動員』的獎座頒給一個笑嘻嘻的小鬼，這幀照片掉在西米的頭上，碎玻璃撒在他的肩膀上。

『噢，我的天呀！』他用微弱的聲音低呼，然後嘴巴開始冒出血泡。

克勞迪歐身後跟著崔克斯和一個在儲藏室待命的人，克勞迪歐兩手各拿一隻自動手槍，儲藏室的傢伙拿著雷明頓霰彈槍，槍管鋸得非常短，看起來就像得了腮腺炎的迪林格袖珍手槍，崔克斯．波斯提諾則拿著他所謂的『美妙藍波槍』——也就是M-16自動步槍。

『你這個他媽的針頭怪，我哥呢？』克勞迪歐尖叫，『你對傑克怎麼了？』也許他並不是真的想知道答案，因為他還沒問完問題，兩支武器就開始同時發射。艾迪心想：我死定了。然後羅蘭再次開火，射得克勞迪歐．安多里尼往後飛了出去，全身罩在一層血霧之中。他手上那兩把自動手槍從他手上飛了出去，滑過巴拉札的書桌，砰的一聲掉在地毯上，紙牌在四周漫天飛舞。在克勞迪歐大部分的內臟撒到牆上之後，克勞迪歐的身體也跟著撞上了牆。

『抓住他！』巴拉札在尖叫，『抓住那個人不人、鬼不鬼的傢伙！那小子不危險！他不過是隻光著屁股的毒蟲！抓住那個人不人、鬼不鬼的傢伙！轟掉他！』

他扣下點三七五手槍的扳機兩次。麥格農手槍的聲音幾乎跟羅蘭的左輪手槍一樣巨大。它並沒有在羅蘭身後的牆壁上打出一個一個清清楚楚的坑洞，而是打爛了羅蘭頭兩旁的牆壁。廁所裡的白光穿牆而出，成了一道道破碎的光線。

羅蘭扣下左輪手槍的扳機。

只有乾巴巴的喀嗒聲。

子彈沒射出。

『艾迪！』槍客大吼，艾迪舉起手槍，扣下扳機。

槍聲大得驚人，一時間艾迪以為手槍轟掉了他的手，就像傑克．安多里尼一樣。後座力並沒有讓他穿過最近的牆，但卻讓他的手往上一拉，畫出一個野蠻的弧形，震動了整隻手臂的肌腱。

他看見巴拉札的肩膀碎了一塊，鮮血四濺，聽見巴拉札像一隻受傷的貓發出刺耳的尖叫，然後吼道：『那隻毒蟲不危險，那是你說的嗎？是這樣嗎？你這個他媽的笨蛋！你想來招惹我跟我哥嗎？我就讓你看看誰才危險！我就讓你看……』

儲藏室的傢伙發射那把鋸短的霰彈槍，發出手榴彈般的震天巨響。艾迪滾了開來，霰彈槍在牆上與廁所的門上打出上百個小洞。子彈擦過他赤裸的皮膚，留下多處燒傷，艾迪了解，只要那個傢伙再靠近一點，射得再準一些，他可能就會被蒸發了。

管他的，反正我死定了，他一邊這麼想著，一邊看著那個儲藏室的傢伙打開雷明頓霰彈槍的彈膛，塞進新的子彈，然後架在手臂上。他咧著嘴笑，他的牙齒非常黃——艾迪覺得他的牙齒大概有好一陣子沒碰牙刷了。

艾迪模模糊糊的想著：老天，那個一口黃牙的混蛋就要殺了我，而我居然還不知道他的名字是什麼。至少我讓巴拉札吃了一顆子彈。至少我辦到了這一點。他想知道羅蘭有沒有再補上一槍，他不記得了。

『我瞄準他了！』崔克斯．波斯提諾開心的大吼，『達利歐，給我讓開！』但是那個叫達利歐的傢伙還沒來得及讓開，崔克斯就拿起『美妙藍波槍』瘋狂掃射。機關槍震耳欲聾的雷聲充滿了巴拉札的辦公室，但是這波瘋狂掃射卻救了艾迪一命。達利歐原本已經拿著鋸短的雷明頓霰彈槍瞄準了艾迪，但是他還沒來得及扣下霰彈槍上的雙扳機，崔克斯就把他轟成了兩半。

『住手，你這個白痴！』巴拉札尖叫。

但是崔克斯不曉得是沒聽見，停不下來，或是根本不想停下來。他扯著嘴唇，露出閃著口水的牙齒，乍看活像隻咧著嘴笑的鯊魚，他瘋狂掃射整間辦公室，把兩片壁板打成碎片，把鑲了框的照片打成漫天飛舞的碎玻璃，把廁所門整片打了下來。巴拉札淋浴間的霧面玻璃炸了開來。一顆子彈打中巴拉札去年領的畸形兒基金會獎盃，獎盃像個鈴鐺似的叮噹作響。

在電影裡，拿著連續發射的槍械可以殺人無數；但在現實生活裡，卻很少發生這樣的事。通常只有最先發射的四、五發子彈能殺得了人，過了四、五發子彈之後，會有兩件事發生在努力控制武器的人身上，就算是大力士也無法倖免。第一件事是槍口開始往上升，第二件事則是槍手開始往左或是往右轉動，就看他決定把武器的後座力丟給哪個不幸的肩膀。簡而言之，只有白痴或是電影明星才會想要瘋狂掃射這樣的花招。要是有誰蠢到使用瘋狂掃射這種花招，就會像拿著風鑽殺人一樣，完全無法控制方向。

有那麼一會兒，艾迪什麼也做不了，只能呆呆瞪著眼前這愚蠢至極的一幕。接著他看見崔克斯身後的門湧進了其他人，於是他舉起了羅蘭的左輪手槍。

『我瞄準他了！』崔克斯尖叫著，陷入歇斯底里的狂喜之中，就像是一個男人看了太多電影，分不清電影情節跟現實世界，『我瞄準他了！我瞄準他了！我瞄……』

艾迪扣下扳機，讓崔克斯眉毛以上的部分消失得無影無蹤。從他的行為來判斷，那一部分應該不是太重要。

他心想：*老天爺，這玩意要是乖乖聽話，還真能轟出大洞。*

艾迪的左邊傳來一聲轟然巨響，他鍛鍊不足的左二頭肌被扯出了一個熱騰騰的洞。他看見巴拉札躲在撒滿零亂撲克牌的書桌後，縮在一個角落，用麥格農手槍對著他。艾迪一邊的肩膀鮮血淋漓。麥格農手槍再度發射，艾迪低下身子閃躲。

羅蘭蹲了下來，瞄準剛從那扇門進來的頭幾個人，然後扣下扳機。在此之前，他已經轉開彈膛，把用過的子彈和不能發射的啞彈丟在地毯上，然後裝進一枚新的子彈。他是用牙齒咬著子彈裝進彈膛。巴拉札已經瞄準了艾迪。如果這是啞彈，我想我們兩個都完蛋了。不是啞彈，槍發出巨響，撞在他的手上，然後吉米．哈斯皮歐翻了個身，點四五手槍從他垂死的手指中掉了出來。

羅蘭看見其他人縮了回去，立刻爬過滿地的木屑與碎玻璃。他把手槍放回了槍套。右手兩隻手指不見了，想再裝填子彈，簡直就是笑話一樁。

艾迪表現得可圈可點。槍客心想，艾迪光著身子，居然還這麼能打，這樣的表現的確是可圈可點。光著身子上戰場是很難的，有時甚至是不可能的。

槍客抓起克勞迪歐．安多里尼掉的一把自動手槍。

『你們這些剩下的傢伙在等什麼？』巴拉札尖叫，『老天！把他們給我吃下肚！』

『大喬治』畢翁弟和另一個儲藏室的人從門口衝了進去。儲藏室的人嘴裡吼著義大利語。

羅蘭爬到書桌的一角。艾迪站起身，瞄準從門口衝進來的人。羅蘭心想：他知道巴拉札在等他，但是他以為我們兩個人之中，只有他手上有槍。又來一個願意為你死的人，羅蘭。你到底做錯了什麼，竟然會讓這麼多人願意為你效死忠？

巴拉札起身，沒看到羅蘭就在身旁。巴拉札的腦袋裡只有一件事：解決這個該死的毒蟲，這個讓他灰頭土臉的該死毒蟲！

『不。』槍客說，巴拉札轉頭看著他，一臉驚訝。

『你去死……』巴拉札說著，一把拿起麥格農手槍。槍客用克勞迪歐的自動手槍在他身上射了四槍。那是個便宜貨，比玩具好不到哪裡去，槍客拿在手裡都嫌髒，但是要殺一個可鄙的人，也許用一把可鄙的武器是再適合不過了。

安立可．巴拉札死了，他殘餘的臉上帶著最後一抹驚訝。

『嗨，喬治！』艾迪說著，扣下槍客左輪手槍的扳機，又是一陣令人心滿意足的巨響。艾迪瘋狂的心想：這個寶貝裡沒有啞彈，我想我八成是拿到比較好的那把。艾迪的子彈讓喬治像保齡球似的飛了出去，壓在尖叫著義大利語的男人身上。在飛出去之前，喬治僥倖對艾迪射了一槍，但卻射歪了。艾迪的腦袋裡出現了一個瘋狂但卻完全具有說服力的念頭：他覺得羅蘭的槍具有某種魔力，就像護身符一樣，只要拿著它，他就不會受傷。

四周一片沉默，艾迪只聽到大喬治身體底下的男人在呻吟（這個倒楣鬼的名字叫魯迪．佛奇歐，喬治落在他身上時，壓斷了他三根肋骨），還有自己耳朵裡嗡嗡大作。他懷疑自己的聽力永遠也不會恢復了。艾迪曾去過許多吵鬧的搖滾演唱會，但即使是最吵的一場，跟這個看似告一段落的瘋狂槍戰一比，也成了兩條街外傳來的廣播音樂。

巴拉札的辦公室早已面目全非，再也不能拿來『辦公』了。艾迪環顧四周，雙眼圓睜，一臉驚奇，就像一個年輕的小伙子第一次看到眼前的這一幕。但是對羅蘭來說，這一幕早就不是新鮮事，而且也都沒有任何差別。不論是有數千人死於砲彈、步槍、刀戟的遼闊沙場，或是只有五、六人互相射殺的小房間，全都是一樣的，最後全都會變成同一個地方：另一個停屍間，滿是火藥與生肉臭味的停屍間。

廁所與辦公室之間的牆壁已消失殆盡，只剩下幾片斷垣殘壁。滿地的碎玻璃閃閃發亮。

經過崔克斯．波斯提諾華而不實的M-16煙火表演，天花板垂了下來，像剝下的皮膚。

艾迪乾咳了幾聲。現在他可以聽見其他的聲音——酒吧外傳來模糊的興奮對話與吼叫聲，遠處還傳來警鈴聲。

『多少人？』槍客問艾迪，『全搞定了嗎？』

『我想應該是。』

『艾迪，我有東西給你。』凱文．布雷克在走廊上說，『我想你可能會喜歡，就像紀念品，你知道吧？』巴拉札沒能對狄恩小弟做的事，凱文對狄恩大哥做了：他一個低手擲球，把亨利．狄恩的頭從門口丟了進來。

艾迪定睛一看，忍不住尖叫了起來。他衝向門口，完全沒注意碎破璃和木屑戳進了他赤裸的雙足。他尖叫著，瘋狂發射，邊跑邊射光了大左輪手槍裡剩下的五顆子彈。

『不，艾迪！』羅蘭尖叫，但艾迪沒聽見。他根本聽不見。

第六發子彈是啞彈，但是在此之前，他根本什麼也沒注意，只知道亨利死了。亨利，他們砍了亨利的頭，一個可憐的王八蛋砍了亨利的頭，那個王八蛋會付出代價，沒錯，一定會。

於是他衝向門口，一次又一次扣下扳機，完全沒注意到什麼也沒發生，完全沒注意到他的腳已被鮮血染紅。凱文．布雷克走進門，與他交手。他壓低了身體，手上拿著一把駱馬點三八自動手槍。凱文的紅髮在頭上豎了起來，繞成了凌亂的圓圈，臉上露出了微笑。

24

槍客心想：他會壓低身體。但是他也知道，就算他猜對了，想用這把不可靠的小玩具擊中目標，也得靠一點運氣才行。

羅蘭識破了巴拉札軍人的花招，知道他想引艾迪出去，於是他站起身，用右手握住左手，努力穩住左手。握了拳的右手疼痛難當，但他咬牙忍了下來。他只有一次機會，痛就讓它痛吧！

那個紅髮男人走進門，微笑著，然後一如往常，羅蘭的理智不見了，他的眼睛鎖定目標，他的手扣下扳機，然後突然間，紅髮男人靠在走廊的牆壁上，張著眼睛，前額開了個藍色的小洞。艾迪站在他前面，尖叫著，啜泣著，徒勞無功的按著用檀木製成槍托的巨大左輪手槍，一次又一次，好像紅髮男人死得還不夠。

槍客等著手槍走火，把艾迪炸成兩半，但是手槍沒有走火，於是槍客知道，一切真的結束了。如果還有其他的軍人，也早就逃之夭夭了。

他疲累的站起身，感到一陣頭昏眼花，然後慢慢走到艾迪．狄恩身旁。

『住手。』他說。

艾迪不理他，繼續徒勞無功的對著死掉的男人扣著羅蘭手槍的扳機。

『住手，艾迪，他死了，他們全都死了。你的腳在流血。』

艾迪不理他．繼續扣著左輪手槍的扳機。門外模糊的興奮說話聲愈來愈近，警鈴聲也是。

槍客伸出手，想把槍扯下來。艾迪轉身面對他，羅蘭還不清楚發生了什麼事，艾迪就用他的槍狠狠敲了他的頭。羅蘭感到一股溫熱的鮮血湧出，然後整個人倒在牆上。他努力想站起來——他們必須離開這裡，馬上離開，但是儘管他用盡全力，他還是感到自己沿著牆壁滑下來，然後世界暫時消失了，只剩下一片四處漂流的灰白色。

他只昏倒了不到兩分鐘，然後他努力清醒過來，奮力站起身。艾迪已經不在走廊上了。羅蘭的槍放在紅髮男人屍體的胸前。槍客彎下腰，努力對抗一陣暈眩感，撿起槍，彆彆扭扭的把槍塞回另一邊的槍套裡。

他想走回已成了廢墟的辦公室，但卻覺得舉步維艱。他停下來，彎下腰，用左手撿起艾迪的衣服，能拿多少是多少。鈴聲幾乎已經抵達了，羅蘭相信搖鈴的人或許是軍隊、治安隊之類的……但是也不能排除是巴拉札的手下。

『艾迪。』他啞著聲音說，他的喉嚨又開始陣陣作痛，

艾迪沒聽見，他抱著哥哥的頭，坐在地板上。他全身顫抖，淚流滿面。槍客想找那扇門，但卻遍尋不著，不由得感到一股噁心的震驚，幾近於恐懼。但接著他想起來了；他們兩個都在同一個世界裡，所以如果要讓那道門現身，唯一的方法就是與艾迪有肢體接觸。

他伸手想碰艾迪，但艾迪閃了開來，仍然淚流不止。『別碰我。』他說。

『艾迪，結束了。他們全都死了，你的哥哥也死了。』

『別把我哥扯進來！』艾迪任性的尖叫，身體又是一陣顫抖。他把砍下的頭抱在胸前，輕輕搖著。他抬起滿是淚水的眼睛，盯著槍客的臉。

『一直都是他照顧我。』他抽噎得非常厲害，槍客很難聽懂他的話，『一直都是。為什麼不能換我照顧他，就這麼一次，就當我回報他一直以來對我的照顧？』

羅蘭漠然的想著：好吧，他照顧你。可是看看你，坐在那兒，全身抖個不停，好像剛吃了瘧疾樹上的果子。他真的把你照顧得非常好。

『我們必須走。』

『走？』艾迪的臉上終於露出隱約的理解，接著馬上露出了驚慌，『我哪裡都不去，尤其是那個地方，那個怪螃蟹吃掉傑克的地方。』

有人在敲門，吼著要他們開門。

『你想留在這裡，解釋這裡為什麼有這麼多屍體嗎？』槍客問。

『我不在乎。』艾迪說，『沒有了亨利，一切都不重要了。都不重要。』

『也許對你來說不重要。』羅蘭說，『但是這件事還關係到別人，囚犯。』

『不要叫我囚犯！』艾迪大吼。

『我會一直叫你囚犯，直到你可以走出牢籠為止！』羅蘭吼了回去。大吼讓他的喉嚨很痛，但他還是扯開喉嚨大吼。『把那塊爛肉丟掉，不要哭哭啼啼的！』

艾迪看著他，臉頰掛著淚痕，雙眼圓睜，一臉驚嚇。

『這是你們最後的機會！』屋外傳來擴音器的聲音。對艾迪來說，那個聲音好像是電視遊戲節目的主持人。**『霹靂小組已經抵達了——再重複一次：霹靂小組已經抵達了！』**

『那扇門後面有什麼在等著我？』艾迪靜靜的問槍客，『告訴我，如果你能告訴我，也許我會去。但是如果你說謊，你也騙不了我。』

『也許是死亡。』槍客說，『但是在死亡來臨之前，我想你應該不會覺得無聊。我要你跟我一起加入遠征。當然，也許一切都會以死亡作結——我們四個人一起死在一個陌生的地方。但是如果我們勝利了……』他的眼中閃過一道光芒，『艾迪，如果我們勝利了，你就會看到一個東西，那個東西比你所有的夢想都來得美妙。』

『什麼東西？』

『黑暗之塔。』

『那座塔在哪裡？』

『離你發現我的那片海灘非常遠。至於有多遠，我並不知道。』

『它是什麼？』

『我也不知道──我只知道它可能是一種……一種樞紐，一種關鍵，它將所有的存在連結在一起。所有的存在，所有的時間，所有的尺寸。』

『你說有四個人，那其他兩個人呢？』

『我不知道，因為他們尚未被牽引出來。』

『就像我被牽引出來一樣，或者說我被你牽引出來一樣。』

『是的。』

門外傳來一陣咳嗽似的爆炸聲，好像是發射了迫擊砲。『斜塔』的前窗往屋內裂開，酒吧裡漸漸充滿了令人窒息的催淚彈煙霧。

『怎麼樣？』羅蘭問。他可以抓住艾迪，跟他有肢體接觸，強迫那扇門出現，然後帶著艾迪衝進去。但是他曾看到艾迪為他冒生命危險，他曾看到這個表現最高貴的舉動，就像一名天生的槍客，儘管他有毒癮在身，儘管他被迫像剛出娘胎一樣，光著身子上戰場。他要讓艾迪自己決定。

『遠征，冒險，黑塔，征服世界。』艾迪說著，露出了疲倦的微笑。新的催淚瓦斯彈從窗戶丟進來，炸了開來，在地板上嘶嘶作響。第一道刺鼻的催淚瓦斯白煙滲進了巴拉札的辦公室。『聽起來比巴勒斯㉔的火星小說更棒，小時候亨利有時會唸那些書給我聽。你只少提了一件事。』

『什麼事？』

『裸著胸部的美女。』

槍客微微一笑說：『在去黑塔的途中，什麼都有可能。』

一陣顫抖再次流過艾迪全身。他舉起亨利的頭，在冰冷、灰白的一邊臉頰上留下一吻，然後把這個血痕遍佈的遺物放在一邊，站起身。

『好。』他說，『反正我今天晚上沒什麼計畫。』

『拿去。』羅蘭把衣服塞給他，『最起碼穿上鞋子。你的腳受傷了。』

在屋外的人行道上，兩個警察戴著塑膠面罩，穿著防彈夾克、防彈背心，衝進了斜塔的前門。在廁所裡，艾迪（只穿著內褲和愛迪達球鞋）把凱復力樣品一包一包拿給羅蘭，羅蘭再把樣品放進艾迪的牛仔褲口袋。等所有的凱復力都安安全全放進口袋，羅蘭便再次把右手繞過艾迪的脖子，艾迪也再次抓住羅蘭的左手。門突然出現了，一個黑暗的長方形。艾迪感到從另一個世界來的風，把他前額汗濕的頭髮吹到後方。他聽見海浪打在那片碎石遍佈的海灘上，聞到刺鼻的海鹽味。雖然眼前一片狼藉，雖然他痛苦、傷心不已，但他突然很想看看羅蘭口中的那座塔，非常想看。亨利死了，這個世界還有什麼好留戀的？他們的父母都已經過世，而且自從三年前他開始沉迷毒品後，就沒有認認真真交過一個女朋友——只有一個接著一個的妓女、針頭毒蟲、吸毒怪客，沒有一個是不吸毒的，去他的吸毒。

他們穿過門，艾迪甚至還稍稍走在前頭。

在門的另一邊，他突然又開始全身顫抖了起來，肌肉因為抽筋而疼痛不已——這是嚴重海洛因戒斷的第一個症狀，這個症狀讓他想起了另外一件事。

『等等！』他吼道，『我要回去一會兒！他的書桌！他的書桌，或是另一間辦公室！海洛因！如果他們能給亨利下藥，他們手上一定有藥！海洛因！我需要它！我需要它！』

他用哀求的眼光看著羅蘭，但是槍客面無表情。

『艾迪，你那一部分的人生已經結束了。』他說著，伸出左手。

『不！』艾迪尖叫，伸出手死命在羅蘭的身上抓，『不，你不懂，夥伴，我需要它！我需要它！』

也許他抓的是冷血的石頭。

槍客把門狠狠甩上。

門發出轟然巨響，宣告一切已成定局，然後倒向沙地。門框四周微微揚起砂塵。現在門後什麼也沒有，上頭的字也消失了。這扇連接兩個世界的門永遠關上了。

『不！』艾迪尖叫，海鷗也報以尖叫，好像在嘲笑他。龍蝦怪在問他問題，也許在暗示他，如果想聽得更清楚，或許可以再靠近一點。然後艾迪側身倒了下來，哭吼著，顫抖著，全身痙攣。

『你很快就不會需要它了。』槍客說著，然後從艾迪的牛仔褲裡掏出一包藥，艾迪的牛仔褲跟他的牛仔褲非常相像。他再次發現藥包上有些字他認得，有些字他不認得。奇復力，好像是這樣唸。

奇復力。

從另一個世界來的藥。

㉔Edgar Rice Burroughs，一八七五—一九五〇。美國科幻小說家，成名作為《人猿泰山》（Tarzan of the Apes）。亦著有一系列有關火星的小說，如《火星公主》（Princess of Mars）。

『不是致命就是救命。』羅蘭喃喃自語著，吞下兩個膠囊，吃了三顆阿斯汀，然後在艾迪的身邊躺下，努力抱緊艾迪，經過一段輾轉反側的時間後，兩人都沉沉入睡。

洗牌

對羅蘭來說，那天晚上之後的時間是破碎的，完全稱不上是時間。他只記得一連串的影像、時刻，以及片段的對話。影像一個一個閃過，就像賭場老千在迅速洗牌時，獨眼傑克、三點、九點和該死的黑婊子蜘蛛皇后一張張閃過眼前。

之後他問艾迪那段時間維持了多久，但是艾迪也不知道。對他們來說，時間已經毀滅了。在地獄裡沒有時間，他們兩個人各自待在自己的地獄裡：羅蘭的地獄是高燒與感染，艾迪的地獄則是毒品戒斷。

『不到一週。』艾迪說，『這是我唯一能確定的。』

『你怎麼知道？』

『我給你的藥只夠撐一週。過了一週，你只有兩條路好走。』

『復元或是死掉。』

『沒錯。』

洗牌

黃昏轉為黑夜時，傳來了一陣槍聲，碎浪在荒蕪的海灘上行將死去，而這聲槍聲就像一聲乾裂的爆炸聲，打在無可避免、無法逃避的碎浪上：砰！他聞到了煙硝味。麻煩來了，槍客無力的想著，然後伸手拔槍，但槍卻不見了。噢，不，完了，完了……

但接下來什麼也沒發生，黑夜裡傳來一陣……

洗牌

……香味。在經過這麼漫長、乾渴的時間後，終於聞到了烹調的香味。不只是香味，他還能聽到小樹枝劈哩啪啦的爆炸聲，看見橘紅色的營火搖曳。偶爾在一陣海風吹過時，他還能聞到芳香的煙霧，還有那股令人垂涎三尺的香味。他心想：食物。天啊，我餓了嗎？如果我餓了，那麼也許我快要復元了。

艾迪，他努力想叫艾迪，但他的聲音不見了。他的喉嚨很痛，非常痛。他心想，我們應該也帶點阿斯汀來的，然後勉強笑了笑：所有的藥都只能治他，治不了艾迪。

艾迪出現了。他拿著一個錫板，那塊錫板不管在哪兒槍客都能一眼認出：畢竟，那塊板子是從他的錢包裡拿的。錫板上放了一塊冒著煙的粉白色肉塊。

那是什麼？他想問，但卻只發出沙啞的放屁聲。

艾迪讀著槍客的唇形，不高興的說：『我不知道，我只知道我吃了以後沒死。吃吧，你這該死的傢伙。』

他發現艾迪的臉色非常蒼白，全身顫抖，身上還發出一股混和著糞便與死亡的氣味。他知道艾迪的狀況很糟，他伸出一隻摸索的手，想要安慰艾迪，但艾迪卻把他的手拍掉。

『我餵你。』他不高興的說，『他媽的我真不知道為什麼，我應該殺了你。要不是我覺得既然你曾經進入我的世界，搞不好你可以再進入我的世界一次，我早就想殺了你。』

艾迪四下張望了一下。

『如果不是這樣，這裡就只會剩下我一個人了，當然還有牠們。』

他回頭看著羅蘭，一陣顫抖流過全身——這陣顫抖是如此強烈，以至於他差點翻倒錫板上的肉。終於顫抖停了下來。

『吃吧，你這該死的傢伙。』

槍客吃了。肉的味道不只是不錯，而是美味極了。他吃了三塊，然後一切成了模糊一片，又是一陣……

洗牌

……他努力開口說話，但卻只能發出微弱的耳語。艾迪把耳朵靠在他的嘴邊，但偶爾會因為抽搐而稍微離開。他再說了一次：『北方。往海灘的北方走。』

『你怎麼知道？』

『我就是知道。』他低聲說。

艾迪看著他，說：『你瘋了。』

槍客微微一笑，想昏過去，但艾迪甩了他一個耳光，甩得非常用力。羅蘭的藍色眼睛張了開來，一時間變得生氣勃勃，活力十足，艾迪不由得露出了不安的神情，然後他的嘴唇立刻又露出了微笑，一抹接近咆哮的微笑。

『是啊，你可以昏倒，』他說，『但是你得先吃藥，時間到了。總之，從太陽的位置看

起來是這樣，我猜的，我沒當過童子軍，所以我不能確定，但是我猜公家機關辦公的時間應該到了。羅蘭，嘴巴張開，嘴巴張開給艾迪醫生看看，你這個愛綁架人的豬頭。』

槍客張開了嘴，像小嬰兒準備喝奶一樣。艾迪在他的嘴巴裡放了兩顆藥丸，然後隨便倒了一些水進去。羅蘭猜想水一定是從東方的某個山谷小溪裡取來的，也許有毒，艾迪分不清有毒的水跟沒毒的水。但話說回來，艾迪看起來很好，而且也沒有別的選擇。有別的選擇嗎？沒有。

他吞了下去，嗆得咳了起來，差點窒息，而艾迪只在一邊漠不關心的看著他。

羅蘭伸手想抓住他。

艾迪想躲開。

槍客鏢靶般銳利的眼神喝令他不准躲開。

羅蘭把他拉近身邊，近得他可以聞到艾迪病態的氣息，艾迪也能聞到他身上的臭味，兩種氣味混合，更是讓兩人噁心欲嘔。

『這裡只有兩個選擇。』羅蘭低聲說，『我不知道在你的世界是怎樣，但這裡只有兩個選擇，起身奮戰，尚有一線生機；或是低著頭，聞著你腋下的臭味，在這裡跪地而死。我……』他狂咳了一陣，『我不在乎。』

『你是誰？』艾迪對他尖叫。

『你的命運，艾迪。』槍客低聲說。

『你為什麼不乾脆吃屎死了算了？』艾迪問他。槍客想開口說話，但他還沒出聲，意識就飄了過去，而撲克牌繼續

洗牌

砰！

羅蘭張開眼，只看見眼前金星亂冒，然後他再度閉上眼。

他不知道發生了什麼事，但他覺得一切應該都還好。紙牌仍然不停滑動，仍然繼續

洗牌

甜美、可口的肉香味更濃了。他覺得好多了，艾迪看起來也好多了，但他也看起來很擔心。

『牠們愈來愈近了。』他說，『牠們也許很醜，但還不算真的笨。牠們知道我在做什麼。不知道為什麼，牠們就是知道，而且牠們覺得不太高興。牠們每天晚上都靠近一些。如果你可以的話，我們最好在破曉時動身，不然那可能就是我們看到的最後一個破曉了。』

『什麼？』這句話不是微弱的耳語，而是介於耳語和正常說話之間的粗啞聲音。

『牠們。』艾迪說著，指向海灘，『噠噠喳，噹麼嗆，還有那些亂七八糟的鬼話。羅蘭，我想牠們像我們一樣——喜歡吃美食，但不喜歡變成別人的美食。』

突然間，羅蘭感到一陣極度的恐怖，他終於發現艾迪餵他吃的粉白色肉塊是什麼了。他說不出話來，強烈的反感讓他再次失去了那一點點好不容易恢復的聲音。但是艾迪從他的表情知道他想說什麼。

『不然你覺得我在幹嘛？』他幾乎是在咆哮，『點龍蝦大餐外帶呀？』

『牠們有毒。』羅蘭低語說，『所以——』

『是啊，所以你才會hors de combat（法語：失去戰鬥力），不過我的朋友羅蘭，我這麼做是為了不讓你變成h'ors d'oeuvres（法語：開胃菜）。至於肉有沒有毒，響尾蛇也有毒，但還是有人吃。響尾蛇真的很好吃，吃起來像雞肉，我忘了在哪兒看到的。我覺得這些怪物看起來像龍蝦，所以我決定試試看。不然我們要吃啥？吃泥土？我用槍殺了一隻，然後煮得牠上天堂。沒別的了，事實上，牠們還挺好吃的。我每天太陽開始下山就射一隻，牠們要等到天色全黑才會全員出動。我可沒見你拒絕過。』

艾迪微微一笑。

『我喜歡幻想我射到的怪物曾經吃過傑克。我喜歡幻想我在吃那個混蛋，這樣會讓我……呃……讓我心裡好過一點，你懂吧？』

『那些怪物裡有一隻也吃了我的肉。』槍客啞著聲音說，『兩隻手指，一隻腳趾。』

『那也很酷。』艾迪繼續微笑。他的臉色像鯊魚一樣又青又白……但先前的病容卻消失了。他的四周原本圍著一股糞便與死亡的氣味，像壽衣一樣，但現在似乎也漸漸消失了。

『你去死吧。』槍客啞著聲音說。

『羅蘭生氣了！』艾迪歡呼，『也許你終究不會死！親愛的！我覺得這真是太——神——奇了！』

『活下去。』羅蘭說，粗啞的聲音又變回了耳語，魚鉤又回到他喉嚨裡了。

『是嗎？』艾迪看著他，然後點點頭，自問自答了起來，『是的。我想你真的想活下去。我一度以為你快死了，甚至以為你已經死了，但現在你好像愈來愈好了。我想抗生素有用，但我想最大的功臣應該是你拉了你自己一把。為什麼？為什麼你會這麼努力，想在這個亂七八糟的海灘上活下來？』

黑塔。他用唇語唸出這兩個字，因為現在他連粗啞的聲音都發不出來。

『你還有你那該死的黑塔。』艾迪說著，開始轉身離開，然後又轉了回來，嚇了一跳，因為羅蘭的手緊緊抓住他的手臂，像手銬一樣。

他們四目相視，然後艾迪終於忍不住說：『好啦，好啦！』

北方，槍客用唇語說。北方，我告訴過你。他告訴過他嗎？他覺得有，但它消失了，消失在洗牌之中。

『你怎麼知道？』艾迪突然間發了火，對他尖叫。他舉起拳頭，好像要打羅蘭，但隨即又放了下來。

我就是知道——所以你為什麼要浪費時間跟精力，問我這些愚蠢的問題？他想這麼回答，但是他還來不及回答，撲克牌又繼續

洗牌

艾迪就地取材，做了個奇怪的『雪橇』，用槍客的槍帶把槍客綁在上頭；槍客讓艾迪拖著走，時彈時跳，他的頭無助的左右擺動著。他聽見艾迪．狄恩在唱歌，那首歌出奇的熟悉，他一開始還以為是自己的幻覺：

嘿，Jude……別喪氣……找一首哀……傷的歌……把它唱得更快樂……

他很想問艾迪：你從哪兒聽來的？你聽我唱過嗎，艾迪？還有，這裡是哪裡？

但是他還沒來得及問……

洗牌

寇特要是看到這個玩意，一定會狠狠敲這小子的頭，羅蘭一邊看著自己一整天躺著的雪橇，一邊這麼想著，不由得笑了起來。他的笑聲聽起來不像笑聲，而像是海浪帶著碎石拍打海岸。他不知道他們走了多遠，但已經遠得夠讓艾迪筋疲力竭了。他坐在石頭上，陽光將影子拉得長長的，他的腿上放著槍客的雙槍，身旁放著半滿的水袋。他的襯衫口袋微微凸起，裡頭放著靠近槍帶尾端的子彈——這堆子彈是『好的』子彈，但數量愈來愈少了。艾迪從自己襯衫上撕下一塊布，把這些子彈包在裡頭。『好的』子彈會減少得這麼快，主要的原因是因為每四、五顆子彈裡，就有一顆子彈是啞彈。

艾迪原本快要睡著了，聽見槍客的笑聲，便抬起頭來。『你在笑什麼？』他問。

槍客輕蔑的揮揮手，搖搖頭，因為他發現他錯了。即使雪橇看起來又怪又不中用，寇特也不會為了它狠狠敲艾迪的頭。羅蘭甚至覺得，寇特可能會咕噥幾句讚美之詞——寇特的讚美是如此罕見，以至於接受讚美的男孩幾乎不知道該怎麼回應，只能張大了嘴呆站著，活像廚師剛從桶子裡撈出來的魚。

擔架最主要的兩根支架，是兩根棉白楊樹枝，兩根樹枝的長度、粗細都相當。槍客猜想，應該是風吹斷的樹枝。艾迪用較小的樹枝架成擔架的其他部分，用一堆亂七八糟的東西把小樹枝綁在兩根大樹枝上：有槍帶、用來把魔鬼之粉綁在他胸前的膠帶，甚至還有槍客帽子上的生皮索，以及艾迪的運動鞋鞋帶。擔架上則鋪了槍客隨身攜帶的鋪蓋。

寇特不會打艾迪，因為雖然艾迪這麼不舒服，但他至少不會只蹲在地上怨天尤人，什麼也不做。他至少做了什麼事，至少曾經放手一搏。

寇特或許還會出其不意施捨幾句讚美，因為雖然那東西看起來瘋狂絕倫，但卻真的有用。

『你看到了嗎？』艾迪問。太陽漸漸下山，在海面上開了一道橘色的小徑，所以槍客猜想，他這次大概昏了超過六小時。他覺得精神好多了，他坐起來，俯視著海面。海灘和斜向西方山坡的土地都沒有什麼改變，他可以看見景色和碎石有些微的不同（比如說，沙地上有一隻死掉的海鷗躺在一小堆隨風飛散的羽毛裡，大約在他們左方二十呎，離海邊不到三十呎），但是除此之外，他們簡直可以說還待在出發的地方。

『沒有。』槍客說，然後隨即改口：『有，有一個。』

他指指前方。艾迪瞇著眼看了一會兒，然後點點頭。隨著太陽落下，橘紅色的痕跡愈來愈像血跡，第一隻龍蝦怪就從海浪裡蹣跚的爬了出來，開始往海灘上爬去。

兩隻龍蝦怪笨拙的比賽衝向死掉的海鷗，跑贏的一隻撲向海鷗，扯開屍體，開始把腐爛的遺骸塞進肚子裡。『噠噠嘰？』牠問。

『噠噠嗆？』輸家回答，『噠噠……』

砰！

羅蘭的槍終結了第二隻怪物的問題。艾迪走向牠，從背後抓起怪物，一邊留心牠的同伴。但是另一隻怪物忙著享用海鷗大餐，根本懶得理會艾迪。艾迪帶著獵物回來。獵物還在抽動著，時高時低的動著鉗子，但很快就一動也不動了。牠的尾巴最後一次拱成了一個弧形，然後直接重重的垂了下來，拳擊手的鉗子軟軟的垂著。

『晚餐馬上就好了，老爺。』艾迪說，『您的菜單有：可怕爬行生物肉片，還有可怕爬行生物肉片。您喜歡哪一種，老爺？』

『我聽不懂你說什麼。』槍客說。

『你當然聽得懂，』艾迪說，『你只是沒有幽默感。你的幽默感跑哪兒去啦？』

『我想大概是打仗時被射死了。』

艾迪微微一笑。『你今天晚上看起來跟聽起來都比較有活力了，羅蘭。』

『我想是吧！』

『那麼也許你明天應該自己走一段路。老實跟你說，拖你真的很累耶！』

『我盡量。』

『走就對了。』

『你看起來也好多了。』羅蘭壯著膽子說，他的最後兩個字破了開來，聽起來像是個小男孩的聲音。他心想：如果我不快點停止說話，我就再也不能說話了。

『我想我死不了。』他面無表情的看著羅蘭，『不過你不曉得有幾次我真的差點死了。有一次我拿起一支你的槍，扳起扳機，抵著我的頭好一會兒才放下來，然後我把安全鎖慢慢放下來，把槍塞回你的槍套。還有一個晚上我抽搐得非常厲害。我想應該是第二個晚上，但是我不確定。』他搖搖頭，然後說了一句槍客似懂非懂的話：『現在對我來說，密西根好像是個夢。』

雖然他的聲音又成了粗啞的耳語，而且他知道自己不該再開口說話，但他還是必須知道一件事。『你為什麼沒有扣下扳機？』

『呃，我只有這一件褲子。』艾迪說，『在最後一刻，我想如果我扣下扳機，結果是啞彈，我就永遠鼓不起勇氣再做第二次了……而且你一旦拉屎在褲子裡，就必須馬上洗，不然那股臭味就要永遠跟著你了。這是亨利告訴我的，他說他在越南學到的。而且既然是晚上，龍蝦萊斯特㉕出來了，更別提還有牠的夥伴……』

但是槍客在笑，而且是大笑，儘管偶爾有幾聲破掉的聲音溜出他的嘴。艾迪微笑說：『我想也許在那場戰爭裡，你的幽默感只有手肘以下的部分被射掉。』他站起來，羅蘭猜想他是想走上山坡，找點木柴生火。

『等等。』他輕聲說，艾迪看著他，『說真的，為什麼？』

『我想是因為你需要我。如果我自殺，你也會死。等晚一點，等你真的能自立自強，我也許會重新考慮我的選擇。』他環顧四周，深深嘆了一口氣。『羅蘭，在你的世界裡也許有個迪士尼樂園或是康尼島，但是目前為止，我看到的東西對我來講不太有趣。』

他開始走開，停了下來，然後再次回頭看著羅蘭。他的臉很嚴肅，儘管上頭還殘留著一些病態的蒼白，顫抖已成了偶爾的震顫。

『有時候你真的不懂我，對不對？』

『是的。』槍客輕聲說，『有時候我不懂你。』

『那就容我詳細說明。有些人需要有人需要他們，你之所以不懂，是因為你不是這種人。你利用完我，就把我像個紙袋一樣去到一邊，我想大概就是這樣。去死吧，我的朋友。你只是夠聰明，所以這麼做會讓你覺得很心痛，但你也夠鐵石心腸，所以你還是會放手這麼做。你不得不這麼做。如果我躺在沙灘上，尖叫著救命，你會一腳跨過我，好像我擋了你的路，想害你到不了那該死的黑塔，事實不就是這樣嗎？』

羅蘭一語不發，只看著艾迪。

『但不是每個人都跟你一樣。有些人需要有人需要他們，就像芭芭拉・史翠珊的那首歌一樣，聽起來陳腔濫調，但卻是千真萬確，這也算是一種毒癮。』

艾迪瞪著他。

『提到毒癮，你沒毒癮吧，是不是？』

羅蘭看著他。

『除了你的黑塔。』艾迪發出短促的笑聲，『你有黑塔癮，羅蘭。』

『哪一場戰爭？』羅蘭輕聲說。

『什麼？』

『你崇高的理想在哪一場戰爭裡被射死了？』

艾迪縮了一下，好像羅蘭伸手甩了他一個耳光。

『我要去找點水。』他簡短的說，『注意那些爬來爬去的怪物。我們今天的進展不錯，但我們還是不知道牠們會不會彼此交談。』

說完他轉過身，但羅蘭還是來得及看見最後一抹紅色的夕陽，映在他濕潤的雙頰上。

羅蘭回頭看著海灘。龍蝦怪爬行、探問，探問、爬行，但這兩種行動似乎都毫無目標。牠們有些許的智能，但卻沒聰明到能向同類傳遞訊息。

羅蘭心想：老天不會永遠跟你唱反調。大部分的時候都會，但不會永遠跟你唱反調。

艾迪帶著木柴回來。

『怎樣？』他問，『你覺得如何？』

㉕Lester the Lobster是一首兒歌。

『我們沒問題的。』槍客的聲音低沉沙啞。艾迪開始說話，但槍客累了，於是他躺下身，看著第一顆星星從紫色的天空探出頭來，然後

洗牌

在接下來的三天，槍客的健康漸漸好轉。爬在手臂上的紅線慢慢退去，接著漸漸轉淡，然後完全消失不見。第二天，他有時自己走，有時讓艾迪拖；到了第三天，他完全不必讓艾迪拖了，只要每兩三個小時坐下來稍事歇息，讓雙腿恢復力氣。在這些歇息時間中，在吃過晚飯，但營火未熄，兩人尚未入眠時，槍客聽見了亨利與艾迪的往事。他還記得曾經懷疑是發生了什麼事，讓他們的兄弟之情如此難堪，但等到艾迪欲言又止，帶著來自深沉痛苦的慨然憤怒開口後，槍客覺得自己可以阻止他，可以告訴他：不用麻煩了，艾迪，我什麼都了解。

但那麼做幫不了艾迪。艾迪提起往事，不是為了幫亨利，因為亨利已經死了。艾迪提起往事，是為了永遠埋葬亨利，還有提醒自己，雖然亨利死了，但他，也就是艾迪，並沒有死。

所以槍客側耳聆聽，噤聲不語。

大意很簡單：艾迪相信自己偷了哥哥的生活，而亨利也這麼相信。這個念頭可能是亨利自己想出來的，或是因為他老是聽見母親諄諄告誡艾迪，她和亨利為他做了多大的犧牲，好讓艾迪能在這座城市叢林中跟其他人一樣安全，好讓他快樂，跟這座城市叢林中的其他人一樣快樂，好讓他不會像他可憐的姐姐一樣有悲慘的下場。艾迪對這個姐姐一點印象也沒有，但她是那麼美麗，上帝愛她。她上了天堂，天堂想必是個很美妙的地方，但是她還不希望艾

迪上天堂，不希望他像姐姐一樣，被哪個瘋狂的酒醉駕駛碾斃路邊，不希望他被哪個瘋狂的毒蟲小鬼開膛剖肚，腸子流滿了整個人行道，只為了他口袋裡的二十五分錢，而且因為她覺得艾迪也還不想上天堂，所以他最好乖乖聽大哥的話，照他的吩咐做事，永遠記得亨利為愛做了多大的犧牲。

艾迪告訴槍客，他懷疑他們做的一些事情，母親並不知道，像是在林根大道上偷糖果店的漫畫書，或是在科霍斯街的銲接電鍍工廠後面偷抽煙。

有一次他們看到一輛插著鑰匙的雪佛蘭轎車，雖然亨利不太會開車（那年他十六歲，艾迪八歲），但是他還是把弟弟塞進車子裡，告訴他他們要去紐約城。艾迪怕得哭了，亨利也很害怕，而且很氣艾迪，叫他閉嘴，不要這麼幼稚，他有十塊錢，艾迪有三、四塊錢，他們可以他媽的看一整天的電影，然後趕到佩勒姆站搭火車，在媽媽把晚餐放在桌上，懷疑他們跑到哪兒去之前就到家。但是艾迪還是哭個不停，然後在皇后區大橋附近，他們看見一輛警車停在路邊，雖然艾迪很確定車裡的條子根本沒往他們這個方向看，但在亨利用沙啞、顫抖的聲音，問艾迪覺得條子有沒有看見他們時，艾迪還是說有。亨利的臉霎時沒了血色，立刻靠邊停車，差點撞倒了消防栓。他匆忙跑出車外，但艾迪卻慌了手腳，說什麼也打不開陌生的車門。亨利停下來，回頭把艾迪拉出車子，還甩了他兩巴掌。接著他們一路走回布魯克林——事實上是溜回布魯克林。他們幾乎走了一整天。媽媽問他們為什麼看起來滿身大汗，一臉倦容，亨利說是因為他在籃球場教艾迪一對一盯人防守，然後有幾個大孩子來搶地盤，他們只好趕快跑。媽媽親了亨利，對艾迪抿嘴微笑，問他是不是覺得自己有一個全世界最棒的哥哥。艾迪同意了，而且還是真心的同意，他覺得自己有一個全世界最棒的哥哥。

『那天他跟我一樣害怕。』艾迪告訴羅蘭。他們坐在地上，看著落日的餘暉漸漸消失在海面上，很快海面上就會只剩下點點星光。『其實是比我還害怕，因為他以為條子看到我們了，而我知道條子沒看到我們，所以他跑了，但是他回來了，這是重點，他回來了。』

羅蘭一語不發。

『你懂吧？』艾迪用嚴厲、疑問的眼光看著羅蘭。

『我懂。』

『他永遠都很害怕，但他也永遠都會回來。』

羅蘭心想，如果亨利那天一溜煙的就逃走了……或者是在其他時候也一溜煙的逃走，長期來說，對他們兩個都比較好。但是亨利這種人從來不會逃走，亨利這種人永遠都會回來，因為亨利這種人知道怎麼利用別人。他們先把信任變成需要，然後再把需要變成毒品，然後他們再——艾迪是怎麼說的？——強迫推銷，他們強迫推銷毒品。

『我想我要睡了。』槍客說。

第二天艾迪繼續往下講，但是羅蘭全都知道了。亨利高中時沒參加球隊，因為他下課後不能留下來練習，亨利必須照顧艾迪。當然，這跟亨利很瘦、手腳不協調、本來就不太喜歡運動，一點關係也沒有，亨利本來可以變成一個很棒的棒球手或是籃球員，媽媽總是一而再，再而三的這麼提醒他們。亨利的成績很差，有好幾科必須重修——但是那不是因為亨利笨，艾迪跟狄恩太太都知道，亨利聰明得不得了。但是亨利必須把唸書或是做功課的時間拿來照顧艾迪（所謂的『照顧艾迪』，通常就是指和艾迪一起在狄恩家客廳裡窩在沙發上看電視，或是在地板上打架，但這似乎也是一點關係也沒有）。亨利的成績很差，所以他只進得了紐約大學，但是因為他的成績太差，拿不到獎學金，所以他唸不起紐約大學。然後亨利被

徵召入伍，到了越南，亨利在那兒炸掉了大部分的膝蓋，痛得很難受，他們給的止痛藥主要成分是很重的嗎啡，等他好一點，他們就幫他把藥戒掉，但是他們幫忙卻沒幫到底，因為等亨利回到紐約，他的背上還是騎著一隻猴子，一隻等人來餵的餓猴子，所以過了一兩個月，他就出去見一個人，然後又過了大約四個月，也就是他們的母親死了不到一個月，艾迪就發現哥哥在吸鏡子上的白色粉末。艾迪以為是古柯鹼，結果是海洛因。追根究柢，這到底是誰的錯？

羅蘭一語不發，但腦袋裡卻聽見了寇特的聲音：我親愛的小寶貝，錯誤永遠在同一個地方：錯誤永遠算在最軟弱的人頭上。

艾迪發現事實的時候，先是非常震驚，然後非常生氣。亨利的反應不是保證再也不吸毒，而是告訴艾迪他不怪他生氣，他知道越南把他變成一個沒用的混蛋，他很軟弱，他會走，那是最好的辦法，艾迪沒錯，他最不需要的東西就是身邊跟著一個髒兮兮的毒蟲，把家裡弄髒。他只希望艾迪不會太怪他。他變得軟弱了，他承認這一點；越南有個東西讓他變得軟弱，腐蝕了他，就像濕氣腐蝕運動鞋的鞋帶跟內衣的鬆緊帶一樣。亨利疲倦的告訴他，越南顯然有某樣東西會腐蝕人心，他只希望艾迪記得這些年來他一直努力保持堅強。

為了艾迪。

為了媽媽。

所以亨利想走，艾迪當然不讓他走。艾迪滿懷愧疚，艾迪看過那條毫無瑕疵的腳變成了佈滿疤痕的可怕東西：一個鐵氟龍比骨頭還多的膝蓋。他們曾經在走廊上大吵一架，亨利站在那兒，穿著舊的卡其褲，一隻手拿著打包好的行李袋，兩隻眼睛下掛著青紫色的黑眼圈，艾迪則只穿著一件泛黃的短褲。亨利說，艾迪，你不需要我在身邊，我會害了你，我知道，然後艾迪對他吼了回去，說你哪兒也不准去，給我滾進去。然後兩人繼續吵，直到麥格西太太從她家出來，大吼你走也好，不走也好，我才不管，但是你最好趕快決定，否則我要報警了。麥格西太太好像還要再提出幾句忠告，但突然看到艾迪只穿著內褲，於是她說：你也不是什麼好東西，艾迪．狄恩！然後把頭縮了回去，就像掀起來就有人偶跳出來的魔術箱，只不過這個人偶是縮回去，不是跳出來。艾迪看著亨利，亨利看著艾迪，然後亨利低聲說：她看起來好像胖了幾磅的小天使，然後兩人放聲大笑，抓著對方，互相打來打去，然後亨利就回到屋裡。接著大概兩週後，艾迪也開始吸那玩意兒，他不曉得自己當初為什麼要大驚小怪，畢竟那不過就是吸毒而已，還會讓你爽翻天，而且就像亨利（最後他成了艾迪口中『無所不知的毒界聖哲』）說的，反正這個世界都要一股腦兒衝到地獄去了，嗑點藥爽翻天，又有什麼好不爽的呢？

時光飛逝，到底過了多少時間，艾迪沒說，槍客也沒問。他猜想艾迪知道，嗑藥可以有一千個藉口，但卻沒有理由，而他也一直把這個習慣控制得很好。槍客也猜想，亨利也把他的習慣控制得很好，也許沒有亨利那麼好，但卻還不至於完全失控，因為不管艾迪知不知道這個事實（羅蘭的內心深處相信艾迪知道），亨利一定知道：他們的地位完全反了過來，現在是艾迪牽著亨利的手過馬路。

終於有一天，艾迪抓到亨利不是在吸毒，而是在注射毒品。兩人又大吵一架，簡直就是第一次吵架的翻版，只不過地點換成了亨利的臥室。最後的結果也幾乎一模一樣，也就是亨利痛哭流涕，不停的辯解著，他的辯解是完全的投降，完全的承認過錯，是如此不可饒恕，但又是如此不容爭辯：艾迪沒錯，他不配活在這世上，不配撿排水溝裡的垃圾吃。他會走，艾迪永遠也不會再見到他，他只希望他能記得這些年……

艾迪的聲音漸漸變成了低沉單調的嗡嗡聲，兩人在海灘上艱難的跋涉著，艾迪的嗡嗡低喃聽起來就像海岸碎浪的無力聲響。羅蘭知道這個故事，他什麼也沒說。不知道這個故事的人是艾迪，也許在這十多年來，艾迪的腦袋頭一次真正清醒了。艾迪不是在對羅蘭說故事，他是在對自己說故事。

沒關係，就槍客目前所知，他們有得是時間，說話是殺時間的一個方法。

艾迪說他擺脫不了亨利的膝蓋，那隻佈滿扭曲疤痕的腳（當然，疤痕早就全都癒合了，亨利的腳幾乎看不出來有跛……只不過在他跟艾迪吵架的時候，他的腳好像會跛得特別嚴重）；他擺脫不了亨利為他放棄的一切；他擺脫不了一件更實際的事情：亨利一個人活不下去，他會像是一隻小白兔放生到滿是猛虎的叢林中。沒有艾迪，不到一個禮拜，亨利就會被抓進監獄或是流浪街頭。

所以他苦苦哀求，最後亨利終於心軟，答應留下來，六個月後，艾迪也有了隻金手臂。從那時起，事情就每下愈況，最後艾迪去了巴哈馬，羅蘭突然闖入了他的生活。

如果有另一個人比羅蘭更實際、更愛反思，他也許會問（也許是自問自答，甚至是自言自語）：為什麼是這一個？為什麼從這個人開始？為什麼是這個軟弱、陌生、甚至注定毀滅的人？

槍客不但從沒問過這樣的問題，甚至連想都沒想過。卡斯博也許會問。卡斯博什麼都問，問題害了他，他臨死的時候嘴邊甚至還掛著一個問題。現在他們死了，全都死了。寇特的最後一批槍客學徒，開始時有五十六人，熬過考驗的只有十三人，但現在他們全都死了，全都死了，只剩下羅蘭。他是最後一個槍客，在一個已經陳腐、貧瘠、空洞的世界裡，不斷的前進著。

他想起寇特在結業典禮前一天說的話：十三，這是個不祥的數字。翌日，三十年來的頭一次，寇特在結業典禮上缺席了。他的最後一批學徒到他的茅屋裡，在他的腳邊跪下，低下頭，露出毫無防備的脖子，然後站起身，接受他的祝賀之吻，讓他為手槍第一次裝填子彈。九週後，寇特死了，有人說是被毒死的。兩年後，最後一場血腥的內戰爆發了，血紅的殺戮攻破了最後一個文明、光明與理智的堡壘，輕輕鬆鬆帶走了他們原以為堅不可摧的一切，就像一陣海浪沖垮孩子建的沙堡。

所以他是最後一個，也許他能生存下來，就是因為他的實際與簡單抵銷了他本性中那股黑暗的浪漫。他只在乎三件事：死亡、業、黑塔。

光是這三件事就夠他細細思量了。

他們在這片毫無特色的海灘上往北前進，在這趟旅程的第三天大約四點左右，艾迪說完了他的故事。海灘彷彿永遠也不會改變。如果想知道走了多遠，他們只能望向右方，也就是東方。在那裡，銳利的山峰開始變緩，甚至微微陷落。如果他們往北走得夠遠，山峰可能就會變成平緩的小丘。

艾迪說完故事，陷入沉默，兩人大約有半小時左右一語不發的走著。艾迪一直偷瞄槍客，羅蘭知道，艾迪不曉得他知道他在偷瞄，他還沒有從往事裡清醒過來。羅蘭也知道，艾迪等的是什麼，他在等羅蘭回應。什麼回應都可以。艾迪張開嘴兩次，但最後還是閉上嘴，最後他問了槍客預料中的那個問題。

『怎樣？你覺得如何？』

『我覺得你在這裡。』

艾迪停下腳步，雙手握拳，插在腰際。『沒別的？就這樣？』

『我只知道這樣。』槍客回答。他消失的手指和腳趾又痛又癢，他真想來一點來自艾迪世界的阿斯汀。

『你對這一切代表的意義，一點意見也沒有？』

槍客可以舉起他殘缺的手說：先想想眼前這一切代表的意義吧，你這個白痴！但是他從來沒有想過要說這句話，就像他也從來沒有問過，宇宙中有這麼多人，為什麼偏偏就是艾迪。

『是業。』他不耐煩的面對著艾迪說。

『什麼是業？』艾迪的聲音粗暴，『聽都沒聽過，我只知道你連說那個字兩次，就是拉屎的意思㉖！』

『那我就不知道了。』槍客說，『在這裡，它代表了責任、命運，或者用平民語來說，它代表你必須去的地方。』

艾迪的臉上同時出現了驚慌、噁心與困惑。『那你把那個字重複唸兩次，羅蘭，因為對我這個小鬼來說，那些話聽起來真的很像屎。』

槍客聳聳肩。『我不談哲學，也不研究歷史，我只知道過去的事情已經過去，未來的尚未到來。其次就是業，而且我們也無法插手。』

『是喔？』艾迪望向北方，『不過我往前看，只看到大概九十億哩他媽的同一片海灘。如果這是我的未來，我想業跟屎差不了多少。我們剩下的子彈大概只夠打五、六隻龍蝦怪，之後我們就得砸石頭了。所以我們到底要去哪裡？』

羅蘭這次真的稍微懷疑了一會兒，想知道艾迪是不是曾經拿這個問題問他的哥哥，但是

㉖英語中kaka為拉屎的俗語。

問這個問題，只會帶來一堆毫無意義的爭吵，所以他只伸出拇指，指著北方說：『那裡，就從那兒開始。』

艾迪仔細凝視，但卻只看到同一片海灘，海灘上仍是佈滿了灰色的圓石，圓石上沾滿了貝殼與碎石。他回頭看著羅蘭，正打算嘲笑一番，但卻看見羅蘭臉上充滿了寧靜的自信，於是他再定睛仔細瞧瞧。他瞇起了眼睛，伸出右手遮住西斜的陽光。他拚命想看見什麼東西，什麼東西都可以，可惡，就算是海市蜃樓也沒關係，但是他什麼也看不見。

『隨便你愛怎麼說。』艾迪慢慢說，『但是我覺得這是個他媽的惡作劇，還虧我為了你在巴拉札那兒差點把命給丟了。』

『我知道你為我冒了生命危險，』槍客微微一笑——他的微笑是如此難得，就像陰天裡一道轉瞬即逝的陽光，『所以我也一直對你坦誠相待。艾迪。它就在那兒，我一個小時前就看到了。一開始我以為是海市蜃樓，或是我的幻想，但它真的在那兒，如假包換。』

艾迪再看了一次，看到眼眶都泛出了淚水，最後他說：『我什麼也沒看見，只看見海灘。我兩隻眼睛的視力都是二點○耶！』

『我不知道那是什麼意思。』

『那表示如果那裡真的有東西，我一定會看到！』但是艾迪感到有些懷疑。他懷疑槍客鏢靶般銳利的藍色眼睛，視力是不是比他好，也許比他好一點。

也許比他好很多。

『你會看到的。』槍客說。

『看到什麼？』

『我們今天到不了那裡，但是如果你的視力真的像你說的那麼好，在太陽落入水面前你

就會看到，除非你想一直站在那兒鬼扯淡。』

『業（Ka）。』艾迪若有所思的說。

羅蘭點點頭。『業（Ka）。』

『狗屎（Kaka）！』艾迪笑了起來，『來吧，羅蘭，咱們遠足去。如果在太陽落入水面前我什麼都沒看見，你就欠我一頓雞肉大餐，麥香堡也行，總之不要是龍蝦就對了。』

『走吧！』

他們又步上旅程，至少過了整整一個小時，太陽的下半圓才碰到了地平線，艾迪也才看到遠方有個形狀——模模糊糊、閃著微光、朦朧不清，但卻確確實實有個東西在那兒，某個前所未見的東西。

『好吧。』他說，『我看到了，你的眼睛八成跟超人一樣好。』

『誰？』

『不重要。你的文化落差真的很嚴重耶！』

『什麼？』

艾迪笑了起來。『當我沒說。那是什麼東西？』

『你會知道的。』艾迪還來不及發問，槍客就邁開了步伐。

二十分鐘後，艾迪心想他真的看到了；再十五分鐘後，艾迪可以確定那是什麼東西。那個在海灘上的東西也許還有兩、三哩遠，但他知道那是什麼。當然，那是一扇門，另外一扇門。

那天晚上，他們兩個都沒睡好。在太陽跳出漸漸蝕平的山脈前一個小時，他們就起身開始步行。他們到達那扇門時，早晨的第一道陽光剛剛在他們的頭上探出頭來，那道陽光是如此莊嚴、如此沉靜，晨光像燈火一樣照亮了他們滿是鬍碴的臉頰，讓槍客看起來又回到了四十歲，而艾迪則成了一個年輕小伙子，比羅蘭當年拿獵鷹大衛當武器挑戰寇特的時候，大不了多少。

這扇門跟第一扇門一模一樣，只是上頭寫的字是：

陰影夫人

『好啦。』艾迪輕聲說，看著那扇門平空佇立在那兒，門栓嵌在某個不知名的門框裡，門框介在兩個世界之間，甚至是兩個宇宙之間。那扇門佇立著，訴說著它死沉的信息，真如磐石，異若星辰。

『好啦。』槍客也跟著說。

『業。』

『業。』

『你就要在這裡引出三人之中的第二人？』

『似乎是如此。』

在艾迪知道自己的想法之前，槍客就已經察覺到艾迪的想法；在艾迪知道自己將要行動之前，槍客就已經知道艾迪即將行動。他可以轉過身，把艾迪的手臂折成兩半，艾迪甚至來不及搞清楚是怎麼一回事，但是他沒有這麼做。他讓艾迪從他右邊的槍套拉出左輪手槍，這是他生平第一次讓別人未經他的允許，就把武器從他的身邊拿走，但是他並沒有阻止艾迪。他轉過身看著艾迪，眼神相當平靜，甚至可說是慈祥和善。

艾迪的臉色蒼白，神情緊張，雙眼的虹膜四周露出了兇狠凝視的眼白。他用雙手拿著沉重的左輪手槍，但槍管還是忽左忽右，好不容易舉正了，馬上又歪掉，舉正，然後又歪掉。

『打開它。』他說。

『你在做蠢事。』槍客的聲音還是一樣慈祥和善，『我們兩個都不知道那扇門通往哪裡。它不一定會通往你的宇宙，更別提通往你的世界了。我們兩個都知道，陰影夫人可能有八隻眼、九隻手，像蘇維雅一樣。就算它真的通往你的世界，時間也可能早在你出生之前，或是遠在你死亡之後。』

艾迪硬擠出一抹微笑。『告訴你，蒙提先生㉗：我非常樂意拿這隻橡皮雞和這個爛透了的海邊假期去換二號門後面的東西。』

『我不懂你……』

『我知道你不懂，反正那不重要。打開那扇該死的門就對了。』

槍客搖搖頭。

他們站在晨曦中，那扇門在退潮的海面灑下歪斜的影子。

『打開它！』艾迪大吼，『我會跟你一起去！你不懂嗎？我會跟你一起去！那不表示我不會回來，也許我會回來，我是說，我可能會回來。我想那是我欠你的。你一直對我坦誠相待，不要以為我不知道，但在你去抓這個陰影小妞的時候，我要去找最近的炸雞店，點一份外帶，我想先來份三十塊炸雞家庭號特餐當開胃菜應該不錯。』

㉗這裡是指著名的蒙提霍爾（Monty Hall）電視猜謎遊戲。主持人蒙提霍爾會給參賽者三扇門選擇，其中一扇門後面是車子，另外兩扇為山羊。參賽者若猜中有車子的門，即可獲獎。

『你留在這裡。』

『你以為我在跟你開玩笑嗎？』艾迪放聲尖叫，接近崩潰邊緣，槍客幾乎可以看見他望向自我毀滅的縹緲深淵中。艾迪用拇指壓下左輪手槍古老的安全鎖。隨著破曉來臨，潮水退去，風勢也減緩了，子彈上膛的聲音聽來無比清楚。『你儘管試試。』

『我想我會試。』槍客說。

『我會殺了你！』艾迪尖叫。

『業。』槍客冷淡的回答，然後轉身走向那扇門。他的手伸向門把，但他的心卻在等待：等著看自己是死是活。

業。

chapter
two

陰影夫人

THE LADY OF SHADOWS

第一章　黛塔與歐黛塔

如果把唬人的行話拿掉，心理學大師阿德勒的意思大概是這樣：最完美的精神分裂者（如果真的有這樣的人存在），會是一名男性或女性，這名男性或女性不只不曉得另一個人格的存在，甚至也不曉得生活裡有什麼不對勁。

阿德勒應該見見黛塔．渥克和歐黛塔．霍姆斯。

1

『最後一名槍客。』安德魯說。

安德魯已經說話說了好一陣子，但是他老是在說話，而歐黛塔通常也只是聽而不聞，讓他的聲音流過腦海，就像在沖澡的時候，讓熱水流過頭髮與臉龐。但是這句話卻不只是吸引了歐黛塔的注意，而是緊緊釘住她的注意力，有如一根芒刺。

『你說什麼？』

『噢，只是報紙上的專欄。』安德魯說，『不曉得是誰寫的，我沒注意。有關一個搞政治的傢伙，也許妳知道這個人，霍姆斯小姐。我愛他，他當選的那天晚上我還哭……』

她微微一笑，不由得覺得十分感動。安德魯說他會一直講個不停，不是他能控制的，也

不是他的錯，那只是他愛爾蘭人的本性發作，而且他說的話也不太重要——就是嘰嘰喳喳談著一些她永遠也不會認識的親朋好友，一些不成熟的政治意見，還有一些從奇怪來源得知的奇怪科學評論（安德魯堅信飛碟的存在，他把飛碟叫做『幽浮』）——但她還是很感動，因為他當選的那晚，她也哭了。

『但是那個王八蛋——抱歉我用詞不雅，霍姆斯小姐——那個叫奧斯華㉘的王八蛋暗殺他時，我沒哭，從那時起我就不哭了，現在已經過了……過了多久，兩個月嗎？』

她心想：三個月又兩天。

『我想差不多吧。』

安德魯點點頭。『然後我昨天看到這個專欄，可能是在《每日新聞報》吧，專欄裡說詹森㉙可能會是個好總統，但一切不會一樣了。那個傢伙說美國人已經看到世界上最後一名槍客離開人世了。』

『我一點也不覺得約翰．甘迺迪是個槍客。』歐黛塔說。如果她的聲音比安德魯平時習慣聽到的還要嚴厲（她的聲音想必比平時還要嚴厲，因為她看見他的眼睛在後照鏡裡嚇得眨了一下，甚至露出了畏縮的神情），那是因為她覺得那句話也感動了她。那句話很荒謬，但也是事實。美國人已經看到世界上最後一名槍客離開人世了——這句話裡有什麼東西深深觸動了她。這句話很醜陋、很不正確——約翰．甘迺迪是帶來和平的人，而不是甩著皮鞭的比利小子，這個形容詞用在高德華參議員㉚身上比較合適——但不知為何，這句話還是讓她全身起了

㉘Lee Harvey Oswald。在一九六三年十一月二十二日以來福槍射殺甘迺迪總統。
㉙Lyndon B. Johnson（一九〇八—一九七三）。甘迺迪的繼任總統。

雞皮疙瘩。

『嗯，那個傢伙說這個世界到處都是槍手。』安德魯一邊繼續說，一邊緊張的從後照鏡看著她，『他提到傑克．路比㉛、卡斯楚㉜，還有一個在海地的傢伙……』

『杜瓦利埃㉝，』她說，『綽號達克老爹。』

『沒錯，就是他，還有那個吳廷琰㉞……』

『吳廷琰兄弟已經死了。』

『呃，他說甘迺迪是不一樣的，就這樣。他說他會拔槍，但是只有在保護弱小時才會拔槍，而且只有在沒有其他辦法時才會拔槍。他說甘迺迪很精明，知道有時候說話是沒有用的。他說甘迺迪知道，如果情況危急，你就必須掏槍出來解決問題。』

他的雙眼繼續擔心的看著她，然後說：『那不過就是我看到的一篇專欄而已，別在意。』

禮車滑上了第五大道，朝西中央公園前進，引擎蓋尾端的凱迪拉克標誌劃過寒冷的二月空氣。

『是的。』歐黛塔溫柔的說，安德魯的眼神微微放鬆了下來，『我了解。我不同意，但是我了解。』

她的腦袋裡有個聲音在說話，這個聲音她常常聽見，她甚至給它取了個名字，把它叫做『刺棒（the Goad）』：妳是個騙子，妳完全了解，也完全同意。騙他吧，如果妳覺得有必要，但是女人，拜託妳不要連自己也騙了。

但有一部分的她感到無比恐懼，提出了抗議。這個世界已經成了一顆核子彈，有近十億人坐在上頭。在這個世界裡，相信槍手還有分好壞，實在是一個錯誤——或許還有些自殺的成分在，有太多顫抖的手拿著打火機想點燃引信。這個世界不是槍客的世界，如果曾經有過屬於槍客的時代，也已經過去了。

不是嗎？

她稍稍閉上眼，按按太陽穴，她感到頭痛的老毛病又要犯了。有時候頭痛威脅著要侵襲她，就像炎熱的夏日午後，天空積起了不祥的雷雨雲，然後又隨風飄走……那些醜陋的夏日雲朵有時候就往某個方向溜走了，打算用雷電繼續攻擊另一個地方。

但是她覺得，這次暴風雨真的要來了。這次的暴風雨會是雷電交加，還會帶來高爾夫球般大的冰雹。

第五大道上並列的街燈似乎太亮了一些。

『牛津怎麼樣啊，霍姆斯小姐？』安德魯試探的問。

『很潮濕。不管是不是二月，那裡都很潮濕。』她停了下來，告訴自己不可以把鯁在喉間的話說出來，告訴自己必須把話吞回去。把那些話說出來，會是不必要的無禮。安德魯提到世界上最後一名槍客，但那只是他習慣說個不停的無聊話。但儘管如此，她還是忍不住把話說出口，說出那句她根本不該說的話。她覺得自己的聲音跟往常一樣冷靜、堅決，但卻騙不了自己：她知道自己說錯話了。『當然，保釋人很快就來了，他事先接到了通知，但是他

㉚Barry Goldwater（一九〇九—一九九八）。美國著名的極右派參議員，曾於一九六四年代表共和黨參加總統大選，敗在詹森手下。

㉛Jack Ruby。射殺奧斯華的嫌犯。

㉜Castro。古巴獨裁統治者。

㉝Duvalier。海地獨裁統治者。

㉞前越南總統。西元一九六三年，阮文紹發動政變，吳廷琰兄弟遭叛軍暗殺。

們盡全力留住我們，而我也盡全力忍住，但我想他們贏了，因為我最後還是尿褲子了。』她看見安德魯又露出了畏縮的眼神，她想停下來，但卻停不下來，『那是因為他們想給你一個教訓，你懂吧？我想有一部分是因為他們想嚇唬你，把你嚇到再也不敢去他們寶貴的南方打擾他們。但我想他們大部分的人都知道，無論他們怎麼做，最後改變一定會出現，就連笨蛋也知道這個道理，而且他們不是全都是笨蛋，所以他們抓住機會，趁他們還可以的時候拚命羞辱你，告訴你你是可以被羞辱的。你可以在上帝、基督、或是在全部的聖徒面前發誓，說你絕對、絕對、絕對不會讓自己被弄髒，但只要他們堅持得夠久，你絕對會弄髒。你學到一個教訓，那就是你只是一隻困在牢籠裡的動物，就是這樣，你只是一隻困在牢籠裡的動物。所以我尿褲子了，我還可以聞到乾掉的尿味，還有那個該死的拘留室。有人說人類的祖先是猴子，我覺得我現在聞起來就是那樣。』

『像猴子。』

她從後照鏡看見安德魯的眼睛，突然間為他的眼神感到難過。有時候尿液不是你唯一忍不住的東西。

『我很抱歉，霍姆斯小姐。』

『不，』她再次揉揉太陽穴，『抱歉的人是我。這三天很讓人難受，安德魯。』

這三天很讓人難受。噯，這也是一種說法，另一種說法或許是她在密西西比州牛津市的三天簡直就是人間煉獄。但有些事是不能說的，有些事你是寧死也不會說的……除非時辰到了，要在天主的寶座與全能的天父之前懺悔，到了那個時候，她心想，就算那些事實在兩耳之間的灰色膠狀物掀起了地獄般的暴風雨（科學家說那團灰色的膠狀物沒有神經，如果這種說法還不算是天大的笑話），她不曉得還有什麼稱得上是笑話），她也必須坦白承認。

『我只想回家洗澡、洗澡、洗澡，然後睡覺、睡覺、睡覺，然後我想我應該就會完全沒事了。』

『噢，當然！您是應該這麼做。』安德魯想要道個歉，這是他唯一能說出口的話，除此之外，他不想再冒險開口了。所以他們兩個人在不熟悉的沉默中，前往第五大道與南中央公園接界處的灰色維多利亞式公寓，那是一棟非常高級的灰色維多利亞式公寓，所以她想她成了破壞房地產行情的老鼠屎，而她也知道，在這棟奢侈漂亮的公寓裡，有人除非真有必要，否則不願意跟她說話，但她並不在乎。此外，她不屑這些人，而這些人也知道她不屑他們。她曾經不只一次心想，在這些人之中，一定有些人覺得很憤怒，憤怒居然有個黑鬼住在這棟漂亮穩重古老大樓的閣樓，從前，黑色的手只有戴著白手套或是司機的黑色皮手套，才能在這棟大樓裡出現。她希望他們覺得很憤怒，她責備自己這麼壞心，這麼不像基督徒，但是她真的如此希望。她無法阻止尿液流在她那件進口的高級絲質內褲上，而現在她似乎也無法阻止滿腔的憤怒傾瀉而出。這個念頭很壞心，很不像基督徒，而且幾乎稱得上是卑劣——不，比卑劣更糟糕，至少就民權運動來說，這個念頭是會產生反效果的。他們會贏得他們該有的權利，而且很可能就在今年：詹森打算蕭規曹隨，追隨遇害總統的遺風（或許也希望讓高德華沒有翻身的機會），他會卯足全力讓民權法案過關，必要時還會強迫立法。所以減少創傷與傷害是很重要的。革命尚未完成，仇恨無法幫助革命，事實上，仇恨會阻礙革命。

但有時候你還是照樣滿懷仇恨。

那也是她在牛津市學到的教訓。

2

黛塔．渥克對民權運動一點興趣也沒有，她關心的事情沒那麼崇高。她住在一棟斑剝的格林威治村公寓大樓頂樓。歐黛塔不知道這間頂樓，黛塔也不知道那間閣樓，唯一覺得事有蹊蹺的，只有司機安德魯．費尼。他開始替歐黛塔的父親工作時，歐黛塔只有十四歲，而黛塔．渥克根本還沒出現。

有時候歐黛塔會失蹤，失蹤的時間可能只有數小時或者數天。去年夏天她失蹤了整整三個禮拜，安德魯差點要去報警，幸好歐黛塔某天下午打電話給他，請他隔天十點左右把車開過去，她說她打算上街買點東西。

他差點要脫口而出，喊道：霍姆斯小姐！妳跑到哪兒去啦？但是他以前也曾經問過一樣的問題，但卻只看見充滿疑惑的眼神──他確定那是真心疑惑的眼神。她會這麼回答：我沒去哪兒，我一直都在這裡啊，安德魯──你每天都載我去兩、三個地方，不是嗎？你的腦袋該不會開始不清楚了吧？然後她會笑一笑，如果她的心情特別好（她在失蹤之後，心情總是顯得特別好），還會捏捏他的臉頰。

『很好，霍姆斯小姐。』他說，『那就十點見了。』

回到那次可怕的三週失蹤記，安德魯放下電話，閉上眼，很快的向聖母瑪利亞做了個禱告，感謝祂保佑霍姆斯小姐平安歸來，然後他打電話給霍爾，也就是霍姆斯小姐大樓的門房。

『她幾點到家的？』

『大概二十分鐘前。』霍爾說。

『誰帶她回家的？』

『不知道。你知道的，每次的車子都不一樣。有時候車子就停在街口，我根本看不到，等到她回來，我聽見門鈴，才知道她回來了。』霍爾停了一下，然後繼續說：『她的臉頰上有好大一片嚇死人的瘀青。』

霍爾說得沒錯，那片瘀青真是大得嚇死人，不過現在已經好多了。瘀青剛成形的時候，模樣有多慘，安德魯連想都不敢想。第二天早上十點，霍姆斯小姐準時出現，她穿著絲質的細肩帶背心裙（當時是七月底），臉上的瘀青已經褪成了黃色。她只隨便用化妝品遮了一下瘀青，好像知道遮得愈多，愈是會招來別人的注意。

『霍姆斯小姐，妳的臉上怎麼啦？』他問。

她開心的笑了起來。『你知道的，安德魯，我真的很笨手笨腳。昨天我要從浴缸爬出來的時候，手在把手上滑了一下，因為我急著看新聞報導啊！我跌了一跤，側臉撞在地板上。』她打量著他的臉，『你又要開始囉嗦，叫我去看醫生、做檢查，對不對？不用回答，過了這麼多年，你心裡想什麼，我一看就知道。我不會去的，所以你也不用問，我好得很。走吧，安德魯！我打算去薩克斯百貨跟金寶百貨大買特買，中午在四季餐廳大吃一頓。』

『是的，霍姆斯小姐。』他說，然後微微一笑。那個微笑很勉強，而且他勉強得很辛苦。那個瘀青看起來不只成形了一天，起碼有一個禮拜……但是他不是那麼容易被騙的，不是嗎？過去三個禮拜來，他每天晚上七點都打電話給霍姆斯小姐，因為如果打電話到霍姆斯小姐家，希望她接電話，最好是在『亨特利—布林克李新聞報導』[35]播出時打。霍姆斯小姐有電視新聞癮。過去三週，他每天晚上都打，除了昨天晚上。昨天晚上他乾脆直接跑到霍姆斯小姐家，從霍爾那兒騙到了萬用鑰匙，因為他心中有個不祥的預感，覺得她像她說的一樣，發

[35] Huntley-Brinkley Report。一九五〇到一九六〇年代，美國國家廣播公司（NBC）推出由亨特利和布林克李兩位主播共同主持的新聞節目。

生了浴室意外……只不過她不是撞出了瘀青或是跌斷了骨頭，而是死了，孤孤單單的死了，現在她的屍體就躺在那兒。他闖了進去，心跳加速，感覺像一隻貓在黑暗中，四周有無數的鋼琴線交叉著，不過結果並沒有什麼好緊張的。廚房流理台上有一盤奶油，看起來應該放了很久，雖然上頭蓋著蓋子，但還是長了一堆的霉。他在七點十分到達公寓，五分鐘後離開。在他迅速檢查公寓時，他瞥了一眼浴室。浴缸是乾的，浴巾放得整整齊齊，甚至可說是一絲不苟，浴室裡許許多多的把手全擦得光可鑑人，一點水垢都不沾。

他知道她說的意外根本沒發生。

但是安德魯也不相信她在說謊，他相信她告訴他的一切。

他再看了一眼後照鏡，看見她用指尖輕輕按著太陽穴。他不喜歡，他看過她在失蹤前做過太多次那樣的動作了。

3

安德魯沒有熄火，好讓她繼續吹暖氣，然後繞到後車箱。他看著那兩只行李箱，又皺起了眉頭，看起來好像有一群脾氣火爆、頭腦簡單的彪形大漢，狠狠把行李箱踢來踢去，把氣全出在行李箱上，因為他們自知動不了霍姆斯小姐——要是他在現場，這群彪形大漢鐵定也會狠狠整他一頓。不只是因為她是個女人，是個黑鬼，一個盛氣凌人的北方黑鬼，插手管別人的閒事，而且他們或許也覺得，這個女人是罪有應得。事實上，她還是一個有錢的黑鬼；事實上，對美國大眾來說，她幾乎就像麥格．艾佛斯㊱或是馬丁．路德．金恩㊲一樣有名；事實上，她那張有錢的黑鬼臉還曾經登上《時代》雜誌，這種人你很難在捅了一刀後，裝傻說道：什麼？不，先生，老大，我們沒看見有什麼人在這兒惹麻煩，夥伴們，你們有看到嗎？事

實上，你很難壯起膽子，傷害霍姆斯牙科企業的唯一繼承人，霍姆斯牙科企業在陽光南方有十二間工廠，其中一間離牛津市只有一郡之遙。

所以行李箱成了代罪羔羊。

他看著這些她曾經待過牛津市的沉默證明，心裡充滿了羞恥、憤怒與愛，這些情感就像行李箱上的疤痕一樣沉默，這些行李箱漂漂亮亮的出去，卻帶著滿身的傷疤回來。他看著，一時間動彈不得，他的呼吸在寒冷的空氣中噴著白煙。

霍爾出來幫忙，但是安德魯呆了一會兒才抓起行李箱的提把。妳是誰，霍姆斯小姐？妳到底是誰？妳偶爾會上哪兒去，妳做了什麼事看起來這麼壞，所以妳必須捏造一段假的歷史，解釋那消失的幾個小時或是幾天，好欺騙別人，甚至欺騙自己？在霍爾到達之前，他腦袋裡還出現了一個念頭，一個詭異卻又恰當的念頭：另一個妳在哪裡？

你不准再那樣想了。如果這附近有人要這麼想，也應該是霍姆斯小姐，但是她沒這麼想，所以你也不必這麼想。

安德魯把行李從後車箱拿出來，交給霍爾，霍爾低聲問他：『她還好吧？』

『我想還好。』安德魯也壓低了聲音回答，『她只是很累，真的累壞了。』

霍爾點點頭，接過破爛的行李箱，開始往公寓裡走，中間只有稍稍停下來，碰碰帽簷，對歐黛塔．霍姆斯溫柔的行禮致意。在毛玻璃窗戶後，他幾乎完全看不見歐黛塔．霍姆斯小姐。

㊱Medgar Evers。民權領袖，於一九六三年遭人暗殺。
㊲Martin Luther King（一九二九—一九六八），美國知名黑人民權運動領袖，一九六四年獲諾貝爾和平獎。

等霍爾運走行李，安德魯就從後車箱底部拿出一個摺疊起來的不銹鋼架，動手打開，那是一副輪椅。

自從一九五九年八月十九日，也就是大約五年半前，歐黛塔．霍姆斯自膝蓋以下的部分就不見了，就像那些空白的小時與日子一樣。

4

在發生地下鐵意外之前，黛塔．渥克只出現過幾次——就像珊瑚群島，如果從上方俯視，看起來好像是互不相連的獨立小島，但事實上在海面下，卻是一大片連綿不絕的珊瑚列島，海面上露出來的只是脊柱上隆起的節點而已。歐黛塔完全沒發覺黛塔的存在……但是黛塔至少清楚了解事情不太對勁，有什麼在胡搞她的生活。歐黛塔可以運用想像力，捏造出在黛塔控制她的身體時發生了什麼事，黛塔就沒這麼聰明，她覺得她記得事情，至少記得一些事情，但是大部分的時間，她是一點記憶也沒有。

黛塔至少稍微察覺到記憶裡空白的部分。

她還記得那個瓷盤。她還記得，她還記得自己一邊把它偷偷放進洋裝口袋，一邊回頭確定那個藍女人沒在偷看。她必須確定，因為那個瓷盤屬於藍女人。黛塔隱約了解，那個瓷盤是特製的，正因如此，黛塔才會拿它。黛塔記得自己把瓷盤拿到一個地方，她知道那個地方叫做『卓爾地』（不過她不知道自己怎麼會知道），是一個冒著煙的垃圾坑，她曾經在那裡看過一個著了火的嬰兒，嬰兒的皮膚是塑膠的。她記得自己小心翼翼的把瓷盤放在碎石地上，打算踩上去，然後忽然停下來，想起要脫下她的素面棉質內褲，放進裝瓷盤的口袋裡，接著小心翼翼的把左手食指滑進那道縫中，笨老頭上帝在創造她和眾多姐妹時，留下了那道不完美的裂縫，但那個地方一定有什麼好的，因為她還記得那股震顫，記得自己有多想往下壓，記得自己忍住不往下壓，記得沒有棉內褲阻擋，她裸露的陰道有多麼甜美，而她沒有往下壓，直到她的鞋子往下壓，直到她黑色的專利皮鞋壓在盤子上，然後她才用手指往那道細縫壓，就像她用腳壓住藍女人的特製瓷盤一樣。她記得黑色的專利皮鞋蓋住盤子邊緣精細的藍色網狀花紋，她記得往下壓的感覺，是的，她記得在卓爾地往下壓的感覺，用她的手指與腳往下壓，她記得手指與裂縫的甜美承諾，記得在盤子發出一聲苦澀的尖叫碎裂開來時，一道相似的尖銳喜悅也從那道裂縫直衝進她的內臟，就像一支箭，她記得她的雙唇發出一聲叫喊，一聲令人不悅的呱呱叫聲，就像一隻烏鴉受了驚嚇，從玉米田裡振翅飛起；她記得自己呆呆盯著那個盤子，然後慢慢從口袋裡拿出內褲，穿回去，踏進去（step-ins），她曾經聽過有些人把內褲稱作『踏進去』，但是在什麼時候聽過，她已經無從回想，就像高漲的潮水淹沒了草地；踏進去，很好，因為妳必須先踏出去辦事，辦完事以後再踏回去，先踏一隻閃亮的專利皮鞋，然後再一隻；很好，內褲很好，她清清楚楚的記得自己把內褲沿著腿拉上來，拉過膝蓋，左膝上結的痂幾乎要掉下來，留下嬰兒般乾淨、粉嫩的新皮，是的，她記得如此清楚，就像這件事是發生在一週前、昨天、甚至一分鐘前；她記得內褲的腰帶到了晚宴服的裙襬，白色的內褲與棕色的皮膚形成明顯的對比，就像奶油，是的，就像那樣，就像奶油漂在咖啡上，那樣的質地，那件內褲消失在洋裝的裙襬下，只不過接下來洋裝燒成了橘紅色，內褲不是往上，而是往下，它還是白色的，不過不是棉質的，而是尼龍做的，賤價出售的半透明尼龍內褲，而且不只是價錢賤，她記得踏出這件內褲，她記得內褲在一九四六年道奇迪索托車子的地毯上閃閃發亮，記得它有多白、有多賤，不適合『貼身衣物』這麼文雅的說法，而是一件賤價出售的內褲，女孩很賤，賤很好，很適合大拍賣，適合站在路邊，看起來連妓女都不像，而是一隻大母豬；她不記得瓷盤，只記得一張男孩的圓臉，一個嚇了一跳的兄弟會酒鬼，他不是瓷盤，但是他的臉跟藍女人的瓷盤一樣圓，他的臉頰上有網狀花紋，那些花紋跟藍女人特製瓷盤上的網狀花紋一樣藍，但那只是因為霓虹燈是紅色的。霓虹燈很刺眼，她抓傷了他，四周一片黑暗，旅館招牌的霓虹燈讓流下他臉頰的血看起來像是藍色的，他說妳為什麼為什麼為什麼這麼做，然後他搖下窗戶，好把臉伸出去吐。她記得收音機裡傳出多蒂·史蒂芬斯㊳的聲音，唱著有粉紅鞋帶的棕色鞋子，以及有紫色帽帶的巴拿馬大草帽，她記得他嘔吐的聲音像是混凝土機在攪動砂礫，而他的陰莖，前一刻還是一個充滿生氣的驚嘆號，在有如雜草叢生的陰毛裡一柱擎天，現在卻縮成了一個軟弱的白色問號；她記得他粗啞的砂礫嘔吐聲停下來，然後再度開始，然後她心想，嗳，*我想他攪的土還不夠打地基*，然後笑了起來，用她的手指（現在有了又長又漂亮的指甲）往她的陰道壓。她的陰道是赤裸的，但也不再是赤裸的，因為它長滿了它自己的雜草，然後她再次感到那股尖銳的震顫，一樣混合著痛苦與喜悅（但比什麼都沒有好得多了），然後他盲目的伸手想抓住她，用痛苦、破碎的聲音說*噢妳這個天殺的黑婊子*，而她則繼續笑著，輕輕鬆鬆的閃掉他，然後抓起她的內褲，打開靠近她那一邊的車門，感到他盲目的手指最後一次落在她的襯衫背後，然後跑進充滿早開忍冬香氣的五月夜色中。紅粉交織的霓虹燈在某個停車場的砂地上閃著蹣跚的光芒（頗有種劫後餘生的感覺），她努力塞著她的內褲，塞著她那賤價出售的光滑尼龍內褲，不是塞進洋裝口袋，而是塞進裝滿各種可愛青少女化妝品的包包裡。她奔跑著，燈光蹣跚的閃著。然後她二十三歲了，她塞的不是內褲，而是人造絲巾，她一邊若無其事的把它塞進包包，一邊走過梅西百貨公司『精美日用品』區的收銀台——一條當時值美金一點九九元的絲巾。

價格很賤。

像白色尼龍內褲一樣賤。

賤。

像她一樣。

她居住的身體是個繼承數百萬美元的女人，但她並不知道，而且也不重要——那條絲巾是白色的，鑲著藍邊。她在坐進計程車後座時，又再次感到那陣微微的喜悅顫抖，她不理會司機，逕自用一隻手拿著絲巾，凝神看著它，另一隻手則溜進花呢裙子下面，溜進白色內褲的鬆緊帶裡，那隻修長的黑色手指無情的一觸，就解決了那個必須解決的事情。

所以有時候她會心不在焉的懷疑，她不在的時候到底是去哪兒了，但通常她的需求都來得太突然、太迫切，讓她無暇思考，只能全心全意滿足那個必須滿足的需求，做那件必須做的事。

羅蘭想必能懂。

5

即使是在一九五九年，歐黛塔也可以搭著長禮車，想去哪裡就去哪裡——雖然說她的父親還活著，她也還沒有繼承一大筆遺產，成為驚人的女富豪；她的父親在一九六二年才去世，遺產交付信託，在她二十五歲時才交到她手上，讓她的生活從此無憂無慮。一個保守派的專欄作家在一、兩年前發明了一個詞：『禮車自由派』[39]，但她不太喜歡這個詞，而且她還太

[38] Dodie Stevens，一九六〇年代走紅的美國女歌星。

[39] limousine liberal。指富有的自由派人士。

年輕，不想被冠上這麼一個稱號，儘管她確實是個『禮車自由派』。她還不夠年輕（或是不夠笨！），不相信習慣穿褪色牛仔褲和卡其裙，或是明知有車可用，還是堅持搭公車或地鐵（但她卻也太過粗心，沒發現安德魯既傷心又疑惑。安德魯很喜歡她，還以為她這麼做一定是因為她討厭他），就真的能改變她的本質，但是她還太年輕，仍然相信有時候某種姿態可以戰勝（或者至少抵銷）事實。

在一九五九年八月十九日，她的姿態讓她付出了半截雙腿……還有一半的意識。

6

那波海浪先是猛拖著歐黛塔，然後拉扯著她，然後困住了她，而那波海浪最後終將成為一波勢不可擋的海嘯。她在一九五七年加入民權運動，那時所謂的『民權運動』還沒有名字。她對改革的背景略有所知，知道爭取平等的戰鬥不是從〈解放宣言〉[40]開始，而是幾乎從第一艘奴隸船抵達美國（事實上是抵達喬治亞，也就是英國人為了擺脫罪犯和破產人所建立的殖民地）時就開始了，但對歐黛塔而言，這場戰鬥是從同一個地方開始，從同樣的三個字開始：我不走。

那個地方是阿拉巴馬州蒙哥馬利市的一輛市營公車，那三個字出自一個名叫羅莎·李·帕克斯[41]的女人之口：羅莎·李·帕克斯不願意從公車的中間走到公車的後方，而公車的後方當然是所謂的『吉姆·克勞』[42]區。許久之後，歐黛塔會跟同胞一起唱〈我們堅定不移〉這首歌，每次唱這首歌的時候，她都感到十分羞愧。跟群眾手挽著手，高唱我們是很容易的，即使對少了兩條腿的女人來說，也是輕而易舉。高唱我們，成為我們，是這麼的容易。但是在那輛公車上沒有我們；那輛公車一定充滿了舊皮革的臭味，還有陳年的雪茄與香煙味，車上貼著各種滿是皺摺的廣告單，寫著：『好運牌香煙，就是好香煙』，還有『看在老天的份上，自己選擇你要上的教堂！』還有『喝一口阿華田，親身品嘗美味的定義！』還有『柴斯特菲香煙，口口頂級享受』。車上沒有『我們』，只有司機與白人乘客露出了懷疑的眼光，就連坐在後座的黑人也露出了同樣懷疑的眼光。

沒有我們。

沒有數以千計走上街頭的群眾。

只有羅莎．李．帕克斯用三個字帶來了浪潮：我不走。

歐黛塔的心裡會出現這樣的想法：如果我能做出那樣的壯舉——如果我能像她那樣勇敢——我想我此生就無憾了，但是我沒有那樣的勇氣。

她看過帕克斯事件的報導，但是一開始並沒有多大的興趣，她的興趣是漸漸累積起來的。那陣先是寧靜無聲，最後動搖了整個南方的種族地震是在什麼時候，又是如何吸引並點燃她的想像力，實在很難說。

大約一年後，一個多多少少稱得上和她『穩定交往』的年輕人開始帶她到『村子』[43]裡

[40] Emancipation Proclamation。一八六三年林肯總統在美國內戰期間發表的宣言，解放起義反抗地區的黑奴。

[41] Rosa Lee Parks。美國民權運動之母。一九五五年十二月一日傍晚，羅莎．李．帕克斯下班後搭上公車。美國當時還有許多城市實施黑白種族隔離政策，蒙哥馬利市也是其中之一。雖然當時搭公車的乘客約三分之二是黑人，但車上的座位卻分為三區：前段屬白人，後段屬黑人，中間為灰色區，由司機調配，坐在灰色區的黑人必須讓座給沒位子的白人。當天司機要求車上三名黑人讓座，但羅莎．李．帕克斯拒絕讓座，羅莎．李．帕克斯被捕，第二天，蒙哥馬利市便發生了長達三百八十一天的黑人拒搭公車運動，帶領者即為日後最重要的美國黑人民權領袖，馬丁．路德．金恩（Martin Luther King Jr.）。

[42] Jim Crow。在蓄奴制結束後，美國某些州通過隔離黑人的法律，這項法律即暱稱為『吉姆．克勞法』。

[43] 指紐約的格林威治村。

去，一些在那裡駐唱的年輕民歌手（大部分是白人）開始在歌單裡加入一些驚人的曲目——突然間，除了有氣無力的唱著約翰．亨利用自己的鐵槌打敗了電動鐵槌（還因此丟了小命，老天啊！）㊹，還有芭芭利．愛倫如何無情的拒絕害了相思病的年輕追求者（最後還因為羞愧難當丟了小命，老天啊，老天！）㊺，除了這些老掉牙的歌曲外，還多了一些歌曲描寫在城市裡遭人輕視、排擠與忽視；描寫你求職遭拒，只因為你的皮膚顏色不對；描寫你鋃鐺入獄，讓哪個笨蛋鞭打一頓，只因為你的皮膚是黑色的，而且你敢——老天啊，老天！你敢在阿拉巴馬州蒙哥馬利市，坐在伍爾沃茲百貨公司餐廳的白人區。

不管奇不奇怪，到了那個時候，她才開始好奇起自己的父母，還有父母的父母，還有父母的父母的父母。她沒看過《根》㊻這本書——在她那個年代，亞歷士．哈雷根本還沒寫成那本書，或許連寫那本書的念頭都還沒成形，但她就是遲遲到了這個歲數，才頓時明白，原來那些讓白人綁上手銬腳鐐的祖先，離她並沒有那麼久遠。當然，這個事實曾經出現在她的心中，但那時它只是一個毫無溫度的資訊，像一道方程式，與她的人生毫無關聯。

歐黛塔回想自己所知的訊息，震驚的發現自己知道的事情少得可憐。她知道她的母親在阿肯色州的歐黛塔市出生，所以她以出生地為獨生女命名。她知道她的父親是個小鎮牙醫，發明了專利包牙技術，這項技術被埋沒了十年，然後突然有一天，讓他小小發了筆橫財。她知道在那埋沒的十年間與發財後的四年內，他又發明了許多牙科技術，大部分都跟齒列矯正或是美容有關，然後在與妻女搬到紐約後不久（他的女兒在取得原始專利後四年出生），他成立了『霍姆斯牙科企業』，現在只要提到牙科，大家就會想到這間公司，就像只要提到抗生素，就會想到施貴寶藥廠（Squibb）一樣。

但是她如果問父親，在她懂人事之前的許多年中，他們的生活是怎麼樣的，他卻不願意告訴她。他會告訴她一大堆事情，但全是在避重就輕。他把那段過去塵封起來，讓她不得其門而入。有一次她的媽媽艾莉絲（心情好的時候，爸爸會叫她『艾莉』）說：『丹，跟她說說你那次開著福特汽車經過那座加了屋頂的橋，有一群人開槍射你的事。』結果爸爸用陰沉、嚴峻的眼神瞪了媽媽一眼，嚇得膽小的媽媽縮回椅子上，不敢再說一句話。

那天晚上以後，歐黛塔又趁著和媽媽獨處的時候，試著問媽媽一兩次，但都是徒勞無功。如果她早點問，也許還能知道些什麼，但因為爸爸不肯說，所以媽媽也不肯說。她發現，對爸爸來說，那段過去——那些親戚，那些紅土路，那些商店，那些地板骯髒不堪的小木屋（小木屋的窗戶沒有玻璃，甚至連最起碼的窗簾也沒有），那些傷害與騷擾，那些穿著麵粉袋改成工作服的鄰居小孩——對他來說，全部都已經深埋在地底，就像壞死的牙齒埋在白亮炫目的包牙材料下。他不願意說，或許是不能說，或許是故意讓自己得了選擇性失憶症。包牙材料就是他們在南中央公園灰泥公寓的生活，其他的全藏在那堅不可破的外層下。他把過去保護得滴水不露，沒有縫隙可以溜進去，沒有方法能通過那層完美的包牙材料，聆聽真相的嗓音。

黛塔知道一些事情，但是黛塔不知道歐黛塔，歐黛塔也不知道黛塔，所以那顆牙齒也像碉堡的城門一般，緊緊闔上，密不透風。

她遺傳了一些母親的害羞，但也遺傳了父親不露情感（甚至是不願開口）的堅強。有

44 強尼．凱許的歌〈約翰．亨利傳奇〉（Legend of John Henry）。

45 也是六〇年代一首流行的民歌。

46 Roots，一九七六年亞力克斯．哈雷所著的暢銷小說，描述一名非洲黑人不幸被抓，賣到美洲當奴隸，期間數度逃走，爭取自由，境遇相當悲慘，在七〇年代掀起美國黑人到非洲尋根的熱潮。

一次她壯起膽子對父親追問下去，暗示父親，對她隱瞞過去，就等於是欠下一筆她應得的信託基金，但卻從來沒有訂下承諾，也從來沒有到期兌現。這唯一一次的挑戰，發生在某天晚上，地點是父親的書房。父親小心的甩一甩《華爾街日報》，闔上報紙，摺起來，放在落地燈旁的牌桌上。他拿下無邊鋼絲眼鏡，放在報紙上，然後看著她。他是一個削瘦的黑人，瘦到幾乎可以說是形容憔悴，捲曲的灰髮已從深陷的太陽穴迅速消退，無數的血管在太陽穴規律的脈動著。他只說了幾句話：歐黛塔，我不談那段日子，也不會去想，那是沒用的。自從那時起，世界就已經前進了。

羅蘭想必能懂。

7

羅蘭打開那扇寫著**陰影夫人**的門時，他見到了他完全不了解的東西——但是他了解那些東西並不重要。

那是艾迪．狄恩的世界，但除此之外，那個世界只是一堆亂七八糟的燈光、人物與用品——他這輩子從沒看過這麼多用品。從外表看來是女士的用品，而且顯然是在出售中。有些放在玻璃下，有些則經過精心的堆疊，看起來極為吸引人。沒有一樣用品是重要的，只有從他們眼前那扇門流過的世界是重要的。那扇門是陰影夫人的眼睛。他從陰影夫人的眼睛望出去，就像他曾經在艾迪走在飛行馬車的走廊上時，從艾迪的眼睛望出去。

但艾迪卻是目瞪口呆，他手上的左輪手槍抖了抖，微微垂了下來。槍客可以輕而易舉的從他手上奪下槍，但是他沒有，只是靜靜的站著，那是他很久以前就學會的把戲。

現在門後的景象轉了個彎，讓槍客感到一陣頭昏眼花——但是這陣突如其來的轉彎卻讓艾迪覺得莫名的舒適。羅蘭從來沒看過電影，艾迪看了數千部，他眼前的景象就像是『主觀鏡頭』，『月光光心慌慌』和『鬼店』㊼這兩部片就曾經運用過這種手法，他甚至知道輔助攝影的機器叫做什麼，就叫做『穩定架』㊽。

『還有「星際大戰」。』他喃喃說，『「死星」（Death Star），那個該死的爆炸，記不記得？』

羅蘭看著他，一語不發。

一雙手──棕黑色的手──進入了那扇門。羅蘭覺得那是一扇門，而艾迪則開始覺得那是某種魔術電影銀幕……只要條件對，你或許可以走進銀幕裡，就像『開羅紫玫瑰』裡，那個傢伙走出銀幕，走進現實世界一樣，那部電影真是太棒了！

艾迪直到現在才了解有多棒。

不過在他眼前的另一個世界裡，那部電影還沒拍出來。沒錯，那是紐約──計程車司機的喇叭聲證明了這一點，儘管喇叭聲相當遙遠微弱──而且那是一家他曾經去過的百貨公司，但是它……它……

『它比較老。』他說。

『比你的時代早？』槍客說。

艾迪看著他，稍微笑了一下。『沒錯，你那麼說也行，沒錯。』

『您好，渥克小姐。』一個膽怯的聲音說。門後的景象突然往上一升，就連艾迪也有點

㊼好萊塢的經典鬼片，改編自史蒂芬．金的同名小說，是名導演庫柏力克的第一部恐怖片。
㊽Steadi-cam，中文的直譯名為『斯坦尼康』。

頭昏。他看見一個女售貨員，這個女售貨員顯然認識這雙黑手的主人——認識她，而且討厭她或是害怕她，或是既討厭又害怕。『今天要點什麼嗎？』

『這個。』黑手的主人拿起一條鑲著鮮豔藍邊的白色絲巾，『不用包了，寶貝，塞進袋子就行。』

『付現還是支……』

『付現。向來都是付現，不是嗎？』

『是的，沒問題，渥克小姐。』

『很高興妳同意，親愛的。』

女售貨員的臉上微微做了個鬼臉，艾迪在她轉身時看見了。也許只是因為女售貨員不喜歡這『盛氣凌人的黑鬼』用那種語氣跟她說話（這個念頭又是來自他在電影院裡的經驗，而不是歷史知識或是在街頭打混的心得，因為眼前的景象活像是一部場景設在六〇年代或是在六〇年代拍成的電影，就像薛尼史泰格跟洛鮑迪演的『惡夜追緝令』㊾一樣），但是也可能是另一個更簡單的原因：不管是黑人還是白人，羅蘭的陰影夫人都是一個沒禮貌的賤貨。

而且那其實不重要，不是嗎？完全不重要。他只在乎一件事，就是他媽的趕快出門去。紐約就在眼前，他幾乎可以聞到紐約。

紐約代表了海洛因。

他也幾乎可以聞到海洛因。

不過有個麻煩。

一個操他媽天大的麻煩。

羅蘭仔細觀察艾迪，雖然只要他願意，他隨時都可以殺死艾迪好幾次，但是他選擇按兵不動，讓艾迪自己想通。艾迪的性格裡有很多不好的地方（身為曾經故意讓一個孩子墜崖而死的人，槍客了解『不好』跟『邪惡』之間的差別），但艾迪並不笨。

他是個聰明的孩子。

他會想通的。

他想通了。

他回頭看著羅蘭，微微一笑，沒有露出牙齒，然後用一根手指轉了一下槍客的左輪手槍，想模仿西部牛仔在槍戰結束後，表演一段花稍的轉槍秀，只不過技巧不甚純熟，看起來反而有些好笑。他把槍交給羅蘭，槍托朝外。

『這玩意也許根本像塊狗屎，一點用也沒有，對不對？』

羅蘭心想：如果你願意，你可以把話講得清清楚楚的，像個聰明人一樣。你為什麼這麼喜歡出口成『髒』，把自己弄得像個笨蛋一樣，艾迪？是因為你覺得你哥那夥人都愛這樣說，所以你也要向他看齊嗎？

『對不對？』艾迪又說了一次。

羅蘭點點頭。

『如果我一槍斃了你，那扇門會怎樣？』

㊾該電影演員應為洛史泰格與薛尼鮑迪，這裡是艾迪一時口誤，把姓氏說混了。

『我不知道。我想唯一的方法就是親自試一試。』

『呃，那麼你覺得會怎樣？』

『我覺得它會不見。』

艾迪點點頭，他也是這麼想。呼！像變魔術一樣不見了！各位朋友看好囉！東西在這兒，呼！東西不見囉！就像電影院裡的放映師突然拿出一把六發式左輪手槍，射爛放映機一樣，不是嗎？

如果你射爛放映機，電影就會停下來。

艾迪不希望電影停下來。

艾迪要值回票價。

『你可以自己進去。』艾迪緩緩的說。

『是的。』

『可以這麼說。』

『是的。』

『你會出現在她的腦袋裡，就像你出現在我的腦袋裡一樣。』

『是的。』

『所以你可以搭便車，進入我的世界，不過最多就這樣了。』

羅蘭沒說話。艾迪常把『搭便車』這樣的說法掛在嘴邊，但槍客卻不知道是什麼意思……不過他大概懂艾迪的意思。

『但是你可以用你自己的身體進入那個世界，就像在巴拉札那兒一樣。』他說話的聲音很大，但其實是在自言自語，『不過你需要我才能辦到，對不對？』

『是的。』

『那就帶我一起去。』

槍客張開嘴想說話，卻讓艾迪搶先了一步。

『不是現在，我不是說現在。』他說，『我知道如果我們就這樣……就這樣突然出現，一定會引起暴動還是什麼該死的事情。』他大笑了起來，『就像魔術師從帽子裡抓出兔子一樣，不過這裡不是什麼帽子。我們會等到她獨處的時候，然後……』

『不。』

『我會跟你回來。』艾迪說，『我發誓，羅蘭。我是說，我知道你有正事要辦，我也知道那件事我也有份。我知道你在海關那兒救了我一命，可是我想我也在巴拉札那兒救了你一命，你覺得怎樣？』

『我覺得你確實救了我一命。』羅蘭說。他記得艾迪不顧危險，從書桌後面站起來，於是他稍稍動搖了一下。

不過只有那麼一下。

『怎樣？魚幫水，水幫魚。我只想回去幾個小時，買些雞肉外帶，也許再來一盒甜甜圈。』艾迪對那扇門點點頭，門後的東西又開始動了，『你覺得怎樣？』

『不。』槍客說，不過有那麼一會兒，他的心思幾乎完全不在艾迪身上。走廊上景象移動的方法，不像羅蘭從艾迪眼睛望出去時，艾迪移動的方法，也不像羅蘭自己走路的方法（現在他停下來想想自己走路的方法，他從來沒注意自己走路的方法，就像他從來沒有停下來，注意自己眼睛下面的鼻子一樣）。那位女士移動的方法跟一般人不太一樣。一般人走路時，視線會像鐘擺一樣微微搖晃：左腳，右腳，左腳，右腳，世界前後搖晃著，搖晃的幅度是如此溫和，所以過了一會兒——他想，也許就在開始走路後不久——你就會完全忽視它。那位女士的步伐完全沒有搖晃——她在走廊上滑行著，好像地上鋪了軌道。諷刺的是，艾迪也有同樣的感覺……只是對艾迪來說，這種感覺就像是加了『穩定架』的攝影效果一樣，他覺得這種感覺很舒服，因為這種感覺很熟悉。

對羅蘭來說，這種感覺卻是全然的陌生……然後艾迪插了進來，他的聲音尖銳。

『為什麼不行？告訴我他媽的為什麼不行？』

『因為你要的不是雞肉，』槍客說，『我知道你把你要的東西叫什麼，艾迪。你想要「來一針」，你想要「弄點貨來爽」。』

『那又怎樣？』艾迪大吼，幾乎是在尖叫，『是又怎樣？我說我會跟你回來！我跟你保證！我的意思是，我他媽的跟你保證！你還要怎樣？你要我用我媽的名字發誓嗎？好，我就用我媽媽的名字發誓！你要我用我哥亨利的名字發誓嗎？好，我發誓！我發誓！我發誓！』

安立可．巴拉札也許會這麼告訴槍客，但是不必巴拉札說，槍客也知道這麼簡單的道理：千萬不要相信毒蟲。

羅蘭朝那扇門點點頭。『至少在抵達黑塔之前，你那一部分的人生已經結束了。在黑塔之後，我就不管了，之後你就算要下地獄，我也不會阻止你。但在那之前，我需要你。』

『噢，你這個操他媽的狗屎大騙子。』艾迪輕聲說。他的聲音裡聽不出有任何情感，但槍客看見他的眼中閃著淚水。羅蘭什麼也沒說，『你知道不會有之後，我沒有，她沒有，還有那個不知道是誰的第三個人也沒有。或許你也沒有——你看起來就跟亨利最糟的時候一樣慘。如果我們沒在去黑塔的路上死掉，也會在到了那裡之後嗝屁，所以你幹嘛騙我？』

槍客感到一股隱約的羞愧，但他只是重複說道：『至少現在，你那一部分的人生已經結束了。』

『是嗎？』艾迪說，『很好，我有個消息要告訴你，羅蘭。我知道你穿過門，進入她的身體之後，你真正的身體會發生什麼事。我知道，因為我曾經看過。我不需要你的槍，我知道你的痛腳在哪兒。你甚至可以把她的頭轉過來，就像你轉我的頭那樣，然後看著我對你的身體下手，而你什麼也沒有，只有你該死的業。我要等到天黑，然後我會把你拉到水邊。然後你就可以看著龍蝦大口大口享受你的身體。但我想你可能有點趕時間，來不及想這麼多。』

艾迪停了下來。帶著碎石的浪聲與永不止息的空洞風聲，聽起來格外響亮。

『我想我會用你的刀子割斷你的喉嚨。』

『然後永遠關上那扇門？』

『你說我那一部分的人生已經結束了。你的意思不只是海洛因，你的意思是紐約，美國，我的時代，所有的一切。如果真是如此，我也要讓這一部分的人生結束。這裡的風景很爛，同伴也很糟。羅蘭，有時候你讓我覺得吉米．史華格㊿看起來很正常。』

『前方有偉大的奇蹟，』羅蘭說，『偉大的冒險，此外還會有壯烈的遠征，你還會有機會重拾你的榮譽感。而且不只如此，你還會成為一名槍客。我不一定會是最後一名槍客，艾迪，你才是，我感覺得到，我感覺得到。』

艾迪笑了起來，但是眼淚卻沿著臉頰滑落。『噢，好極了！好極了！這正是我需要的！我哥哥亨利也是一名槍客，在一個叫做越南的地方。那對他真是太好了，你真應該看看他吸

㊿Jimmy Swaggart。美國電視傳道家，自命為先知，常在電視上激情傳道，語多帶曖昧、玄機，後來爆發性醜聞。

了毒以後是什麼德行，羅蘭。他得靠別人幫忙才能他媽的去上廁所，如果沒人幫忙，他就會坐在那兒，看著摔角節目，然後他媽的尿在褲子裡。當槍客很棒，我看得出來。我哥是隻毒蟲，你是個瘋子。』

『也許你哥是個不懂榮耀的人。』

『也許不是。我們從來都不曉得榮耀是什麼，只知道如果你不巧抽大麻被逮，或是偷車失風上了法庭，你得叫坐在前頭的那個人「榮耀的大法官」（Your Honor）。』

現在艾迪哭得更兇了，但他也同時在笑。

『現在談談你的朋友，比如說你在夢中提到的那個傢伙，那個叫做卡斯博的傢伙……』

槍客吃了一驚。儘管經過多年的訓練，他仍然無法按捺住驚訝之情。

『他們有沒有你老掛在嘴邊的東西，那個聽起來像某個天殺的海軍招募軍官的東西？冒險、遠征、榮譽？』

『是的，他們了解榮譽。』羅蘭緩緩的說，想著其他消失的夥伴。

『那榮譽感給他們帶來什麼下場？有比我哥當槍客的下場好嗎？』

槍客不發一語。

『我了解你，』艾迪說，『我看過很多像你這種人。你只是另一個瘋子，一隻手拿著旗子，一隻手拿著槍，唱著「前進吧！基督教的精兵！」我不要榮譽，我只要一頓雞肉大餐跟來一針，所以我告訴你：儘管去吧，你可以去，但是你一走，我就會殺了你的身體。』

槍客不發一語。

艾迪歪著臉，微微一笑，用雙手的手背掃去臉頰上的淚水。『你想知道在我們家鄉把這叫做什麼嗎？』

『什麼？』

『叫做「陷入僵局」。』

有那麼一會兒，他們四目相視，然後羅蘭突然很快的望向那扇門。他們多少都察覺到（羅蘭比艾迪察覺得更清楚）門後的景象又轉了個彎，這次是轉向左邊。現在出現了一排閃亮的珠寶，有些珠寶放在保護的玻璃下，但是大部分都沒有，所以槍客猜想應該都是假的……也就是艾迪口中的『人造珠寶』。棕黑色的手草草檢視了幾件珠寶，然後另一位女售貨員回來了。她們交談了一會兒，但艾迪跟羅蘭都沒有仔細聽，然後那位女士（應該是位女士，艾迪心想）要求看看某個東西。女售貨員離開了，然後羅蘭的眼睛又迅速的回到艾迪身上。

棕色的手再度出現，不過現在多拿了一個皮包。突然間那雙手開始把東西丟進皮包裡，幾乎可說是亂抓一通，完全不挑選。

『喔，你招募的隊員還真是素質精良啊，羅蘭。』艾迪故意挖苦，『你先是募到白人毒蟲，接下來又募到黑人扒手……』

但是羅蘭已經開始往連接兩個世界的那扇門移動，移動得相當迅速，完全不在意艾迪。

『我是說真的！』艾迪尖叫，『你走過去我就割斷你的喉嚨，我會割斷你他媽的喉……』

他話還沒說完，槍客就不見了，只留下一具不斷呼吸的軀體，軟綿綿的躺在海灘上。

有那麼一會兒，艾迪只能站在那兒，不敢相信羅蘭真的那麼做了，真的放手做了這件愚蠢至極的事情，不顧他的保證——他那該死的真心保證。

他呆呆站著，轉動著眼珠，就像大雷雨來臨前驚慌的馬兒……只不過當然沒有大雷雨，只有腦袋裡掀起了狂風暴雨。

好吧，好吧，該死！

也許只有一下子，槍客只給他很短的時間，艾迪心知肚明。他瞥了瞥那扇門，看見那雙黑色的手僵在空中，一條金項鍊只塞進皮包一半，而那個皮包已經夠閃亮的，就像海盜的藏寶箱。雖然艾迪聽不見，但是他感覺得到羅蘭在對黑手的主人說話。

他從槍客的包袱裡拿出刀，然後把躺在門前那副軟綿綿、不斷呼吸的身體翻了過來。槍客的眼睛是張開的，但卻毫無生氣，眼睛吊了起來，只看得見眼白。

『看著，羅蘭！』艾迪尖叫。單調、愚蠢、永不止息的風在他耳邊呼嘯。天啊，這真是讓人抓狂！『看仔細了！我要完成你那他媽的教育！我要告訴你如果惹毛了狄恩兄弟會發生什麼事！』

他把刀壓在槍客的喉嚨上。

第二章　雙面女郎

1

一九五九年，八月……

半小時後，一位實習醫生走出來，發現朱利歐靠在救護車上，救護車仍然停在第二十三街仁愛修女醫院的救護車停車場裡。朱利歐的尖頭靴有一隻掛在保險桿上，他已經換上螢光粉紅色的褲子和藍色的襯衫，左邊的口袋用閃亮的金線繡上他的名字：這是他的保齡球俱樂部裝扮。喬治看看錶，發現朱利歐的隊伍『超級西班牙』應該已經開始比賽了。

『還以為你已經走了。』喬治．謝維士說，他是仁愛修女醫院的實習醫生，『沒有「神奇虎克」，你的隊伍要怎麼贏？』

『他們找米格爾．巴塞爾頂替我，他不太穩，但有時表現還滿亮眼的。他們沒問題的。』朱利歐頓了一下，『我很好奇最後到底怎麼了。』朱利歐是駕駛，是個古巴人，他的幽默感少得可憐，喬治懷疑就連他本人也不曉得自己有幽默感這回事。他四下張望了一下，沒看見和他們一起搭乘救護車的兩位醫務人員。

『他們跑哪兒去啦？』喬治問。

『誰？那對他媽的巴布西雙胞胎？你以為他們會上哪兒去？當然是去「村子」追哪個明尼蘇達州的小妞。你覺得她撐不撐得過來？』

『不知道。』

他努力裝出一副睿智的模樣，假裝一切盡在他的掌握中，但事實上，他一到院，值班的住院醫師跟兩名外科醫師就從他手中接過那個黑人女子，他甚至還來不及說聖母瑪利亞保佑（他真的差點就說出口，因為那位黑人女士看起來真的撐不了多久）。

『她的失血量很嚇人。』

『不是蓋的。』

喬治是仁愛修女醫院十六位實習醫生之一，也是八位指派到『急救運送』新計畫的實習醫生之一。計畫的理論根據是，救護車出勤時，同時搭載一名實習醫生與幾位醫務人員，在遇到緊急狀況時，有可能將病人從鬼門關救回來。喬治知道，大部分的駕駛跟醫務人員都覺得，那些乳臭未乾的實習醫生比較可能送病人上西天，而不是救他們一命，但是喬治覺得，也許這個計畫真的有用。

偶爾有用。

不論如何，這個計畫替醫院做了不少公關，雖然參加計畫的實習醫生老愛抱怨這個計畫讓他們每個禮拜得多上八小時班（而且沒有薪水），但是喬治．謝維士覺得，他們跟他應該有同樣的感覺——光榮、勇敢、能夠獨當一面。

然後有一天，一架環球航空三星飛機在愛德維德機場墜機。機上有六十五名乘客，其中六十名根據朱利歐．艾斯特維茲的說法，是D.R.T.，也就是『當場死亡』（Dead Right There），剩下的五個人中，有三個人看起來就像從火爐底挖出來一樣……不過你從火爐底挖出來的東西不會呻吟尖叫，哀求著某人給他們嗎啡或者乾脆殺了他們，不是嗎？如果你可以處理這一幕，在事後他回想起斷掉的肢體散落在鋁片、坐墊與碎裂的機尾間（機尾上有個數字十七，還有一個大大的T字跟一部分的A字），回想起他看見一顆眼球掉在燒焦的新秀麗手提箱上，回想起一隻有著閃亮鈕釦眼的泰迪熊躺在一隻小小的紅色運動鞋旁，運動鞋裡還有一隻小孩的腳，他回想起這一幕，有了這樣的感想：如果你可以處理這一幕，寶貝，你什麼都能處理。而且他處理得很好。他回到家，吃了一頓史雲遜冷凍火雞大餐。他睡得很安穩，由此可見他處理得非常好，毫無疑問。然後他在三更半夜從惡夢裡驚醒，在夢裡，掉在燒焦新秀麗手提箱上的不是泰迪熊，而是他媽媽的頭，她的眼睛張了開來，而且還燒焦了，那雙眼睛是泰迪熊的鈕釦眼，毫無感情、直直瞪著他，她張開嘴，露出碎裂的虎牙，在環球航究三星飛機遭雷擊以致降落失敗前，那對虎牙還好好的在她的假牙上。她低聲說：你救不了我，喬治，我們為你節衣縮食，為你辛辛苦苦攢錢，你把人家肚子搞大，你爸還替你收拾爛攤子，結果你**竟然救不了我，你這個天殺的！**他尖叫著醒來，隱約聽到有人在敲牆，但他早已經衝進廁所，差點來不及在晚餐搭著特快號電梯從嘴裡吐出來之前，跪在瓷做的馬桶祭壇前懺悔。這份限時快遞送來的晚餐熱騰騰的，聞起來還像加工過的火雞。他跪在那兒，看著馬桶，看著半消化的火雞和完全沒失去原有螢光亮澤的紅蘿蔔，腦袋裡閃過了兩個紅色的大字：

夠了

沒錯。

那兩個字是：

夠了

他要離開這個專鋸骨頭的外科界，他要離開，因為：

我受夠了

他要離開，因為卜派水手的座右銘是『**老子我受夠了**』，而且卜派說得一點也沒錯。

他沖了馬桶，回到床上，幾乎是一沾枕就馬上睡著，醒來時發現他還是想當醫生，知道這件事感覺真是太讚了，或許知道這一點，參加這個計畫就值得了，不管你管它叫『急救運送』或是『鮮血淋漓』或是『歌名有獎徵答』。

他還是想當醫生。

他認識一個做針線活的女士。他硬是湊出十塊錢，請她弄了一小塊老氣的繡布，上頭寫著：

如果你可以處理這一幕，你什麼都能處理。

是的，沒錯。

四週後發生了地下鐵慘劇。

2

『那個小姐還真是他媽的怪透了，你知道嗎？』朱利歐說。

喬治心裡鬆了一口氣。如果朱利歐沒提到這件事，喬治覺得他自己不會有膽提。他是實習醫生，而且他現在真心相信，自己有一天會變成正式醫師，但是朱利歐是獸醫，不會有人想在獸醫面前說什麼蠢話，他只會恥笑你說：拜託，我看過幾千次了，小子。去拿條毛巾來，

擦擦你的臉，因為你的乳臭還沒乾，從臉上滴下來啦！

但是朱利歐顯然並沒有看過幾千次，這樣很好，因為喬治想聊聊這件事。

『她真的很怪，好像她的身體裡同時住了兩個人。』

他發現看起來鬆了一口氣的人竟是朱利歐，覺得相當驚訝，然後突然間感到一陣羞愧。朱利歐・艾斯特維茲不會一輩子開著車頂裝了紅色閃光燈的禮車，他的前途大好，而且剛才還展露了比他更多的勇氣。

『你說得沒錯，醫生，百分之百沒錯。』朱利歐拿出一包柴斯特菲牌香煙，叼在嘴邊。

『那玩意會害死你，夥伴。』喬治說。

朱利歐點點頭，把香煙遞向喬治。

兩人靜靜抽了一會兒煙。也許那兩位醫務人員像朱利歐說的，正忙著跟在姑娘的屁股後面跑……又或者他們只是受夠了。沒錯，喬治很害怕，這是真的，但是他也知道，救了那個女人的是他，不是那兩個醫務人員，而且他也知道朱利歐知道這一點，也許這是他留下來的真正原因。那個黑人老太婆幫了不少忙，還有那個白人小鬼也是一大功臣。每個人（除了那個黑人老太婆）都站在一旁看熱鬧，好像在看什麼天殺的電影或是電視節目，甚至以為是連續劇『神探彼得根』（Peter Gunn）的情節，只有那個白人小鬼打電話報警，但是最後真正救人的還是喬治・謝維士，一個嚇得屁滾尿流，但還是努力盡忠職守的實習醫生。

那個女人在等那列艾靈頓公爵喜愛無比的火車——傳說中的A列車㊿。她是一個相當年輕的黑人女子，穿著牛仔褲跟卡其襯衫，等著搭那輛傳說中的A列車到近郊住宅區。

㊿艾靈頓公爵為黑人爵士樂手，著名歌曲即為〈搭上A列車〉（Take the A Train）。

有人推了她一把。

喬治．謝維士不知道警察有沒有抓到犯案的混蛋——那不是他的工作，他的工作是那個尖叫著滾下隧道，落在傳說中A列車前方的女人。她竟然沒有掉在三號軌道上，實在是個奇蹟；要是她掉在傳說中的三號軌道，她就會像被美國政府處理掉的新新監獄52重刑犯一樣：免費搭乘傳說中的A列車，只不過這輛A列車重刑犯給它起了個小名，叫做『電椅』。

噢，天啊，電力真是神奇。

她努力想爬出來，但是已經太遲了，傳說中的A列車已經進站，發出刺耳的尖叫聲，吐出火花，因為駕駛員看到她了，但是已經太遲了，對他來說太遲了，對她來說也太遲了。傳說中的A列車鋼輪從膝蓋上方活生生切斷了她的腳。每個人（除了去報警的白人小鬼）都站在那兒，雙手插在口袋裡（喬治猜想，搞不好還插在她們的小穴裡呢！），只有那位年邁的黑女人跳下月台，一邊的大腿還因此脫臼（之後她榮獲市長頒發勇氣勳章）。她用頭巾綁住年輕女人一隻噴著鮮血的大腿，白人少年在火車站的另一邊喊著救護車，而老黑女人則喊著請旁人幫幫忙，看在老天的份上給她一條領帶或是什麼都行，什麼都行。終於有個年紀很大的白人商人不情不願的拿出了領帶，老黑女人抬頭看著他說了一句話，這句話成了紐約《每日新聞報》的頭版標題，讓她成了道地的美國女英雄：『謝謝你，兄弟。』接著她把領帶綁在年輕女人的鼠蹊部和左膝之間，當然，她的左膝早就不見了，那輛傳說中的A列車駛過之後就不見了。

喬治聽見有人對某人說，年輕黑人女士昏過去前說的最後一段話是：『**那個操他媽滴混蛋是誰？不要給我逮到，不然小心我要了他滴狗命！**』

領帶上沒有打洞，黑人老太婆無法固定領帶，所以她只能緊緊抓著領帶，整個臉因為用力皺成了一團，像猙獰的死神，直到朱利歐、喬治還有兩名醫務人員抵達現場。

喬治還記得那條黃線；記得他的母親警告他，等火車（不管是不是傳說中的火車）的時候絕對、絕對不要超過黃線；記得他跳進煤灰遍佈的軌道時，嗅到了機油與電子機械的刺鼻臭味；記得那時有多熱，熱氣似乎來自他的身體，來自黑人老太婆，來自年輕黑人女子，來自火車，來自隧道，來自看不見的天空和腳下的地獄。他記得自己胡亂的想著：如果現在幫我量血壓，我想大概會破表，然後他冷靜下來，大喊著要他的醫藥包，接著一個醫務人員想拿著醫藥包跳下來，但是他叫他滾回去，醫務人員看起來嚇了一跳，好像頭一次真正認識喬治，於是他真的滾回去了。

喬治儘可能綁住動脈靜脈，等她的心臟不再怦怦跳，他就替她注了滿滿的洋地黃素。全血送到了，警察帶來的。要把她抬起來嗎，醫生？一個警員問，喬治告訴他還不行，接著拿出針替她輸血，好像她是隻毒蟲，急著來一針解解癮。

然後他才讓他們把她抬起來。

然後他們把她帶回去。

她在半路醒來。

然後怪事發生了。

3

在醫務人員把她抬進救護車時，喬治替她打了一針配西汀止痛——她已經開始動來動去，

㊼Sing-Sing，美國紐約州的重刑犯監獄。

發出無力的叫喊。他下的劑量夠重，他相信在到達仁愛修女醫院之前她會保持安靜。他有百分之九十的把握在到達醫院前她還會活著，這可是正義一方的一大勝利。

但是在他們離醫院還有六個街區時，她的眼皮就開始抖動了，她發出了混濁的呻吟。

『我們可以再替她打一針，醫生。』一位醫務人員說。

喬治幾乎沒發覺這是醫務人員第一次願意屈尊俯就，不叫他喬治，或者更糟，叫他阿喬。『你有神經病啊？我可不想把「到院死亡」（D.O.A.）搞成「藥物過量」（O.D.），除非你覺得這兩種死法沒差。』

醫務人員縮了回去。

喬治回頭看著年輕的黑人女子，發現回望他的眼神相當清醒。

『我發生了什麼事？』她問。

喬治記得那個告訴另一個人這名女子說了什麼話的人（她要逮到那個操他媽的混蛋，要他的狗命……等等），那個人是個白人。喬治決定那只是那人平空揑造的，出自愛加油添醋的人類天性，或者出自單純的種族歧視。這位女士很有教養，很理性。

『妳出了意外。』他說，『妳被……』

她的眼睛倏地閉了起來，他以為她又要睡著了。很好，讓其他人告訴她她不見了雙腿，讓另一個年薪超過七千六百美元的人告訴她吧！他稍稍移往左側，想要再量量她的血壓，沒想到她再次睜開了眼睛。這次喬治．謝維士看到的是不同的女人。

『他媽的誰砍掉我的腳，我覺得我的腳不見了。這是救護車？』

『是……是……是的。』喬治說。突然間他很想來一杯，不一定是酒，只要能讓他潤潤喉就行。他的聲音很乾，他簡直就像在看史賓塞．屈賽演的『化身博士』[53]。

『他們逮到那個操他媽的白鬼沒？』

『沒有。』喬治心想：那傢伙沒聽錯，靠，那傢伙真的沒聽錯。

他隱約感覺到原本在附近打轉（也許是希望能抓到喬治出錯）的醫務人員開始往後退。

『好極了，白鬼混蛋就這樣放他走了。我會逮到他的，我會把他的老二砍下來。王八蛋！我告訴你我會怎麼對付那個王八蛋，我告訴你，你這個白鬼王八蛋！我告訴你……告訴……』

她的眼珠又往上一翻，喬治心想，很好，快睡吧，拜託妳快睡，我可不是拿錢來處理這檔子事的。我不知道是怎麼一回事，我聽說過驚嚇過度，但是沒人告訴我精神分裂也是……

那雙眼睛張開，第一個女人回來了。

『是什麼意外？』她問，『我記得我從「I」……』

『眼睛（Eye，與I同音）？』

她微微一笑，是一抹痛苦的微笑。『是「飢餓的I」（Hungry I），是間咖啡廳。』

『喔，對，沒錯。』

不管是不是身受重傷，另一個人都讓他覺得齷齪下流，又有些噁心，但眼前這一個卻讓他覺得自己像是亞瑟王傳奇裡的騎士，從惡龍的嘴邊救出了美女。

『我記得我走下樓梯到月台，然後……』

『有人推妳。』這句話聽起來很蠢，但又有什麼不對？這句話本來就很蠢。

『把我推到火車前？』

[53] Dr. Jekyll and Mr. Hyde，由同名小說改編的電影。溫文儒雅的傑寇博士在喝下自己調配的藥水後，成了魔鬼般的海德先生。

『是的。』

『我的腿不見了嗎？』

喬治努力吞口水，但卻沒有辦法，因為他的喉嚨裡好像根本沒有口水好吞。

『沒有全部不見。』他呆呆的說，她的眼睛又閉了起來。

於是他心想：拜託是昏倒，拜託是昏……

眼睛張了開來，充滿了怒火。她舉起一隻手，在空中揮出了五道裂縫，與他的臉只有毫髮之隔——要是再近一點，他就要到急診室去縫臉頰，而不是跟朱利歐．艾斯特維茲抽煙了。

『你只不過是個白鬼王八蛋！』她尖叫著。她的臉像野獸般猙獰，眼睛充滿了地獄之火，這張臉已經完全失去了人形。**『只要是白鬼，我見一個殺一個！全部殺個精光！我要砍下他們滴老二，吐口水在他們臉上！我要……』**

好一段瘋言瘋語。她說起話來就像卡通裡的黑女人，像是瘋了的黑人女演員巴特芙萊．麥昆恩[54]。她——或者是『它』——看起來也有些超乎常人，這個不斷尖叫、蠕動的東西不可能在半個小時前剛動完臨時手術，她張牙舞爪，一次又一次伸手想抓花他的臉，她的臉上鼻涕口水橫流，還滿口髒話。

『再給她打一針，醫生！』一個醫務人員吼道，他的臉色蒼白，『看在老天的份上，給她打一針！』醫務人員把手伸向藥品箱，喬治撥開他的手。

『閃開，孬種。』

喬治回頭看著他的病人，發現另一個人冷靜、文雅的眼睛正瞪著他。

『我會活下去嗎？』她的語氣像在喝下午茶聊天一樣。他心想：她不知道自己曾經失去意識，完全不知道。過了一會又心想：另一個人也不曉得。

『我……』他喘了一口氣，透過罩衫揉揉跳得飛快的心臟，命令自己冷靜下來掌控全局。他救了她的性命，至於她的精神問題，則不是他該擔心的。

『你還好吧？』她問他，從她的聲音聽得出來她是真的擔心他，他不由得微微一笑——居然是病人在問醫生好不好。

『是的，女士。』

『你是在回答哪個問題？』

他一時間聽不懂這句話，然後隨即恍然大悟。『兩個問題都是。』他說著，握住了她的手。她緊緊抓住他的手，他看著她閃亮澄明的眼睛，心想：原來男人也會墜入愛河，然後她的手變成了爪子，她告訴他他是隻白鬼，她不只要砍下他的老二，還要把他的白老二嚼爛。

他把手抽出來，檢查看看手是不是在流血，胡亂的想著如果他的手真的受傷了，他要想辦法處理一下，因為她有毒，那個女人有毒，被她咬跟被銅頭毒蛇或響尾蛇咬差不了多少。沒有血。等他再度回去查看，另一個女人——第一個女人——又回來了。

『求求你，』她說，『我不想死，求求你……』然後她真的昏了過去。這很好，對所有的人都很好。

4

『你覺得怎樣？』朱利歐說。

『哪一隊會打進世界大賽？』喬治用懶人鞋的鞋跟踩熄煙頭，『白襪隊。我下了注賭他

[54] Butterfly McQueen，曾飾演『亂世佳人』電影中的黑人女僕。

們贏。』

『我是說你覺得那個女士怎樣？』

『我覺得她可能有精神分裂症。』喬治慢慢說。

『沒錯，我就知道。我的意思是，她會怎樣？』

『我不知道。』

『她要有人幫忙才行，老兄。誰會幫她？』

『嗯，我已經幫過她一次了。』喬治說，但他覺得臉有些發熱，好像在臉紅一樣。

朱利歐看著他。『如果你真的想幫他，你就該讓她死了算了，醫生。』

喬治盯著朱利歐看了一會兒，卻發現自己無法忍受在朱利歐眼裡看見的東西——那不是指控，而是悲傷。

所以他走了開來。

他有一些地方要去。

5

牽引的時間：

自從意外之後，大部分的時間還是歐黛塔．霍姆斯當家，但是黛塔．渥克愈來愈常出現了，黛塔最喜歡做的事就是偷東西。她偷的東西幾乎都是些沒用的玩意，她常常到手後就丟掉了，但是這並不重要。

重要的是偷東西的過程。

槍客在梅西百貨公司進入黛塔的腦袋時，她嚇得放聲尖叫，覺得憤怒、恐怖又害怕，忙著把假珠寶塞進皮包的那雙手僵在空中。

她放聲尖叫，因為羅蘭走進她的腦袋時，也就是羅蘭走上前時，她可以感覺到另一個人的存在，好像她腦袋裡有扇門打了開來。

她放聲尖叫，因為侵入她體內的是個白鬼。

她看不見，但是她可以感覺到他是個白鬼。

旁人紛紛四下張望，一個賣場巡視員看見一個尖叫的女人坐在輪椅上，皮包開著大口，一隻手僵在空中，那隻手原本忙著把假珠寶塞進皮包，而那個皮包看起來（即使是在三十呎外）比她正在偷的珠寶還貴三倍。

賣場巡視員大吼：『喂！吉米！』吉米．哈弗森是梅西百貨的保全人員，他四下張望了一番，馬上了解發生了什麼事。他邁開腳步，衝向那個坐著輪椅的黑女人。他不得不衝——他曾經當過十八年的市警，捉賊已經成了他的天性——但是他也知道，就算捉到了也沒用。小孩、殘廢、修女，這些人就算捉到了也沒用。抓他們就像踢酒鬼一樣，他們在法官面前稍微哭一哭，就能逍遙法外，很難說服法官殘廢的人也有可能是狡猾的壞人。

但他還是衝了上去。

6

羅蘭發現自己進入了一個充滿仇恨與厭惡的蛇窩裡，一時間感到十分驚駭……接著他聽見那個女人在尖叫，看見一個有著大肚腩的壯漢衝向她（他），看見眾人注目的眼光，然後他接管了一切。

突然間他變成了有著一雙黑手的女人。他感覺到她體內有種奇異的雙重感，但是他無暇多想。

他轉動輪椅，開始往前推進。他（她）滑過走廊，人群紛紛讓開路。皮包不見了，黛塔的證件與偷來的珠寶撒了一地，大肚子男人踩到了假的金項鍊和口紅，跌了個四腳朝天。

7

可惡！哈弗森憤怒的想著，一隻手忍不住伸到運動外套底下，想從槍套裡拿出點三八手槍，但隨即恢復了理智。這不是緝毒行動，也不是持槍搶劫，只是一個坐著輪椅的殘廢黑女士。她轉輪椅的速度還真快，簡直就像參加汽車加速賽的龐客族，但是她畢竟還是一個殘廢的黑女士。該怎麼辦？開槍射她？還真是個好主意，不是嗎？她能逃到哪兒？走廊盡頭什麼也沒有，只有兩間更衣室。

他爬起來，揉著摔疼的屁股，繼續追她，腳步有些跛。

輪椅閃進了一間更衣室，門砰的一聲關上，

吉米心想：逮到妳了，賤貨。我會把妳嚇得屁滾尿流，我不管妳沒了老公，有五個小孩要養，只剩一年好活。我不會傷害妳，但是寶貝，我會讓妳嚇破膽。

他比賣場巡視員早一步衝到更衣室前，用左肩撞進更衣室，裡頭空無一人。

沒有黑女人。

沒有輪椅。

什麼也沒有。

他看著賣場巡視員，眼神茫然。

吉米還來不及行動，賣場巡視員就撞開了另一間更衣室的門。一個只穿著襯裙和Playtex

Living牌胸罩的女人發出刺耳的尖叫，用雙手遮住胸部，她很白，而且絕對不是個殘廢。

『對不起。』賣場巡視員說，整張臉脹得通紅。

『滾出去，你這個變態！』穿著襯裙和胸罩的女人說。

『是的，女士。』賣場巡視員說著，關上了門。

在梅西百貨，顧客永遠是對的。

他看著哈弗森。

哈弗森看著他。

『到底怎麼回事？』哈弗森問，『她到底有沒有進去？』

『有啊，她進去了。』

『那她人呢？』

賣場巡視員只能搖搖頭。『我們回去把東西收乾淨吧。』

『你去收。』吉米．哈弗森說，『我覺得我好像把我的屁股跌成了九塊。』他停了一下，『老實跟你說，老兄，我也搞不清楚到底是怎麼回事。』

8

槍客一聽見更衣室的門在背後重重關上，他就把輪椅轉個了半圈，尋找那扇門。如果艾迪真是履行了他的保證，那扇門應該會不見才對。

但那扇門仍然敞開著，羅蘭轉動輪椅，帶著陰影夫人穿門而過。

第三章 歐黛塔

1

不久之後，羅蘭這麼想著：不管是不是殘廢，如果有一個女人在商場辦事（也許可以說是在辦些見不得人的事），腦袋裡卻突然出現一個陌生人，這個陌生人一路推著她衝過商場的走廊，推進一間小房間，身後還有一個男人大吼著叫她停下來，然後突然間轉了個彎，陌生人又開始推她，而且是推向死路，接著發現自己突然到了一個完全不同的世界……我想在這樣的情形下，不管是哪個女人，鐵定一開口就會問：『這是哪裡？』

但是歐黛塔．霍姆斯卻用幾乎稱得上是愉快的聲音問道：『你拿著刀究竟要做什麼，年輕人？』

2

羅蘭抬頭看著艾迪，艾迪蹲在地上，手上的刀子與他的皮膚只有毫髮之隔。就算槍客的速度快得超乎常人，但要是艾迪決定下手，他還是不可能逃過銳利的刀鋒。

『是啊！』羅蘭說，『你到底打算做什麼？』

『我不知道。』艾迪聽起來好像很厭惡自己，『我想我是要切魚餌吧！看來我並不是來這裡釣魚的，不是嗎？』

他把刀朝著女士的輪椅丟去，但刀子卻往右邊飛去。刀子插在沙地上，左右抖動著。

然後那位女士把頭往後轉，開口說話：『能不能麻煩你告訴我這裡是……』

她停了下來，她開口說了『能不能麻煩你』之後，頭才真正轉到後方，發現背後沒有人，但槍客發現她還是繼續把話說下去，覺得挺有趣的，因為她現在的處境會讓她覺得有些事情是理所當然的——比如說，如果她移動了，一定是有人在推她，但問題是她背後沒有人。

沒有人。

她回頭看著艾迪與槍客，黑色的眸子先是充滿了不安、困惑，然後露出了驚慌的神色，終於她問道：『這是哪裡？誰推我的？我怎麼會在這裡？我明明穿著浴袍，在看十二點的新聞，怎麼會穿上了外出服？我是誰？這是哪裡？你們是誰？』

槍客心想：她問：『我是誰？』水壩倒了，問題像洪水一般席捲而來，這是預料中的事情，但是那個問題——『我是誰？』——就算是現在，我想她自己也不曉得這個問題不太對勁。

或者不曉得問的時機不太對勁。

因為這個問題問得太早了。

她還沒有問他們是誰，就先問自己是誰。

3

艾迪把眼光從輪椅黑女士既年輕又蒼老的可愛臉龐移開，轉向羅蘭的臉。

『她怎麼會不知道？』

『我不曉得，我想大概是受了驚嚇。』

『受了驚嚇就讓她的記憶回到客廳，回到前往梅西百貨之前？你是說她記得的最後一件事情就是穿著浴袍，坐著聽哪個頭髮吹得光鮮亮麗的呆子說，他們在佛羅里達珊瑚群島發現一個怪胎，地窖的牆上掛著克麗斯塔．麥奧麗芙[55]的左手，旁邊還放著他捕到的槍魚？』

羅蘭沒有回答。

女士看起來更迷惑了，她說：『誰是克麗斯塔．麥奧麗芙？她是失蹤的自由鬥士之一嗎？』

現在輪到艾迪不回答了。自由鬥士？那是什麼東西？

槍客看著他，艾迪一眼就曉得他的眼睛在說什麼：你看不出來她受了驚嚇嗎？

我知道你的意思，羅蘭老兄，但是這只解釋了一部分的原因。你像嗑了藥的美式足球名將培頓闖進我的腦袋時，我也覺得有點受到驚嚇，但是那並沒有洗掉我的記憶庫。

說到驚嚇，她進來時他著實是嚇了一大跳。那時他跪在羅蘭毫無生氣的身體旁，刀子靠在喉嚨脆弱的皮膚上……但事實上艾迪不會下手——不會在那時候下手。他瞪著那扇門，出了神，看著梅西百貨的走廊衝向他——他再次想起了電影『鬼店』（The Shining），看到了那個小男孩騎著三輪車經過鬧鬼旅館時看到的東西。他記得那個小男孩是在一條走廊上看見那對可怕的雙胞胎鬼魂，梅西百貨的走廊盡頭倒是普通多了，只有一扇白色的門，上頭用漂亮的字體寫著：一次僅限試穿一件，謝謝合作。沒錯，是梅西百貨沒錯，的確是梅西百貨。

一隻黑色的手飛了出來，用力甩開門，一個男人的聲音（艾迪一聽就知道是個條子的聲音，因為他在他的時代裡聽過了好幾次）在後頭大吼，要她放棄，那裡沒有出口，她只會讓事情變得更糟。接著艾迪從左邊的鏡子裡勉強瞥到了黑人女子的模樣，然後他記得自己心想：*天啊，他找到她了，沒錯，但是她看起來一點也不高興。*

然後視線一轉，艾迪發現他在看著自己。眼前的景象朝他直撲而來，他很想舉起拿著刀

子的手，遮住眼睛，因為突然間透過兩雙眼睛看事情太難以忍受、太瘋狂，如果他不趕快閉上眼，他真的會瘋掉，但是一切發生得太快，他根本來不及反應。

輪椅穿過門，大小剛好跟門差不多，艾迪聽見輪轂磨著門邊，發出刺耳的吱嘎聲，同時他也聽見了另一個聲音，一個撕裂的聲音，讓他想起了一個詞：

（胎盤）

這個詞他差點想不起來，因為連他自己都不曉得自己知道這個詞。然後那個女人沿著堅硬的沙地滑向他，她看起來不再是個瘋婆子——幾乎完全不像艾迪在鏡子裡看見的那個女人，但是他想那並不奇怪。如果突然間從梅西百貨的更衣室來到某個陰森古怪的地方，碰到跟牧羊犬一樣大的龍蝦，不管是誰都會覺得有點受不了。這件事艾迪可是有切身的體驗，可以親自作證。

她滑了四呎才停下來，只滑了四呎，因為沙地有坡度，還佈滿了碎石。她的手先前一定是死命轉著輪子（艾迪壞心的想著：*如果明天早上醒來時覺得肩膀痠痛，妳可以怪在羅蘭先生頭上，小姐*），但現在停了下來，放在椅子的扶手上，緊緊抓著扶手，凝神看著兩位男士。

在她身後，那扇門已經消失了。消失？這種說法不算是完全正確，它是收了回去，就像一捲回轉的底片。從保全撞開那扇比較普通的門，也就是隔開百貨公司跟更衣室的門之後，那扇門就開始往回收了。保全撞得很大力，因為他以為小偷會把門鎖上，艾迪覺得他會狠狠撞在牆上，但是艾迪沒有機會知道他到底有沒有撞在牆上。在連接兩個世界的那扇門完全消失之前，艾迪眼中另一個世界的景象就整個凝結不動了。

55 Christa McAuliff。一九八六年挑戰者號太空梭爆炸事故中罹難的教師太空人。

電影成了靜止的照片。

只剩下兩道輪椅的軌跡平空出現在沙地上，滑行了四呎，停在現在的位置上。

『能不能麻煩你們解釋一下這裡是哪裡，我又怎麼會來這裡？』輪椅上的女人問道，幾乎是在哀求。

『呃，我只能告訴妳一件事，桃樂絲，』艾迪說，『妳不在堪薩斯了56。』

女人的雙眼淚水盈眶。艾迪看得出來她努力想忍住淚水，但卻徒勞無功，忍不住啜泣了起來。

艾迪火冒三丈（而且極度厭惡自己），轉身看著槍客。槍客已經踉踉蹌蹌的站了起來，他邁開腳步，但不是走向哭泣的女士，而是去撿起他的刀子。

『告訴她！』艾迪大吼，『是你帶她來的，所以你去告訴她，老兄！』過了一會兒他低聲說：『然後告訴我她怎麼會失去記憶。』

4

羅蘭沒有回應，應該是說沒有立刻回應。他彎下腰，用右手剩下的兩隻手指從刀柄把刀子夾起來，小心的換到左手，然後滑進一側槍套的刀鞘中。他還在努力想清楚他在女士腦袋裡感覺到的東西。和艾迪不同，從他走上前，到他們滾出那扇門，她一直努力抵抗，瘋狂抵抗。從她感覺到他的那一刻起，她就開始抵抗，而且毫無間斷，因為她並不驚訝。他感受到她並不驚訝，但卻完全不懂她為什麼不驚訝。她並不驚訝腦袋裡有陌生人入侵，只有突如其來的憤怒、恐懼，她立刻開始戰鬥，想要奮力甩掉他。她完全沒有機會獲勝——他想她也不可能獲勝——但是她還是死命抵抗。他感覺這個女人瘋了，而且充滿了恐懼、憤怒與仇恨。

他感到她的內心只有黑暗——她的內心深埋在黑暗的墓穴中。

除了……

除了在他們撞進門分開的那一刻，他竟然希望自己能多留一會兒，而且是極為渴望。只要多留一會兒，他就能了解許多事，因為他們眼前這個女人不是先前讓他佔據心靈的女人。在艾迪的腦袋裡，就像在一間房間裡，房間的牆壁令人不安，沾滿了潮濕的汗水；在這個女士的腦袋裡，則像是裸身躺在黑暗中，身上爬滿了毒蛇。

除了最後一刻。

她在最後一刻變了。

此外還有另外一種感覺，他相信這種感覺很重要，但是他不是不了解，就是不記得。這種感覺就像……

（驚鴻一瞥）

……就像那扇門，只不過那扇門是在她的腦袋裡。那種感覺就像……

（妳打破了特製品，就是妳）

……就像是茅塞頓開。就像在唸書的時候終於看懂了……

『噢，你去死吧！』艾迪厭惡的說，『你不過就是一台天殺的機器。』

他大踏著步，走過羅蘭身邊，走向女人，在她身邊跪下。在她伸出雙手，像即將溺斃的泳者緊緊抱住他時，他並沒有抽身，而是伸出雙手，緊緊回抱了她。

56 艾迪在這裡借用了《綠野仙蹤》這個故事。故事中的主角桃樂絲和她的小狗托托住在美國堪薩斯州的一個農場，有一天，一陣龍捲風將他們吹離了堪薩斯州，帶到了魔法的國都。

『還好啦！』他說，『我是說，情況不算太棒，但是還好啦！』

『這是哪裡？』她抽抽噎噎的說，『我坐在家裡看電視，好知道我的朋友有沒有活著離開牛津市，結果我卻跑到這裡，連這裡是哪裡都不知道！』

『呃，我也不知道。』艾迪把她抱得更緊，開始輕輕搖著她，『但是我想我們現在是同在一條船上。我的老家跟妳一樣，是令人懷念的紐約市，我也經歷了跟妳一樣的事情——呃，有點不一樣，但是差不多啦——妳不會有事的。』他想了一會兒，又加上：『只要妳喜歡吃龍蝦。』

她抱著他，啜泣著；艾迪也抱著她，輕輕搖著她。羅蘭心想：現在艾迪不會有事了。他的哥哥死了，但是他有別人可以照顧，所以艾迪現在不會有事了。

但是他覺得良心不安，他的心裡感到一陣內疚的劇痛。他能開槍（用他的左手），他能殺人，能不斷前進，能帶著殘忍的堅毅，走過無數的哩程與歲月，甚至穿越不同的時空，只為了尋找黑塔。他懂得生存之道，有時甚至能保護弱小——他在驛站救了男孩傑克，免得他活活餓死，還在山腳下代替傑克，免得他不幸遭到神諭蹂躪——但最後他還是讓他死了。那不是意外，他是故意選擇了毀滅。他看著兩人，看著艾迪抱著她，跟她保證不會有事。他辦不到，現在他內心的懊悔又加上了潛藏的恐懼。

羅蘭，如果你為了黑塔，放棄了你的心，你就已經輸了。一個沒有心的生物就是一個沒有愛的生物，沒有了愛的生物就成了野獸。變成野獸也許還能忍受，儘管變成野獸的人最後一定會付出地獄般的代價，但是如果你最後竟然達到了目標呢？如果你沒了心，但最後竟然直闖黑塔，獲得了勝利呢？如果你的心裡只有一片漆黑，除了從野獸墮為妖魔，你還能做什麼呢？變成野獸達成目標是無比的諷刺，就像是拿著放大鏡看『大項』一樣。但是變成妖魔達成目標……

付出地獄般的代價是一回事，但是你真的想要擁有地獄嗎？

他想起了艾莉，想起了曾在窗邊等待他的女孩，想起了他為卡斯博冰冷的屍體流過的眼淚。噢，那時他愛過，是的，那個時候。

我真的想愛！他喊道，不過雖然現在艾迪也和坐著輪椅的女人一起輕輕哭了起來，但是槍客的眼睛仍然像那片荒漠一般乾涸，他就是跨越那片荒漠，來到這片不見天日的海岸。

5

他過一會兒會回答艾迪的問題。他會回答艾迪的問題，因為他覺得艾迪還是保持警覺比較好。她失去記憶的理由很簡單：她不是一個女人，她是兩個女人。

而且其中一個女人很危險。

6

艾迪儘可能把所知道的告訴她，只含糊帶過了槍戰的部分，其他的全都一五一十的告訴她。

他說完之後，她沉默了一會兒，雙手緊緊交握，放在大腿上。

涓涓細流從坡度愈來愈緩的山坡上流下，漸漸消失在東方。羅蘭與艾迪在往北方遠行時，就是從這些細流中取水。一開始因為羅蘭身體太弱，所以由艾迪取水，之後則是兩人輪流取水。水源愈來愈難找，每次都必須走得更遠，找得更久，才能找到水源。山脈的坡度愈緩，溪流就愈是百無聊賴，但溪水並沒有讓他們生病。

目前為止還沒。

昨天是羅蘭去取水，雖然這表示今天輪到艾迪去取水，但是槍客還是決定自己去取水，他扛起盛水的皮囊，一語不發的離開。艾迪覺得槍客此舉窩心得出奇，他不想讓這個舉動感動——不希望自己被任何跟羅蘭有關的事情感動——但卻發現自己還是微微受到了感動。

她仔細聽著艾迪說話，一句話也沒說，她的眼睛緊緊盯著他的眼睛。艾迪一下以為她比他大五歲，一下又猜她只有十五歲。艾迪只確定一件事：他愛上她了。

他說完之後，她靜靜的坐了一會兒，不看著他，而是看著他身後那片海浪。到了夜晚，海浪會帶來龍蝦，帶來牠們奇異、像律師一般咄咄逼人的問題。他描述牠們的時候特別仔細；寧可讓她現在覺得有點害怕，也不要在牠們現身時嚇得失了神。他猜想，在聽說牠們把羅蘭的手腳吃掉後，在她仔細看過牠們的長相後，她應該不會想吃牠們，但是最後飢餓會戰勝滴答嘰和噹麼嗆。

她的眼神遙遠、茫然。

『歐黛塔？』過了大約五分鐘後，他開口問。她向他說了她的名字：歐黛塔．霍姆斯，他覺得那是個很美的名字。

她回望著他，從幻想中驚醒。她微微一笑，說了一個字。

『不。』

他只能看著她，想不到什麼適當的回答。他覺得自己從來沒發現，原來一個『不』字能有這麼無窮的力量。

『我不懂，』他終於開口，『妳的「不」是什麼意思？』

『這一切。』歐黛塔伸出一隻手（他注意到她的手很強壯——光滑，但很強壯），指向大海、天空、海灘，還有現在槍客正忙著找水的山丘（也許又出現了什麼沒見過的有趣野獸，

正把槍客生吞活剝，但艾迪不願意這麼想）。簡言之，指著整個世界。

『我了解妳的感受，我自己一開始也覺得一切是我的幻覺。』但是他真的曾經這麼覺得嗎？回首過去，他好像毫不猶豫的就接受了一切，也許是因為他病了，因為毒癮發作讓他抖得骨頭都快散了。

『妳會接受的。』

『不。』她又說了一次，『我相信應該是發生了兩件事情中的一件事，而且不管是哪件，我都還在密西西比州的牛津市，這些都不是真的。』

她繼續說。如果她的音量再大一點（又或者如果他沒有愛上她），這段話聽起來就會像在講課一樣，但是以她現在的音量，這段話聽起來比較像是抒情歌詞，而不是在講課。他必須一再提醒自己：但是她說的全是廢話，你必須讓她知道真相。為了她好。

『也許我剛動完頭部手術。』她說，『牛津市有惡名昭彰的斧頭殺人狂跟警棍怪客。牛津市。

這三個字隱約勾起艾迪內心深處的回憶。她說這三個字時有一種特殊的韻律，讓他想起了亨利……亨利和濕尿布。為什麼？是什麼？這些問題都不重要。

『妳是說妳覺得這一切都是妳在無意識狀態中做的夢？』

『或是昏迷狀態。』她說，『不要用那種眼光看我，好像以為我在胡扯，因為我說的都是真的。你看。』

她小心的把頭髮撥到左側，於是艾迪發現她把頭髮往左側旁分不只是因為她喜歡這個髮型。頭髮下的舊傷變成了醜陋的疤痕，不是棕色的，而是灰白色的。

『我想妳的運氣不太好。』他說。

她不耐煩的聳聳肩。『運氣不太好，生活倒是不錯。』她說，『也許有得就有失吧！我會讓你看我的傷疤，是因為我在五歲的時候昏迷了三個禮拜，那時候我做了很多夢。我不記得做了什麼夢，但是我記得我媽說他們知道，只要我一直說夢話，我就不會死，而且我的夢話好像也一直沒停過，不過她說我說了十句，他們連一句都聽不懂。我只記得那些夢非常逼真。』

她停下來，環顧四周。

『就像這個地方一樣逼真。就像你，艾迪。』

她說出他的名字時，艾迪的手臂感到一陣酥麻。噢，沒錯，他真的陷入愛河了，而且已經不可自拔。

『就像他。』她的身體抖了一下，『他看起來是最逼真的。』

『那是當然的。我是說，我們本來就是真的，不管妳怎麼想。』

她對他露出了和善的微笑，是一抹完全不相信的微笑。

『怎麼回事？』他問，『妳頭上那東西是怎麼回事？』

『那不重要。我只是要告訴你，曾經發生過的事很可能會再發生。』

『是不重要，但是我很好奇。』

『是磚頭砸傷的。那是我第一次去北方，我們去紐澤西州的伊莉莎白城，是坐吉姆·克勞車廂去的。』

『那是什麼？』

她瞪著他，一臉不可置信，甚至有些輕蔑。『你都住在哪兒啊，艾迪？防空洞嗎？』

『我的時代跟妳不同。』他說，『我可以請問妳幾歲嗎，歐黛塔？』

『有投票權，但還不能領社會福利。』

『呃，我想妳難倒我了。』

『希望你不要太在意才好。』她說著，又露出讓他手臂感到一陣酥麻的燦爛微笑。

『我二十三歲。』他說，『但是我是一九六四年出生，剛好是羅蘭帶走妳的那一年。』

『胡說。』

『我沒胡說，他帶走我的時候是一九八七年。』

『嗯……』她沉吟半晌後開口說，『你這麼一說，我開始覺得你說的話有幾分真了。』

『吉姆．克勞車……是專門給有色人種搭的車嗎？』

『是黑人。』她說，『叫黑人「有色人種」好像有點失禮，你不覺得嗎？』

『到了一九八〇年左右，你們倒是喜歡自稱「有色人種」。』艾迪說，『小時候，如果說另一個小孩是黑人，很可能會惹來一陣打。跟罵人是黑鬼差不多。』

她疑惑的看著他一會兒，然後再次搖搖頭。

『那跟我說說磚頭的事吧！』

『我媽媽的小妹要結婚了。』歐黛塔說，『她的名字叫蘇菲亞，但是我媽都叫她「藍小妹」，因為她喜歡藍色，或者套句我媽的話，「她喜歡幻想自己喜歡藍色」，所以我總是叫她「藍阿姨」，即使我還沒有見過她本人。那場婚禮真是太美妙了，婚禮後有宴會，我記得所有的禮物。』

她笑了起來。

『小孩子最愛禮物了，對不對？』

他微微一笑。『對，妳說得沒錯，小孩永遠忘不了禮物，忘不了自己拿了什麼禮物，忘不了別人拿了什麼禮物。

『那時候我爸已經開始賺錢了，但是我只知道他做得「還不錯」。我媽總是這樣說。有一次我告訴她，有一個常跟我一起玩的小女孩問我爸爸是不是很有錢，我媽告訴我，下次如果有別的朋友這樣問我，我就回答他做得「還不錯」就可以了。

『所以我們可以送藍阿姨一套漂亮的瓷器，我記得……』她的聲音遲疑了。她舉起一隻手，心不在焉的揉揉太陽穴，好像頭要開始痛了。

『記得什麼，歐黛塔？』

『我記得我媽給她的是特製品。』

『什麼？』

『對不起，我有點頭痛，講話有點不清楚。我不知道我為什麼要跟你說這些。』

『妳介意嗎？』

『不，我不介意。我是說，我媽媽送她一個特製盤子，是白色的，盤子的邊緣鑲著精細的網狀花紋。』歐黛塔微微一笑。艾迪覺得那個微笑看起來不太舒服。她的回憶裡有件事讓她不安。歐黛塔現在位於一個極為奇異的世界中，她應該全心專注在這個奇怪的世界裡，但這個不安的回憶居然能讓她分了心神，艾迪不由得感到十分不安。

『我可以清清楚楚看見那個盤子的模樣，就像我現在也可以清清楚楚的看見你，艾迪。我媽把盤子送給藍阿姨，她高興得哭個不停。我想她和我媽小時候曾經看過一樣的盤子，只是她們的父母當然買不起，她們小時候從來沒拿過什麼特別為小孩做的東西。宴會後，藍阿姨和姨丈動身前往大煙山度蜜月，他們是搭火車去的。』她看著艾迪。

『坐在吉姆．克勞車廂。』

『沒錯！在克勞車廂！那時候黑人都必須坐在克勞車廂，用餐也必須在克勞車廂，那正是我們想在牛津市改變的事情。』

她看著他，以為他會繼續說服她她在這裡，但是他卻再次陷入自己的回憶中：濕尿布和那三個字——牛津市。只不過突然間出現了其他的字，只是一句歌詞，但是他記得亨利老愛唱著那句歌詞，一次又一次，直到媽媽問他能不能不要再唱了，她要聽主播克朗凱報新聞。

那句歌詞是：快快找人來調查。亨利用鼻音單調的一唱再唱。他想繼續往下唱，但卻不會唱，這有什麼有奇怪的嗎？他那時應該不超過三歲。快快找人來調查，這句話讓他不寒而慄。

『艾迪，你還好吧？』

『還好，怎麼這麼問？』

『你剛剛在發抖。』

他微微一笑。『沒什麼，只是突然起了點雞皮疙瘩罷了。』

她笑了起來。『總之，至少我沒有毀了婚禮。意外在我們走回火車站時發生。我們在藍阿姨朋友家住了一晚，第二天早上我爸打電話叫計程車，計程車幾乎馬上就來了，但是司機一看到我們是黑人就立刻開走，好像他頭上著了火，屁股也快遭殃了。藍阿姨的朋友已經先帶著我們的行李到車站了，我們的行李很多，因為我們打算在紐約待一個禮拜。我記得我爸說他要帶我去看中央公園的時鐘報時，看鐘上的小動物跳舞，他等不及看我臉上發亮的模樣。

『爸爸說我們乾脆走路去車站好了，媽媽忙不迭的點頭同意，說那是個好主意，路途不算短，但是我們已經坐了三天火車，接下來又要再坐大半天的火車，找個機會活動活動筋骨也不錯。爸爸說沒錯，而且天氣也很好，但就算我只有五歲，我也知道爸爸很生氣，媽媽覺得很糗，他們兩個人都很怕再打電話叫車，因為可能會發生同樣的事情。

『所以我們開始往街上走。我走在裡面，因為媽媽怕我會太接近車子。我記得我還在想，爸爸說我看到中央公園的時候臉會發亮，是不是說我的臉真的會發亮，要是我的臉真的會發亮，不曉得會不會痛，接著磚頭就掉到我的腦袋上了。我的眼前一黑，接著就開始做夢，很逼真的夢。』

她微微一笑。

『就像這個夢，艾迪。』

『磚塊是自己掉下來，還是有人故意砸的？』

『他們找不到疑兇。警察（我媽過了很久以後才告訴我，大概在我十六歲的時候）發現磚頭原本放置的地方，但是那裡有很多磚頭不見了，也有很多磚頭已經鬆動了。那個地方就在一棟大樓的四樓窗戶外，那是一棟廢棄大樓，但是還有很多人住在裡頭，尤其是晚上。』

『當然。』艾迪說。

『沒有人看到任何人從大樓裡走出來，所以最後是以意外結案。媽媽說她覺得那的確是意外，但是我覺得她在說謊，她甚至懶得告訴我爸爸的想法。他們還很氣那個計程車司機一看到我們就掉頭走人，所以他們相信是有人在上頭往外看，看到我們接近，就決定丟塊磚頭砸死黑鬼。

『你說的那群龍蝦怪物很快就要出來了嗎？』

『不，』艾迪說，『要到黃昏才會出來。所以妳的第一個想法是，這一切都是妳昏迷時做的夢，就像那塊磚頭砸到妳頭上的時候一樣，只不過妳覺得這次換成了警棍之類的兇器？』

『是的。』

『那妳的另一個想法呢？』

歐黛塔的臉和聲音都很冷靜，但是她的腦袋裡充滿了一連串混亂的影像，這些影像匯集成了牛津市，牛津市。那首歌是怎麼唱的？兩人喪命月光下／快快找人來調查。好像不是這樣，但八九不離十，八九不離十。

『我可能瘋了。』她說。

7

艾迪腦袋裡出現的第一句話是：歐黛塔，如果妳覺得妳瘋了，妳才是真的瘋了。

但是在經過短暫思考後，他覺得這句話就算說了也沒有用。

於是他沉默了一會兒，坐在她的輪椅旁，盤著腿，兩隻手互相抓著手腕。

『你以前真的有海洛因癮嗎？』

『現在也有，』他說，『就像是酒精中毒或是吸興奮劑一樣，一染上了就永遠也擺脫不了。我以前聽到這種說法還覺得是在唬爛，但現在我懂了。我的癮頭還在，我想我心理的癮頭永遠都會在，只不過生理的癮頭已經過了。』

『什麼是「興奮劑」？』

『在妳的時代那玩意兒還沒發明，是一種加了古柯鹼的東西，就像把黃色炸藥變成原子彈一樣。』

『你玩過嗎？』

『老天，當然沒有。海洛因才是我的最愛，我跟妳說過了。』

『你看起來不像有毒癮。』她說。

艾迪看起來的確是乾乾淨淨的……只要假裝沒聞到他身體和衣服散出的怪味（他不是沒洗澡、沒洗衣服，但是沒有肥皂，怎麼洗也洗不乾淨）。羅蘭闖進他的人生時，他的頭髮很短（親愛的，短髮比較好過海關，但事實證明這是天大的笑話），現在的長度也還算規矩。他每天早上都刮鬍子，用羅蘭銳利的刀鋒，一開始有點戰戰兢兢，但之後愈來愈運用自如。亨利去越南的時候，他還太小，用不著刮鬍子，亨利也不是很在意刮鬍子這件事，他沒有蓄鬍，但有時候會三、四天不刮鬍子，直到老媽嘮叨著要他『除除臉上的草』。但是亨利從越南回來後，就染上了刮鬍癖（他還染上了很多其他的怪癖，像是洗完澡要撒爽足粉，一天刷三、四次牙，刷完牙後一定要來杯漱口水，每件衣服都要掛起來），而且傳染了艾迪。每天早上跟傍晚兩人都要除除臉上的草，現在刮鬍子已經成了艾迪改不了的習慣，就像亨利教他的其他事情一樣，當然，也包括那件用針頭解決的事情。

『太乾淨了？』他問她，咧著嘴笑了起來。

『太白了。』她立刻接口，然後安靜了一會兒，嚴肅的看著海。艾迪也很安靜，因為他不曉得該怎麼答腔。

『對不起。』她說，『那句話很刻薄，很不公平，很不像我。』

『沒關係。』

『有關係。就像一個白人對一個皮膚顏色很淺的人說：天啊，我從來沒想過你是黑人。』

『妳認為自己是個比較沒有偏見的人。』

『我們認為自己是個怎樣的人，跟我們實際上是個怎樣的人，很少會有共同點，這是我的看法，但是沒錯——我認為自己是個比較沒有偏見的人，所以請接受我的道歉，艾迪。』

『有一個條件。』

『什麼條件？』她再次露出了微笑。那很好，艾迪很喜歡逗她笑。

『給這裡一個公平的機會，這就是條件。』

『給什麼一個公平的機會？』她聽起來有點疑惑。如果有人用這種語氣跟他說話，艾迪可能會發火，以為對方在裝傻，但是因為是她，所以情形不一樣。因為是她，所以沒有關係。他想只要是她，什麼都沒有關係。

『就是還有第三個解釋，也就是這一切都是真的。我是說……』艾迪清清喉嚨，『我不太擅長這種哲學的屁事，或是什麼「心向學」之類的東西……』

『你是說形上學？』

『也許，我不知道，我想應該是，但是我知道妳不能一直拒絕相信妳的理智。當然，如果妳覺得這一切都是夢的想法是對的……』

『我沒說是夢……』

『不管妳說什麼，總之妳就是那樣想，對吧？虛擬實境？』如果不久前她說話的語氣裡帶點輕蔑，現在也完全消失了。『哲學跟形上學也許不對你的胃口，艾迪，但是你在學校時一定是個辯論高手。』

『我沒參加過辯論社，參加辯論社的都是玻璃、母老虎跟膽小鬼，就像西洋棋社一樣。妳剛才說什麼，胃口？什麼是胃口？』

『就是你喜歡的東西。你剛才說什麼，玻璃？什麼是玻璃？』

他瞪著她看了一會兒，然後聳聳肩。『同性戀、兔子……沒關係，我們有得是時間交換俚語。這樣下去是沒有用的，我要說的是，如果一切都是夢，很可能是我在做夢，不是妳，妳可能是我想像出來的東西。』

她的微笑漸漸消失。『你……又沒有人拿東西砸你。』

『也沒有人拿東西砸妳。』

現在她的微笑完全消失了。『我是不記得有人拿東西砸我。』她糾正了艾迪，語氣有些嚴厲。

『我也不記得！』他說，『妳說在牛津市的那些人很粗魯，嗳，那些海關人員找不到那批貨的時候心情也不太好，其中一個搞不好還用槍托往我的頭上狠狠敲了一下。我現在很可能就躺在醫院的病房裡，夢到妳和羅蘭，而他們則忙著寫報告，解釋他們在詢問我的時候，我突然兇性大發，他們不得不制伏我。』

『那不一樣。』

『為什麼？因為妳是個積極參與社會改革的聰明有色人種斷腿女性，而我只是個來自合作城市的毒蟲？』

『我希望你不要再叫我有色人種！』

他嘆了口氣。『好，但我要花點時間習慣。』

『你實在應該參加辯論社。』

『操。』他說完，發現她的眼睛轉了一下，於是他發覺他們的不同不只是膚色。他們是從各自的孤島上，與彼此對話，隔開兩座孤島的海峽是時間。沒關係，那個詞引起了她的注意。『我不想跟妳辯，我只想把妳叫醒，讓妳知道妳是醒著的。』

『也許我可以暫時相信你說的第三個選擇，只要這個……這個情形……繼續下去，只不過有個問題：發生在你身上的事，跟發生在我身上的事，有個很基本的不同點。這個不同點很

基本，很巨大，所以你到現在一直沒發現。』

『我洗耳恭聽。』

『你的意識沒有中斷，我的意識倒是斷了一大截。』

『我不懂。』

『我是說你的記憶不會斷斷續續的。』歐黛塔說，『你的故事是連續的，從那架飛機，還有那個人闖入你的生活，就是那個……那個……他……』

她朝山丘點點頭，臉上露出了明顯的嫌惡。

『接著你把毒品藏起來，警官拘禁你，還有剩下的事情。那是一個很精采的故事，中間沒有空白。

『至於我，我從牛津市回來，遇到安德魯，也就是我的司機，他載我回家。我洗個澡，打算上床睡覺——我頭痛得很厲害，要治厲害的頭痛，唯一的藥就是好好睡一覺。但是那時已經接近午夜，我想我要先看看新聞。我們有一些同伴獲釋，但我們離開的時候，還有很多人待在牢裡。我想知道他們的案子解決沒。

『我擦乾身體，穿上睡袍，走進客廳。我打開電視新聞，主播開始談論蘇聯總理赫魯雪夫發表的演說，演說裡提到美國派顧問到越南去，接著主播說：「我們來看看一段記者的錄影報導，這是來自……」然後他不見了，我則在這片海灘上滑行。你說你透過一扇神奇的門，看見我在梅西百貨，在偷東西，真是胡說八道，但就算我真的在偷東西，我也不會偷假珠寶，我不戴珠寶。』

『妳最好再看看妳的手，歐黛塔。』艾迪靜靜的說。

有很長一段時間，她看著左小指上的鑽石，然後又看著右手中指上的蛋白石。那顆鑽石太大、太俗氣，一定是假的，而那顆蛋白石太大，太俗氣，一定是真的。

『這一切都不是真的。』她堅定的再說一次。

『妳聽起來真像壞掉的唱盤！』他終於動怒了，『每次有人在妳漂漂亮亮的故事裡找到什麼漏洞，妳就會拿「一切都不是真的」來當擋箭牌。妳得清醒點，黛塔。』

『不准那樣叫我！我討厭那個名字！』她迸出一陣尖叫，嚇得艾迪倒彈開來。

『對不起，老天啊！我不知道。』

『我突然間從白天到了晚上，從沒穿衣服變成衣著整齊，從客廳跑到這個荒涼的海灘。事實就是有個大肚子冥頑不靈的副警長用棍子敲了我的天靈蓋，就是這樣！』

『但是妳的記憶沒有停在牛津市。』他輕聲說。

『什……什麼？』她的聲音再次充滿疑惑，又或許她是故意裝傻，就像先前看到戒指時一樣。

『如果妳在牛津市被打，為什麼妳的記憶沒有停在那兒？』

『這種事情本來就沒有邏輯可言。』她又開始揉太陽穴，『艾迪，如果你不介意，我想結束這段對話了。我的頭痛又犯了，而且很嚴重。』

『我想妳覺得只有妳相信的事情才有邏輯。我看見妳在梅西百貨，歐黛塔，我看見妳在偷東西。妳說妳不會做那種事，但是妳也告訴我妳不戴珠寶。妳告訴我妳不戴珠寶，但是妳早就在我們講話的時候看了妳的手好幾次。那時候那些東西就已經在了，但是妳好像一直視而不見，直到我引起妳的注意，強迫妳去看它們！』

『我不想談這件事！』她大吼，『我的頭好痛！』

『好吧，但是妳知道妳的記憶是什麼時候消失的，不是在牛津市。』

『別來煩我。』她沒精打采的說。

艾迪看見槍客帶著兩只盛滿水的水袋，吃力的往回走，一只水袋綁在腰部，另一只水袋則掛在肩膀上。他看起來很累。

『我很想幫妳，』艾迪說，『但是如果我要幫妳，我必須是真的才行。』

他在她身邊站了一會兒，但是她低著頭，手指不停揉著太陽穴。

艾迪前去迎接羅蘭。

8

『坐下。』艾迪接過水袋，『你看起來很累。』

『我是很累。我又開始生病了。』

艾迪看著槍客潮紅的雙頰和額頭，還有他乾裂的嘴唇，點點頭說：『我一直希望這件事不會發生，但我不驚訝，夥伴，你沒有達成「完全打擊」，巴拉札的凱復力還不夠。』

『我聽不懂你在說什麼。』

『如果你吃盤尼西林吃得不夠久，就不能治好感染，只能暫時壓住症狀，過了幾天又會舊病復發。我們需要更多藥，但至少還有一扇門沒開。現在你只要放輕鬆就好。』但是艾迪一直擔心著歐黛塔的斷腿，也擔心水源愈來愈難找了。他不曉得羅蘭能不能挑一個更糟的時間發病，他覺得或許有可能，只是現在看來，在這個時候發病已經是最糟的時刻了。

『我必須告訴你一些關於歐黛塔的事。』

『那是她的名字？』

『嗯哼。』

『很美的名字。』槍客說。

『我也這麼覺得。但是有件事不太美，也就是她對這個地方的感覺，她覺得自己不在這裡。』

『我知道，而且她也不太喜歡我，對不對？』

艾迪心想：沒錯，而且她還覺得你是她幻想出來的恐怖怪人。他沒說出口，只點點頭。

『原因幾乎只有一個，』槍客說，『她不是我帶來的那個女人，你知道的。完全不是。』

艾迪嚇了一跳，然後突然間開始興奮的點著頭。那個鏡子裡模糊的驚鴻一瞥……那張咆哮的臉……這傢伙說得沒錯。老天爺，他當然沒錯！那絕對不會是歐黛塔。

然後他想起那雙手，那雙手漫不經心的撫過絲巾，然後以同樣漫不經心的態度把假珠寶塞進皮包——好像她想要被逮到一樣。

那雙手戴著那兩枚戒指。

戒指是一樣的。

但是那不一定表示手也是一樣的。他狂亂的這麼想著，但是他只能維持一會兒。他仔細看過她的手，那雙手是一樣的，十根手指纖長優雅。

『不，』槍客繼續說，『她不是。』他藍色的眼睛仔細端詳著艾迪。

『她的手……』

『聽著，』槍客說，『而且給我仔細聽好：我們的性命全繫於此——我的性命繫於此，因為我病了。你的性命繫於此，因為你愛上她了。』

艾迪一句話也沒說。

『她的身體裡住了兩個女人。我進入她的腦袋時她是一個女人，我回來時她又變成了另一個女人。』

現在艾迪是一句話也說不出來。

『還有別的事情，一件奇怪的事情，但是我可能不懂，或是忘了，那件事情好像很重要。』

羅蘭望向艾迪身後，望著停在岸邊的輪椅，輪椅孤單的停在短短的軌跡盡頭，平空出現的軌跡。然後他把目光放回艾迪身上。

『我對這種事不太了解，也不曉得會怎樣，但是你必須提高警覺，你懂這種事情嗎？』

『懂。』艾迪覺得他的肺裡空氣不足。他了解這種事——或者說，他在電影裡看過槍客說的這種事——但是他呼吸困難，無法解釋，至少目前無法解釋。他覺得羅蘭好像把他身體裡的氧氣全部趕了出去。

『很好，因為我在那扇門後面操縱的女人跟這些夜行龍蝦怪一樣致命。』

第四章．黛塔

1

你必須提高警覺。槍客這麼說，艾迪也答應了，但是槍客知道艾迪不知道他話裡的含意，他知道艾迪的內心深處（不管他到底有沒有在想生存這件事）並沒有把槍客的話聽進去。

槍客看穿了這一點。

他看穿了這一點，對艾迪來說很好。

2

到了半夜，黛塔．渥克的眼睛倏然張了開來，那雙眼睛充滿了星光與澄澈的聰敏。

她什麼都記得：她是怎麼抵抗他們，他們是怎樣把她綁在椅子上，他們是怎麼嘲笑她，叫她黑婊子，黑婊子。

她記得怪物從海浪裡跑出來，她記得其中一個男人——比較老的那一個——殺了一隻怪物。年輕的那一個生了火，煮了怪物，然後用棍子插著冒煙的怪物，遞給她，臉上還咧著笑。她記得自己朝他臉上吐了口口水，記得他的笑容成了憤怒的白鬼咆哮。他甩了她一掌，告訴她很好，沒關係，妳會後悔的，咱們等著瞧。然後和那個大壞蛋一起大笑，接著那個大壞蛋拿出牛的後腿肉，在上頭吐了口口水，把牛肉放在火上慢慢烤，那團火就在這個陌生之地

的海灘上，他們將她強押而來的海灘上。

慢烤牛肉的香味十分誘人，但是她沒有表現出來。就連年輕男人拿著一塊牛肉在她面前揮舞，不停說著吃啊，黑婊子，快吃啊，黑婊子。她像顆石頭似的穩穩坐著，努力保持鎮定。

然後她睡著了，現在她醒了，他們拿來綁她的繩子不見了。她不是坐在輪椅上，而是躺在毛毯上，身上蓋著另一件毛毯，遠離了高潮線。在高潮線上，龍蝦怪物仍然在四處漫步，問著問題，掠食空中不幸飛過的海鷗。

她望向左邊，但是什麼也沒看到。

她望向右邊，看到兩個沉睡的男人包在兩堆毛毯裡。年輕的男人比較近，而大壞蛋已經脫掉槍套，躺在他身邊。

槍還在槍套裡。

黛塔心想：你犯了個大錯，操你媽的，然後滾到了右邊。她的身體滾過佈滿砂礫的海灘，嘎吱作響，但強風、海浪與怪物的問題掩蓋了所有的聲音。她在沙地上緩緩爬行（就像那些怪物），雙眼閃閃發光。

她爬到槍套旁，拉出一把槍。

槍很重，槍柄光滑，在她的手中有一種超然的致命感。對她來說，槍的重量不成問題，她的手臂很壯，沒錯，黛塔．渥克的手臂很壯。

她再往前爬了一些。

年輕的男人已經成了一塊會打呼的石頭，但是大壞蛋在睡夢中抖了一下，她僵在原地，面容扭曲，直到他再次安靜下來。

他真是個鬼鬼祟祟滴王八蛋。妳要注意，黛塔，妳要注意，當心。

她找到了磨損的彈膛開關，想要往前推，但卻推不動，於是改成往後拉，彈膛彈了開來。

裝了子彈！操他媽滴真滴裝了子彈！妳先解決這個沒長眼睛滴小鬼，那個大壞蛋聽到槍聲一定會嚇醒，妳就對他露出大大的笑容——寶貝小辣椒，笑一個，好讓我看到你——接著好好教訓那小鬼一頓。

她把彈膛甩了回去，開始準備拉下撞槌……靜靜等候。

等狂風再起，她就把撞槌拉到底。

黛塔拿著羅蘭的槍指著艾迪的太陽穴。

3

槍客半睜著一隻眼，把一切看在眼裡。他又開始發燒了，但是還不嚴重，還沒嚴重到讓他不相信自己。所以他靜靜等候，那隻半睜的眼睛像一隻手指，扣著身體的扳機。手上沒有槍的時候，他的身體就是他的槍。

她扣下扳機。

喀嗒。

當然是喀嗒。

他和艾迪結束長談，帶著水袋回來時，歐黛塔．霍姆斯已在輪椅上熟睡，身體歪向了一側。他們在地上盡力為她做了一張床，輕輕將她抱下輪椅，放在攤平的毛毯上。艾迪一直以為她會醒來，但是羅蘭卻不這麼想。

他打了獵，艾迪生了火，兩人用完餐，留了一部分讓歐黛塔早上吃。

然後他們聊天，艾迪說了一些東西讓羅蘭覺得如遭雷擊，恍然大悟。那東西太明亮、太短促，無法完全理解，但槍客已經看到了不少，就像在一道閃電劃過天際時，幸運的瞥見了地形。

他可以在那時告訴艾迪，但是他沒有。他了解他必須成為艾迪的寇特，如果寇特的徒弟意外遇襲，受傷流血，寇特的反應永遠是一樣的：碰了釘子才知道鍾子的好。起來，不准哭哭啼啼的，豬頭！你已經遺忘了父親的容顏！

所以艾迪睡著了，儘管羅蘭告訴他要提高警覺；等羅蘭確定兩人都睡了（他等那名女士等得稍久，因為他覺得她可能會要詐），他就在槍裡裝滿了用過的子彈，解下槍套（這讓他的心痛了一下），放在艾迪旁邊。

然後他等。

一個小時，兩個小時，三個小時。

第四個小時到了一半，他疲累、炙熱的身體開始昏昏欲睡，此時他感覺到（而不是看到）女士醒了過來，於是他也完全醒了過來。

他看著她滾過來，看著她把手變成爪子，沿著海灘爬到他的槍套旁。他看著她拿出槍，靠近艾迪，然後停了下來。她的頭抬了起來，她的鼻孔一開一合，不只是在聞空氣，而是在品嘗空氣。

是的，那就是他帶回來的女人。

她瞥向槍客時，他不只是假睡，因為她可能會識破，所以他是真的入睡。等他感到她轉開眼光，他就醒過來，再次半睜著那隻眼。他看見她舉起槍（艾迪第一次舉那把槍的時候，看起來比她費了更多的力氣），指著艾迪的頭。然後她停了下來，臉上充滿一種無以名狀的狡猾。

在那一刻，她讓他想起了馬登。

她胡亂的弄著彈膛，一開始弄錯了方向，接著順利甩開彈膛。她看著彈頭，羅蘭緊張了一下，擔心她會發現子彈已經使用過，擔心她會發現裡頭裝的只是空包彈（他曾經想過要用啞彈裝填手槍，但隨即打消了念頭。寇特曾經告訴他們，每把槍最高的統治權在『裂足老人』惡魔的手上，曾經無法發射的子彈，也許下一次就能射出彈膛）。如果她真的這麼做，他會立刻跳起來。

但是她把彈膛甩回去，開始拉下撞槌……然後又停了下來，停下來等狂風掩蓋撞槌發出的微弱聲響。

他心想：又來一個。天啊，她很邪惡，真的很邪惡，而且她沒有腳，但是她和艾迪一樣，是個天生的槍客。

他跟她一起等。

起風了。

她把撞槌拉到底，放在離艾迪太陽穴一呎的地方。她咧開嘴，露出盜墓食屍鬼的猙獰臉孔，扣下了扳機。

喀嗒。

他等。

她再扣一次扳機，再一次，又一次。

喀——喀——喀。

『操你媽的！』她放聲尖叫，行雲流水般順手反轉過槍。

羅蘭縮了一下，但是沒有跳起來。碰了釘子才知道錘子的好。

如果她殺了他，你也活不成。

沒關係。寇特的聲音無情的回答。

艾迪動了一動，這個反射動作來得正是時候，黛塔失了準頭，沒打得他失去意識或是丟了性命，而是打在他脆弱的鬢角上，沉重的槍柄打裂了下巴的側邊。

『什麼……老天啊！』

『操你媽的！操你媽的白鬼！』黛塔尖叫著，羅蘭看見她再次舉起槍。雖然她沒有腳，艾迪也滾開了身子，但是羅蘭決定到此為止。如果到現在艾迪還沒學到教訓，他大概永遠也不會學到了。下次槍客叫艾迪提高警覺，艾迪會把話聽進去，此外——那個婊子的動作實在太快了，他應該見好就收，就算艾迪動作再快，女士身有殘疾，再繼續袖手旁觀都是不智之舉。

他起身，躍過艾迪，將她擊倒在地，順勢壓在她身上。

『操你媽的，你想要嗎？』她對著他尖叫，用胯下磨蹭著他的鼠蹊部，同時把拿著槍的手舉在槍客的頭上，『你想要嗎？想要我就給你！』

『艾迪！』他再次大吼，不只是吼叫，而是命令。有那麼一會兒，艾迪蹲在原地，雙眼圓睜，鮮血從下巴滴落（下巴已經開始腫了起來），瞪著前方，雙眼圓睜。槍客心想：動啊，難不成你動不了？還是你不想動？他漸漸失去力氣，下次她拿著那把槍往下一揮，他的手臂就不保了……而且前提是他必須及時舉起手臂。如果他晚了一步，他的腦袋就不保了。

然後艾迪動了。他抓住那把往下揮動的手槍，她放聲尖叫，轉向他，像吸血鬼似的瘋狂咬他，用不堪入耳的貧民區方言咒罵他，那些下流的話語充滿了南方口音，就連艾迪也聽不懂。對羅蘭來說，那個女人就好像突然說起了外國話。但是艾迪仍然從她手中奪下槍，等到槍一離開，羅蘭便使出全力制伏她。

即使被制伏在地，她仍然不肯放棄，繼續死命抵抗，動來動去，滿口粗話，黑色的臉上沾滿了汗珠。

艾迪瞪著她，嘴巴像條魚似的一開一合。他試探的摸摸下巴，痛得臉皺了一下，收回手指，仔細瞧瞧手指和上頭的血。

她尖叫著要殺了兩人，尖叫著他們大可以強暴她，但是她會用她的屄殺了他們，他們等著瞧，她的屄是個狗娘養的洞，入口長滿了利齒，如果他們想進去瞧瞧，他們就會知道厲害。

『搞什麼……』艾迪呆呆的說。

『去拿我的一條槍帶過來。』槍客喘著氣，嚴厲的對他說，『快去。我要把她翻過來，然後你抓住她的手，把她的手綁在她的背後。』

『**死都別想！**』黛塔尖叫，突然間那個沒有腳的身體使出蠻勁，差點把羅蘭推開。他感到她不停努力把剩下的右腿舉起來，想要用右腿攻擊羅蘭的睪丸。

『我……我……她……』

『快點！上帝詛咒你父親的容顏！』羅蘭大吼，艾迪終於行動了。

4

在綁住黛塔的過程中，他們差點讓她脫逃了兩次，但是最後艾迪還是用一條羅蘭的槍帶綁住她的手腕，而羅蘭也終於使勁全力，翻身到黛塔身後，和艾迪在一起（他不停閃躲黛塔發動的咬人攻勢，像貓鼬閃躲蛇的攻擊一樣。他全身而退，沒有被咬傷，但是在艾迪大功告成之前，槍客全身都沾滿了唾液），然後艾迪拉著活結較短的一端，把她拉起來。他不想傷害這個扭來扭去、不停尖叫、髒話連篇的東西。它比龍蝦怪醜得多，因為它比龍蝦怪更聰明，但是他知道它也可以很美麗。他不希望傷害到這個容器裡藏的另一個人（就像一隻活生生的鴿子深深藏在魔術師魔術盒的祕密隔間裡）。

歐黛塔．霍姆斯就藏在那個不停發出刺耳尖叫的東西裡。

5

雖然槍客最後的座騎——一隻騾子——早已死去，但是槍客仍然留著一條繫騾子的繩索（這條繩索也曾經是馭馬的韁繩）。他們用這條繩索把她綁在輪椅上，就像她想像他們曾經做的一樣，（或者是她記錯了，但不管是她想像出來的或是記錯的，結果似乎都是一樣的，不是嗎？）然後兩人從她身邊離開。

要不是害怕在海灘上爬行的龍蝦怪，艾迪真想跑到海邊洗手。

『我覺得我要吐了。』他的聲音忽高忽低，像是正值變聲期的青少年。

『你們為什麼不吃吃對方的老二？』輪椅上拚命掙扎的東西尖叫，『既然你們這麼怕黑女人的小穴，為什麼不乾脆吃吃對方的老二算啦？去啊！沒錯！互相吸你們的蠟燭！趁你們還有機會，趕快吸，因為黛塔．渥克馬上就要離開這張椅子，把那兩根又白又細又老的蠟燭砍下來，餵那些會走路的電鋸！』

『她就是我之前操縱的女人。現在你相信我了嗎？』

『我早就相信你了，』艾迪說，『我跟你說過了。』

『你相信你早就相信我了。你嘴上相信，但是你的心裡真的相信了嗎？確確實實的相信了嗎？』

艾迪看著椅子上那個尖叫、抽搐的東西，然後別開了目光，臉色蒼白，只有下巴留著一抹血紅，那道傷口到現在還微微淌著血，受傷的那側臉開始看起來有點像氣球。

『相信，』他說，『老天，相信。』

『這個女人是頭野獸。』

艾迪哭了起來。

槍客想要安慰他，卻無法做出如此褻瀆聖明的事情（他對傑克的記憶太清晰了），於是他走向黑暗，捲土重來的高燒在他體內燃燒，帶來陣陣疼痛。

6

那天晚上稍早，在歐黛塔仍然熟睡時，艾迪說他覺得他也許知道她有什麼毛病，也許知道。槍客問他那麼說是什麼意思。

『她可能有精神分裂。』

羅蘭只能搖搖頭。艾迪努力向他解釋精神分裂是什麼，而他對精神分裂的了解都是來自『三面夏娃』之類的電視影集和各種電視節目（大部分是他和亨利在嗑藥後常看的肥皂劇）。羅蘭點點頭。是的，艾迪所描述的疾病聽起來應該沒錯。一個女人有兩張臉，一張光明，一張黑暗，就像黑衣人給他看的第五張塔羅牌一樣。

『這些人——這些精神分裂者——他們不知道另一個人的存在嗎？』

『不知道，』艾迪說，『但是……』他遲疑了一下，陰鬱的看著龍蝦怪爬行，詢問，詢問，爬行。

『但是怎樣？』

『我不是縮水客（shrink）。』艾迪說，『所以我不知道——』

『縮水客？什麼是縮水客？』

艾迪指指太陽穴。『治腦袋的醫生，治心病的醫生。正式的名稱是「精神病醫師」。』

羅蘭點點頭。他比較喜歡縮水客這個稱呼，因為這位女士的心實在太大了，足足是正常的兩倍。

『但是我想精神分裂者幾乎都知道自己不太對勁，』艾迪說，『因為他們的記憶裡有空白。也許我錯了，但是我總是覺得精神分裂者都覺得自己有偶發的失憶症，因為在其中一個人主控時，另一個人的記憶裡就會出現空白。但是她……她說她什麼都記得。她真的覺得自己什麼都記得。』

『我以為你說過她不相信一切是真的。』

『是啊。』艾迪說，『但是先不管那件事。我的意思是，不管她相信什麼，她的記憶從穿著睡袍坐在客廳看午夜新聞，一下子跳到了這裡，中間完全沒有間斷。她完全不曉得從她看午夜新聞，到你在梅西百貨抓到她的這段時間裡，有另外一個人控制了她的身體。真該死，那段時間可能只有一天，甚至是幾個星期。我只知道應該還是冬天，因為在百貨公司裡買東西的人大部分都還穿著大衣……』

槍客點點頭，艾迪的觀察力愈來愈敏銳了，很好。他沒有注意到靴子和圍巾，沒注意到大衣口袋裡露出的手套，但是仍然足堪獎勵。

『——但是除此之外，我們無法確定歐黛塔變成另一個女人有多久的時間，因為她不知道。我想她從來沒有碰過現在這種情形，她想出了一個方法保護雙方，也就是捏造故事，假裝有人打傷她的頭。』

羅蘭點點頭。

『還有戒指。看到那兩枚戒指真的把她嚇壞了。她想故作鎮靜，但還是看得出來，沒錯，看得出來。』

羅蘭問：『如果這兩個女人不知道她們活在同一個身體裡，如果她們完全沒發現事情不太對勁，如果兩個女人各有自己的記憶，記憶裡的事情半真半假，好彌補另一個人存在時留白的時間，那我們該拿她怎麼辦？我們要怎麼跟她一起生活？』

艾迪聳聳肩。『不要問我，那是你的問題。是你說你需要她的，而且為了帶她來，你還差點沒了腦袋。』艾迪想了一會兒，想起自己曾經蹲在羅蘭身邊，拿著羅蘭的刀子抵著他的脖子，於是他突然笑了起來，但是笑聲裡毫無笑意。他心想：老兄，你還真是差點沒了腦袋。

兩人一陣沉默，此時歐黛塔的呼吸聲已經沉了下來。槍客正想再提醒艾迪提高警覺，然後宣佈自己要睡了（他要大聲宣佈，好讓那位女士聽見——如果她只是假睡的話），艾迪突然說了一些事情，那些事情像閃電一樣點亮了羅蘭的腦袋，讓他至少了解了一部分他必須了解的事情。

在最後一刻，在他們穿門而過的時候。

她在最後一刻變了。

他看見了一些事情，一些事情……

『告訴你，』艾迪說著，拿著今晚獵物留下的一隻鉗子，陰沉的攪動餘燼，『你把她帶回來的時候，我覺得有精神分裂的人是我。』

『為什麼？』

艾迪想了想，然後聳聳肩。這件事很難解釋，又或許他只是太累了。『不重要。』

『為什麼？』

艾迪看著羅蘭，發現他問這個問題是認真的——又或者他覺得他問這個問題是認真的——於是他花了點時間，仔細回想。『真的很難說，老兄，就是往那扇門裡頭看的時候，那真是把我嚇死了。你看到有人穿過那扇門的時候，會覺得自己也跟著一道穿過來了，你明白我的意思吧？』

羅蘭點點頭。

『呃，我看著它，就像看電影一樣——呃，當我沒說，那不重要——直到最後一刻。那時候你把她轉過來，面對門這邊，然後我發現我第一次看著「自己」，就像……』他搜索枯腸，但卻一無所獲。『我不知道。那應該像是看著鏡子，我想，但又不是，因為……因為那像是看著另一個，就像靈魂出竅，就像同時身在兩個地方。可惡，我不知道。』

但是槍客驚得呆了。那就是他在他們穿門而過時的感覺，那就是她發生的事情，不，不是『她』，是『她們』：有那麼一會兒，黛塔和歐黛塔看見了彼此，不是像在看鏡子，而是像看著一個完全不同的人。鏡子成了窗櫺，歐黛塔看見了黛塔，黛塔看見了歐黛塔，兩人一樣驚恐。

槍客嚴肅的想著：她們知道了。她們也許以前不知道，但現在知道了。她們可以繼續欺騙自己，但是在那一刻，她們看見了，她們知道了，而且不可能忘記。

『羅蘭？』

『什麼事？』

『只是想確定你沒有張著眼睛睡著了，因為你剛才看起來好像，呃，好像回到很久很久以前，到了很遠的地方。』

『如果是這樣，我現在已經回來了。』槍客說，『我要睡了。記得我說的，艾迪：提高警覺。』

『今晚我負責守衛。』艾迪說，但是羅蘭知道，不管他有沒有生病，今晚負責守衛的都是他。

接下來就發生了那陣混戰。

7

混戰之後，艾迪與黛塔．渥克終於再度睡著（她不是睡著，而是在椅子上墜入了筋疲力竭的無意識狀態，懶洋洋的靠著綁在身上的繩索）。

但槍客卻是清醒的。

我必須讓她們兩個人對決，他心想，但是不用艾迪所謂的『縮水客』提醒，他也知道這種對決是生死之戰。如果是光明的歐黛塔勝利，那就是皆大歡喜；如果是黑暗的黛塔勝利，一切就會毀在她手中。

但是他感到他真正需要的不是殺戮，而是結合。黛塔．渥克有一種粗野的堅韌，對他們——來說，是非常有價值的，他希望能留住她，但是也希望她能保持控制。往後的日子還很長。黛塔覺得他跟艾迪是某種野獸，她把這種野獸稱為『操他媽的白鬼』。那只是她的幻想，但是路上會出現真的野獸——龍蝦怪不是第一個，也不會是最後一個。那個他曾經操縱的女人，那個在今晚重新出現的女人有一種至死不屈的精神，在與野獸搏鬥時，也許會是個好幫手，但是必須用歐黛塔．霍姆斯的沉穩慈愛中和她剛烈的性格——尤其是現在，現在他少了兩隻手指，幾乎用完了子彈，而且發燒愈來愈嚴重。

但有一件事必須先解決，我想如果我能讓她們正視彼此的存在，也許能逼迫她們正面對決。但要怎麼做呢？

長夜漫漫，他整夜未眠，左思右想；他發現體溫愈來愈高，但卻無從找到解答。

8

艾迪在日出前不久醒來，看見槍客像個印度人似的包著毛毯，坐在昨夜營火的餘燼旁，他走了過去。

『你覺得怎樣？』艾迪低聲問。黑女士仍然五花大綁的熟睡著，偶爾抽搐一下，喃喃自語，發出幾聲呻吟。

『還好。』

艾迪打量他一番。『你看起來不好。』

『謝謝你，艾迪。』槍客冷淡的說。

『你在發抖。』

『會過去的。』

黑女士再次抽搐，發出呻吟——這次她說的話幾乎可以聽懂，可能是『牛津』。

『天啊，我真不想看見她被綁成那樣。』艾迪喃喃說道，『活像關在牛棚裡的牛。』

『她很快就會醒來，也許等她醒來，咱們可以替她鬆綁。』

兩人一直不敢大聲說出心願，而這句話算是講得最明白的一句了：希望坐輪椅的黑女士張開眼睛時，迎接他們的是歐黛塔．霍姆斯略帶困惑的冷靜眼神。

十五分鐘後，第一道陽光灑在山丘上，那雙眼睛睜開了——但是兩人看見的不是歐黛塔．霍姆斯略帶困惑的冷靜眼神，而是黛塔．渥克的瘋狂怒視。

『你們趁我睡著的時候強暴了我幾次？』她問，『我的下面又濕又滑，好像有人拿著幾根可憐的白色小蠟燭戳了好幾次，你們這些灰肉白鬼把那些蠟燭叫做什麼「老二」來著。』

羅蘭嘆了口氣。

『我們走吧！』他說著，皺著眉頭站了起來。

『我才不跟你們走，操你媽的。』黛塔啐了一口。

『噢，妳當然要跟我們走，』艾迪說，『真抱歉，親愛的。』

『你們要帶我去哪裡？』

『嗯……』艾迪說，『一號門後面的東西不太有趣，二號門後面的東西更糟，所以現在我們決定不要像個正常人一樣打道回府，而是繼續勇往直前，看看三號門。根據先前的經驗，我猜門後可能是酷斯拉或是三頭怪吉多拉，但是我很樂觀，我還希望拿到不銹鋼廚具組。』

『我不去。』

『妳會去的，別懷疑。』艾迪說著，走到輪椅後。她再次開始掙扎，但槍客綁的繩結，讓她愈掙扎，繩子就綁得愈緊。很快她就發現到這一點，停了下來。她充滿了毒液，但一點也不笨。不過她回過頭，笑得咧開了嘴，看著艾迪，讓艾迪倒彈了幾步。艾迪好像從來沒有在人的臉上看過這麼邪惡的表情。

『嗯，也許我會走一小段路，』她說，『但是也許沒有你想像的那麼遠，小白鬼，而且當然也不會有你想像的那麼快。』

『什麼意思？』

又是那抹嘲諷的回頭一笑。

『你會知道的，小白鬼，』她那雙瘋狂但卻有力的眼睛稍稍瞥了槍客一眼，『你們兩個都會知道的。』

艾迪的雙手緊緊握住輪椅後方像腳踏車握把的把手，一行人再次北行，在這片看似無垠的海灘上前進，這次留下的不只是足跡，還留下了黑女士輪椅的兩道軌跡。

9

這一天有如夢魘。

沿路的景色幾乎毫無變化，因此很難計算前進的距離，但是艾迪知道他們的速度慢得像在爬行。

而且他知道誰該負責。

噢，沒錯。

你們兩個都會知道的，黛塔曾經這樣說，他們還沒走超過半個小時，就慢慢知道了。

推車。

那是第一個問題。推著輪椅在細沙地上前進，原本應該是寸步難行，就像開車經過沒有剷過的厚厚積雪一樣，但是這片海灘上佈滿了碎石與泥灰，所以輪椅還算是推得動，但也稱不上是輕鬆省力。它會平穩的前進一陣子，堅硬的橡皮輪胎輾過貝殼和突出的細碎圓石……然後突然陷進細沙中，停了下來，艾迪必須使勁全力推輪椅，好讓輪椅和上頭不合作的乘客順利前進。沙子貪婪的吸著輪子不放，必須用力往前推，同時把全身的重量往下壓在把手上，否則輪椅和綁在上頭的乘客會一起失去平衡，一頭栽進沙地中。

在艾迪努力推動她，同時小心不讓她翻倒時，黛塔會咯咯笑著說：『在後頭好玩吧，寶貝小辣椒？』輪椅只要一陷入動彈不得的沙坑，黛塔就會問這個問題。

槍客想上前幫忙，艾迪卻把他推開。『你會有機會的，』他說，『我們會輪班。』但是我想我值班的時間會比他長很多，他的腦袋裡有個聲音這樣說。從他那副德行看起來，沒多久他連自己走路都有問題，更別提推這個輪椅上的女人了。不，艾迪長官，我想這個小姑娘是你的了。那是上天的報復，你不知道嗎？這些年來你一直在當毒蟲，猜到了嗎？現在你終於變成強迫『推』銷員了！

他忍不住喘著氣，發出一聲短促的笑聲。

『什麼事情這麼有趣，小白鬼？』黛塔問，雖然艾迪覺得她想要讓自己聽起來很諷刺，但結果卻是聽起來略帶怒意。

他心想：這件事一點也不有趣，一點也不，至少對她來說並不有趣。

『妳不會懂的，寶貝，妳就死了這條心，別問了。』

『該死的人是你，』她說，『我會把你和那個奸詐滴混蛋大卸八塊，撒在這片海灘上，沒錯，現在你最好省省力氣推車，你聽起來好像有點上氣不接下氣。』

『好啊，那我不說話，換妳說。』艾迪喘著氣說，『妳聽起來好像一直都是中氣十足。』

『因為我滿肚子都是屁，灰肉鬼！我要在你的死人臉上放屁！』

『光說不練，光說不練。』艾迪把輪椅推出沙坑，推上比較好走的砂礫地上——至少暫時比較好走。太陽還沒完全升起，但他已經滿身大汗。

他心想：今天會是有趣又充滿教育性的一天，我已經有感覺了。

停車。

那是第二個問題。

他們來到一片堅硬的海灘，艾迪推車的速度加快了，他心想，如果他能一直保持這種速度，也許碰到下一個沙坑陷阱時，他可以靠著衝力一衝而過。

突然間輪椅停了下來，就地停住。輪椅後方的橫桿砰的一聲撞在艾迪的胸部，他痛得悶哼了一聲。羅蘭回過頭，但就算槍客的反射動作像貓一樣迅速，也來不及阻止輪椅實現前幾次經過沙坑時的威脅。它倒了，黛塔也跟著倒了，五花大綁，無能為力，但卻瘋狂的咯咯笑著。等到羅蘭和艾迪費盡力氣將她扶起來，她還是笑個不停。有幾條繩子纏得非常緊，一定已經緊緊陷進她的肉裡，嚴重妨礙她的血液循環；她的額頭擦傷了，血液流進了眉毛，但是她照笑不誤。

等椅子回復原樣，兩個男人都已經氣喘吁吁，上氣不接下氣。輪椅加上女人，重量一定超過了兩百五十磅，其中椅子的重量佔了大半。艾迪突然想到，如果槍客是在他的時代帶回黛塔，也就是一九八七年，輪椅的重量應該可以減少個六十磅。

黛塔咯咯笑著，發出了豬叫般的笑聲，把流進眼睛裡的血眨掉。

『看看你們，你們這兩個孩子把我翻倒了。』她說。

『打電話給妳的律師，』艾迪喃喃的說，『告我們啊！』

『為了把我翻回來，你們兩個看起來還真是累壞了，大概還花了你們十分鐘吧！』

槍客撕下一塊襯衫（反正已經不見了一大半，剩下的就隨便吧！），用左手拿著，伸出手想擦去她前額傷口的血。她猛然張口咬向槍客，牙齒闔上時發出一聲野蠻的聲響，艾迪心想，如果羅蘭慢一步縮回手，黛塔．渥克搞不好會讓他兩手的手指又變得一樣多了。

她咯咯笑著，用充滿惡意歡樂的眼神瞪著他，但是槍客在那雙眼睛裡看到了深藏的畏懼。她害怕他。她害怕他，因為他是真正的大壞蛋。

為什麼她害怕這個真正的大壞蛋？也許是因為在她的內心深處，她感覺到他看透了她。

『差點咬到你，灰肉鬼！』她說，『差點咬到你。』然後又咯咯笑了起來，像巫婆一樣。

『抓住她的頭，』槍客平靜的說，『她咬起人來像黃鼠狼一樣奸詐。』

艾迪抓住她的頭，直到槍客小心的把傷口擦乾淨。傷口不大，看起來也不深，但是槍客不願冒險。他慢慢走到水邊，把襯衫布浸在鹽水裡，然後回來。

他走近時，她開始尖叫。

『不准拿那個東西碰我！不准用那個水碰我，那個水裡有毒怪物！』

『抓住她的頭。』槍客用同樣平靜的聲音說。她開始瘋狂的把頭左右擺動。『我不想冒險。』

艾迪抓住她的頭……在她想甩開頭時用力掐住。她發現他是認真的，於是立刻靜了下來，再也不怕那塊濕布了，原來一切都是她裝出來的。

她微笑的看著羅蘭替她擦拭傷口，小心的洗去最後一塊沾在傷口上的砂礫。

『事實上，你看起來不只是很累，』黛塔說，『你看起來有病，灰肉鬼。我覺得你不適合長途旅行，我覺得你一點也不適合。』

艾迪檢查輪椅的基本控制裝置，輪椅上有一個緊急手煞車，可以鎖住兩個輪胎。黛塔一直把右手放在那兒，耐心等待，直到她覺得艾迪的速度夠快，然後她拉起煞車，故意讓自己翻倒。為什麼？因為要拖慢他們，就這樣。做這種事情是沒有理由的，但是艾迪心想，黛塔這種女人不需要理由，黛塔這種女人非常樂意做這種損人不利己的事，只為了純粹的惡意。

羅蘭稍稍鬆開她的繩子，讓血液流通，然後把她的手緊緊綁在碰不到煞車的地方。

『沒關係，老兄先生。』黛塔說著，對他露出燦爛的微笑，露出兩排牙齒，『一點也沒有關係。要讓你們慢下來，還有別的方法。很多方法。』

『我們走吧。』槍客用呆板的語調說。

『你沒事吧，老兄？』艾迪問。槍客看起來非常蒼白。

『沒事。我們走吧。』

他們再次步上旅程。

10

槍客堅持要推輪椅一個小時，艾迪只能勉為其難的答應。羅蘭順利推過了第一個沙坑，但是到了第二個沙坑，艾迪就必須插手幫忙。槍客氣喘吁吁，額頭上滿是斗大的汗珠。

艾迪讓他再推了一會兒，羅蘭愈來愈上手，知道要繞道而行，免得輪胎卡在沙坑裡，但最後還是免不了陷入動彈不得的困境；艾迪強忍著不插手，看著槍客掙扎著推動輪椅，喘著氣，胸口起伏著，而那個巫婆（艾迪的腦袋裡開始這麼稱呼她）則放聲大笑，甚至在椅子上把身體往後壓，想要讓槍客更難推——但艾迪只看了幾分鐘就再也看不下去，他用肩膀推開槍客，憤怒的往前用力一推，輪椅就離開了沙坑。椅子蹣跚的前進了，現在他看見／感到她盡力扯著繩子，把身體往前傾，她好像有種未卜先知的能力，知道什麼時候該往前傾，想要讓自己再翻倒一次。

羅蘭跟艾迪肩並肩，把全身的重量壓在輪椅後方，總算穩住了輪椅。

黛塔回過頭，對艾迪使了一個心照不宣的眼色，讓艾迪覺得手臂上爬滿了雞皮疙瘩。

『你們這些小鬼差點又害我翻車。』她說，『我要你們給我小心點。我只是一個沒腿的女士，所以你們現在必須照顧我。』

她笑了起來……幾乎笑破肚皮。

雖然艾迪很關心那副軀體裡的另一個女人——他跟她見面的時間很短，也只短短講了幾句話，但他卻因此幾乎愛上了她——但他還是覺得手很癢，很想掐住她的氣管，掐住那個笑聲，直到她再也笑不出來為止。

她再次回頭凝視，一眼看出艾迪的想法，好像那個念頭用紅色的大字寫在他臉上，於是她笑得更大聲了。她的眼睛在挑釁他：來啊，灰肉鬼！來啊！你想動手嗎？儘管動手啊！

艾迪心想：換句話說，不要只翻倒輪椅，而是翻倒那個女人。翻倒那個女人，讓她永遠也起不來。那就是她的心願。對黛塔來說，喪命在白人手中也許是她此生唯一的目標。

『走吧。』他說著，再次推起輪椅，『我們要開始咱們的海岸之旅了，甜心，不管妳喜不喜歡。』

『幹！』她啐了一口。

『去妳的，寶貝。』艾迪愉快的回答。

槍客低垂著頭，走在他身邊。

11

從太陽判斷大約十一點的時候，他們來到一塊巨大的岩石前，休息了將近一個小時。太陽漸漸爬向天頂，一行人坐在岩石下乘涼。艾迪和槍客吃著前晚的剩菜，艾迪拿了一部分給

黛塔，但黛塔再次拒絕，說她知道他們打的是什麼主意，如果他們真想動手，就應該赤手空拳的幹，不要再動什麼下毒的歪腦筋。她說，下毒是懦夫的行為。

槍客心想：艾迪說得沒錯。這個女人捏造了自己的記憶，她知道昨晚發生了什麼事，即使她事實上是在熟睡。

她相信他們拿腐臭的肉塊給她，拿肉塊逗弄她，自己則吃著加了鹽的牛肉，喝著酒瓶裡的啤酒。她相信他們不時在她面前晃動自己乾乾淨淨的晚餐，在她張開嘴巴打算一口咬下去時又立刻拿走——而且不用說，他們一定是一邊這麼做，一邊開心的哈哈大笑。在黛塔．渥克的世界裡（至少在她的腦袋裡），操他媽的白鬼只會對黑女人做兩件事：強暴或嘲笑，或者一邊強暴一邊嘲笑。

這實在有些好笑。艾迪．狄恩最後一次看見牛肉是在飛行馬車上，而羅蘭自從吃完肉乾後，就再也沒看過牛肉了，天知道已經過了多久。至於啤酒……他想起了往事。

塔爾城。

塔爾城有啤酒。啤酒和牛肉。

天啊，他真想來杯啤酒。他的喉嚨很痛，來杯啤酒冷卻一下炙熱的疼痛，會是多麼舒服，甚至比來自艾迪世界的阿斯汀還棒。

他們離開她。

『你們這兩個白人小鬼看不上我這種貨色？』她在他們身後像烏鴉似的呱呱大叫，『還是你們覺得互相吸你們可憐滴白色小蠟燭比較爽？』

她仰頭尖聲大笑，不遠處原本聚集了一群海鷗，像在商討著什麼大事，聽見這聲尖叫，嚇得嘎嘎叫著，振翅而起。

槍客坐了下來，把頭垂在兩膝間，沉思著。終於他抬起頭，告訴艾迪：『她說十個字，我大概只聽懂一個字。』

『我比你好得多。』艾迪回答，『每三個字我大概能抓到兩個。沒關係，反正最後大概都是「操你媽的白鬼」。』

羅蘭點點頭。『在你的世界裡，黑皮膚的人說話都像她那樣嗎？另一個她就不是這樣。』

艾迪搖搖頭，笑著說：『不。我告訴你一件很好笑的事——至少我覺得挺好笑的，但也許那只是因為這裡沒什麼東西好笑。這件事情就是：那不是真的。那絕對不是真的，而且她甚至不知道那不是真的。』

羅蘭看著他，沒有說話。

『你還記得你替她擦額頭的時候，她假裝很怕水？』

『記得。』

『妳知道她是假裝的嗎？』

『一開始不知道，但後來馬上就看出來了。』

艾迪點點頭。『那是她演出來的，而且她知道她在演戲，但是她的演技很好，一開始把我們兩個耍得團團轉。她講話的方法也是在演戲，但沒演得那麼好。那實在很蠢，實在有夠假！』

『你認為她只有在知道自己是在假裝的時候，才能演得好？』

『是的。我看過一本書叫做《猛丁哥》，也知道《亂世佳人》裡的巴特芙萊．麥昆恩，她聽起來就像這兩個作品的混合體。我知道你沒聽過這些名字，但是我的意思是，她那口方

言其實都是些陳腔濫調。你懂什麼是「陳腔濫調」吧？』

『它是一種詞語或是一種想法，會說這種詞語或有這種想法的人通常不太有自己的想法，或是根本沒有想法。』

『沒錯，我說得都沒你一半好。』

『你們搞完你們的蠟燭沒啊？』黛塔的聲音已經有些粗啞，『還是你們蠟燭太小，根本找不到，是唄？』

『走吧。』槍客慢慢站起來，身體搖晃了一會兒，他發現艾迪在看他，微微一笑：『我撐得住。』

『撐多久？』

『該撐多久就撐多久。』槍客回答，他聲音裡的沉著讓艾迪打從心底感到不寒而慄。

12

那天晚上，槍客用他最後一個確定能用的彈匣打獵。明天晚上開始，他就要開始有計畫的測試他認為可能是啞彈的子彈，但是他覺得情形很可能就像艾迪說的：他們得靠拳頭打死怪物了。

那天晚上跟前幾個晚上一樣：生火，烤肉，去殼，用餐——現在他們用餐的速度很慢，也毫無滋味可言。艾迪心想：我們只是在充氣而已。他們把食物拿給黛塔，黛塔尖叫、大笑、咒罵，問他們還要把她當呆子多久，然後開始瘋狂的左右搖動身體，不顧繩子愈綁愈緊，只是拚了命的想翻倒椅子，好讓他們在用餐前必須再把她扶正一次。

就在她打算故技重施時，艾迪及時抓住他，羅蘭在兩個輪子旁各放了一塊石頭固定。

『如果妳安靜坐好，我就把繩子弄鬆一點。』羅蘭告訴她。

『吃我的大便啦，操你媽的！』

『我不懂妳的意思是好還是不好。』

她看著他，瞇起眼，懷疑他冷靜的語氣裡是不是暗藏了什麼諷刺之意（艾迪也這麼想，但是怎麼看都看不出他到底有沒有諷刺的意思），過了一會兒她陰沉的說：『我會安靜。老娘我他媽的餓過頭，沒力氣跟你們鬧了。你們是真的要給我東西吃，還是想把我餓死？你們是這樣想的嗎？你們沒膽掐死我，我又不吃毒藥，所以你們就打算把我餓死。餓就餓，咱們等著瞧，等著瞧，沒錯，等著瞧。』

她再次咧開嘴，露出那抹令人不寒而慄的笑容。

沒多久她睡著了。

艾迪摸摸羅蘭的側臉，羅蘭瞥了他一眼，但是沒有把臉移開。

『我沒事。』

『是喔，你是萬能先生。噯，我告訴你，萬能先生，今天我們趕的路不太多。』

『我知道。』他們還用光了最後一發子彈，但是這件事不必告訴艾迪，至少不是今晚。

艾迪沒有生病，但是他累壞了，累得無法承受任何壞消息。

不，他沒有生病，還沒有生病，但是如果他太久沒有休息，或是夠累，他遲早會生病。從某方面來說，艾迪已經病了；他們兩個都病了。艾迪的嘴角開始長瘡，皮膚上長了鱗片般的癬。槍客可以感到他的牙齒開始鬆動，腳趾之間開始破皮、流血，他剩下的手指也是。他們是在吃，但是他們每天都吃一樣的東西，日復一日。他們可以再這樣下去一段時間，但是最後他們還是會死，跟餓死沒什麼兩樣。

羅蘭心想：我們在陸地上，但卻得了水手病。就這麼簡單。真好笑。我們需要水果，我們需要青菜。

艾迪朝女士點點頭。『她會繼續搞亂下去。』

『除非她身體裡的另一個人回來。』

『那會很棒，但我們不能全指望她。』艾迪說。他拿起一隻燒焦的鉗子，胡亂的扒著凌亂的土堆。『知道下一扇門還有多遠嗎？』

羅蘭搖搖頭。

『我會這麼問是因為，如果二號門和三號門的距離，跟一號門和二號門的距離一樣，那麼我們可能就滿身大便，麻煩大了。』

『我們現在已經滿身大便了。』

『都淹到脖子了。』艾迪悶悶不樂的應和著，『我只是在想，我還能撐多久。』

羅蘭拍拍他的肩膀，這個動作充滿了如此少見的情感，讓艾迪嚇了一跳。

『有一件事那位女士不知道。』他說。

『喔？什麼事？』

『我們這些操他媽的白鬼可以撐很久。』

艾迪笑了起來，大笑特笑，他必須用手臂摀著嘴才不會吵醒黛塔。他今天已經受夠了，拜託千萬不要吵醒她，拜託拜託。

槍客看著他，微微笑著。『我要睡了，』他說，『記得要……』

『提高警覺。沒問題，我會的。』

13

接下來是尖叫。

艾迪的頭一碰到他用襯衫包成的枕頭，就立刻睡著了，接著好像只過了五分鐘，黛塔就開始尖叫了。

他立刻醒來，以為發生了什麼事，可能是龍蝦王從深海裡升起，為他死去的子民報仇，或是有什麼怪物從深山裡跑出來。總之他好像馬上就醒來，但是槍客已經站起身，左手拿著槍。

黛塔看到他們兩個都醒了，立刻停止尖叫。

『只想試試你們夠不夠機警。』她說，『可能有狼。這裡挺荒涼的，滿像有大野狼出沒的地方。只想確定如果我看見大野狼在附近偷偷摸摸的，我可以馬上把你們叫醒。』但她的眼神裡毫無畏懼，而是閃著邪惡的樂趣。

『老天啊！』艾迪無力的說。月亮出現了，但還沒有完全露臉，他們只睡了不到兩小時。

槍客收槍入套。

『不准再那樣做。』他對輪椅上的女士說。

『如果我又做了，你要對我怎樣？強暴我？』

『如果我要強暴妳，妳現在早就是殘花敗柳了。』槍客面無表情的說，『不准再這樣。』

他再次躺下，拉起毛毯蓋在身上。

艾迪心想：天啊，老天啊！這真是亂七八糟，真是他媽的……接著他又累得昏昏睡去，沒多久她又開始扯著嗓子尖叫，那陣尖叫劃破了空氣，像一團火球，然後艾迪又醒了，他的身體充滿了炙熱的腎上腺素，雙拳緊握，然後她笑了起來，她的笑聲粗啞刺耳。

艾迪抬起頭，看見月亮大概只比她第一次吵醒他們時上升了不到十度。

他疲累的心想：她打算繼續一直這樣下去。她打算一直醒著觀察我們，等她確定我們都進入夢鄉充電，她就會扯開嗓門，再次放聲大吼。她會一直做、一直做、一直做，直到她沒有聲音為止。

她的笑聲突然停了下來。羅蘭走向她，猶如月光下的一抹黑影。

『你離我遠一點，灰肉鬼，』黛塔說，但是她的聲音帶著緊張的顫抖，『不准你過來。』

羅蘭站在她面前，有那麼一會兒，艾迪確定槍客已經用盡耐心，而且是完全確定。槍客會把她當成蒼蠅，一掌打死。但令人驚訝的是，槍客在她面前跪下一隻膝蓋，好像在向她求婚。

『聽著。』槍客說，艾迪幾乎完全無法相信這麼溫柔如絲的聲音是出自羅蘭之口。他在黛塔的臉上也看到一樣的訝異，只不過還多了恐懼。『聽著，歐黛塔。』

『歐黛塔是誰呀？那不是老娘的名字。』

『閉嘴，婊子。』槍客咆哮著說，然後又恢復那溫柔如絲的語調，『如果妳能聽見，如果妳能控制她……』

『你幹嘛那樣跟我說話？怎麼你好像在跟別人說話啊？少來那些白鬼滴花言巧語，給我住嘴，現在就給我住嘴，聽見沒？』

『……那就讓她閉嘴。我可以堵住她的嘴，但是我不想那麼做。硬是堵住嘴是很危險的，搞不好會讓人窒息而死。』

『操你媽的閉上那張廢話連篇滴白鬼巫毒嘴！』

『歐黛塔。』他的聲音是輕柔的耳語，有如即將降下的一場雨。

她靜了下來，睜著大眼看著他。艾迪這輩子從來沒看過仇恨與恐懼同時出現在人的眼睛裡。

『我想這個婊子不在乎被堵嘴布嗆死。她想死，也許她更希望妳死。但是妳還沒死，現在還沒死，我想黛塔也不是第一次出現在妳的生活裡。她覺得在妳的身體裡太舒服了，所以也許妳可以聽聽我說的話，也許妳可以多少控制她，即使妳還不能出來。

『別讓她吵醒我們第三次，歐黛塔。

『我不想堵住她的嘴。

『但是如果有必要，我會堵住她的嘴。』

他站起身，頭也不回的離開，再次捲進毛毯裡，立刻睡著。

『廢話連篇滴白鬼巫毒嘴。』她低聲說。

艾迪躺下來，但這次卻怎麼也睡不著，儘管他已經筋疲力竭。只要一有睡意，他就會擔心黛塔開始尖叫，然後猛然驚醒。

大約三個小時後，月亮開始往另一個方向前進，他終於沉沉睡去。

那天晚上，黛塔不再尖叫，或許是因為羅蘭的恫嚇起了作用，又或許是因為她想保養喉嚨，留待將來再上路時使出嚇死人的大吼絕活，或者有可能——只有那麼一點可能——是因為歐黛塔聽見槍客說的話，依照槍客的要求控制了黛塔。

艾迪終於睡著了，但醒來時腦袋遲鈍，毫無精神。他看著那張椅子，儘管不太有希望，他還是希望出現的會是歐黛塔。老天啊，拜託今天早上讓歐黛塔出現吧……

『早啊，白麵包，』黛塔說著，對他咧開了鯊魚般的笑容，『還以為你要睡到日上三竿。你不能睡到太陽曬屁股，對吧？我們還得趕幾哩路，不是嗎？當然！我想活兒大概全落在你身上了，因為另外一個傢伙，那個有雙巫毒眼的傢伙，他看起來是愈來愈不行了，我說他真的是愈來愈不行了！沒錯！我想他很快就沒法子吃東西了，就連你們搞完彼此可憐的小白蠟燭，烤了什麼香噴噴的肉，他還是一口都吃不下。所以咱們走吧，白麵包！黛塔可不想礙了你們的好事。』

她的睫毛和聲音一起稍稍落了下來，她用眼角餘光狡猾的瞄了他一眼。

『至少不會一開始就礙事。』

那雙狡猾的眼睛好像在對他保證：今天會是你永難忘懷滴一天，白麵包，你永遠、永遠都忘不掉！

老娘跟你保證！

14

那天他們走了三哩，也許不到三哩。黛塔的椅子翻了兩次。第一次是她自己弄的，她的手指慢慢悄悄的再次摸向手煞車，用力一拉椅子就翻了；第二次是艾迪想把輪椅推過該死的沙坑，結果一時失手，再度翻車。那時已近黃昏，他只是一時慌了手腳，以為自己這次沒辦法把她推過沙坑，真的沒有辦法，所以他用顫抖的雙手奮力一推，結果當然是太用力，黛塔一頭栽了下去，就像那個蛋頭先生從牆上摔了下來，艾迪和羅蘭只得費盡九牛二虎之力，再次把她扶起來。他們差點晚了一步，她胸部下方的繩子緊緊勒著她的氣管，槍客的活結發揮了作用，差點把她勒死。她的臉成了好笑的藍色，她差點失去意識，但卻還是喘吁吁的發出令人作嘔的笑聲。

讓她死，你為什麼不乾脆讓她死了算了？羅蘭立刻彎下腰替她鬆綁時，艾迪差點脫口說出這段話。讓她窒息吧！我不知道她是不是像你說的一樣一心求死，但是我知道她希望我們死……所以就讓她死吧！

接著他想起了歐黛塔（儘管他們見面的時間那麼短，而且過了那麼久，他的記憶已經開始漸漸模糊），於是他上前幫忙。

槍客不耐煩的用一隻手推開他。『少來礙手礙腳。』

等繩子鬆開，女士一邊爆出憤怒的笑聲，一邊趁隙沙啞的喘著氣，他就轉過身，嚴厲的看著艾迪。『我想今天就到此為止。』

『再走一段，』他幾乎是在哀求，『我可以再走一小段。』

『當然！他壯得跟頭羊似的。他可以再割一大排棉花，然後今天晚上還有力氣伺候你那根可憐滴小白蠟燭。』

她還是不肯吃東西，一張臉瘦得稜角突出，眼睛在深陷的眼窩裡閃閃發光。

羅蘭完全沒有注意她，只仔細的端詳著艾迪，最後他點點頭：『再走一小段。不要太遠，只走一小段。』

二十分鐘後，艾迪自己要求停下來，他覺得手臂快成了果凍。

他們坐在岩石下乘涼，聽著海鷗鳴叫，看著潮水漫上岸，等著太陽西下，等著龍蝦怪出現，開始牠們累贅煩人的交叉質詢。

羅蘭不想讓黛塔聽見，於是壓低了聲音，告訴艾迪他覺得有用的子彈可能用光了。艾迪的嘴巴微微撇了撇，接著就恢復了平靜。羅蘭很欣慰。

『所以你必須靠石頭砸了，』羅蘭說，『我身體太弱，沒辦法拿夠大的石頭砸怪物……而且可能會跌倒。』

現在換艾迪端詳羅蘭。

他不喜歡他看到的東西。

槍客伸手揮去他端詳的目光。

『沒關係，』他說，『沒關係，艾迪，該來的躲不過。』

『業。』艾迪說。

槍客點點頭，虛弱的微微一笑。『業（ka）。』

『狗屎（kaka）！』艾迪說完，兩人互相看了一眼，放聲笑了起來。羅蘭看起來很驚訝，甚至有點害怕嘴裡冒出的生疏笑聲。他的笑聲沒有持續很久。等笑聲止息，他看起來遙遠而且憂鬱。

『你們笑那麼大聲是說你們終於吸完對方滴老二啦？』黛塔用她粗啞而且即將消失的聲音對兩人大吼，『你們什麼時候要開始互捅啊？那才是我要看滴！看你們兩個互捅！』

15

艾迪殺了怪物。

一如以往，黛塔拒絕進食。艾迪在她眼前吃了半塊，然後把剩下的半塊拿給她。

『不用了，先生！』她的眼睛怒視著他，『不用了，先生！你在那半塊肉裡下了毒，那半塊你給我的肉。』

艾迪一語不發，把那半塊肉塞裡嘴裡，嚼了嚼，吞進肚。

『沒什麼了不起。』黛塔陰沉的說，『走開，灰肉鬼！』

艾迪不肯走。

他又拿了一塊肉給她。

『妳把這塊肉分兩半，自己挑一半給我吃，剩下來的妳再吃。』

『我才不會被你的白鬼伎倆給騙倒，查理先生！我叫你給我滾，你就給我滾！』

16

那天晚上她沒有尖叫……但是次日早晨她還是沒有消失。

17

雖然黛塔並沒有翻倒輪椅，但那天他們只走了兩哩路。艾迪心想她可能是太虛弱，沒力氣搞破壞，又或者她發現根本沒有必要。三個致命的事實無情的接近著：艾迪的身體愈來愈疲勞；四周的景色在經過無數天的一成不變後，終於開始改變；此外，羅蘭的身體也是每下愈況。

沙坑變少了，但卻於事無補。地上的礫石愈來愈多，愈來愈像下賤、貧瘠的泥地，而不是沙地（有些地方長了幾叢野草，但那些野草看起來好像覺得長在那兒很羞恥），現在，這塊既像泥地又像沙地的詭異混合地上，突出了許多巨石，艾迪發現自己必須繞過巨石而行，就像先前他必須推著女士的輪椅，繞過沙坑而行一樣。很快他就發現，海灘即將消失了。棕

黃、陰鬱的山丘愈來愈靠近。艾迪可以看見山丘之間迂迴纏繞的深谷，看起來就像一個笨拙的巨人拿著鈍斧砍成的傑作。那一夜，在入睡之前，他聽見一隻像是巨貓的野獸在山丘上啼哭著。

海灘看來無窮無盡，但他終於了解，原來海灘是有盡頭的。在前方某處，山丘推擠著海灘，將海灘擠得失去了蹤影。傾斜的山丘大踏著步走向大海，然後走進海裡，先成為岬角或是半島，接著成為一群列島。

這讓他很擔心，但是羅蘭的狀況讓他更擔心。

這次槍客看起來不是在發燒，而是在褪色，即將失去意識，變成透明人。

紅線再次出現，從他的右下臂無情的往手肘前進。

在過去兩天，艾迪一直拚命往前看，瞇著眼眺望前方，希望看見那扇門，那扇門，那扇神奇的門。在過去兩天，他一直等著歐黛塔再度出現。

兩件事都沒有成真。

那一夜，在入睡之前，他的腦袋裡出現了兩個可怕的念頭，就像一個有雙重笑點的笑話：

如果根本沒有門呢？

如果歐黛塔已經死了呢？

18

『起床囉，操你媽的！』黛塔的尖叫將他從無意識狀態中喚醒，『我想現在只剩下你跟我囉，寶貝小辣椒。我想你的朋友終於嗝屁了，他現在大概只能在地獄裡捅魔鬼了。』

艾迪看著羅蘭蜷伏在毛毯裡的身體，突然間覺得那個婊子說得沒錯，一時間驚恐不已。然後他看見槍客動了動，發出模糊的呻吟，接著撐著身體坐了起來。

『唷，你看看！』黛塔尖叫得太頻繁，現在她的聲音有時候會完全消失，變成奇怪的耳語，就像吹進門縫的冬日冷風，『我還以為你死了，老兄先生！』

羅蘭慢慢站起身。艾迪覺得他有氣無力的，好像得爬著一副看不見的繩梯才能站起來。艾迪覺得既生氣，又同情，而且這種感覺很熟悉，充滿了詭異的懷舊感。過了一會兒，他終於明白是為什麼。這一幕就像是他跟亨利以前常看的電視摔角節目，其中一個摔角手會打傷另一個，傷得很重，一次又一次，嗜血的觀眾尖叫助興，亨利也跟著尖叫助興，但是艾迪只會坐著，覺得既生氣，又同情，覺得噁心至極：住手，老兄，你他媽的瞎了嗎？那傢伙快死了！快死了！停止這場他媽的比賽！

他眼前的這場比賽無法停止。

羅蘭用那雙憔悴燒灼的眼睛看著她。『很多人都曾經以為我死了，黛塔。』他看著艾迪，『你準備好了嗎？』

『好了，我想應該好了。你呢？』

『好了。』

『你沒問題吧？』

『沒問題。』

他們繼續前進。

大約十點時，黛塔開始用手指揉太陽穴。

『停下來。』她說，『我不舒服，我覺得我要吐了。』

『也許是妳昨晚吃太多了。』艾迪說著，繼續推輪椅，『妳不應該吃甜點的，我跟妳說過巧克力千層蛋糕很難消化。』

『我要吐了！我……』

『停下來，艾迪！』槍客說。

艾迪停下來。

輪椅上的女人突然像觸電似的全身痙攣，好像有一陣強力電流流過全身。她的雙眼睜大，瞪視著空無一物的前方。

『我打破了妳滴盤子，妳這個臭不拉嘰滴藍女人！』她尖叫，『是我打破滴，而且我他媽的很高興我打——』

她突然在輪椅上往前一倒。要不是有繩子綁住，她一定會跌出輪椅。

艾迪心想：天啊，她死了，她中風發作死了。他開始走向輪椅前方，突然想起她有多麼狡猾奸詐，於是立刻停步。他看著羅蘭，羅蘭也面無表情的看著他，他的眼睛裡看不出有任何蹊蹺。

然後她開始呻吟，她睜開了雙眼。

她的眼睛。

歐黛塔的眼睛。

『天啊，我又昏倒了，對不對？』她說，『對不起，害你們得把我綁起來。我的腿真沒用！我想坐直一點，所以能不能請你……』

羅蘭的腳慢慢軟了下來，他昏了過去，倒在這西海海灘盡頭的南方三十哩處。

1 再洗牌

對艾迪．狄恩來說，他和那名女士再也不是在剩下的海灘上跋涉，甚至也不像在走路，而是在飛。

很明顯，歐黛塔．霍姆斯還是不喜歡也不相信羅蘭，但是她知道他已經病入膏肓，所以決定助他一臂之力。先前艾迪覺得自己像是推著一塊沉甸甸的鋼鐵橡皮混合物，只是上頭剛好黏了個人，但現在艾迪卻覺得自己好像在推著滑翔機。

跟她走。先前是我在照顧你們，而且也必須照顧你們，但現在我只會拖慢你們。他幾乎馬上了解槍客說的話一點也沒錯。艾迪推著輪椅，歐黛塔轉著輪子。槍客的一支手槍插在艾迪的褲腰帶裡。

你還記得我告訴你要提高警覺，結果你沒聽話嗎？

記得。

現在我再告訴你一次：提高警覺。一刻都不能鬆懈。如果另一個她回來，一刻都不准遲疑，砸昏她。

要是我砸死她呢？

那麼一切就結束了。但是如果她殺了你，一切也會結束。如果她回來，她一定會想殺你，一定會。

艾迪不想離開他。不只是因為半夜的貓叫聲（不過他確實一直想著那陣怪叫），真正的原因很簡單，因為羅蘭已經成為他在這個世界唯一的行動準則，他和歐黛塔並不屬於這裡。

但是他還是知道槍客說得沒錯。

『妳要休息嗎？』他問歐黛塔，『還有食物，不多就是。』

『還不用。』她回答，但她的聲音聽起來很累，『再一下。』

『好吧，但至少不要再轉輪子了。妳的身體很虛弱，妳……妳的胃，妳知道的。』

『好吧。』她轉過頭，臉上閃著汗珠，對他露出一抹微笑，那抹微笑讓他軟弱，也讓他堅強。他可以為了那樣的微笑而死……而且他覺得，如果有必要，他真的願意死。

他祈禱上蒼不會有這樣的必要，但是那並不是不可能。現在是分秒必爭，時間是如此重要，幾乎可以聽見它尖銳的呼號。

她把手放在大腿上，而他則繼續推著椅子。輪椅留下的軌跡變淡了，因為海灘地愈來愈硬，但還是佈滿了圓石，隨時都可能造成意外。以他們前進的速度，要真是發生意外，想救也救不了。如果真的發生了嚴重的意外，歐黛塔可能會受傷，那可就糟糕了；嚴重的意外也可能會弄壞輪椅，這對他們來說很糟，對槍客來說更糟，因為他很可能會一個人孤零零的死去，而如果羅蘭死了，他們就會永遠被困在這個世界裡。

羅蘭病重，虛弱到無法行走，逼得艾迪不得不面對一個簡單的事實：這裡有三個人，其中兩個人是殘廢。

所以還剩下什麼希望，什麼轉機？

那張椅子。

那張椅子是希望，全部的希望，除了希望之外還是希望。

願上帝保佑他們。

2

在艾迪把他拖進一塊岩石的陰影後不久，槍客便醒了過來。他的臉上若不是死灰般的白，就是熱病引起的紅。他的胸膛劇烈的起伏著，右手手臂上扭曲的紅線成了一張網。

『給她吃東西。』他啞著聲音對艾迪說。

『你……』

『不要理我，我不會有事的。給她吃東西，我想她現在會吃了。你需要她的力氣。』

『羅蘭，如果她只是假裝……』

槍客不耐煩的揮揮手。

『她並沒有在假裝，她唯一在假裝的事，就是她相信她的身體裡只有一個人。我知道，你也知道，全寫在她臉上。給她吃東西，看在你父親的份上，然後在她吃東西的時候回來載我。現在開始每一分鐘都很重要，每一秒鐘都很重要。』

艾迪站起身，槍客用左手拉住他。不管有沒有生病，他的力氣都很大。

『不要提另一個人的事情。不管她跟你說什麼，不管她怎麼解釋，都不要跟她辯。』

『為什麼？』

『我不知道，我只知道那樣是不對的。現在照我的話去做，不要再浪費時間了！』

歐黛塔坐在椅子上，凝視著大海，臉上的表情帶著微微的驚奇與困惑。艾迪把前晚剩下來的龍蝦肉塊拿給她時，她露出了悲傷的微笑。『如果我可以，我會吃。』她說，『但是你知道會怎樣。』

艾迪不知道她在說什麼，只好聳聳肩說：『再試試無妨，歐黛塔。妳必須吃東西，妳知道的。我們必須加緊趕路才行。』

她輕輕笑了起來，摸摸他的手，他感到好像有一陣電流從她流向他。是她，歐黛塔。他知道，羅蘭也知道。

『我愛你，艾迪。你一直那麼努力，那麼有耐心。他也是……』她朝靠著石塊看著兩人的羅蘭點點頭，『……但是他很難愛。』

『沒錯，我最清楚了。』

『我會再試一次。

『為了你。』

她微微一笑，他覺得世界轉動是為了她，是因為她，於是他心想：求求祢，上帝，我有的東西已經不多了，所以求求祢不要再把她從我身邊奪走，求求祢。

她接過龍蝦肉，皺起鼻子，露出可憐又好笑的表情，抬頭看著他。

『一定要嗎？』

『試試看嘛！』他說。

『從那時起我就不吃甲殼類了。』她說。

『什麼？』

『我以為我跟你說過了。』

『也許妳說過了。』他說著，緊張的輕輕笑了起來。槍客說過不要讓她知道另一個人，槍客這番話突然從他的心裡冒了出來。

『我十歲還是十一歲的時候，有一天晚餐就是吃貝類的東西。我很討厭那個味道，覺得吃起來好像塑膠球，沒多久我就吐了。從此以後我就再也不吃了。但是……』她嘆口氣，『我會聽你的話，再試一次。』

她把一塊肉塞進嘴裡，就像一個小孩明知道藥水很苦，卻還是不得不把一匙藥水倒進嘴裡。她一開始慢慢嚼，然後嚼得愈來愈快。她吞了下去，塞了第二塊，嚼了嚼，吞下肚，然後再拿一塊，現在她幾乎是狼吞虎嚥。

『哇！慢一點！』艾迪說。

『這一定是另一種！沒錯，一定是！』她看著艾迪，眼神發亮，『一定是我們現在離海灘比較遠，龍蝦的種類變了！看起來我不會過敏了！味道也不像之前那麼噁心……我那時真的很努力想吃下去，對不對？』她看著他，露出赤裸裸的情感，『我真的很努力。』

『沒錯。』他覺得自己的聲音聽起來像是在遠處播放的廣播。她以為她每天都在吃，但是每次都會把吃進去的東西全部吐出來，她覺得她是因為這樣才會這麼虛弱。我的老天爺啊！

『沒錯，妳真的很拚命。』

『它吃起來……』這句話很難聽清楚，因為她的嘴巴裡塞滿了食物，『它吃起來真好吃！』她笑了起來，她的笑聲纖細可愛，『它會乖乖待在我的肚子裡！我會得到養分！我知道！我感覺得到！』

『只是別吃太多。』他提醒著，把一只水袋遞給她，『妳還不習慣。因為妳之前……』

他吞了口口水，喉嚨發出了一聲明顯的聲音（至少他自己覺得很明顯），『妳之前一直在吐。』

『沒錯，沒錯。』

『我要跟羅蘭說一下話。』

『好。』

但是在他離開前，她再次抓住他的手。

『謝謝你，艾迪。謝謝你一直這麼有耐心，還有幫我謝謝他。』她嚴肅的停了一下，『幫我謝謝他，不要告訴他我很怕他。』

『我不會。』艾迪說完，回頭走向槍客。

3

就算歐黛塔沒在推，她也幫了很大的忙。她的世界還要再過許多年才會認同像她一樣的肢障人士，她在那樣無情的世界裡駛著輪椅闖蕩多年，自然是經驗老道，有她指揮，艾迪推起輪椅可說是事半功倍。

『左轉。』她會這樣喊，而艾迪便會轉向左方，輕巧的繞過岩石，那塊岩石從蒼白的砂地上咆哮而出，像一根蛀壞的虎牙。如果只有他一個人，他也許也能看見那塊石頭……但也有可能看不見。

『右轉。』她喊道，於是艾迪向右轉，差一點又要一頭栽進沙坑裡，儘管現在沙坑已經愈來愈少見了。

他們終於停了下來，艾迪躺下來，用力喘著氣。

『睡吧。』歐黛塔說，『睡一個小時，我會叫醒你。』

艾迪看著她。

『我不會騙你。我觀察過你朋友的情況，艾迪——』

『他其實算不上是我的朋友，妳知——』

『——我也知道時間很重要，我不會因為同情你就讓你睡超過一個小時，我很會從太陽的位置分辨時間。如果你累壞，對那個人也沒有什麼好處，對吧？』

『沒錯。』他一邊說，一邊心想：但是妳不懂。如果在我睡著的時候，黛塔．渥克回來……

『睡吧，艾迪。』她說，因為艾迪太累（而且愛得太深），無法不相信她，所以他只能乖乖睡下。他睡了，然後她依照約定叫醒他，而且她還是歐黛塔；他們繼續前進，現在她又開始轉動輪子，助艾迪一臂之力。他們在這片即將消失的海灘上奔向那扇門，那扇艾迪無比渴望，卻一直看不見的門。

4

他留下歐黛塔吃多日來的第一餐，回頭去載槍客時，槍客看起來好了一點。

『蹲下。』他對艾迪說。

艾迪蹲了下來。

『把半滿的水袋留給我，我只需要那個。帶她去那扇門。』

『要是我——』

『找不到？你會找到的。前兩扇門都在，這一扇也不會例外。如果你在今晚日落前到達，殺兩隻怪物，你必須留食物給她，找個地方讓她棲身。如果你今天晚上沒有到達，殺三隻。拿去。』

他把一把槍交給他。

艾迪必恭必敬的接過槍，一如以往，讓手槍的重量嚇了一跳。

『我以為只剩下啞彈了。』

『也許，但是我在裡頭裝了我覺得沾到最少水的子彈——左槍帶釦子附近有三顆，右槍帶釦子附近也有三顆。其中一顆或許會發射，幸運的話有兩顆。不要拿來射龍蝦怪，』他的眼睛稍稍打量了一下艾迪，『那裡也許還有別的東西。』

『你也聽見了，對吧？』

『如果你說的是山裡的啼哭聲，沒錯，我聽見了。如果你說的是哪個神經病，就像你的眼神說的，那麼我並沒有聽見。我聽見灌木叢裡有貓在叫，就這樣，也許牠的聲音比身體大上四倍。或許拿根棍子就能把牠嚇跑，但是別忘了那個女人。如果另一個女人回來，你也許必須……』

『我不會殺她，如果那是你的意思！』

『你也許必須射傷她，懂嗎？』

艾迪不情不願的點點頭。該死的子彈也許根本不會發射，所以他犯不著這麼早就嚇得尿褲子。

『等你到達那扇門，你就把她留在那裡，找個地方讓她棲身，然後推著椅子回來。』

『槍呢？』

槍客的眼睛射出一道灼熱的光芒，刺得艾迪猛然別過頭，彷彿羅蘭朝他的臉噴出一道火焰。『天啊，沒錯！把裝了子彈的槍留給她，等另一個她隨時回來？你瘋了嗎？』

『子彈……』

『操他的子彈！』槍客大吼，狂風莫名的停了下來，這句話傳到了歐黛塔耳裡，她轉過頭，盯著兩人好一會兒，然後回頭繼續凝視大海，『不准把槍留給她！』

艾迪壓低聲音，免得風又突然變小。『如果在我回來這裡時，有怪物從灌木叢裡跑出來呢？也許是一隻貓，身體比聲音大四倍，而不是聲音比身體大四倍？要是那怪物沒辦法拿棍子趕走呢？』

『給她一堆石頭。』槍客說。

『石頭！我的天啊！老兄，你真是個他媽的混帳東西！』

『我在思考，』槍客說，『那是你辦不到的。我把槍給你，讓你在去程時保護她不受你所謂的怪物傷害。可以麻煩你先讓我把槍拿回來嗎？然後你再去為她死。你滿意了嗎？真浪漫……只不過到時候不只是她，我們三個人全都會死翹翹！』

『真有邏輯，但你還是個他媽的混帳東西。』

『要走要留隨便你，不要再罵我了。』

『你忘了一件事。』艾迪憤怒的說。

『什麼事？』

『你忘了叫我成熟點。亨利老是說：「噢，成熟點，小鬼。」』

槍客微微一笑，一抹疲累、美得出奇的微笑。『我想你已經很成熟了。你到底走不走？』

『我會走。』艾迪說，『可是你要吃什麼？她把剩下的肉全塞進肚子裡了。』

『混帳東西會想到辦法。這麼多年來，混帳東西一直都能想到辦法。』

艾迪別過臉。『我……我想我很抱歉我罵你混帳東西，羅蘭。今天……』他突然尖聲笑了起來，『今天真的很難捱。』

羅蘭再次微笑。『是的。』他說，『很難捱。』

5

那天他們創下了這段旅程以來進展最大的一天，但是在太陽開始在海面上灑下金色的軌道時，他們還是沒有看見門。雖然她告訴他，她可以再前進半小時，完全沒有問題，但是他還是要她停下來，然後抱她下輪椅，抱到一塊看起來還算平坦的地上，從坐椅後方拿下椅墊，把椅墊墊在她身下。

『天啊，能舒展一下筋骨真是太舒服了。』她嘆口氣，『但是……』她的眉間飄過了愁雲，『我一直想著後頭的那個人，羅蘭，他一個人待在那兒，我實在很難受。艾迪，他是誰？他是什麼？』想了想又接著說：『為什麼他那麼愛大吼呢？』

『我想大概是他的本性吧！』艾迪說，然後立刻走開去撿石頭。羅蘭很少大吼，他想她應該是聽見今天早上羅蘭那句『操他的子彈』，但剩下的全是她的幻想：歐黛塔以為自己常常聽見羅蘭大吼。

他依照槍客的吩咐，殺了三隻怪物。在殺第三隻怪物時，他太專心，沒注意到第四隻怪物從他的右方接近，差一點就慘遭利鉗所傷。他看見那隻鉗子往他的腳原本所在的地方夾去，發出喀嚓一聲，撲了個空。他想起了槍客失去的手指。

他用乾柴生火烤肉（山丘步步逼近，草木愈來愈繁茂，找柴生火也愈來愈快，愈來愈容易，真是值得高興），最後一道陽光從西方的天際漸漸消失。

『看哪，艾迪！』她指著天空喊。

他抬頭，看見一顆星子在夜的懷抱裡閃爍著。

『真美！』

『是的。』他說，突然間他沒來由的淚水盈眶。在這該死的一生中，他到底都去了哪裡？他去了哪裡，他做了什麼，又是跟誰一起做，為什麼他突然覺得自己這麼齷齪，這麼無可救藥的骯髒？

她仰著的臉極為美麗，光彩耀眼，但是那張臉的主人並不知道，她只是睜著驚奇的雙眼，看著那顆星，輕聲笑了起來。

『星星明，星星亮。』她唸道，然後停了下來，看著他，『聽過嗎，艾迪？』

『聽過。』艾迪低著頭。他的聲音聽起來很清楚，但是如果他抬起頭，這個世界就會發現他已是淚流滿面。

『那跟我一起唱，但是你要看著星星才行。』

『好。』

他用手掌抹去淚水，抬頭跟她一起看著星星。

『星星明……』她看著他，他跟著唱了起來，『星星亮……』

她伸出手，握住他的手，他也緊緊回握，一隻手是淡巧克力的甜美棕黑，一隻手是信鴿胸膛的甜美純白。

『今夜星光初綻放……』他們莊嚴的齊聲合唱，一時間，他們彷彿成了純真的男孩與女孩。稍後，等到夜已深沉，她會呼喚他，問他是不是睡著了，他會說他還沒睡，然後她會問他能不能抱她，因為她很冷，那時他們會再度成為男人與女人。『我對星星許個願，但願夢想能實現……』

他們四目交視，他看見淚珠從她的臉龐滑落。他再度淚水盈眶，他讓眼淚在她的面前落下。他並不覺得可恥，反而感到一種無以言喻的輕鬆。

他們對著彼此微笑。

『但願夢想能實現。』艾迪說，心想：拜託，希望永遠都是妳。

『但願夢想能實現。』她附和，心想：如果我必須死在這個奇怪的地方，請不要讓我死得太痛苦，還有，請讓這個善良的年輕人陪著我。

『對不起我哭了。』她說著，擦擦眼睛，『我不常哭，但是今天真的……』

『真的很難捱。』他替她把話說完。

『沒錯，而且你需要吃點東西，艾迪。』

『妳也是。』

『我只希望我不會再吐了。』

他對她微微一笑。

『我想應該不會了。』

6

之後，奇異的星辰在天上轉動著，慢慢跳著嘉禾舞，而地上的兩人初次發現，原來愛的行為可以這麼甜美，這麼圓滿。

7

他們在黎明時出發，一路狂奔，到了九點，艾迪開始後悔自己怎麼沒有問羅蘭，要是他們抵達山丘與海灘交會之處，還沒有看見門，該怎麼辦。這個問題好像很重要，因為毫無疑問，海灘的盡頭就快到了，山丘愈靠愈近，直直衝進大海，形成一條對角線。

海灘不再是海灘，一點也不像，現在土地變得十分堅硬，而且相當平坦。不知是什麼東西將突出地表的岩石磨蝕殆盡——他猜想應該是山上流下的河水，或是雨季時的大洪水（自從來到這個世界，他從來沒碰到下雨，一滴都沒有，有幾次烏雲密佈，但總是會再次放晴）。

到了九點半，歐黛塔大喊：『停下來，艾迪！停下來！』

他猛然一停，歐黛塔必須抓住椅子的扶手，才不會從椅子上滾下來。他立刻衝到她面前。

『對不起。』他說，『妳沒事吧？』

『沒事。』他發現他把歐黛塔興奮的語氣誤以為是痛苦。她指指前方：『在那裡！你看見了嗎？』

他伸手遮陽，努力眺望，但卻什麼也沒看見。他瞇起眼。有那麼一會兒，他覺得……不，那當然只是熱氣從堅硬的大地升起而已。

『我想我沒看見。』他說著，微微一笑，『不過或許我看見了妳的心願。』

『我覺得我看見了！』她把興奮、微笑的臉轉向他，『平空佇立在那裡！靠近海灘的盡頭！』

他再看了一次，這次他瞇眼瞇得非常用力，眼睛都泛出了淚水。他再次有一會兒的時間覺得他看見了。你看見了，他這麼想，然後微微一笑，你看見的是她的心願。

『也許。』他說，並不是因為他真的相信，而是因為她相信。

『我們走！』

艾迪再次走到輪椅後，花了一點時間按摩下背部，他的下背部一直隱隱作痛。她回過頭。

『你在等什麼?』
『妳真的覺得妳看見了,是吧?』
『是的!』
『好,那我們走吧!』
艾迪再次推起輪椅。

8

半小時後,他也看見了。他心想:天啊,她的眼睛跟羅蘭一樣好,甚至更好。

兩人都不想停下來吃午餐,但是他們必須吃東西。他們很快的用完餐,然後繼續前進。漲潮了,艾迪不安的頻頻望向右方,也就是西方。他們離水藻與海草交纏而成的高潮線還有一段距離,但是他覺得在他們到達那扇門時,他們會困在岬角中,一邊有大海阻擋去路,一邊則是傾斜的山壁,動彈不得。現在他可以很清楚的看見山丘,而他看見的景象一點也不賞心悅目。山丘上滿佈岩石,低矮的樹木盤根錯節,就像得了關節炎的關節,緊緊抓著地面,猶如長滿荊棘的灌木林。山丘算不上陡,但是對輪椅來說還是太陡了。他也許可以抱她爬一段,或許會被迫抱她,但是他說什麼也不願意留她一個人在那兒。

他第一次聽見蟲鳴,蟲鳴聲有點像蟋蟀,但腔調卻更高一些,而且毫無韻律起伏——只有單調的『嘰——』像是漏電的電線。他第一次看見除了海鷗以外的鳥,有些鳥的體型相當大,直挺挺的伸著翅膀在內陸盤旋,他猜想是老鷹。他看見牠們偶爾會收起翅膀,像落石一般俯衝而下。牠們在狩獵,獵什麼?嗯,應該是小動物,跟他們沒有關係才是。

但是他一直想著他晚上聽見的號叫聲。

到了下午，他們可以清楚看見門的形狀。就像前兩扇門，它出現在不可能出現的地方，像郵筒一樣直挺挺的站在那兒。

『真神奇。』他聽見她輕聲說，『真的太神奇了！』

那扇門就出現在他猜測的地方，在平地與山丘交界的岬角，平順的北行之旅就此告終。它就站在高潮線上方，而離它不到九哩之處，山丘從地表倏然躍出，像一隻手，只不過這隻手長滿了灰綠色的灌木，而不是毛髮。

在太陽墜入海面時，海水滿潮。在四點時——歐黛塔說是四點，而既然她說她很會從太陽的位置分辨時間（而且因為她是他的摯愛），艾迪便信了她——他們抵達了那扇門。

9

他們呆呆盯著那扇門，歐黛塔的雙手放在腿上，艾迪站在靠海的一側。從某方面來說，他們注視那扇門的眼光，就像前晚注視夜星的眼光——有如孩童的眼光——但是從另一方面來說，又有些不一樣。在向星星許願時，他們是喜悅的孩童；而現在他們嚴肅、疑惑，就像兩個孩子看著童話裡的東西活生生出現在眼前一樣。

門上寫了兩個字。

『那是什麼意思？』歐黛塔終於開口問。

『我不知道。』艾迪說，但是那兩個字讓他感到一陣絕望的寒意，他覺得心頭悄悄蒙上一層烏雲。

『你不知道？』她凝神盯著他。

『不，我……』他吞了口口水，『我不知道。』

她再盯著他看了一會兒。『推我到門後，拜託，我想過去看看。我知道你想回去找他，但是能不能請你幫我這個忙？』

他聽命行事。

他們往門後前進，沿著靠山的一側。

『等一下！』她喊道，『你看見了嗎？』

『什麼？』

『回去！看！仔細看！』

這次他看著門，而不是看著地上以免有東西絆倒他們。他們繞過門旁，看見門愈變愈窄，看見平空固定的門鉸，看見厚厚的門板……

然後門不見了。

厚厚的門板不見了。

他的視線應該被三吋厚（甚至可能有四吋厚）的實心木板遮住（門看起來非常結實），但是他的眼前卻空無一物。

門不見了。

門的影子還在，但門卻不見了。

他把輪椅往後拉回兩呎，剛好回到門後，厚厚的門板又回來了。

『妳看見了嗎？』他用粗嘎的聲音問。

『看見了！它又出現了！』

他把輪椅往前推一呎，門還在；再推六吋，門還在；再推兩吋，門還在；再推一吋……門不見了，無影無蹤。

『天啊！』他低聲說，『我的老天啊！』

『你打得開門嗎？』她問，『還是要我來開才行？』

他慢慢走上前，轉動門把。

門把文風不動。

『好吧，』她的聲音很冷靜，『看來只有他打得開，我想我們都知道。去找他吧，艾迪，現在就去。』

『我必須先把妳安頓好。』

『我不會有事。』

『妳怎麼可能沒事。妳太靠近高潮線了，如果我把妳留在這裡，天黑了龍蝦怪出來，妳就會變成……』

山丘上，咳嗽般的貓叫聲突然劃過他的話語，就像一把刀劃過細繩。貓叫聲很遠，但比昨日的叫聲更近。

她的眼神飄向掛在艾迪褲腰帶上的手槍，然後立刻回到艾迪的臉上。他覺得雙頰一陣躁熱。

『他叫你不要給我槍，對不對？』她輕聲說，『他不希望我有槍。為了某個原因，他不希望我有槍。』

『子彈都濕了，』他尷尬的說，『反正大概也不能發射。』

『我了解。艾迪，把我往山坡上推一點，好不好？我知道你的背很累。安德魯說那是「推輪椅症候群」，但是如果你把我往山坡上再推一些，龍蝦怪就傷不到我了。我想應該沒有東西喜歡接近龍蝦怪吧！』

艾迪心想：漲潮時，也許真的像她說的，龍蝦怪傷不了她……但要是潮水再次退去呢？

『給我留點吃的跟石頭。』她說，她不自覺的說了跟槍客一樣的話，讓艾迪的臉又是一陣紅，他的臉頰和額頭感覺就像火熱的磚窯牆一樣。

她看著他，虛弱的微笑，然後搖搖頭，好像看穿了艾迪的心思。『別跟我爭，我知道他的情況很危急，他的時間不多了，我們不能浪費時間爭吵。把我往山坡上推一些，給我一些食物跟石頭，然後帶著輪椅走。』

10

他盡快把她安頓好，然後掏出槍客的手槍交給她，槍柄朝外。但是她搖搖頭。

『他會生我們兩個的氣，生氣你把槍給我，更氣我拿槍。』

『胡說！』艾迪大吼，『妳怎麼會這麼想？』

『我就是知道。』她說，她的聲音充滿威嚴。

『呃，就算是這樣好了，如果妳不拿槍，我會生氣。』

『放回去，我不喜歡槍，我不知道怎麼用。如果晚上有人衝向我，我會做的第一件事就是尿褲子，第二件事就是把槍拿反，射死自己。』她停下來，嚴肅的看著艾迪。『還有一件事，你也許知道，我不想碰任何屬於他的東西，任何東西。我覺得他的東西，就像我媽說的，會帶來霉運。我希望自己是現代女性，不要那麼迷信……但是我不希望在你離開，黑夜降臨之後，有霉運跟著我。』

他看看手槍，再看看歐黛塔，他的眼中仍然充滿疑問。

『放回去。』她的聲音像學校老師一樣嚴肅。艾迪迸出一陣笑聲，乖乖聽話了。

『你笑什麼？』

『因為妳說那句話的時候，聽起來好像海瑟薇小姐，她是我小學三年級的老師。』

她微微一笑，閃亮的雙眼緊緊看著他的雙眼。她輕柔、甜美的唱了起來：『聖潔暮色已降臨……黃昏已至……』她停了下來，跟他一起望著西方，但前晚他們許願的那顆星還沒出現，儘管他們的影子已經拉長。

『還有什麼事嗎，歐黛塔？』他感到一股強烈的衝動，很想拖延時間。他以為只要他動身往回走，那股衝動就會消失，但現在那股衝動卻還是非常強烈，他拚命找藉口，想要再多留一些時間。

『給我一個吻，我只需要一個吻，如果你不介意。』

他給了她一個長長的吻，在他們的雙唇分離後，她抓住他的手腕，深情的看著他。『在昨晚之前，我從來沒有跟白人做過愛。』她說，『我不知道那對你來說重不重要，我也不知道那對我來說重不重要，但我想你應該知道。』

他想了想。

『對我來說並不重要。』他說，『在黑夜中，我想我們兩個都是灰色的。我愛妳，歐黛塔。』

她把手疊在他的手上。

『你是個可愛的年輕人，也許我也愛你，但是現在對我們兩個來說都太早了……』

在那一刻，一隻野貓好像得到了暗示，在槍客所謂的『灌木叢』裡號叫了起來。聽起來還有四、五哩遠，但比上次聽見時又近了四、五哩，而且聽起來是隻大貓。

他們轉頭望向聲音的來處。艾迪覺得他脖子上的寒毛想要站起來，但怎麼也站不起來。

他愚蠢的想著：抱歉了，寒毛，我想我的頭髮現在可能有點太長了。

號叫聲愈來愈高亢，成了痛苦的尖叫，好像受盡了折磨，即將痛苦的死去（事實上，那叫聲或許只代表了成功的交配）。叫聲持續了一會兒，幾乎讓人無法承受，然後聲音漸漸停歇，愈來愈低沉，最後終於完全消失，又或者是淹沒在永不止息的狂風中。他們等著號叫再起，但號叫聲卻不再出現。對艾迪來說，那並不重要，他再次從腰帶裡掏出手槍，遞給她。

『拿去，不要跟我吵。如果妳真的需要用它，它大概也沒個屁用——泡了水的槍老是這樣——但還是拿去。』

『你想吵架嗎？』

『噢，妳可以吵，愛怎麼吵就怎麼吵。』

歐黛塔看著艾迪接近淡褐色的雙眸，沉思著，過了一會兒露出了略微疲憊的微笑。『我想我不會吵。』她接過槍，『請你盡快回來。』

『我會的。』他再次親吻她，這次是匆匆一吻，他差點要叫她多多小心……但說實話，在這樣的情況下，她又能多小心呢？

他穿過愈來愈濃重的暮色，走下山坡（龍蝦怪還沒出來，但很快就會披著夜色出沒），再次看看寫在門上的字，他再次感到那股寒意。那些字真貼切，天啊，真是貼切。接著他回頭看著山坡，一開始他看不見她，但接著他看見有東西在動，是一隻淺棕色的手掌，她在揮手。

他也向她揮揮手，然後轉過輪椅，翹起較小、較脆弱的前輪，開始狂奔。他往南狂奔，衝向來時路。前半小時左右，他的影子跟他一起跑，像一個瘦骨如柴的巨人釘在他運動鞋的鞋底，往東方拉長數哩。然後太陽西下，他的影子不見了，龍蝦怪開始從海浪裡蹣跚而出。

在他聽見龍蝦怪嘁喳提問後十分鐘左右，他抬起頭，看見在深藍絲絨的天空中，夜星閃著寧靜的光芒。

聖潔暮色已降臨……黃昏已至……

讓她安全。他的腳很痛，他的呼吸太灼熱，讓他的肺部倍感沉重，而且還有第三趟旅程要完成，這次的乘客是槍客，雖然艾迪猜想羅蘭應該比歐黛塔重上個一百磅，他知道自己必須保留體力，但他還是繼續奔跑。讓她安全，那就是我的心願，讓我的愛人安全無恙。

然後，就像一個不祥的預兆，一隻野貓在劃過山丘的歪曲深谷裡放聲尖叫……只是這隻野貓聽起來跟在非洲咆哮的獅子一樣巨大。

艾迪加快腳步，推著無人乘坐的輪椅。很快的，狂風就吹過離開地面自由轉動的前輪，發出微弱、可怖的哀鳴。

11

槍客聽見一陣微弱的哭聲接近他，緊張了一下，但隨即聽見喘氣聲，馬上放鬆了下來。是艾迪！就算閉著眼，他也知道是艾迪。

等哭聲止息，跑步聲慢下來，羅蘭就張開眼睛。艾迪站在他面前，喘著氣，汗水從兩頰流下。他的襯衫被汗水濡濕了一大塊，貼在胸上。傑克．安多里尼曾經堅持他臉上還留著大學生的稚氣，但現在那抹稚氣已經消失無蹤。他的頭髮蓋在前額，褲襠裂了個洞，最後的神來一筆，是眼睛下面半月形的黑眼圈。艾迪．狄恩看起來是一團糟。

『我做到了，』他說，『我回來了。』他四下張望一番，然後回頭看著槍客，好像不敢相信眼前的一切，『天啊，我真的回來了。』

『你把槍給她了。』

艾迪覺得槍客看起來很糟——跟提前結束的凱復力療程之前一樣糟，甚至更糟一點。他的身上似乎散出陣陣熱氣，艾迪知道他應該替他感到難過，但現在他卻覺得火冒三丈。

『我千辛萬苦用破紀錄的速度跑回來，只換來你一句「你把槍給她了」。謝謝喔，老兄。我是說，我只希望你能表達一點謝意，現在我真的覺得他媽的感動斃了。』

『我想我只是說出了唯一重要的一件事。』

『噯，既然你提了，我就告訴你，我是把槍給她了。』艾迪說著，把雙手插在臀上，兇暴的看著槍客，『現在你有兩個選擇，一個是坐上輪椅，另一個是我把輪椅折一折，塞進你的屁眼裡。您要選哪一個，老爺？』

『都不選。』羅蘭微微笑了起來，一抹情不自禁的微笑，『你先睡一會兒，艾迪。時候到了事情自會分曉，但現在你需要睡覺，不睡不行。』

『我要回去找她。』

『我也想，但是如果你不休息，你半路就會昏倒，就這麼簡單。到時候你該糟，我更糟，她最糟。』

艾迪站了一會兒，猶豫不決。

『你回來得很快。』槍客讓步了，他瞇眼看著太陽，『現在是四點，也許是四點一刻。你睡五個，或是七個小時，等到天黑——』

『四個，四個小時。』

『好吧，睡到天黑，我想那是最重要的。然後你吃東西，然後我們出發。』

『你也吃。』

又是那抹隱約的微笑。『我盡力。』他冷靜的看著艾迪，『你的生命在我手中，我想你知道。』

『是的。』

『我綁架了你。』

『是的。』

『你想殺我嗎？如果你想殺我，現在就動手，不要讓我們……』他的呼吸咻咻作響。艾迪聽見他的胸腔裡傳來雜音，頗為不忍。『……讓我們再受苦了。』他硬是說完了話。

『我不想殺你。』

『那麼……』一陣突如其來的咳嗽打斷他的話，『……躺下吧。』他勉強把話說完。

艾迪躺下了。有時睡意會緩緩飄向他，但這一次，睡意卻像一個過於飢渴的戀人，粗暴的伸出手攫住他。他聽見（又或者只是在做夢）羅蘭說但是你不應該把槍給她，接著他就在黑暗裡待了一段未知的時間，然後羅蘭搖醒他，他費盡力氣坐起來，卻發現身體裡似乎只剩下疼痛：疼痛與重量。他的肌肉成了生銹的絞盤與滑輪，放在棄置的大樓中。他想站起身，卻沒有成功，而是重重跌在沙地裡。他再試一次，但卻覺得就連簡單的轉身，也要花他二十分鐘的時間，而且還會很痛。

羅蘭看著他，問道：『你準備好了嗎？』

艾迪點點頭。『準備好了。你呢？』

『好了。』

『你可以嗎？』

『可以。』

於是他們用餐……然後艾迪在這片受了詛咒的海灘上，踏上第三趟，也是最後一趟旅程。

12

那天晚上他們前進的速度很不錯，但在槍客要他停下來時，他還是覺得很沮喪。他沒有提出反對意見，因為他實在太累，不休息就走不下去，但他原以為他們的進度會更多。重量，重量是最大的問題。跟歐黛塔相比，推羅蘭就像推一堆鐵條。艾迪在日出前又睡了四小時，醒來時太陽從逐漸消蝕的山丘上探出頭，而那片消蝕的山丘正是山脈的遺骸。他聽見槍客的咳嗽聲。咳嗽聲很虛弱，胸腔裡充滿雜音，就像一個染上肺炎的老人。

他們四目交視，羅蘭的咳嗽聲成了笑聲。

『我還沒完蛋，艾迪，不管我聽起來怎樣，我都還沒完蛋。你呢？』

艾迪想起了歐黛塔的眼睛，搖搖頭。

『還沒完蛋，但我想來點起士漢堡跟百威[57]應該不錯。』

『百威？』槍客疑惑的說，想起皇家庭園的蘋果樹與春日繁花。

『當我沒說。上車吧，老兄。沒有四檔手排變速，也沒有活動天窗，但我們還是要跑他個幾哩路。』

於是他們上路，但在他離開歐黛塔的第二天夕陽西沉時，他們還是沒有到達第三扇門。艾迪躺下來，打算再昏睡四小時，但是只過了兩小時，尖銳的貓叫聲就把他驚醒，他的心噗通噗通的跳著。天啊，那畜生聽起來真是他媽的巨大。

[57] Bud，啤酒名，在英文中有抽芽之義。

他看見槍客用一隻手肘撐起身體，雙眼在黑暗中閃閃發亮。

『你準備好了嗎？』艾迪問，他慢慢站起來，痛得齜牙咧嘴。

『你呢？』羅蘭又問了一次，聲音極為輕柔。

艾迪扭了扭背，發出一連串鞭炮似的劈啪聲。『好了，不過我真的很想來點起士漢堡。』

『我還以為你想吃雞肉。』

艾迪哼了一聲。『饒了我吧，老兄。』

太陽完全離開山丘時，他們看見了第三扇門；兩個小時後，他們抵達了。

一家團圓了，艾迪心想，準備倒在沙地上。

但事實顯然不是如此，歐黛塔．霍姆斯不見了，一點蹤影都沒有。

13

『歐黛塔！』艾迪尖叫，現在他的聲音破碎粗啞，就像歐黛塔身體裡的另一個女人一樣。

他的喊叫沒有回音，如果有回音，至少還能讓他誤以為是歐黛塔的回應。這片低矮、消蝕的山丘傳不了回音，四周只有海浪拍打上岸的聲音，在這片狹窄的楔形岬角中，浪潮聲格外分明，此外就是浪潮拍打著在脆弱岩石中挖出的隧道盡頭，發出帶著節奏的空洞聲響，還有永不止息的慟哭風聲。

『歐黛塔！』

這次他尖叫得非常大聲，以至於他的聲音真的破了，一時間他覺得聲帶一陣刺痛，如鯁

在喉。他的眼睛瘋狂的掃視山丘，尋找揮動的淺棕色手掌，尋找她站起來的身影……尋找（願上帝原諒他）雜色岩石上鮮明的斑斑血跡。

他不由得暗忖，要是他真的發現血跡，或是發現手槍，而且發現光滑的檀木槍托上刻了深深的齒印，他該怎麼辦？這樣的情景可能會讓他情緒崩潰，甚至發瘋，但他還是繼續尋找。

他的眼睛什麼也沒看見，他的耳朵連最微弱的回應也沒有聽見。

此時，槍客正仔細端詳著第三扇門。他以為門上刻的會是兩個字，他和黑衣人曾在髑髏地促膝長談，黑衣人翻開第六張塔羅牌時，就說了那兩個字。死神，華特這麼說，但不是來找你的，槍客。

但門上刻的不是兩個字，而是三個字……而且沒有一個字跟死神有關。他再唸了一次，雙唇無聲的動著：

推人者

但意思還是死神，羅蘭這麼想，而且他知道事實確是如此。

艾迪的聲音漸行漸遠，羅蘭不由得回過頭。艾迪開始爬上第一道山坡，嘴裡仍然喊著歐黛塔的名字。

有那麼一會兒，羅蘭想要放手讓他走。

他也許會找到她，也許發現她還活著，傷得不重，而且還是歐黛塔。他猜想他們兩個人可以在這裡生活下去，艾迪對歐黛塔的愛，還有歐黛塔對艾迪的愛，也許可以壓住那個自稱是黛塔．渥克的惡夢。槍客看似嚴厲，但其實也是個浪漫至極的人，不過他也很實際，知道有時候愛真的可以戰勝一切。那麼他自己呢？就算他可以再次從艾迪的世界裡拿到那種曾經幾乎治癒他的藥，這次那些藥能徹底治好他嗎？也許那些藥根本完全起不了作用，他現在已是病入膏肓，他不由得懷疑或許事情並沒有太大的進展。他的手臂和雙腳疼痛不已，他的頭陣陣作痛，他的呼吸沉重，胸腔滿是濃痰，咳嗽的時候，左胸會發出疼痛的沙沙聲，好像斷了幾根肋骨，他的左耳感覺像火燒般灼熱。他心想，也許這次真的完了，真的必須打退堂鼓，但這個念頭激得他身體的每一寸起而反抗。

『艾迪！』他大吼，現在咳嗽聲完全不見了，他的聲音低沉、渾厚。

艾迪轉過身，一隻腳踩在原始的泥地上，另一隻腳踩在突出的礦石上。

『你走吧！』他說著，一隻手微微揮了揮，頗引人好奇，這個動作表示他想要擺脫槍客，好讓他專心辦正事，辦真正重要的事，也就是找到歐黛塔，必要時還要解救她。『沒關係，你走進那扇門，去拿你要的東西。你回來時我們兩個都會在這裡。』

『我很懷疑。』

『我必須找到她。』艾迪看著羅蘭，他的眼神非常年輕，完全赤裸，『我是說，我真的必須找到她。』

『我了解你的愛和你的需要。』槍客說，『但是這次我要你跟我一起去，艾迪。』

艾迪瞪著他好一會兒，好像在努力說服自己相信自己聽見的話。

『跟你去。』他終於開口，困惑不已，『跟你去！老天爺，現在我想天底下沒什麼話會讓我大驚小怪了。上次你是那麼堅持要我留下來，你甚至願意冒險讓我割斷你的喉嚨，現在你又要冒險讓野獸扯爛她的喉嚨！』

『她很可能已經死了。』羅蘭說，但是他知道她還沒死。女士可能受傷，但他知道她還沒死。

不幸的是，艾迪也知道。一個多禮拜沒碰毒品，他的腦袋清醒了許多。他指著那扇門。『你知道她沒死。如果她死了，那個該死的東西早就不見了，除非你跟我說我們三個一定要在一起是騙人的。』

艾迪想回頭繼續往上坡走，但是羅蘭的眼神卻讓他動彈不得。

『好吧。』槍客說。他的聲音輕柔，幾乎就像先前他無視於黛塔那張充滿仇恨、不斷尖叫的臉，對著困在裡頭的女人說話時一樣。『她活著。如果真是這樣，她為什麼不回答你？』

『呃……大山貓可能把她拖走了。』但艾迪的聲音聽起來很心虛。

『山貓可能會殺了她，飽餐一頓，吃剩的就棄之不理，最多是把她的屍體拖到陰涼的地方，免得照到陽光，肉質腐敗，好留待今晚再回來吃。但如果是這樣，那扇門應該會不見了才對。貓不像某些昆蟲，會癱瘓獵物，把獵物藏起來，之後再慢慢享用，你心知肚明。』

『不一定是真的。』艾迪說。突然間他聽見歐黛塔說你應該參加辯論社的，艾迪，但他隨即推開這個念頭。『可能有貓攻擊她，她想拿槍射貓，但前兩顆子彈沒發射。管他的，搞不好前四、五顆子彈都沒發射。大貓撲向她，抓傷她，就在千鈞一髮之際……砰！』艾迪一隻手握拳打在另一隻手的手掌中，好像親眼目睹了一切，『子彈殺死了大貓，或者傷了牠，或者把牠嚇跑了。如果是這樣呢？』

羅蘭和善的說：『那我們應該會聽見槍聲。』

一時之間，艾迪只能站著，沉默不語，想不出什麼辯駁之詞。他們當然會聽見，他們第一次聽見貓叫時，那隻貓大概有十五哩甚至二十哩遠，如果是槍聲……

他看著羅蘭，突然靈機一動。『也許你聽見了。』他說，『也許你在我睡著的時候聽見槍聲。』

『我會叫醒你。』

『可是我太累了，老兄。我睡著了，就像……』

『就像死了一樣，』槍客用同樣和善的語氣說，『我知道那種感覺。』

『那你就應該了解……』

『但你並不是真的死了。昨晚你也是睡得跟死人一樣，但是那些貓一放聲尖叫，你就立刻醒來，還站了起來，因為你關心她。沒有槍聲，艾迪，你心知肚明，你會聽見的，因為你關心她。』

『那她也許用石頭把貓砸昏了！』艾迪大吼，『他媽的如果我一直站在這裡跟你吵，而不是親自去看看究竟是怎麼回事，我怎麼知道她到底怎麼了？我是說，她可能就躺在某個地方，身受重傷，老兄！搞不好還快要流血致死！如果我真的跟你穿過那扇門，而她在我們在另一個世界闖蕩時死了，你覺得怎樣？如果你第一次轉頭看見那扇門還在，但是第二次轉頭卻發現門不見了，好像從來沒出現過，因為她死了，你覺得怎樣？到時候是你被困在我的世界，而不是我被困在你的世界！』他站立著，一邊喘氣，一邊怒瞪著槍客，雙手緊緊握拳。

羅蘭感到一股疲憊的惱怒。有人（也許是寇特，但他覺得比較可能是他的父親）曾經這麼說：寧可以湯匙舀盡海水而飲，也勿與戀人爭辯。如果這句話需要證明，眼前的男人就是個活生生的例子，這個男人站著俯視著他，充滿了叛逆與防衛之心。來啊，艾迪．狄恩的身體這麼說。來啊，不管你問什麼問題，我都能回答你。

『也許抓到她的不是貓。』現在艾迪這麼說，『這裡也許是你的世界，但我想你也沒來過這個地方，就像我也沒去過婆羅洲。你不知道山丘裡的東西是什麼，對不對？也許抓到她的是人猿之類的東西。』

『沒錯，是有東西抓住她。』槍客說。

『謝天謝地，生病還沒有讓你完全失去理智……』

『我們兩個都知道那東西是什麼。是黛塔．渥克。那就是抓住她的東西。黛塔．渥克。』

艾迪張開嘴，但是有那麼一會兒——只有短短數秒，但已足夠他們兩人了解真相——槍客無動於衷的面容讓辯才無礙的他也為之語塞。

14

『不一定是那樣。』

『過來一點，如果你要聊，咱們就來聊聊。每次我跟你說話都得用吼的才能壓過浪潮聲，我覺得我的喉嚨都快扯破了。』

『奶奶，妳的眼睛怎麼那麼大？[58]』艾迪說著，一動也不動。

『你到底在說什麼？』

『一個童話。』不過艾迪還是從山丘上往平地移動了幾步——只有短短四碼，『如果你覺得你可以騙我接近輪椅，你大概是童話故事看太多了。』

[58]艾迪模仿小紅帽的故事，諷刺羅蘭是大野狼。

『接近什麼?我不懂。』羅蘭說，但是他完全知道艾迪說的是什麼。

在他們上方接近一百五十碼，或許在東方四分之一哩處，一雙黑色的眼睛——機敏聰慧，但卻毫無人性的眼睛——專注的看著這一幕。要聽清楚他們的對話是不可能的，風聲、潮聲與挖著地底隧道的空洞浪聲淹沒了兩人的對話，但是黛塔不需要聽見，就知道他們說的是什麼。她不需要望遠鏡就能看到大壞蛋成了小病人，也許大壞蛋願意花上幾天甚至幾個星期，折磨一個沒腳的女黑鬼——照這兒的情形看來，找樂子是難上加難——但是她覺得小病人只想做一件事，也就是帶著他的大白屁股離開這裡，只要從那扇門就能拖著他的大屁股出去，但之前，他從來沒拖過什麼屁股;之前，大壞蛋哪兒也沒去，只進了她的腦袋。她還是不太願意想那是怎麼回事，又有什麼感覺，他又是怎麼輕易制伏她，儘管她費盡全力想要把他推出去，重新控制自己。那是個可怕的經驗，很可怕，更糟的是她完全不了解是怎麼回事。她恐懼的來源到底是什麼?真正嚇壞她的事情並不是有人闖入這件事。她知道她如果更仔細的檢查自己，就會知道答案，但這樣的檢查也許會領她進入絕境，就像古代水手到了最害怕去的地方，那個地方就是世界的邊緣，製圖者在地圖上標著:**此處有蛇蠍**。關於大壞蛋闖進她的腦袋，真正可怕的地方是它帶來的熟悉感，好像這個驚人的事情過去曾經發生過——不只發生過一次，而是發生過很多次。但是不管她害不害怕，她並沒有驚慌。就連她在掙扎時，她還是仔細觀察。在槍客用她的手控制輪椅，衝向那扇門時，她記得自己曾經往門裡頭看，她記得自己看見大壞蛋的身體躺在沙地上，艾迪．狄恩蹲在一旁，手上拿著刀。

真希望艾迪當初用刀子劃破大壞蛋的喉嚨!比殺豬更過癮!過癮個好幾倍!

他並沒有拿刀劃破大壞蛋的喉嚨，但是她看見大壞蛋的屍體。它還在呼吸，但是說它是屍體還是非常恰當，它不過是個沒用的東西，就像某個白痴在麻袋裡塞滿雜草或玉米莢一樣。

黛塔的腦袋或許跟老鼠的屁股一樣醜陋，但卻比艾迪更聰明、更敏銳。大壞蛋以前是窮凶極惡，但現在不是了。他知道我在這裡，想要在我下山做掉他之前開溜，但是他的小夥伴還很強壯，而且還沒整夠我，他想上來這裡捉我，不管大壞蛋的死活，這是當然的。他心裡會想：我這麼雄壯威武，區區一個黑婊子能把我怎樣？我不會逃，我要去抓那個下賤的黑女人。我要幹她個一、兩次才爽。很好，灰肉鬼。你覺得你可以抓到黛塔．渥克，你就穿著你的內褲上來試試，你會發現你幹的是全天下最好的婊子，小甜心！你會發現……

但是一個聲音卻越過浪聲與風聲，清楚的傳進黛塔耳裡，打斷了她像老鼠般亂竄的想法：那是一陣沉重的槍聲。

15

『我想你在隱瞞我，』艾迪說，『隱瞞我很多事。你想要騙我接近你，好一把抓住我，那就是我的想法。』他把頭轉向那扇門，但眼光仍然緊緊盯著羅蘭的臉。他渾然不覺在不遠處有人跟他有一樣的想法，他接著說：『我知道你病了，沒錯，但很可能你只是假裝病得很重，很可能你是在騙取我的同情，想要讓我接近你。』

『我可能是，』羅蘭說著，臉上毫無笑容，接著繼續說：『但我並不是。』

不過他確實是有些在裝病……

『不過靠近幾步應該無妨，不是嗎？我快沒力氣大吼了。』最後幾個音節變成了蛙叫般的沙啞聲音，好像在證明他的說法，『我必須讓你想想你到底在做什麼——或者是你打算做什麼。如果我不能說服你跟我一起走，也許我可以讓你再次提高警覺。』

『為了你寶貴的黑塔。』艾迪冷笑著說，但他還是從山坡上滑了一半下來，破爛的運動鞋踢起陣陣無精打采的紫褐色沙塵。

『為了我寶貴的黑塔跟你寶貴的健康。』槍客說，『更別提還有你寶貴的生命。』

他從左槍套裡滑出剩下的手槍，看著手槍，表情既悲傷又詭異。

『如果你覺得你可以用那玩意嚇唬我——』

『我不會。你知道我不能射你，艾迪，但是我想我需要替你上點課，讓你知道情勢已經變了，讓你知道情勢變化有多大。』

羅蘭舉起槍，槍口不是對準艾迪，而是對準空曠洶湧的大海，然後扣下扳機。艾迪繃緊了神經，以為會聽見沉重的槍響。

沒有槍響，只有無趣的喀嗒聲。

羅蘭拉起扳機，彈膛轉動，他再次按下扳機，同樣是一陣無趣的喀嗒聲。

『沒關係。』艾迪說，『在我的世界裡，國防部看見你第一次射擊的英姿，早就願意雇用你了，所以你不必——』

但沉重的轟然槍響不偏不倚的劃過艾迪最後一句話，就像他還是學徒時，練習射擊時也是不偏不倚的射下小樹枝一樣。艾迪跳了起來，槍聲讓山丘裡嘰嘰叫個不停的昆蟲停了一會兒，在羅蘭收槍入套後，牠們才慢慢的、小心翼翼的繼續鳴叫。

『他媽的那到底證明了什麼？』

『我想那全看你想聽什麼又不想聽什麼。』羅蘭的語氣有些嚴厲，『那應該證明並不是所有的子彈都是啞彈，此外那也顯示——而且是很強烈的顯示——你給歐黛塔的槍裡，可能有些子彈還能發射，甚至所有的子彈都能發射。』

『胡說！』艾迪停了一下，『為什麼？』

『因為我在剛剛發射的手槍裡裝滿了槍套尾端的子彈，也就是看起來泡水泡得最嚴重的子彈。我這麼做只是想在你離開的時候殺殺時間而已。裝子彈花不了多少時間，就算少了兩根手指也一樣，你懂吧？』羅蘭輕輕笑了起來，笑聲隨即轉成咳嗽聲，他伸出殘缺的拳頭遮住嘴，想壓下咳嗽聲。等咳嗽止息，他繼續說：『但是在發射過濕子彈後，你必須拆開槍，把槍清乾淨。拆開槍，把槍清乾淨，你們這群豬頭——這就是寇特恩師教我們的第一件事。現在我只剩一隻半的手，我不曉得要花多久時間拆槍、清槍，再把槍裝回去，但我想如果我還想活下去——而且我真的想活下去，艾迪，我真的想——我最好早點知道要花多久時間。知道要花多久時間，然後學著加快速度，你不覺得嗎？靠近一點，艾迪！看在你父親的份上，靠近一點！』

『眼睛大才能把妳看清楚，親愛的小紅帽。』艾迪說，但還是往羅蘭走了兩步，只有兩步。

『第一顆子彈發射時，我差點嚇得尿褲子。』槍客說，他再次笑了起來。艾迪感到一陣震驚，發現槍客已接近精神錯亂。『第一顆發射的子彈，相信我，我真的完全沒料到它會發射。』

艾迪想看出槍客是不是在騙他，想拿槍的事情糊弄他，裝病騙他。他病了，沒錯，但他真的病得這麼重嗎？艾迪不知道。如果羅蘭在裝病，他裝得還真像；至於槍，艾迪無從分辨，因為他是個外行人。在他莫名其妙在巴拉札那兒捲入槍戰之前，他大概摸過三次槍。亨利懂槍，但亨利已經死了——每次想到這件事，總是能出其不意的讓艾迪感到無比悲傷。

『其他的子彈都不能發射。』槍客說，『所以我清了槍，重新裝子彈，再次發射。這次我裝了比較接近皮帶釦的子彈，碰水碰得更少了。我們拿來打獵的子彈，也就是那些乾的子彈，是最靠近皮帶釦的子彈。』

他停了下來，用手摀著嘴乾咳了幾聲，然後繼續說。

『第二次有兩顆子彈成功發射。我再次拆槍，清槍，然後裝入第三批子彈。你剛才看見我發射的，就是第三批子彈的前三顆。』他虛弱的微笑，『你知道的，前兩枚子彈沒發射，我還以為我走什麼狗屎運，彈膛裡裝的全是濕掉的子彈。聽起來不太有說服力，對吧？你能不能再靠近一點，艾迪？』

『一點也沒有說服力。』艾迪說，『我想我現在已經夠近了，謝謝你。你跟我說這些，到底是要給我什麼教訓？』

羅蘭看著他，好像在看著一個低能兒。『我不是帶你來這裡死的，你知道，我不是帶你們兩個來這裡死的。老天啊，艾迪，你的腦袋跑哪兒去啦？她手上拿的可是活蹦亂跳的子彈！』他的眼睛緊緊盯著艾迪，『她就在這片山丘上。也許你覺得你可以追蹤到她，但如果這片山脈跟從這兒看起來的一樣崎嶇，恐怕你的運氣就沒那麼好了。她就躺在那兒，艾迪，不是歐黛塔，而是黛塔，她就躺在那兒，手上拿著活蹦亂跳的子彈。如果我離開你，你去找她，她就會轟得你腸子從屁眼裡噴出來！』

又是一陣狂咳。

艾迪看著坐在輪椅裡咳嗽的男人，浪潮拍打著海岸，風不停吹著傻子般的痴呆旋律。

最後他聽見自己的聲音說：『搞不好你故意留了一顆你知道能發射的子彈，我不相信你不會那麼做！』說完，他發現他說得一點也沒錯：他知道羅蘭是無所不用其極的。他的黑塔。

他那該死的黑塔。

還有他故意把能發射的子彈放在第三發，而不是第一發，真是太奸詐了！這樣一來，整件事看起來就更真實了，不是嗎？真教人不得不信。

『在我的世界裡有句話。』艾迪說，『叫做「賣冰箱給愛斯基摩人」。』

『什麼意思？』

『意思就是別白費力氣了。』

槍客盯著他看了許久，然後點點頭。『你執意留下，好吧。她變成黛塔，跟歐黛塔比起來，那些……那些山裡的野東西也許比較不會傷害她……而她不在你身邊，你應該也會比較安全——至少目前來說比較安全——但是我知道事情最後會是怎樣，而且我不太喜歡，可是我不會浪費時間跟傻瓜吵架。』

『你的意思是……』艾迪客氣的說，『沒有人跟你吵過你執意要找黑塔這件事？』

羅蘭露出疲累的微笑，『事實上，很多人跟我吵過，我想正因為如此，我知道我無法說動你。傻瓜最懂傻瓜。無論如何，我太虛弱了，追不到你，而且很明顯，你也太有戒心，我不能把你騙過來抓住你，也沒時間跟你吵，我只能自己一個人離開，祈禱萬事平安。在我離開前，我再告訴你最後一次，艾迪：提高警覺。』

然後羅蘭做了一件事，讓艾迪為先前的懷疑感到羞愧不已（雖說那時他是真心以為羅蘭在欺騙他）：他熟練的一甩手腕，甩開手槍的彈膛，然後丟掉所有的子彈，裝入最接近皮帶釦的新子彈。他再次甩動手腕，彈膛應聲扣上。

『現在沒時間清槍了。』他說，『但是我想也不重要了。現在好好接住槍，別弄髒——它已經夠髒的，別讓它更髒了。在我的世界裡，沒有太多機械是還堪用的。』

他把槍丟向艾迪。艾迪一緊張，差點失手沒接住，但他最後還是把槍安安穩穩的塞進褲腰帶裡。

槍客走下輪椅，扶著把手的雙手一推，輪椅往後滑動，害他差點跌倒，但他還是踉踉蹌蹌的扶住了那扇門。他抓住門把，在他的手中，門把輕輕鬆鬆就轉動了。艾迪看不見門後的景色，但卻隱約聽見車流聲。

羅蘭回頭看看艾迪，鏢靶般的藍眼在死灰般蒼白的臉上閃閃發光。

16

黛塔從她的藏身之處將一切看在眼裡，雙眼閃著飢渴的光芒。

17

『切記，艾迪。』槍客用粗啞的聲音說完，便往前邁出腳步。他的身體倒進門框，就像撞向一面石牆，而不是毫無阻礙的空間。

艾迪感到一股貪得無厭的衝動，想要衝進門去，看看它到底通往哪裡——通往哪個時代，但是他仍然轉過頭，再次掃視山丘，一隻手緊握著槍托。

我再告訴你最後一次。

突然間，掃視著荒涼的棕色山丘，艾迪害怕了起來。

提高警覺。

山丘上沒有東西在動。

至少他沒有看見有東西在動。

但他還是感覺得到她。

不是歐黛塔；槍客說得沒錯。

他感覺到的是黛塔。

他吞了口口水，聽見喉嚨裡咕噥了一聲。

提高警覺。

沒錯，但是他這輩子從來沒有感到如此致命的睡意。睡意很快就會襲擊他，如果他不自願投降，它就會以強暴之姿佔有他。

在他熟睡時，黛塔會來。

黛塔。

艾迪努力對抗倦意，看著靜止的山丘，雙眼覺得又腫又重，心想羅蘭還有多久才會帶回第三個人——推人者，不管他或者她是誰。

『歐黛塔？』他明知沒有太大的希望，還是出聲喊道。

回應他的只有一片沉默，對艾迪來說，漫長的等待再度開始。

chapter three

推人者

第一章 良藥苦口

1

槍客進入艾迪時，艾迪感到一陣噁心，還有一種被監視的感覺（當時羅蘭並沒有這種感覺，是艾迪之後告訴他的）。換句話說，他可以隱約察覺到槍客的存在。至於黛塔，羅蘭是被迫走上前，不管他喜不喜歡。她不只是察覺到他，奇怪的是，她似乎是在等待他——等待他或是另一個更常出現的訪客。不論如何，從他進入她的第一刻起，她就清清楚楚的知道他的存在。

杰克．摩特什麼感覺也沒有。

他太專心在那個男孩身上。

過去兩個禮拜，他一直在注意那個男孩。

今天他要下手推他。

2

羅蘭從這雙眼睛望出去，看見一個背對的人影，但即使人影背對著他，他還是一眼就認出了那個男孩。那個男孩與他在荒漠驛站相遇，他曾經從群山神諭的手中解救了那個男孩，也曾經在最終的選擇來臨時，在面對該救男孩一命，或是終於趕上黑衣人時，選擇了犧牲男孩。男孩在墜入深淵之前說：去吧——除了這裡，還有別的世界。是的，男孩說得沒錯。

那個男孩是傑克。

他一隻手拿著素面的棕色紙袋，一隻手提著藍色帆布袋的提帶。帆布袋裡頭的東西稜角突出，槍客猜想裡頭裝的一定是書。

男孩站在街邊等著過馬路，街道上車流洶湧——他發現此處跟囚犯和陰影夫人的城市是同一個城市，但現在什麼都不重要。什麼都不重要，除了在接下來幾秒會發生什麼事，或者不會發生什麼事。

傑克並不是穿過什麼神奇的門，進入槍客的世界；他進入槍客世界的入口更原始、更簡單：他在自己的世界裡喪生，藉此在羅蘭的世界裡誕生。

他遭人謀殺。

更精確一點，他是被推了一把。

他被推到街上，在上學途中被汽車輾斃，一隻手拿著便當袋，一隻手拿著書包。

他被黑衣人推了一把。

他要下手了！他現在就要下手了！這就是對我的懲罰，懲罰我在我的世界裡謀殺了他——要我在這個世界眼睜睜的看著他被謀殺，而我卻束手無策！

但不向殘忍的命運低頭，就是槍客這一生的職志——換句話說，那是他的業——於是他不假思索，邁步走上前，完全出自幾乎成為本能的反射動作。

就在此時，一個既可怖又諷刺的念頭閃過他的腦海：如果他進入的這個身體，就是黑衣人的身體呢？如果在他衝上前想拯救男孩時，卻看見自己伸出雙手推向他呢？如果這種主控感只是幻覺，是華特最後一個歡樂的玩笑，要讓槍客親手殺了那個男孩呢？

3

在那一刻，杰克．摩特突然失去了像箭一般纖細有力的注意力。就在他即將往前一跳，將男孩一把推向車潮中時，他覺得他的腦袋誤解了某個感覺，就像他的身體有時會弄錯疼痛的感覺是來自身體的哪個部分一樣。

在槍客走上前的時候，杰克．摩特覺得有蟲子跳到他的脖子上。不是大黃蜂或是小蜜蜂，牠不會螫人，只會叮人，弄得人發癢。也許是蚊子。他把自己會在關鍵時刻分神的錯，全怪在這隻小蟲的頭上。他用手一拍，回頭注意男孩。

他覺得這一切都發生在轉瞬之間，事實上卻是過了七秒。他沒有感到槍客迅速的前進，也沒有感到他同樣迅速的退去，他身邊的人（都是正要去上班的人，大部分來自下個街區的地下鐵站，臉上還帶著濃濃的睡意，眼神半夢半醒，恍恍惚惚）都沒有注意到，在那副拘謹的金邊眼鏡後，杰克的眼睛從平時的深藍色，變成較淺的藍色，也沒有人注意到那雙眼睛又變回正常的鈷藍色，但等一切發生完畢，他回頭注意那個男孩，卻發現他已經錯失良機，他感到一陣沮喪的憤怒，像荊棘一樣刺人。號誌燈變了。

杰克看著男孩跟其他的笨蛋一起過馬路，然後轉身往回走，左推右擠，在人潮中逆流而行。

『喂，先生！走路看路……』

杰克沒注意眼前出現了一個滿臉豆花的少女，杰克用力推開她，她抱著的課本散了一地，但杰克頭也不回，任憑她憤怒的哇哇大叫。他繼續往前走，走上第五大道，離開四十三街，而今天他原本就是要讓男孩死在第四十三街。他低著頭，雙唇緊緊抿著，看起來好像沒

有嘴巴，只在下巴上方有一條早已痊癒的舊傷疤。離開狹窄的街角後，他並沒有慢下來，而是加快速度往前走，經過五十二街、五十一街、五十街。在下一個街區的中間，他經過一棟大樓，男孩就住在那棟大樓裡。他幾乎一眼也不瞧大樓，儘管在過去的三個禮拜，他每天早上都從那棟大樓跟蹤男孩上學，跟著他走過三個半街區，到達第五大道上的那個街角，他把那個街角就稱為『推角』。

他推開的女孩在他身後尖叫，但杰克．摩特沒有注意，一個業餘的鱗翅類昆蟲學家是不會對一隻普通的蝴蝶多加注意的。

從某方面來說，杰克就像一個業餘的鱗翅類昆蟲學家。

他的正式職業是成功的合格會計師。

推人只是他的興趣。

4

槍客退到男人的腦袋後方，昏了過去。如果說有什麼值得寬心的事，也就只有這個男人不是黑衣人，不是華特。

剩下的則是純然的恐怖……純然的體悟。

與身體分離後，他的神智——他的業——跟過去一樣健康敏銳，但突如其來的領悟像一根鑿子，重重擊在他的太陽穴上。

這分領悟並不是在他走上前時出現，而是在他確定男孩安全無事，退回原處的時候。他看見這個男人和歐黛塔的關係，這個關係太荒謬，但卻又貼切得可怕，絕對不是偶然，於是他了解真正引出三人的力量是什麼，引出的三人又是誰。

第三個人不是這個男人，這個推人者，根據華特所說，第三個人是死神。

死神……但不是找你的。華特，即使在智窮才盡時還是跟撒旦一樣聰明的華特，曾經這麼說。標準的律師式回答……如此接近真相，以至於真相能夠藏身在它的陰影之中。死神不是找他的，死神將會變成他。

囚犯，女士。

死神是第三個。

他突然無比確定，自己就是第三個。

5

羅蘭走上前，就像一枚火箭，一枚沒有大腦的飛彈，經過設定，只要一看到黑衣人，就要將受他控制的身體射向黑衣人。

在當時，他完全沒有想過，如果他阻止黑衣人謀殺傑克，事情會變成怎樣——或許會出現違反常理的矛盾現象，時間與空間會出現異常的瘻管，將他抵達驛站後所發生的事情一筆勾消……因為如果他在這個世界裡救了傑克，在另一個世界裡他就不會遇見傑克，之後發生的一切也會隨之改變。

會有什麼改變？連猜也不可能猜，或許他的遠征會就此告終，但這樣的念頭卻從來沒有出現在槍客的腦海裡，而且當然，這種事後諸葛的想法也是毫無意義的。如果他真的碰到黑衣人，沒有什麼後果、矛盾或是已注定的命運，能阻止他操縱那副軀體，低下頭，直直撞向華特的胸膛。羅蘭無法控制自己，就像一支槍無法抗拒扣下扳機的手指，彈在膛上，不得不發。

如果一切會因此墮入毀滅的地獄，那就下地獄去吧！

他迅速掃視在街角聚集的人群，看著每一張臉（他看女人跟看男人一樣仔細，想確定沒有人男扮女裝）。

華特不在那兒。

漸漸他放鬆下來，就像扣著扳機的手指可能在最後一刻鬆開。不，華特不在男孩的附近，不知為何，槍客很確定時機未到。時機還未到，很接近了——也許再過兩個禮拜，一個禮拜，甚至只要再過一天——但還沒有到。

所以他退了回去。

在退回去的路上他看見……

6

……然後震驚得昏了過去：第三扇門後的男人曾經坐在一棟大樓的無人房間窗戶旁，大樓裡滿是無人居住的房間——無人居住，除了酒鬼和瘋子有時會在這兒過夜。你知道誰是酒鬼，因為你可以聞到他們絕望的汗水與憤怒的尿意；你也知道誰是瘋子，因為你可以聞到他們紊亂思緒的臭味。房裡僅有的家具是兩張椅子，杰克．摩特兩張椅子都用了：一張拿來坐，一張拿來擋住通往走廊的門。他知道不會有人來打擾，但凡事還是小心為上。他離窗戶很近，可以看見外頭的景色，但卻又離傾斜的陰影線夠遠，不會有人意外瞧見。

他的手上拿著一塊易碎的紅磚。

紅磚是從窗外撬下來的，附近還有很多鬆動的磚頭。紅磚很舊，邊緣已經磨損，但仍然沉重。古老的灰泥塊緊緊黏著紅磚，就像擺脫不了的舊習。

男人想要把石塊丟在某人的頭上。

他不在乎是誰，說到謀殺，杰克．摩特對所有人一視同仁。

過了一會兒，一家三口人經過下方的人行道：男人、女人、小女孩。女孩走在內側，想必是讓她遠離來往的車輛。這裡相當接近火車站，所以車潮洶湧，但杰克．摩特並不在乎來往的車潮，他在乎的是他的正對面沒有建築物，對面的建築物已經拆除，留下一片滿是碎木板、碎磚塊和碎玻璃的雜亂荒原。

他只會探出頭幾秒，而且他戴著太陽眼鏡，金髮上還戴著過季的毛線帽，就像門把下的那把椅子一樣，雖然你已經清除了所有意料中的風險，但想辦法減少剩下的意外風險，也是有益而無害。

此外，他還穿著一件過大的毛衣——毛衣幾乎長到了大腿中間。要是真的有人看見他，這件鬆垮的衣服可以混淆視聽，讓人無從確定他的身材胖瘦與身形（他相當瘦），而且還有另一個目的：每次他向某人投下『深水炸彈』（他總是這麼形容它：投下『深水炸彈』），他都會忍不住洩在褲子裡，寬大的毛衣能夠遮住在牛仔褲上形成的潮濕污點。

現在他們更接近了。

不要操之過急，耐心等，耐心等……

他在窗邊顫抖著，彎腰把磚頭往前伸，再往前伸，再拉回來（但這次只拉回一半），然後把身體往前靠，完全冷靜了下來，在倒數第二刻，他總是能如此冷靜。

他丟下磚頭，看著它落下。

磚頭往下掉，頭尾翻了一圈，在太陽下，杰克清楚看見緊黏著磚塊不放的灰泥。只有在這樣的時刻，一切事物才會變得清楚無比，一切事物都成了精確無瑕且對稱完美的實體，躍然而出。眼前是一件他親手推出來的作品，就像雕塑家將鎚子擊在鑿子上，雕琢石塊，從野蠻的巨大火山口創造出新的實體。眼前是世上最令人讚嘆之物：既符合邏輯，又充滿狂喜。

他也有失了準頭的時候，就像雕塑家有時會失手，或雕不出作品，但這次卻是完美的一擊，磚塊不偏不倚，擊中穿著明亮格紋洋裝的女孩頭部。他看見血噴出來——血比磚塊更鮮紅，但一旦乾掉，也會跟磚塊一樣成為褐紅色。他聽見母親的尖叫聲，然後動身逃離現場。

杰克走過房間，把放在門把下的椅子丟到房間深處的角落（他在走過房間時踢開了另一張椅子，也就是他在等待時坐的那張椅子）。他掀起毛衣，從臀部的口袋裡拿出一條印花大手帕，隔著手帕轉動門把。

不能留下指紋。

只有外行人會留下指紋。

門還沒完全打開，他就把印花大手帕塞回臀部的口袋裡。在走到走廊上時，他裝出略帶醉意的步伐，他沒有四下張望。

只有外行人會四下張望。

內行人知道，四下張望想確認沒有人往這兒看，只會更引人注意。四下張望是目擊證人在意外過後可能會記得的事情，然後某個自以為了不起的條子可能會決定它是一件可疑的意外，著手展開調查。全只因為一次緊張的四下張望。即使有人決定這件『意外』很可疑，真的展開調查，杰克也不覺得會有人把他跟這件罪案扯上關係，但是……

只冒可以接受的風險，減少剩下的風險，換句話說，永遠都要在門把下擱一張椅子。

所以他走下粉塵遍佈的走廊，走廊兩旁抹著灰泥的牆壁龜裂，露出一條條打底的木板，他低著頭走路，喃喃自語，就像路上的流浪漢。他仍然可以聽見那個女人——他猜想是小女孩的母親——在尖叫，但尖叫聲是來自大樓的前方，既微弱，又不重要。對杰克來說，事後發生的所有事情——尖叫、混亂、傷者的呼號（如果傷者還能呼號的話），都不重要，重要的是推動東西這件事改變了生活的常軌，將新的線條刻入許多人的生命之中……或許不只改變了被擊傷者的命運，而是連帶影響了周遭的人士，就像是石頭落入平靜的池塘中，激起陣陣漣漪。

難道我們不能說，今天他雕塑了宇宙，或者在未來即將雕塑宇宙？

天啊，難怪他會洩在褲子裡！

他一連走下兩層階梯，都沒有遇見任何人，但他還是繼續假裝。他邊走邊微微搖著身體，但並沒有晃得過火。微微搖著身體不會有人記得，但是晃得過火則會惹人注意，很可能會讓人留下印象。他喃喃自語，但說的話沒人聽得懂，演技自然會比矯揉造作來得好。

他走出壞掉的後門，進入一條小巷，小巷裡滿是垃圾與破掉的瓶子，瓶子上閃著陽光，彷彿白晝裡的銀河。

他已經預先計畫好逃跑的路線，就像他做什麼事都會預先計畫一樣（只冒可以接受的風險，減少剩下的風險，不管做什麼，都要像個內行人），正因為他凡事都做好計畫，所以同事都說他前途無量（他的確希望自己前途無量，但他可不希望自己的前途包括進監牢，或是坐電椅）。

有些人在街上跑著，經過小巷口，但他們全是去看那聲尖叫是怎麼回事，沒有人多看杰克．摩特一眼，他已經拿掉過季的毛線帽，但還戴著太陽眼鏡（在這個明亮的早晨，戴著太陽眼鏡似乎並不突兀）。

他轉進另一條小巷。

從另一條街出來。

現在他在一條小巷子裡從容漫步著，這條小巷沒有前兩條髒亂，事實上幾乎算是一條小路了。小路通往另一條街，再往下走一個街區有個公車站牌，他到達那兒不到一分鐘，一輛公車便到站，這也是他計畫的一部分。車門像手風琴般打開，杰克上車，在零錢箱裡投了十五分錢。駕駛沒有多看他，這很好，但就算他多看杰克一眼，他也只會看到一個穿著牛仔褲的平凡男子，一個可能失業的男子——他身上的毛衣看起來好像是從救世軍慈善摸彩袋裡摸來的。

做好萬全的準備，像個內行人。

這就是杰克．摩特的成功祕訣，在工作上是如此，在遊戲時也是如此。

九個街區後有一個停車場。杰克．摩特步下公車，進入停車場，解開車子的鎖（一輛保養得宜，不起眼的五〇年代中期雪佛蘭），開車回到紐約市。

他逍遙又自在。

7

槍客在短短的一瞬間，看見了這一切。在他關閉無比震驚的心靈，將其他的影像隔絕在外之前，他看到了更多景象，沒有全部看見，但已經足夠，已經足夠。

8

他看見摩特拿著『易捷拓牌』的剪刀，在《紐約每日鏡報》第四版上剪報。他小心翼翼的沿著報導的邊緣線剪。標題上寫著：**黑人女孩遭逢悲劇意外昏迷不醒**。他看著摩特拿著漿糊蓋上附的刷子，在剪報後面刷上漿糊，看著摩特把剪報貼在剪貼簿空白頁的正中央，剪貼簿看起來又重又厚，想必裡頭已經貼了不少剪報。他看見這篇剪報的開頭幾行：『五歲大的歐黛塔．霍姆斯前往紐澤西伊莉莎白城，歡慶盛事，但卻遭逢殘忍古怪的意外。在參加阿姨的婚禮兩天後，歐黛塔．霍姆斯和家人步行前往火車站時，一塊磚塊從……』

但那不是他第一次與她交手，不是嗎？不，天啊，不是。

從那個早上到歐黛塔失去雙腳的那個晚上之間，隔了許多年，在這許多年間，杰克．摩特丟下很多東西，推了很多人。

然後又碰上了歐黛塔。

第一次他是把東西推在她身上。

第二次他是把她推到某個東西前面。

我要利用的這個男人，到底是個什麼樣的人？什麼樣的人……

但接著他想起了傑克，想起那重重一推，將他推進他的世界，然後他覺得自己好像聽見了黑衣人的笑聲，於是他再也承受不了。

羅蘭昏了過去。

9

他悠悠醒轉時，眼前看到一排排密密麻麻的數字在一張綠色的紙上大步走著。紙張兩側都畫了線，所以每個數字看起來都像關在監牢裡的犯人一樣。

他心想：還有別的事情。

不只是華特的笑聲，還有別的事情——一個計謀？

不，天啊，不是——這件事沒有計謀那麼複雜，那麼充滿希望。

但至少是個想法，一個令人渾身發癢的東西。

我昏了多久？他突然驚覺這個想法。我穿過那扇門時大概九點，也許更早，我到底昏了多久？

他走上前。

杰克·摩特（現在他只是受到槍客控制的一副傀儡）稍稍抬起頭，看見桌上昂貴的石英時鐘指針指著一點十五分。

天啊，這麼晚了？這麼晚了？但是艾迪……他這麼累，一定沒辦法保持清醒這麼久……

槍客轉動杰克的頭。門還在，但他看見的景象比他想像的糟了許多。

門旁有兩個陰影，一個是輪椅的陰影，另一個是人影……但人影並不完整，它用雙手撐著身體，因為它的小腿像羅蘭的手指與腳趾一樣，被迅雷不及掩耳的暴行一把奪走。

人影移動了。

羅蘭立刻把杰克·摩特的頭轉回來，迅捷如揮鞭，就像一條攻擊獵物的毒蛇。

絕對不能讓她看見，除非等我準備好。在我準備好之前，她什麼都不能看見，只能看見這個男人的後腦勺。

事實上，黛塔·渥克根本不會看見杰克·摩特，因為任何人從那扇敞開的門看出去，都只能看到宿主看見的東西。只有在摩特照鏡子時，她才可以看見摩特的臉（不過那可能會導致一連串混亂的矛盾與重複），但就算如此，對兩位女士來說也毫無意義，因為女士的臉對杰克·摩特來說也是毫無意義。雖然他們曾有兩次致命的親密接觸，但卻從來沒正眼看過對方。

槍客不希望女士看見的，是另一個女士。

至少不是現在。

在他腦中一閃而過的靈光愈來愈像個計謀。

但在另一個世界裡，時間已經很晚了——從陽光判斷，他認為應該是下午三點，甚至四點。

還有多久日落會帶來龍蝦怪，帶來艾迪的死亡？

三個小時？

兩個？

他可以回去救艾迪……但那會正中黛塔的下懷。她佈了一個陷阱，就像村民因為害怕致命的野狼，於是決定犧牲羔羊，引野狼進入弓箭的射程中。他會回到他那重病的身體……但不會太久。他只看見她的影子，是因為她躺在門邊，一隻手握著他的手槍，只要羅蘭的身體一動，她就會一槍結束他的性命。

因為她怕他，所以他不會死得太痛苦。

而艾迪則會痛苦尖叫著死去。

他似乎聽見黛塔．渥克令人作嘔的咯咯笑聲：你想對付我啊，灰肉鬼？你當然想對付我！你才不怕一個小小的斷腳黑女人，對吧？

『只有一個方法，』杰克的嘴巴喃喃說道，『只有一個。』

辦公室的門打開，一個戴著眼鏡的禿頭男人探頭進來。

『朵夫曼的帳戶你弄得怎樣啦？』禿頭男人問。

『我不太舒服，我想八成是午餐的問題。我想先走。』

禿頭的男人看起來很擔心。『也許是蟲。我聽見有隻討厭的蟲在附近飛來飛去。』

『也許。』

『好吧……只要你在明天下午五點前搞定朵夫曼就行……』

『好的。』

『因為你知道他有時候真的很混蛋……』

『我知道。』

禿頭男人看起來有點不安，他點點頭。『好，回家吧，你看起來不像平常的你。』

『沒錯。』

禿頭男人匆匆走出門。

槍客心想：他感覺到我了。那是一部分的原因。一部分而已，不是全部。他們很怕他，他們不知道為什麼，但就是怕他。他們確實應該怕他。

杰克・摩特的身體站起來，找到槍客進入時，男人手上拿著的公事包，把桌上所有的文件都掃了進去。

他感到一股衝動，想回頭看看那扇門，但卻忍了下來。在他準備好冒著失去一切的風險回去之前，他不會回頭。

而現在，時間有限，還有事情該做。

第二章 蜜糖罐

1

黛塔躺在石縫的深沉陰影中。形成石縫的石頭緊緊相依，就像一群人在分享什麼玄奇的祕密時被化成了石頭。她看著艾迪在佈滿碎石的山坡爬上爬下，喊得喉嚨都啞了。他臉頰上的細鵝毛終於變成了鬍子，猛一看還以為是個大人，除了他靠近她的那三、四次（有一次他甚至近到她伸出手就能抓住他的腳踝）。在他靠近時，你就能看見他不過是個孩子，而且是個筋疲力竭的孩子。

歐黛塔會感到憐惜，而黛塔只感到自然界掠食動物冷靜、纏繞的敏捷。

她一開始趴在那兒的時候，覺得手底下有東西劈啪作響，像空谷山林中的晚秋樹葉。等她的眼睛適應黑暗，她發現那不是樹葉，而是小動物的骨頭。某些掠食動物（如果這些骨頭沒有說謊，這些掠食動物應該死了很久）曾經在這裡築巢，可能是黃鼠狼或是雪貂。牠可能在晚上出沒，憑著嗅覺，深入卓爾地，到達樹林與矮樹叢更為濃密之處——依著專聞獵物的嗅覺。牠獵殺，進食，把剩下的獵物帶回這裡，等著隔天再享用，然後牠躺下來，等著夜晚來臨，等著狩獵的時機再次來臨。

現在，這裡有一隻更大的掠食動物，一開始，黛塔以為自己會做跟前任住戶一樣的事情：等艾迪睡著（他幾乎一定會睡著），殺了他，把他的屍體拖到這兒。接著她會拿著槍，把自己拖回門邊，等著真正的大壞蛋回來。她的第一個想法是一解決艾迪，就殺了大壞蛋的身體，但那樣一點用也沒有，不是嗎？如果大壞蛋沒有身體回來，黛塔就不能離開這裡，回到她自己的世界。

她能強迫大壞蛋帶她回去嗎？

也許不能。

但也許有可能。

如果他知道艾迪還活著，也許有可能。

於是她有了一個更好的主意。

2

她非常狡猾，如果有人敢這麼說，她一定會粗魯的嘲笑回去，但是她也很沒有安全感。因為她沒有安全感，所以她只要碰到似乎比她聰明的人，她就覺得對方很狡猾，那就是她對槍客的感覺。她聽見一聲槍響，仔細一看，看見他剩下的那支槍槍口冒著煙。他重新裝填子彈，把槍丟給艾迪，然後走進那扇門。

她知道那對艾迪來說代表了什麼意思：並不是所有子彈都是濕的，那支槍可以保護他。她也知道那對她來說代表了什麼意思（因為大壞蛋當然知道她在偷看，就算兩人在閒聊時她在睡覺，那聲槍響也一定會驚醒她）：離他遠一點，他拿的可是真槍實彈。

但惡魔可是很難捉摸的。

如果那齣小小的戲碼是演給她看的，會不會大壞蛋心裡還有另外一個企圖，而這個企圖是她或是艾迪都沒有看出來的？也許大壞蛋心想，如果她看見這支槍裡的子彈可以發射，她一定也會知道她從艾迪身上拿的那支槍或許也能發射。

但要是他已經猜到艾迪會睡著呢？難道他不知道她會等他睡著，等著把槍偷走，然後慢慢爬到山坡上去躲起來？是的，那個大壞蛋可能已經預知了一切。對一個白鬼來說，他還算是聰明，至少夠聰明，知道那個白小子不是黛塔的對手。

所以也許那個大壞蛋故意把這支槍裡都裝滿了不能發射的子彈。他曾經騙過她一次，為什麼不能騙第二次？這次她不敢大意，確定彈膛裡裝的不只是空彈殼，沒錯，它們看起來是真的子彈，但那並不表示它們是真的子彈。他根本不用憑運氣猜到子彈裡有一顆是乾的，能夠發射，不是嗎？他可以把子彈全部修好，畢竟，槍可是大壞蛋最熟悉不過的東西。那他為什麼要那麼做？還用說，當然是要騙她現身！然後艾迪可以用真正能用的槍瞄準她，這次他不會再犯同樣的錯誤，不管他是不是很累，事實上，他會特別小心不要犯同樣的錯誤，因為他很累。

真是高招，白鬼，黛塔在她陰暗的巢穴裡這麼想。這個陰暗的地方雖然狹小，但卻是莫名的舒適，地上還鋪著軟化、腐爛的小動物骨頭當作地毯。真是高招，但是我不會上當的。

畢竟，她並不需要真的射死艾迪，她只需要等。

3

她的一個恐懼，是槍客會在艾迪睡著前回來，但他還沒回來。軟綿綿倒在地上的身體動也不動。也許他去拿藥時碰到什麼麻煩——就她所知，是另外一種麻煩。像他這種男人最容易惹上麻煩，就像發情的母狗很容易就找到好色的公狗一樣。

兩個小時過去了，艾迪還在找他稱為『歐黛塔』的女人（她真是恨透了那個名字），在

低矮的山丘上跑來跑去，吼得聲音都沒了。

最後艾迪終於讓她如願以償：他回到那片小小的海灘岬角，坐在輪椅旁，悲傷的環視四周。他伸手摸著輪椅一側的輪子，那撫摸充滿情感，幾乎稱得上是愛撫。然後他把手放下來，深深嘆了一口氣。

這一幕讓黛塔的喉嚨感到一陣鋼鐵般的劇痛，一陣疼痛像夏日閃電一般貫穿她的頭，她似乎聽見一個聲音在喊叫……在喊叫或是在命令。

不，不准！她這麼想著，完全不知道她想的是誰，也不知道是在對誰說話。不，不准！這次不准，或許以後也永遠不准。那陣雷電般的疼痛再次劃過她的頭，她的雙手捏成了兩個拳頭，她的臉也皺成了一個拳頭，扭成一幅專注的譏笑——這個表情既醜陋，卻又帶著近乎喜樂的決心，醒目而且引人注意。

雷電般的疼痛不再出現，那道偶爾透過疼痛說話的聲音也不再出現。

她靜靜等待。

艾迪把下巴擱在拳頭上，撐著頭，但很快的，他的頭還是開始慢慢下垂，拳頭往臉頰上滑。黛塔靜靜等待，黑色的眼睛閃閃發亮。

艾迪的頭猛然抬了起來，他掙扎著站起身，走到水裡，往臉上潑水。

沒錯，白小子。可惜這個世界裡沒有什麼抗瞌睡藥，否則你早就拿來吃了，不是嗎？

這次艾迪坐到輪椅上，但他顯然發現坐在輪椅上太舒服了，於是在盯著那扇敞開的門許久之後（你看到什麼啦，小白鬼？黛塔願意撒大錢知道你到底看到什麼），他撲通一聲，一屁股坐在沙地上。

再次用雙手撐著頭。

很快他的頭又開始往下滑。

這次是兵敗如山倒，他的下巴靠在胸上，即使浪潮洶湧，她還是聽得見他的鼾聲。很快他就往旁邊倒下，身體蜷了起來。

她突然對倒在那兒的白小子感到一陣針刺般的同情，她驚訝萬分，厭惡無比，而且心驚膽跳。他看起來不過就是個毛頭小子，想要在除夕熬夜到半夜，但最後還是功虧一簣。然後她想起他和大壞蛋想騙她吃有毒的食物，還拿真的能吃的食物在她面前晃來晃去，然後又在最後一刻把食物拿走……至少等到他們怕她真的會餓死時，才給她東西吃。

如果他們怕妳會死，為什麼一開始要給妳吃有毒的食物呢？

這個問題讓她覺得很害怕，就像那陣短暫的同情感也讓她覺得很害怕。她不習慣質問自己，此外，在她腦袋裡質問她的聲音，聽起來一點也不像她的聲音。

他們給我吃有毒的食物不是想毒死我，只是想讓我生病。他們想坐在那兒大笑，看我一邊吐一邊呻吟！

她等了二十分鐘，然後開始往海灘前進，用手掌和強壯的手臂拖著身體前進，像蛇蠍般扭著身體，雙眼緊緊盯著艾迪。她願意再等一個小時，甚至半個小時也好，等那個操他媽的混蛋睡得不省人事比較保險。但現在等待是種奢侈，她負擔不起，大壞蛋隨時都可能回來。

她一邊靠近艾迪躺著的地方（他還在打呼，聽起來像是鋸木廠裡即將故障的電鋸），一邊撿起一塊石頭，石頭的一面平滑得令人滿意，而另一面又尖銳得令人滿意。

她握住平滑的那一面，繼續像蛇蠍般爬向他躺著的地方，眼中閃著赤裸的謀殺光芒。

4

黛塔的計畫簡單至極：用石頭尖銳的一面猛敲艾迪，直到他跟石頭一樣動也不動。然後她把艾迪身上的槍拿走，等羅蘭回來。

等他的身體一坐起來，她就會給他兩個選擇：帶她回她的世界，或是拒不從命，慘死槍下。她會這麼說：親愛的，不論怎樣，你都得聽我的。你的男朋友嗝屁了，你可不能隨心所欲做你愛做的事了。

如果大壞蛋給艾迪的槍沒有用，她還是能殺了他。她會用石頭砸死他，或是用雙手勒死他。他病了，而且還少了兩根手指，他不是她的對手。

但在她接近艾迪時，一個不安的念頭閃過她的腦袋。是另一個問題，而且似乎又是另一個聲音在問這個問題。

要是他知道呢？要是妳一殺了艾迪他就知道了呢？

他什麼也不會知道，他忙著拿他的藥哩！大概還忙著找人幹一炮！

陌生的聲音沒有回答，但懷疑的種子已經種下。她在睡覺時聽見他們說話，聽到大壞蛋想要做一件事，她不知道是什麼事，只知道跟某個塔有關係。也許大壞蛋以為這個塔裡面滿是金銀財寶。他說他需要她、艾迪，和另一個傢伙才能到那裡，黛塔猜想也許他說的是真的，不然那些門在那兒幹嘛呢？

如果那扇門具有魔力，那麼他可能會知道她殺了艾迪。如果她殺了他前往黑塔的路，她想她可能就是殺了灰肉鬼唯一的生存目的。如果那個操他媽的混蛋知道他沒有了生存的目的，那麼他可能什麼都做得出來，因為那個操他媽的混蛋什麼都不在乎了。

但如果她不能殺艾迪，那她該怎麼辦呢？她可以趁艾迪熟睡時把槍偷走，但要是大壞蛋回來，她能夠同時應付兩個人嗎？

她不知道。

她的眼神移向輪椅，移開，然後又馬上移回來。皮製的椅背上有個深口袋，一綑繩子從口袋裡突出來，是他們先前拿來把她綁在椅子上的繩子。

她看著繩子，突然了解自己該怎麼做。

黛塔改變方向，開始往槍客毫無生氣的身體爬去。她打算從他稱為『錢包』的包袱裡拿到她要的東西，然後盡快拿到繩子……但突然間那扇門讓她僵了一會兒。

就像艾迪，她覺得她看到的景象很像電影……只不過更像犯罪電視劇。場景是藥局，她看見藥劑師嚇得屁滾尿流，但黛塔並不怪他，因為有支槍正對著他的臉。藥劑師在說話，但他的聲音很遠，很不清楚，好像隔著隔音板一樣。她聽不出來他在說什麼，也看不見拿槍的人是誰，但話說回來，她不需要看見搶匪是誰，不是嗎？她知道他是誰，當然。

是大壞蛋。

也許在那兒看起來不像他，也許看起來像個五短身材的蹩腳貨，甚至看起來像個黑人同胞，但裡頭還是他。他沒花太多時間就找到另一支槍了，不是嗎？我敢打賭，找槍對他來說永遠都是這麼輕而易舉。妳動作得加快了，黛塔．渥克。

錢包裡原本放了許久的菸草，但菸草早已用完，她一打開錢包，一股微弱、懷念的菸草香味就飄了出來。從某方面來說，這個包袱確實很像女士用的錢包，一眼望去會以為裡面裝滿了雜七雜八、花稍無用的小玩意，但仔細一瞧，會發現裡面裝的都是為了應付各種緊急狀況所準備的旅行用品。

她覺得大壞蛋應該找了他的黑塔很久，如果真是如此，這裡頭的東西這麼少，有些東西還又破又爛，但大壞蛋居然能撐過這麼漫長的旅程，著實令人驚奇。

妳動作得加快了，黛塔．渥克。

她拿了她需要的東西，然後安安靜靜、像蛇蠍一般爬回輪椅。抵達輪椅後，她用一隻手撐在扶手上，從袋子裡拉出繩索，就像漁夫在收釣魚線一樣。她不時瞧瞧艾迪，確定他沒醒過來。

他動也不動，直到黛塔把繩圈套在他的脖子上，然後使勁一拉。

5

他身不由己的被往後拉扯，一開始以為自己還在睡覺，他只是在做一個可怕的惡夢，夢見自己被活埋或是被悶死。

然後他感到繩圈陷入他的喉嚨，感到溫熱的口水在他拚命想呼吸時從他的臉上滑落，他的臉開始發紫。

『別掙扎了！』黛塔從他身後嘶聲說，『如果你不掙扎，我就不會殺你，但如果你繼續掙扎，我就會把你勒死。』

艾迪低下頭，努力保持冷靜。黛塔套在他頭上的繩圈稍稍鬆了一點，讓他能夠呼吸一口稀薄、灼熱的空氣，要說這口氣有什麼好的，也只有比不呼吸好那麼一丁點兒。

等到他驚慌的心跳稍稍慢下來，他便開始想回頭瞧瞧。繩圈又立刻拉緊。

『沒關係，你就繼續看你的海景，灰肉鬼。現在你乖乖看你的海景就好。』

他回頭看著海景，繩圈又鬆了下來，再施捨他幾口灼熱的空氣。他的左手悄悄摸向褲腰帶（但她看見了，雖然他不知道，但她咧開了嘴開心的笑了起來）。什麼也沒有。她把槍拿走了。

她在你睡著的時候爬過來，艾迪。當然，是槍客的聲音在說話。現在跟你說『我早就告訴你了』，似乎沒什麼用，但是……我早就告訴你了。這就是被愛沖昏頭的下場——繩圈套在你的脖子上，背後還站了一個拿著兩支槍的瘋女人。

但如果她要殺我，她早就殺了，她可以趁我睡著的時候下手。

那你以為她想幹嘛呢，艾迪？給你一張所有費用已經預先付清的雙人門票，跟你到迪士尼樂園一遊？

『聽著，』他說，『歐黛塔……』

繩圈再次野蠻的緊緊勒住，他差點連話都說不出來。

『不准你那樣叫我！下次你再那樣叫我，就是你最後一次叫人的名字了！我的名字是黛塔．渥克，如果你這塊漂白的狗屎還想繼續呼吸，最好給我記住！』

艾迪發出窒息、作嘔的聲音，雙手胡亂抓著繩圈，他的眼前開始綻出黑點，就像邪惡的花朵。

最後勒著他脖子的繩子再度鬆開。

『懂了嗎，白鬼？』

『懂了。』他說，但他只能勉強發出粗啞的聲音。

『那就給我說，說我的名字！』

『黛塔。』

『說我的全名！』危險的歇斯底里在她的聲音裡顫抖，在那一刻，艾迪很慶幸自己看不見她。

『黛塔．渥克。』

『很好。』繩圈又鬆了一點，『現在聽我說，白麵包，而且如果你想活到日落，就給我乖乖照做。你別想給我耍花招，就像我看見你剛才想偷偷拿那把槍一樣，只不過那把槍我早就趁你呼呼大睡的時候拿走啦！你不會想惹黛塔生氣，她全都看得一清二楚。三思而後行，知道嗎？

『你不准耍花招，因為我沒有腳。自從我的腳不見以後，我學會了很多事，而且現在那個操他媽混蛋的兩把槍都在我這兒，我想應該有點用才對，你說呢？』

『沒錯，』艾迪啞著聲音說，『我不會耍花招。』

『好，很好，真的很好。』她咯咯笑了起來，『在你睡著的時候，我可忙得哩！把事情全都搞定了。現在我要你照我的話做，白麵包：把你的手伸到後面，直到你摸到一個繩圈，就像套在你脖子上的那個一樣。總共有三個繩圈。在你呼呼大睡時，我可忙著編繩結，懶骨頭！』她又咯咯笑起來，『等你摸到那個繩圈，你就把你一隻手腕疊到另一隻手腕上去，然後把兩隻手套進繩圈裡去！

『然後你會感覺到我把活結拉緊，接著你會想「機會來了，老子不會讓這個黑婊子得逞。就是現在，趁她現在沒抓穩繩圈。」但是……』黛塔的聲音變得有些含糊，就像在誇張的模仿南方黑人，『你最好回頭看看，免得你一時衝動做了什麼傻事。』

艾迪聽命行事。黛塔看起來比從前更像個巫婆，全身骯髒、凌亂，就算有誰的膽子比他大，想必也會嚇得魂飛魄散。槍客在梅西百貨抓住她時，她穿著一件洋裝，現在這件洋裝已是又髒又破。她用從槍客錢包裡拿的刀子（他和槍客曾用那把刀割斷膠帶）在洋裝上劃出兩個洞，在臀部上方做了兩個臨時槍套。槍客左輪手槍磨得光亮的槍柄從臨時槍套裡突了出來。

她的聲音很含糊，因為她的牙齒咬著繩子的尾端。剛切斷的繩頭從咧著笑容的嘴一邊突出來，剩下來的繩子，也就是通往他脖子上繩圈的那截繩子，則從另一邊突出。這幅景象——繩子卡在咧著笑容的嘴裡——既兇殘，又野蠻，他驚愕得動彈不得，只能用驚恐的眼神瞪著她，讓她的嘴咧得更大了。

『你儘管在我搞定你的手時耍花招，』她用那含糊的聲音說，『我會用我的牙齒勒住你的氣管，灰肉鬼，而且到時候我不會再放手，懂嗎？』

他說不出話，只能點點頭。

『很好。看來也許你還能再活一會兒。』

『如果我死了，』艾迪啞著聲音說，『妳就再也不能開開心心的在梅西百貨當小偷了，黛塔，因為他會知道，然後就是要死大家一起死。』

『閉嘴，』黛塔說……幾乎是輕柔的低語，『你閉嘴就對了，傷腦筋的事就留給該傷腦筋的人去煩惱，你只要放心摸到那個繩圈就行了。』

6

在你呼呼大睡時，我可忙著編繩結。黛塔這麼說，艾迪發現她說得一點也沒錯，不由得感到既厭惡，又驚慌。繩子成了三個連在一起的活結。她趁他熟睡時把第一個活結套在他的脖子上，第二個活結則用來把他的手綁在背後。接著她粗魯的把他推向一側，告訴他把腳彎起來，直到碰到屁股為止。他看穿她的企圖，猶豫了一會兒。她從洋裝的裂縫裡掏出一支羅蘭的手槍，上了膛，把槍口對準艾迪的太陽穴。

『你不自己來，就由我動手。』她輕柔的低語，『只不過如果要我動手，你就死定了。

我會踢點沙，把從你腦袋另一邊跑出來的腦漿埋起來，然後用你的頭髮遮住那個洞，他會以為你在睡覺！』她又咯咯笑了起來。

艾迪把腳往後彎，她很快的把第三個活結套在他的腳踝上。

『好了，綁得真漂亮，就像要上烤架的小牛一樣。』

這形容真貼切，艾迪心想。這個姿勢已經開始讓他有點不舒服，如果他想把腳放下來，綁住腳踝的繩圈就會拉得更緊，腳踝和手腕之間的繩子也會因此拉緊，手腕的繩圈也就跟著拉緊，然後手腕和脖子之間的繩子就會拉緊，然後……

她拖著他，不知她怎麼辦到的，但她就是在海灘上拖著他前進。

『喂！妳……』

他想要拉回身體，但卻感到繩結拉得更緊，呼吸也變得更困難了。他儘可能放鬆身體（還有別忘了把腳往後彎，混蛋，因為如果你把腳放下來，你就會把自己給勒死），任憑她拖著他在粗糙的海灘上前進。一塊凸出的石頭刮破他的臉，他感到溫熱的血開始流下來。她粗啞的喘著氣。浪潮的聲響，還有撞擊著岩石隧道的碎浪聲更大了。

她想淹死我？老天爺啊，這就是她的目的嗎？

不，當然不是，他的臉還沒犁過形成高潮線的水草（水草猶如浸了鹽水的死物，像溺死的水手手指一樣冰冷），他就知道她打得是什麼主意。

他想起亨利曾經這麼說：有時候敵軍會射傷我們的同袍，射傷一個美國人——他們知道用南越軍人當餌是沒用的，因為不會有美國人願意在叢林裡對一個越南鬼子窮追不捨，除非是哪個剛從祖國來服役的菜鳥。他們會把那個倒楣的菜鳥開膛破肚，把他丟在那兒痛苦的尖叫，然後守株待兔，等著哪個想解救同袍的人上來自投羅網。他們會一直繼續下去，直到那個可憐的傢伙死翹翹。你知道他們把那個可憐的傢伙叫做什麼嗎，艾迪？

那時艾迪搖搖頭，這幅慘忍的景象讓他不寒而慄。

他們把他叫做『蜜糖罐』，亨利說。甜滋滋的，可以招蒼蠅，甚至連熊都能引來。

這就是黛塔在做的事：把他當作蜜糖罐。

她把他丟在離高潮線七呎的地方， 句話也沒說就丟下他，讓他一個人面對大海。她要讓槍客在那扇門後看見的，不是潮水淹死艾迪，因為現在是退潮期，潮水還要再過六個小時才會淹到這裡，在潮水淹到這裡之前……

艾迪稍稍抬眼，看見太陽在海面上灑下一道金色的軌跡。幾點了？四點？差不多。太陽大概在七點落下。

早在他開始擔心漲潮之前，黑夜就會降臨。

等黑暗降臨，龍蝦怪就會從潮水裡滾出來，牠們會問著問題，爬上海灘，往他躺著的地方爬來，而他四肢被縛，毫無招架之力，牠們會將他分食殆盡。

7

對艾迪·狄恩來說，那段時間彷彿毫無盡頭，時間這個概念成了一個笑話。他的腳先是隱隱感到不舒服，然後不舒服的感覺變成了疼痛，最後終於成了令人尖叫的折磨。他會放鬆肌肉，所有的繩結一下子全部繃緊，等他瀕臨窒息邊緣，他會想辦法再把膝蓋往後舉，好放鬆繩結，稍稍喘息。他不再確定自己可以撐到晚上，或許終會有一次，他的腳會再也無法往後舉。

第三章 羅蘭服藥

1

現在杰克·摩特知道羅蘭的存在了。如果他是另一個人——比如說是艾迪·狄恩或是黛塔·渥克——羅蘭就會跟他促膝長談，希望能安撫他，不要讓他因為在用大腦駕駛了一輩子的身體後，突然發現自己被粗魯的推到乘客席上，而感到驚慌困惑。

但因為摩特是頭野獸——比黛塔·渥克更兇殘——所以他一點也不想解釋或說話。他可以聽見男人在大吼——你是誰？我發生了什麼事？——但他置之不理。槍客專心的尋找他為數不多的必需品，把男人的心靈當作工具，一點愧疚感也沒有。吼叫聲成了恐懼的尖叫，槍客還是置之不理。

如果他要在這個男人蟲坑般的腦袋裡繼續待下去，唯一方法就是把他當成一本地圖集兼百科全書。所有羅蘭需要的資訊，都在摩特的腦袋裡。羅蘭的計畫很粗糙，但粗糙通常比精細好。說到做計畫，全宇宙沒有什麼生物比羅蘭和杰克·摩特更不同了。計畫做得粗糙，就有空間隨機應變，而隨機應變向來是羅蘭的強項。

2

一個胖男人眼睛前戴著鏡片，就像五分鐘前把頭探進摩特辦公室的男人一樣（艾迪的世界裡似乎很多人都戴著這種鏡片，『摩特百科全書』把它們叫做『眼鏡』）；胖男人跟他一起走進電梯。他以為眼前這個男人是杰克．摩特，他先是看看摩特手上拿的行李箱，然後再看看摩特本人。

『打算去見朵夫曼啊，杰克？』

槍客一語不發。

『如果你以為你可以說服他不要分租，我可以告訴你，你是在浪費時間。』胖男人說，然後驚訝的看著他的同事迅速往後退了一步。小盒子的門關上，兩人往下降。

他在摩特的腦袋裡挖來挖去，不理會尖叫聲，然後發現沒什麼好大驚小怪的，往下降落是正常的。

『如果我說了什麼冒失的話，還請原諒。』胖男人說。槍客心想：這個傢伙也很怕他。

『你處理那個混蛋比公司其他人處理得好多了，我真的這麼想。』

槍客一語不發，只等著趕快離開這個往下墜落的棺材。

『我就說嘛！』胖男人討好的說，『噯，我昨天吃午餐的時候跟——』

杰克．摩特的頭轉了過去，在那付金邊眼鏡後有一雙藍眼，但那雙眼睛的藍卻跟杰克眼睛平常的藍不太一樣，那雙眼睛瞪著胖男人。『閉嘴。』槍客的語調毫無起伏。

胖男人的臉上血色全失，迅速往後退了兩步，軟趴趴的臀部啪的一聲貼在移動小棺材後方的假木板上。門打開，槍客像穿緊身衣一樣穿著杰克．摩特的身體，頭也不回的走了出去。胖男人按著『開門』的電梯按鈕，在電梯裡等著摩特離開視線。胖男人心想，這傢伙總是一副腦袋不太正常的模樣，不過這次好像很嚴重，可能是精神崩潰。

胖男人發現，要是杰克．摩特進了精神病院，從此消失在他的身邊，那會是多麼大快人心的一件事。

槍客想必不會意外。

3

在一間響著回音的房間（『摩特百科全書』把它稱為大廳，亦即進出這棟擎天高塔裡無數辦公室的必經之地）和一條明亮的陽光大街（『摩特百科全書』把這條街稱為第六大道和美洲大道）之間，羅蘭宿主的尖叫聲停止了。摩特並沒有被嚇死；槍客的直覺告訴他，如果摩特死了，他們的業就會遭到驅逐，進入位在實體世界之外的空洞可能，永遠無法翻身。不是死了——是昏過去。因為恐懼與陌生超載而昏厥，就像羅蘭在進入男人的心靈時，因為發現它的祕密，發現許多命運在此交會，彼此的關聯太緊密，絕不可能是巧合，所以也失去了知覺。

他很高興摩特昏倒，只要男人的無意識狀態不影響羅蘭取得男人的知識與記憶——事實上也的確沒有影響——羅蘭很高興他不在身邊礙事。

黃色的車子是公共交通工具，叫做『技承車』、『的士』或『小黃』。『摩特百科全書』告訴他，駕駛這種工具的部族有兩個：西班牙佬和猶太佬。要叫車子停下來，只要像課堂裡的學生一樣舉起手就可以。

於是羅蘭依樣畫葫蘆，但幾輛技承車上頭明明除了司機以外沒有別人，卻對他視而不見，從他身邊呼嘯而過；他仔細看看，發現這些車子上的標幟寫著：不載客。這幾個字是用貴族字寫成的，所以他不需要摩特的幫助。他等了一會兒，然後再次舉手，這次技承車靠邊停了下來。槍客進了後座，他聞到陳年的煙味，陳年的汗味，陳年的香水味，就像槍客世界裡的馬車一樣。

『上哪兒去啊，朋友？』駕駛問道——羅蘭不曉得他是西班牙佬或是猶太佬，但他並不打算問，也許在這個世界裡，這麼做是很無禮的。

『我不確定。』羅蘭說。

『我可不是在這兒讓你隨便搭訕的，朋友，時間就是金錢。』

叫他在路邊停一會兒，摩特百科全書告訴他。

『在路邊停一會兒。』羅蘭說。

『你這樣只會浪費時間而已。』駕駛說。

告訴他你會給他五塊錢的小費，摩特百科全書建議。

『我會給你五塊錢的小費。』羅蘭說。

『我想想，』駕駛回答，『你以為有錢說話就大聲啊！』

問他他想賺錢，還是想吃屎，摩特百科全書立刻建議。

『你想賺錢，還是想吃屎？』羅蘭用冷酷、麻木的聲音說。

駕駛的眼睛擔憂的看了後視鏡一會兒，然後就不再說話了。

這次羅蘭更仔細的查查杰克．摩特累積的知識庫。駕駛再次快速的抬眼瞥瞥後視鏡，在過去的十五秒，他的乘客只坐在那兒，微微低著頭，左手壓著額頭，好像頭痛發作了一樣。駕駛決定要叫這個傢伙滾下車，不然他就要去報警，但此時他的乘客抬起頭，溫和的說：

『我要你載我去第七大道和第四十九街的交口。除了車資錶上的價錢外，我還會多付你十塊，不管你是哪一族的。』

真是個怪胎，駕駛（一個來自佛蒙特州的白種盎格魯撒克遜新教徒，一心想打入演藝圈）這麼想著，但也許是個有錢的怪胎。他啟動引擎。『上路囉，夥伴。』他說，在將車子駛入車道時，他心想：愈快到愈好。

4

隨機應變，就是這樣。

槍客下車時看見一輛藍白相間的車子停在一個街區前，車上寫著『警察』，但是槍客沒有查摩特的知識庫，就想當然耳的直接把『警察』（police）看成了『保安團』（posse）。車裡坐了兩個槍客，喝著白色紙質玻璃杯裡的東西——也許是咖啡。沒錯，他們是槍客，但看起來卻又肥又散漫。

他把手伸進杰克·摩特的皮夾裡（不過這個皮夾實在太小了，不可能是皮夾。在槍客的世界裡，皮夾幾乎跟包袱一樣大，如果只是輕裝簡行，幾乎可以裝進所有的行李），然後把一張寫了『20』的鈔票交給駕駛。駕駛很快就把車開走。這筆小費穩居今日榜首，但那個傢伙真是太怪了，他覺得每一分錢都是他辛苦苦賺來的。

槍客看著路邊的標示牌。

標示牌寫著：**克萊門斯槍械與運動器材商店。彈藥、釣魚用具、官方證照。**

他完全不懂那些字是什麼意思，但他看了一眼櫥窗，馬上就知道摩特沒帶錯路。櫥窗裡展示著腕帶、表示階級的胸章……還有槍。大部分都是步槍，但也有手槍。所有的槍都用鍊條鎖著，但那沒有關係。

只要讓他看見，他就知道他要的是什麼。

羅蘭又查查杰克·摩特的腦袋（這個腦袋夠狡詐，正合槍客之用），這次查了超過一分鐘之久。

5

一個坐在藍白車裡的警察用手肘推推另一個警察。『你看看。』他說，『那傢伙比價比得真認真。』

他的同伴笑了起來。『噢，天啊！』他講起話來一副娘娘腔。此時，穿著西裝，戴著金邊眼鏡的男人看完了展示商品，正要走進店裡，『我想他決定要買那付薰衣草色的手銬了！』

第一個警察一陣狂笑，嗆了一口溫熱的咖啡，噴回保麗龍杯裡。

6

一個店員幾乎立刻走上前來，問他需要什麼。

『我想……』穿著保守藍西裝的男人說，『你們有沒有一種文件……』他停了一下，好像在沉思，然後抬起頭，『我是說，你們有沒有一種表，列出所有左輪手槍的子彈圖？』

『你是說口徑圖？』店員問。

顧客停了一下，然後說：『是的。我哥有一支左輪手槍，我曾經用過那支槍，但已經過了好多年，我想我看到圖應該會知道是哪種子彈。』

『嗯，也許你是這麼想，』店員回答，『但是可能很難說。是點二二？點三八？還是……』

『如果你讓我看圖，我就會知道。』羅蘭說。

『稍等。』店員狐疑的盯著穿西裝的男人看了一會兒，然後聳聳肩。幹，顧客永遠都是對的，即使他明明是錯的也一樣……只要他拿得出銀子就行；換句話說，有錢說話就大聲。

『我有本《槍手聖經》，也許可以讓你瞧瞧。』

『好的。』他微微一笑。《槍手聖經》，真是個高貴的書名。

男人在櫃台下翻找了一會兒，拿出一本翻爛的書，槍客這輩子從來沒看過這麼厚的書，但這個男人對待這本書的態度卻是輕慢至極，好像它不是書，而是一堆沒價值的石頭。

他把書攤開在櫃台上，然後把書轉向槍客。『看看吧，不過如果槍很舊，你或許只是在亂槍打鳥而已。』他看起來好像有點驚訝，然後微微一笑，『抱歉，剛才我說了個俏皮話。』

羅蘭沒聽見，他低頭看著書，仔細研究著那些幾可亂真的圖畫，『摩特百科全書』把這些神奇的圖畫稱為『罩片』。

他慢慢翻著書頁。不是……不是……不是……

就在他快要放棄的時候，他看見了。他抬頭看著店員，眼中充滿了熾烈的興奮，讓店員有些害怕。

『在那裡！』他說，『在那裡！就在那裡！』

他指著的圖是溫徹斯特點四五手槍的子彈。這顆子彈跟他的子彈不是完全一樣，因為它不是手工拉成，火藥也不是手工裝填的，但他用不著看圖上的數字（反正那些數字對他來說也是毫無意義），就知道它可以裝進他手槍的彈膛，乖乖發射。

『呃，好吧，我想你找到了。』店員說，『但也別高興得洩在褲子裡嘛，老兄。我是說，它們不過就是子彈嘛！』

『你有嗎？』

『當然。你要幾盒？』

『一盒幾顆？』

『五十顆。』店員開始真的懷疑起槍客，打量著他。如果這傢伙打算買子彈，他一定知道他必須要出示附有照片的槍械持有許可證。沒有許可證，就沒有子彈，也沒有手槍子彈，這是曼哈頓區的規定。而且如果這位老兄有手槍許可證，為什麼他會不知道一盒標準的子彈有多少顆呢？

『五十顆！』現在這個傢伙目瞪口呆的看著他，下巴都掉下來了。沒錯，他真的是個怪胎。

店員稍稍往左移動，稍微靠近收銀機……而且也不太意外的稍微靠近他的手槍，一支點三五七麥格農，裡頭裝滿了子彈，藏在櫃台下的一個彈簧槍匣裡。

『五十顆！』槍客又說了一次。他以為只有五顆、十顆，或許有十二顆，但五十顆……五十顆……

你有多少錢？他問『摩特百科全書』。摩特百科全書不是很確定，但覺得皮夾裡至少有六十塊。

『一盒多少錢？』他猜想應該會超過六十塊，但他也許能說服男人賣一盒裡的一部分就好，或者……

『十七元五角。』店員說，『但是先生……』

杰克．摩特是個會計師，這次他毫不遲疑，同時給了翻譯與解答。

『我要三盒，』槍客說，『三盒。』他用一隻手指敲敲子彈的罩片。一百五十顆子彈！

老天啊！這個世界真是個瘋狂的藏寶庫啊！

店員動也不動。

『你沒有那麼多。』槍客說。他並沒有覺得很驚訝，這一切太美好，不可能是真的，只是一個夢。

『噢，我有溫徹斯特點四五，我有得是點四五子彈。』店員再往左走了一步，更接近收銀機和手槍。如果這傢伙是個瘋子（店員覺得他很快就會知道這個傢伙到底是不是個瘋子），他馬上就會變成一個肚子開了個大洞的瘋子。『我的點四五子彈多得亂七八糟。先生，我想知道的是，你有沒有那張卡？』

『卡？』

『附了照片的手槍許可證。除非你給我看看許可證，否則我不能賣手槍子彈給你。如果你沒有許可證又想買槍，你要到威徹斯特去。』

槍客茫然的看著男人，這些話全是些廢話，他全部聽不懂。他的摩特百科全書隱約了解這個男人在說什麼，但摩特的了解太有限，不值得信任。摩特這輩子從來沒有槍，他是用別的方法做他齷齪的工作。

男人又悄悄往左邊走了一步，眼睛沒有離開顧客的臉，槍客心想：他有槍。他以為我會惹麻煩……或者他希望我惹麻煩，想找個理由射死我。

隨機應變。

他想起坐在街旁車子裡的兩個槍客。槍客，沒錯，維持治安者，負責阻止世界前進的人。但他們看起來幾乎和這個安逸世界的其他人一樣柔弱粗心，至少在匆匆一瞥之下，他們看起來確是如此，只是兩個穿著制服、戴著帽子的人，彎腰駝背的坐在車椅裡，喝著咖啡。

他也許低估了他們。為了他們好，他希望他沒有低估他們。

『噢！我懂了。』槍客說，然後在杰克．摩特的臉上拉出一抹抱歉的微笑，『很抱歉，我想我沒注意到自從我上次買槍後，世界前進了多少，不，是改變了多少。』

『沒關係。』店員說，稍稍放鬆了下來，也許這個傢伙沒問題，又或者他只是在惡作劇。

『我想看看清槍工具組，可以嗎？』羅蘭指指店員背後的櫃子。

『當然。』店員轉身拿貨，槍客乘機從摩特的外套口袋裡拿出皮夾。他的速度極快，眨眼間就完成，店員背對他不過四秒鐘，但等他轉過身面對摩特，皮夾已經放在地板上。

『這可是好貨。』店員說著，微微一笑，確定這傢伙沒有問題。他知道做傻事出洋相有多遜。他在海軍陸戰隊的時候可是出夠了洋相。『而且你不必什麼該死的許可證就能買清槍工具組。自由真是棒透了，不是嗎？』

『是的。』槍客嚴肅的說，然後假裝在仔細看清槍工具組，不過他只看了一眼，就知道這是個放在劣等箱子裡的劣等貨。他一邊看，一邊小心翼翼的用腳把摩特的皮夾塞進櫃台下。

過了一會兒，他把工具組推回去，露出遺憾的表情。『恐怕我不能買。』

『好吧。』店員說，突然失去了興趣。既然這個傢伙沒瘋，而且顯然也只是看看而已，不打算買，那麼他們的關係就到此結束，有錢說話才大聲。『還要點什麼嗎？』他嘴上這麼問，心裡卻在叫這個穿藍西裝的傢伙滾蛋。

『不用了，謝謝你。』槍客走出門，回頭望了一眼。摩特的皮夾深深藏在櫃台下，羅蘭已經放好了他的蜜糖罐。

7

卡爾．德勒文與喬治．歐米拉喝完咖啡，正打算離開時，穿著藍西裝的男人走出了克萊門斯的店，走向他們的巡邏車。兩個警察都認為克萊門斯的店是個『牛角火藥筒』（條子的行話，意思是指合法的槍械店，但這種槍械店有時會賣槍給持有槍械許可的人，讓他們去幹持槍搶劫的勾當，有時也會賣大批槍枝給黑道）。

他彎下腰，從乘客席的窗戶往裡面看著歐米拉。歐米拉以為這傢伙想來跟他們搭訕，說起話來應該是充滿逃逗的性暗示——或許就像他愛買薰衣草手銬這件事一樣，真是挑逗至極；但不論如何，他還是個同性戀。除了槍以外，克萊門斯的手銬生意也做得不錯。在曼哈頓，賣手銬是合法的，而且大部分買手銬的人都不是業餘的胡迪尼（條子不喜歡這樣，但條子的想法什麼時候真的改變過事情呢？）。買家都是有點虐待和被虐嗜好的同性戀者，但這個男人聽起來一點也不像個玻璃。他的聲音單調而且毫無表情，有禮但卻有些死板。

『裡頭的販子拿了我的錢包。』他說。

『誰？』歐米拉立刻坐直了身體。一年半以來，他們一直拚命想找機會逮到賈斯汀．克萊門斯，如果真能逮到他，也許他們兩人就能換下這身藍色警察西裝制服，掛上探長的勳章。也許他們只是在做白日夢——那實在是太美好了，不可能是真的——但沒有關係……

『那個販子，那個……』短暫的停頓，『那個店員。』

歐米拉和卡爾．德勒文對看了一眼。

『黑頭髮？』德勒文問，『有點矮矮胖胖的？』

又是一陣短暫的停頓。『是的，他的眼睛是棕色的，一隻眼睛下有道小小的刀疤。』

這傢伙有點古怪……此時歐米拉說不出是哪裡怪，但等到事後，在他沒有那麼多事情要思考的時候，他想了起來。當然，在事後要思考的少數事情中，最重要的就是探長的金勳章再也不重要了，到那時，連保住飯碗都成了最厚顏無恥的奇蹟。

但數年之後，歐米拉在帶兩個兒子去波士頓科學博物館時，突然間靈光一閃。科博館有台機器，是一台電腦，這台電腦會玩井字遊戲，除非你一開始把X畫在井字的中間，否則那台機器絕不讓你有獲勝的機會。但每次在輪到機器走步時，它總是會稍微停一下，檢查儲存的記憶。他和兒子都覺得很驚奇，但又覺得有點古怪……然後他想起了藍西裝男人，他想起藍西裝男人，因為藍西裝男人也有那個該死的習慣，跟他說話就像跟機器人說話一樣。

德勒文也有同樣的感覺，但九年後，在某天晚上他帶兒子（那時兒子已經十八歲，要上大學）去看電影時，德勒文會在電影開始大概三十分鐘後，突然從椅子上站起來，尖叫著：『就是他！就是他！就是那個穿著該死藍西裝的男人！那個在克萊門……』

某個人會不耐煩的喊道『前面的人坐下！』但他根本不必這麼麻煩，他還沒來得及說到第二個字，德勒文（過重七十磅，還是個老煙槍）就會因為心臟病發作而一命嗚呼。在那天接近巡邏車，說他皮夾被搶的那個藍西裝男人，他的長相並不像電影裡的明星，但那死板板的說話腔調，還有那無情卻又優雅的動作，都和電影裡的角色如出一轍。

不用說，那部電影就是『魔鬼終結者』（The Terminator）。

8

兩個條子對看了一眼。藍西裝男人說的不是克萊門斯，但也差不到哪裡去：是『胖子強尼』，姓荷登，克萊門斯的妹夫，但是搶皮夾這種蠢事實在……

……實在很像那傢伙會幹的事。歐米拉的心裡這麼想，他必須用一隻手摀著嘴，才不會露出那抹稍縱即逝的笑容。

『也許你最好告訴我們到底發生了什麼事，』德勒文說，『你可以先告訴我們你的名字。』

男人的反應又讓歐米拉覺得有點不太對勁，有點古怪。在這個城市裡，似乎有百分之七十的人相信你去死吧是祝你今天愉快的美國版招呼語，所以他以為那個傢伙會說：喂，那個王八蛋拿了我的皮夾！你們是要幫我把皮夾拿回來，還是要站在這裡玩問答猜謎遊戲啊？

但眼前這個人穿著剪裁合宜的西裝，指甲修得整整齊齊，或許這個傢伙已經習慣處理官僚作風的狗屁廢話。事實上，喬治．歐米拉才不管那麼多，想到可以逮到胖子強尼．荷登，拿他對付阿諾．克萊門斯，歐米拉就忍不住口水直流。一時間他高興得有點暈眩，甚至開始想像利用荷登逮到克萊門斯，然後再利用克萊門斯逮到真正的老大——比如說義大利佬巴拉札，或者是吉拿里，這倒挺有意思，非常有意思。

『我的名字是杰克．摩特。』男人說。

德勒文從屁股上的口袋拿出壓得歪七扭八的便條本。『地址？』

又是一陣短暫的停頓。就像機器一樣，歐米拉再次心想。一陣沉默，然後是一聲幾乎可以聽見的喀嗒聲。

『南公園大道四〇九號。』

德勒文草草記下地址。

『社會安全號嗎？』

經過短暫的停頓後，摩特背出號碼。

『希望你了解我問你這些問題是為了確認身分，如果那個傢伙真的拿了你的皮夾，我就可以告訴他你跟我說過裡頭放了什麼東西，確認皮夾是你的，然後再把皮夾沒收。』

『是的。』現在男人的聲音裡出現了些許的不耐煩。不知為何，這讓歐米拉對男人的感覺好了一點，『我只希望不要延誤太多時間，時光飛逝，而且……』

『世事難料。沒錯，我懂。』

『世事難料。』穿著藍西裝的男人同意，『是的。』

『你的皮夾裡有什麼比較特殊的照片嗎？』

一陣停頓，然後：『有一張我媽在帝國大廈前拍的照片，照片背後寫著：「今天很美，風景也美。愛你的母親筆。」』

德勒文瘋狂的迅速記下，然後啪的一聲合上便條本。『好，這樣應該就可以了。接下來我們只要在把皮夾拿回來之後請你簽名，然後比較你的簽名跟駕照、信用卡上的簽名就行了，可以嗎？』

羅蘭點點頭，雖然他多多少少了解這傢伙說的是什麼，雖然他可以隨心所欲的利用杰克．摩特在這個世界的記憶和知識，但是摩特現在不省人事，他根本不可能模仿摩特的簽名。

『告訴我發生了什麼事？』

『我去幫我哥買子彈，他有一支點四五的溫徹斯特左輪。那個男人問我有沒有槍械許可證，我說我當然有，他就請我出示許可證。』

停頓。

『我拿出皮夾，給他看許可證，可是在我翻開皮夾給他看許可證的時候，他一定看見裡頭有不少……』短暫的停頓，『……二十元大鈔。我是個稅務會計師，我有一個客戶叫朵夫曼，他剛剛結束一個很長的……』停頓，『……訴訟，贏了一筆小小的退稅款。總額只有八百元，但這個人，這個朵夫曼，他是……』停頓，『……我們的頭號難搞客戶（prick）。』

歐米拉回頭想了想男人說的最後一句話，然後突然懂了。頭號難搞客戶㊾。還不賴嘛！他笑了起來。什麼機器人、會玩井字遊戲的機器，全讓他拋到九霄雲外去了。這個傢伙是個普通人，他只是有點心煩意亂，想要裝酷掩飾自己的不安而已。

『總之，朵夫曼要現金。他堅持要現金。』

『你覺得胖子強尼看見你客戶的銀子。』德勒文說。他和歐米拉走出藍白相間的巡邏車。

『你們管店裡的人叫「胖子強尼」？』

『噢，有時候叫得更難聽。』德勒文說，『你給他看你的許可證之後，發生了什麼事，摩特先生？』

『他說他要看清楚一點。我把皮夾交給他，但是他沒有看照片，而是把它丟在地上。我問他為什麼要那麼做，他說那是個很蠢的問題。然後我要他把皮夾還給我，我很生氣。』

『那當然。』但事實上，看著男人死板板的臉，德勒文心想，你永遠也猜不到這個男人居然也會生氣。

『他笑了。我開始往櫃台後面走，然後他就把槍拿出來。』

兩個條子原本正走向克萊門斯的店，現在都停了下來。他們看起來很興奮，一點也不害

㊾prick有陰莖之義，這裡是一語雙關。

怕。『槍？』歐米拉問道，想要確定自己沒有聽錯。

『就放在櫃台下，在收銀機旁。』穿藍西裝的男人說。羅蘭想起那時候他差點放棄原先的計畫，轉而搶男人的武器。現在他打算告訴這兩個槍客他為什麼沒有那麼做。他想要利用這兩個人，而不是害他們喪命。『我想它放在一個碼頭工人的飛抓裡。』

『一個什麼？』

這次停頓的時間比較長。男人的額頭皺了起來。『我不知道該怎麼說……一個放槍的東西。沒有人能夠打開它，除非他們知道該怎麼壓下……』

『彈簧槍匣！』德勒文說，『我的天啊！』兩個搭檔又對看了一眼。兩人都不想告訴這個傢伙，胖子強尼很可能已經把他皮夾裡的錢搜刮一空，從後門溜掉了……但是把槍藏在彈簧槍匣裡……那又是另外一回事了。他們是有可能給胖子強尼安上個搶劫的罪名，但現在看來，『藏匿槍械』這個罪名，胖子強尼是逃也逃不掉了。也許有些差強人意，但起碼是個機會。

『然後呢？』歐米拉問。

『然後他告訴我我本來就沒有皮夾。他說……』停頓，『……他說我在街上碰到手扒了……不是，他是說我碰到扒手了……他說如果我還想保持身體健康，最好記得這一點。我想起我看到有輛警車停在路邊，我想你們也許還會在，所以我就離開了。』

『好的，』德勒文說，『我和我的夥伴會先進去很快的瞧一瞧。給我們一分鐘——足足一分鐘——免得發生什麼麻煩事。然後你再進去，站在門邊。懂嗎？』

『懂。』

『好，咱們進去逮那個王八蛋吧！』

兩個警察走進店裡。羅蘭等了三十秒，然後也跟著進去了。

『胖子強尼』不只是在抗議，而是在大吼。

『那傢伙瘋了！那傢伙進來，甚至連自己要買什麼都不知道，然後他在《槍手聖經》上看到那玩意，可是他不知道一盒有幾顆，不曉得多少錢，他說我想看清楚他的許可證是吧？真是我聽過最唬爛的狗屁廢話了，因為他根本沒有許可……』胖子強尼突然停了下來，『他就在那兒！就是那個怪胎！就在那裡！我看見你了，夥伴！我看見你的臉了！下次你看見我的臉，我保證你會很難過！我跟你保證！我他媽的跟你保證……』

『你沒拿這傢伙的皮夾？』歐米拉問。

『你知道我沒拿他的皮夾！』

『你介意我們看看展示櫃後面嗎？』德勒文還擊，『只是要確定一下而已。』

『我——的——老——天——爺——啊！展示櫃是玻璃做的！你有看到什麼皮夾嗎？』

『沒有，那裡沒有……但我說的是這裡。』德勒文說著，往收銀機走去。他的聲音聽起來開心得不得了，就像一隻舒舒服服打著呼嚕的貓咪。就在這個時候，一道將近兩呎寬的鉻鋼強化安全鐵門拉下展示櫃。德勒文回頭看看穿藍西裝的男人，藍西裝的男人向他點點頭。

『我要你們馬上滾出去。』胖子強尼說，他的臉色有些發白，『等你們拿到搜索令回來再說，但是現在，我要你們給我他媽的滾出去，這裡還是個自由的國家，你知——喂！喂！喂！不准看！』

歐米拉正探頭往櫃台後頭瞧。

『那是非法的！』胖子強尼怒吼，『那是他媽的非法的，憲法上說……我那該死的律師……你馬上給我縮回去，不然我……』

『我只是想看清楚商品而已。』歐米拉溫和的說，『因為你展示櫃上的玻璃實在是他媽的太髒了，所以我才會把頭探進去，卡爾你說對不對？』

『對極了，夥伴。』德勒文嚴肅的說。

『看看我找到什麼。』

羅蘭聽見喀嗒一聲，突然間穿著藍制服的槍客手上多了一把超大手槍。

胖子強尼終於發現在這個房間裡，只有他一個人說的故事，會和那個條子說的天方夜譚不一樣，那個剛拿了他麥格農手槍的條子。他的臉一沉。

『我有許可證。』他說。

『有槍械持有許可證？』德勒文說。

『對。』

『有藏匿槍械許可證？』

『對。』

『這把槍註冊了嗎？』歐米拉說，『註冊了，對吧？』

『呃……我可能忘記了。』

『可能這把槍是剛偷來的，你不巧也忘記了。』

『去你的。我要打電話給我的律師。』

胖子強尼開始往後轉，德勒文抓住他。

『那就回答我你有沒有許可證，許可你把致命武器藏在彈簧槍匣裝置中。』他的聲音還是一樣溫柔、愉快，『那是個很有趣的問題，因為就我所知，紐約市政府並沒有核發那種許可證。』

兩個條子看看胖子強尼，胖子強尼也回瞪著他們，所以沒有一個人發現羅蘭把掛在門上的牌子從『營業中』翻成『已打烊』。

『如果我們可以找到這位先生的皮夾，也許問題就可以解決了。』歐米拉說。就連撒旦也沒辦法說謊說得這麼親切又有說服力。『也許他只是掉在地上而已，你知道的。』

『我說過了！我不知道這個傢伙的皮夾！那個傢伙瘋了！』

羅蘭彎下腰。『在那裡，』他說，『我看見了，他用腳踩著。』

這是個謊言，但德勒文的手還放在胖子強尼肩上，他迅速的把胖子強尼往後一推，所以根本無從判斷胖子強尼的腳是不是真的踩在皮夾上頭。

就是現在。趁著兩個槍客彎下腰往櫃台下張望時，羅蘭靜靜的滑向櫃台。因為兩人肩並肩站著，所以一彎下腰，兩人的頭就靠在一起，歐米拉的右手還拿著店員藏在櫃台下的槍。

『他媽的，真的在那裡！』德勒文興奮的說，『我看見了！』

羅蘭很快的看了他們稱為『胖子強尼』的人一眼，想確定他不會製造麻煩，但他只是靠著牆站著（事實上是用力壓著牆，好像恨不得把自己給壓進牆壁一樣），雙手垂在身體兩側，兩隻眼睛成了受傷的大O形。他看起來好像在懷疑，為什麼他的星座命盤沒告訴他今天要小心。

他不是問題。

『沒錯！』歐米拉高興的回答。兩人往櫃台下望去，雙手壓在穿著制服的膝蓋上。現在歐米拉把手從膝蓋上拿開，伸出手想撈出皮夾。『我看見了，那個……』

羅蘭前進了最後一步。他用一隻手抓住德勒文的右臉，另一隻手抓住歐米拉的左臉。胖子強尼以為今天已經是他人生的谷底，但突然間，情況又變得更糟了。穿著藍西裝的幽靈用力的把兩個條子的頭撞在一起，發出一聲悶響，就像兩顆包在毛毯裡的石頭撞在一起一樣。

兩個條子倒成了一堆，戴著金邊眼鏡的男人站了起來，他拿著點三五七麥格農手槍指著胖子強尼。槍嘴看起來大得可以放進登月火箭。

『我們不會有什麼麻煩，對吧？』幽靈用他死板板的聲音說。

『不會，先生，』胖子強尼立刻說，『一點麻煩也不會有。』

『你就站在那裡。如果你的屁股離開那面牆，你的人生就會離開你，懂嗎？』

『懂，先生，』胖子強尼說，『我當然懂。』

『很好。』

羅蘭推開兩個條子，他們都還活著，那很好，不管他們有多遲鈍或是粗心，他們還是槍客，想要保護碰到麻煩的陌生人，他不願意殺死同類。

但他曾經殺過同類，不是嗎？是的。難道艾倫，他的生死之交，不是死在羅蘭和卡斯博煙硝未散的槍口之下嗎？

他一邊緊盯著店員，一邊用杰克．摩特古馳休閒鞋的鞋尖往櫃台底下探。他碰到了皮夾，然後用力一踢，皮夾便從櫃台底下，往店員那一側轉了出去。胖子強尼跳了起來，像笨女孩看見老鼠一樣尖叫了起來。他的屁股離開了牆壁一會兒，但槍客當作沒看見。他並不打算拿子彈對付這個男人，他會拿槍打昏他，而不是真的開槍射他。這支槍大得可笑，要是真的開槍，可能會驚動大半的鄰居。

『撿起來。』槍客說，『慢慢來。』

胖子強尼彎下腰，就在他抓到皮夾的時候，他放了個響屁，於是他放聲尖叫了起來。槍客覺得有些好笑，因為他發現胖子強尼把自己的屁聲誤認為是槍聲，以為自己的死期已到。

胖子強尼站起身，滿臉通紅。他的褲子前面濕了一大片。

『把包袱放在櫃台上，我是說皮夾。』

胖子強尼依命行事。

『現在把子彈放在櫃台上。溫徹斯特點四五。而且我要時時刻刻看到你的手。』

『我必須把手伸進口袋裡拿鑰匙。』

羅蘭點點頭。

在胖子強尼解開鎖，推開堆著一盒盒子彈的櫃子時，羅蘭沉思了一會兒。

『給我四盒。』他終於開口。他無法想像要這麼多的子彈做什麼，但他無法抗拒擁有這麼多子彈的誘惑。

胖子強尼把四盒子彈放在櫃台上，羅蘭打開一盒，還是很難相信一切不是個笑話或是騙局。但它們確實是子彈，沒錯，乾淨、閃亮、毫無瑕疵，從沒發射過，從沒重新裝填過。他拿起一顆子彈對著燈光看了一會兒，然後放回盒中。

『現在拿兩副腕帶出來。』

『腕帶？……』

槍客查查摩特百科全書。『手銬。』

『先生，我不知道你要什麼，收銀機在……』

『照我說的做就是，快點！』

天啊，看來是沒完沒了了。胖子強尼的心裡嘀咕著。他打開櫃子的另一區，拿出一對手銬。

『鑰匙？』羅蘭問。

胖子強尼把手銬的鑰匙放在櫃台上，發出輕微的喀嗒聲。一個昏倒的條子突然打起鼾來，嚇得強尼發出一聲細微的尖叫。

『轉過去。』槍客說。

『你不會殺我吧？告訴我你不會殺我！』

『我不會殺你。』羅蘭的聲音毫無起伏，『只要你馬上轉過身去，我就不殺你，但如果你不轉，我就會殺你。』

胖子強尼轉過身，抽抽噎噎的哭了起來。當然那傢伙說他不會殺我，但是暴徒大開殺戒的氣味實在濃得叫人不得不注意，他聞得清清楚楚，他的抽噎成了號啕大哭。

『拜託，先生，看在我娘的份上不要殺我。我娘很老了，她瞎了，她……』

『她不幸有個膽小鬼兒子！』槍客嚴厲的說，『把手腕放在一起。』

胖子強尼一邊低泣著，濕濕的褲子黏著胯下，一邊把手腕放在一起。一瞬間，鋼鐵製的手鍊便扣了上來。他不知道這個幽靈怎麼會這麼快就爬過（或是繞過）櫃台進來，他也不想知道。

『站在那裡，看著牆壁，直到我告訴你可以轉過來為止。如果我還沒告訴你你就轉過來，我就會殺了你。』

胖子強尼的心裡燃起一線希望，也許這個傢伙不會殺他，也許這個傢伙沒瘋，只是腦袋不太清楚而已。

『我不會，我向上帝發誓，在所有的聖徒前發誓，在所有的天使前發誓，在所有的大天——』

『我發誓如果你不閉嘴，我就會讓你的脖子吃子彈。』幽靈說。

胖子強尼閉上嘴。他覺得自己好像對著牆壁看了很久，但事實上，他只看了二十秒。

槍客跪下來，把店員的槍放在地板上，迅速的回頭確認那個豬頭有沒有乖乖聽話，然後把兩名警察翻到正面。兩人都不省人事，但羅蘭判斷兩人的傷並沒有致命的危險。兩人的呼吸都很平順，一道小小的血痕從那個叫做德勒文的傢伙耳朵裡流出來，但除此之外沒有別的傷痕。

他很快的再看店員一眼，然後解開兩名槍客的槍帶，從他們身上脫了下來。接著他脫掉摩特的藍西裝外套，把槍帶繫在自己身上。槍用起來不順手，但能再次擁有武器，感覺真是好極了，他媽的好極了，比他想像中還要好。

兩支槍，一支給艾迪，一支給歐黛塔……等歐黛塔準備好再給她。他穿回杰克．摩特的外套，把兩盒子彈放在右邊的口袋，兩盒子彈放在左邊的口袋，原本完美平整的外套凸了兩塊出來。他撿起店員的點三五七麥格農，把子彈放進褲子口袋，然後把槍丟過櫃台。在槍掉在地板上時，胖子強尼跳了起來，又發出一聲微弱的尖叫，然後又在褲子上撒了一些尿。

槍客站起來，叫胖子強尼轉過身。

10

胖子強尼再次看見穿著藍西裝、戴著金邊眼鏡的怪胎時，嚇得下巴都掉了下來。有那麼一會兒，胖子強尼相信就在他轉過身去的時候，那個怪男人變成了一個鬼。胖子強尼覺得透過那個男人，他可以看見一個更真實的形象，就像他小時候常在電影和電視上看到的傳奇槍客：懷特．厄普、哈樂迪醫生，還有布奇．卡西迪⑥⓪。

接著他的視線變清楚，他總算發現那個瘋子到底做了什麼：他拿走條子的槍，把槍綁在腰上，配上西裝和領帶，看起來應該是非常滑稽可笑的，但不知為何，眼前的男人卻一點也不好笑。

『腕帶的鑰匙在櫃台上，等保安團醒來，他們會幫你開鎖。』

他拿起皮夾，打開來，然後不可思議的，放了四張二十元的大鈔在玻璃櫃上，然後再把皮夾塞進口袋。

『那是買火藥的錢，』羅蘭說，『我把你槍裡的子彈拿走了，打算在離開你的店以後丟掉。我想，槍裡找不到子彈，這裡也找不到錢包，他們應該很難定你的罪。』

胖子強尼大大喘了口氣。他說不出話來，而在他的一生中，要他說不出話還真是件稀罕的事。

『現在告訴我，最近的……』停頓，『最近的藥局在哪兒？』

胖子強尼突然了解了一切——或者說他覺得自己了解了一切。這個傢伙是個毒蟲，這還用說嘛！難怪他那麼奇怪，八成嗑了藥，『駭』過頭了。

『街角有一家，離第四十九街半個街區。』

『如果你騙我，我會回來讓你的腦袋吃子彈。』

『我沒騙你！』胖子強尼喊道，『我在天父的面前發誓！我在所有的聖徒面前發誓！我以我娘的……』

但他話還沒說話，店門就已經甩上了。胖子強尼沉默的站了好一會兒，完全不能相信瘋子已經走了。

然後他拚命衝出櫃台，衝向店門，用背部壓著門，雙手在背後摸索著，直到他摸到鎖，然後鎖上門。他又摸了一會兒，然後總算把門栓也給拴上了。

到了這個時候，他總算允許自己慢慢滑坐在地上，大口喘著氣，嗚咽著，向上帝和所有的聖徒跟天使發誓，只要一隻條子豬醒來替他解開手銬，他今天下午就會立刻上聖安東尼教堂去，他會去做告解、懺悔，然後領聖餐。

胖子強尼・荷登想要跟上帝和好。

這真是他媽的太千鈞一髮了。

11

落日在西海上畫出一道弧形，漸漸縮成了一條明亮的線條，在艾迪的眼睛裡留下一道烙印。要是盯著這樣的陽光看太久，可能會燒傷視網膜，這只是去學校上課學到的有趣知識之一，這樣的知識可以幫你找到一份能夠實現抱負的工作，像是兼差酒保，或是找到一個有趣的嗜好，像是整天忙著找街頭海洛因，或是找錢買海洛因。艾迪並沒有停止看落日，他心想，過不了多久，不管他的眼睛有沒有燒傷，都不會有什麼差別。

他並沒有苦苦哀求背後的女巫。首先，哀求是沒用的；其次，哀求對他來說是一大屈辱。他這輩子已經夠屈辱的，他發現自己不希望在人生最後的幾分鐘裡，還必須如此苟且偷生。他只剩下幾分鐘了，再過幾分鐘，明亮的線條就會消失，龍蝦怪就要出動了。

他已經不再希望會有奇蹟發生，讓歐黛塔在最後一刻回來，就像他已經不再希望黛塔會

⑥⓪懷特・厄普（Wyatt Earp）、哈樂迪醫生（Doc Holliday）兩人為美國西部拓荒時期的傳奇警長，許多西部電視電影都以兩人為題材，如凱文・科斯納主演的電影『執法悍將』即以懷特・厄普為主角。布奇・卡西迪（Butch Cassidy）為同一時期的鐵路搶匪，好萊塢曾拍攝以他為主角的電影『虎豹小霸王』，由保羅・紐曼主演。

發現，要是他死了，她就會永遠困在這個世界裡。十五分鐘前，他還相信她只是在虛張聲勢嚇唬他，但現在，他知道她是認真的。

嗯，總比被一寸寸勒死好，他心想，但在看過無數個夜晚的噁心龍蝦怪後，他不再相信被龍蝦怪吃掉會比被一寸寸勒死好。他希望自己死的時候不要尖叫，他覺得這不太可能，但他打算盡力一試。

『牠們要來找你了，白鬼！』黛塔尖叫，『馬上就要來了！牠們馬上就要享用有史以來最美味的晚餐了！』

黛塔不是在嚇唬人，歐黛塔不會回來……槍客也不會回來。不知為何，槍客不會回來這件事最讓他心痛。在這段海灘長途旅行中，他相信他和槍客已經成了夥伴，甚至稱得上是兄弟，羅蘭至少會努力回來助他一臂之力。

但羅蘭不會來了。

或許他並不是不想回來，或許他是不能回來。也許他死了，被藥局的警衛殺死了——可惡，世界上最後一名槍客居然命喪私人保全之手，真是天大的笑話——又或許他被計程車輾死了。或許他死了，門不見了，或許那就是她為什麼不唬人了。也許根本沒什麼好唬人的。

『馬上就要來了！』黛塔尖叫，接著艾迪再也不必擔心他的視網膜了，因為最後一道明亮的光線消失了，只留下夕照餘暉。

他看著海浪，眼中明亮的殘像漸漸消失，等著第一隻龍蝦怪拖著蹣跚的步伐滾出海浪。

12

艾迪努力轉頭閃開第一隻怪物，但他遲了一步。怪物問著問題，一爪從他臉上挖下一塊

肉，將他的左眼捏成了一團果凍，露出閃著夕陽明亮光芒的白骨，而那個大壞蛋女人則在一旁大笑……

別想了，羅蘭命令自己。這種念頭比無助更糟糕，它會讓人分心，而且事情也不一定真的這麼糟，也許還有時間。

而那時候也真的還有時間。那時，羅蘭正穿著杰克．摩特的身體，走下第四十九街，兩隻手甩動著，鏢靶般的眼睛緊盯著寫著『藥局』的招牌，完全不曉得自己成了眾人注目的焦點，經過他身邊的人全對他避之唯恐不及。那時，在羅蘭的世界中，太陽還沒有落下，還要再過十五分鐘左右，太陽的下半緣才會碰到海天交界之處。如果說艾迪真的會痛苦而死，他的時辰也未到。

但槍客並不知道這件事，他只知道那裡比這裡晚，雖然那裡的太陽應該還沒有落下，但是假設這個世界和他的世界，時間的速度快慢是一樣的，卻可能是致命的……對艾迪來說更是致命，因為他將會在極度的恐懼之中死去，那樣的恐懼是難以想像的，但槍客的腦袋卻仍然不斷努力的想像那恐懼。

回頭看的渴望幾乎無法克制，但他不敢回頭，絕對不能回頭。

寇特的聲音嚴厲的打斷他的思緒：控制你能控制的東西，豬頭！其他的事情就別瞎管了。

是的。

但很難。

有時候是非常難。

如果你必須死，至少要讓你的槍冒出熾熱的煙硝再死。

如果他不是那麼一心想盡快完成這個世界的工作，然後滾出這裡，他也許會發現自己成了眾人注目的焦點，經過他身邊的人全對他避之唯恐不及，而且也能了解眾人為何如此反應，但這麼做是於事無補的。他往藍色的招牌大步走去（根據摩特百科全書，他可以在那裡拿到他身體需要的凱復力），速度極快，儘管兩側的口袋裡裝著沉重的鉛彈，摩特的西裝外套依然在身後飛舞著，清楚露出了繫在臂上的槍帶。他繫槍帶的方法和槍帶原本的主人不同，槍帶原本的主人是將槍帶筆直整齊的繫在腰上，但他卻是依著自己繫槍帶的方法，也就是將兩條槍帶交叉繫著，鬆鬆的垂在臂上。

對四十九街的購物者、爵士迷或是叫賣小販來說，羅蘭的模樣和胖子強尼對羅蘭的感覺差不多：像一個亡命之徒。

羅蘭抵達卡茲藥局，走了進去。

13

槍客知道，在他的時空裡有魔術師、巫師或是煉金術士。有些是聰明的江湖術士，有些則是愚蠢的騙徒，只有比他們更笨的人才會相信他們（但那個世界永遠不缺傻瓜，所以就連愚蠢的騙徒也能生存，事實上，大部分的愚蠢騙徒都能生存），還有極少數的人真的可以做出令人口耳相傳的奇事——這些少數人可以呼喚魔鬼與亡靈，用一句詛咒奪人性命，或用奇異的藥水治癒傷患。槍客相信，其中一個人根本就是魔鬼的化身，一個假扮為人的怪物，自稱『佛來格』。槍客只匆匆見過此人一眼，而且是在末日接近之時，那時混亂與最終的崩壞正步步逼近他的土地。在他身後跟著兩個年輕人，兩人看起來既絕望但又猙獰，名字叫做丹尼斯與湯瑪士。這三個人出現在一段困惑雜亂的時間裡，只佔了槍客一生中的一小部分，但他永遠也忘不了自己曾看見佛來格把一個惹他生氣的人變成一隻汪汪叫的小狗，他的記憶太清晰了。接著就是黑衣人。

然後是馬登。

馬登曾經在他的父親離開時勾引他的母親，曾經想要促成羅蘭的死亡，卻反而促使他提早成年。羅蘭懷疑，在他到達黑塔之前，他也許會再次遇見馬登……或者是在黑塔與馬登重逢。

也就是說，因為他過去對魔法與術士的經驗，所以他以為他會在卡茲藥局發現更不同的景象。

他以為自己會進入一間點著蠟燭的陰暗房間，房裡充滿了苦澀的煙霧，擺滿了一瓶瓶不知名的粉末、藥水與春藥，許多瓶子上佈滿了厚厚一層灰，或是結滿了一世紀的蛛網。他以為會看見一個穿著蒙頭斗篷的男人，一個或許有點危險的男人。透過透明的玻璃窗，他看見許多人在裡頭走來走去，就像在逛普通商店一樣優閒，他心想，他們一定是幻覺。

但他們不是幻覺。

所以有那麼一會兒，槍客只能站在門外，先是驚訝無比，接著感到一種諷刺的趣味。在這個世界裡，幾乎每走一步，就會有新的奇事讓他驚訝得說不出話；在這個世界裡，馬車能在天上飛，紙跟泥沙一樣便宜。而最新的一樁奇事，就是對這些人來說，奇事早已耗竭了：在這個充滿奇蹟的地方，他只看見窮極無聊的臉孔，還有拖著步伐蹣跚而行的身影。

那裡有數以千計的瓶子，有藥水，有春藥，但摩特百科全書卻說大部分的藥都是騙人的。這裡有罐軟膏據說可以讓落髮重生，但卻一點用也沒有；那裡有瓶藥膏聲稱可以去除雙手與手臂上醜陋的斑點，但全是謊話連篇。這裡有些藥是拿來治根本不需要治的病：有的藥能幫你拉肚子或是止瀉，幫你漂白牙齒或是染黑頭髮，有的藥則能幫你保持口氣清新，好像不知道嚼赤楊樹皮就能有一樣的效果。這裡沒有魔術，只有不足掛齒的平凡瑣事——不過這裡的確有阿斯汀，還有一些其他的藥物聽起來似乎也會有點用處，但整體說來，這個地方讓羅蘭感到無比驚駭。這個地方允諾神奇幻術，但兜售的香水卻比藥水還多，這麼說來，奇事耗竭也算不上是什麼奇事了。

但在他再次查詢摩特百科全書後，卻發現他眼前看到的東西，並不是這個地方的全相。真正有效的藥水全藏了起來，必須先取得巫師的許可，才能取得這些藥水。在這個世界裡，這種巫師稱為『**醫生**』，他們把神奇的藥方寫在一張紙上，摩特百科全書把那張紙稱為『**杵方箋**』。槍客不知道那個詞，他覺得他可以仔細查查這個詞到底是什麼意思，但他並沒有那麼做。他知道自己需要什麼，他很快的查了查摩特百科全書，就知道自己要去店裡的什麼地方才能拿到他要的東西。

他大步走過一條長廊，走向一個高高的櫃台，櫃台上寫著**處方藥領取處**。

14

一九二七年，在第四十九街開設『卡茲藥品與冷飲（男女雜貨日用品）』的卡茲先生早已長眠墓中，而他的獨子看起來似乎也不久於人世。雖然他只有四十六歲，但他看起來足足老了二十歲。他的頭髮微禿，皮膚蠟黃，身體虛弱。他知道大家都說他看起來像是騎著馬的死神，但沒有人知道為什麼。

就拿這個電話裡的婊子來說好了，她是瑞絲朋太太，她在電話那頭怒氣沖沖的吼著除非他願意賣安眠鎮定藥『煩寧』給她，否則就要告他；而且她馬上就要，**現在就要**！

小姐，如果我說我要從話筒裡丟一串藍色炸彈過去，妳覺得如何？如果他真的這麼說，她至少會閉上嘴，讓他耳根清靜些。她會嚇得把話筒拿開，驚訝的張大嘴巴。

這個念頭讓他忍不住咧開嘴陰森的笑了起來，露出一口灰黃的假牙。

『妳不了解，瑞絲朋太太。』聽著瑞絲朋太太怒吼一分鐘後，他插嘴說道——他足足聽了一分鐘，邊聽邊看著手錶上不停走動的秒針。他真希望能對她說（只要一次就好！）：不要再對我吼了，妳這個笨婊子！去對妳的醫生吼！是他讓妳對那玩意上癮的！沒錯，該死的庸醫隨隨便便就開這種藥給病人，好像在開泡泡糖一樣，等他們決定不再給藥，是誰遭殃？是醫生嗎？噢，不，是他！

『你是什麼意思，我不了解？』他耳朵裡的聲音像一隻憤怒的黃蜂在瓶子裡嗡嗡叫，『我了解我跟你那間下三濫的藥局做了很多生意，我了解這些年來我一直是個忠誠的顧客，我了解——』

『妳必須跟——』他又透過半邊眼鏡瞥了瞥那個婊子的名片，『——跟布朗波爾醫生談談，瑞絲朋太太。妳的處方已經過期了，根據聯邦法律，賣煩寧給沒有處方箋的人是一種犯罪行為。』他心想：開這種藥給病人才是一種犯罪行為……也就是說，除非你願意在開藥給病人的時候附上你的私人電話號碼，否則都應該抓去關起來。

『那只是他搞錯了！』女人尖叫道。現在她的聲音流露出明顯的驚慌不安。艾迪想必能馬上聽出那樣的語氣：那是毒蟲給毒癮逼急了所發出的吼叫聲。

『那你就打電話給他，叫他修改處方，』卡茲說，『他有我的電話號碼。』沒錯，他們全都有他的電話號碼，那就是麻煩所在。他年方四十六，看起來卻像個垂死的老人，全都是因為那些天殺的庸醫。

要是我想保證這個地方最後一點微薄的收入也消失殆盡，我唯一要做的事就是叫這些毒蟲婊子去吃屎，就這樣！

『我不能打給他！』她尖叫。她的聲音鑽進他的耳裡，讓他的耳朵感到一陣刺痛，『他跟他的玻璃男朋友不曉得到什麼地方去度假了，而且沒有人願意告訴我是去哪裡！』

卡茲覺得胃酸開始滲進他的胃裡。他有兩處胃潰瘍，一處已經治好，另一處現在正在流血，這樣的婊子就是他胃潰瘍發作的原因。他閉上眼睛，所以他沒有看見他的助手瞪著穿藍西裝、戴金邊眼鏡的男人走近領藥台，也沒看見肥警衛羅夫（卡茲付男人的錢只夠他糊口，但卡茲還是覺得太多了。他父親從來不需要警衛，但他的父親——上帝已經讓他歸於塵土了——在他父親的時代裡，紐約還是個城市，而不是個糞坑）突然從他一貫的朦朧睡眼中驚醒，伸手摸向臀上的手槍。他聽見女人尖叫，但以為那是因為她剛剛發現露華濃在打折。他是不得不讓露華濃打折，因為街上那間混蛋多藍茲藥局在跟他削價競爭。

在槍客像即將來臨的末日一般接近時，卡茲只一心想著多藍茲和電話裡的這個婊子，想著要是他們兩人能夠脫光衣服，全身塗滿蜂蜜，綁在蟻丘附近，曝曬在炙熱的沙漠陽光下，那會是多麼美好的一件事。他覺得事情最糟就是這樣，絕對不會再糟了。他的父親是那麼堅持他的獨子克紹箕裘，所以除了藥理學以外，拒絕支付其他學位的學費，於是他就真的克紹箕裘。上帝讓他的父親歸為塵土了，而他覺得在他這卑微的人生裡，現在就是最卑微的時刻，就是他這卑微的人生讓他未老先衰。

這絕對是他人生的最低點。

或者是說，在他閉著眼睛的時候，他覺得這是他人生的最低點。

『瑞絲朋太太，只要妳過來，我就給妳一打五毫克的煩寧，好不好？』

『這傢伙總算講理了！謝天謝地，這傢伙總算講理了！』然後她就掛斷電話了。就這樣，一句感謝的話都沒說，但等她再次看見那個自以為是醫生的白痴，她會跪下來用鼻子打亮他的古馳休閒鞋，她會幫他吹簫，她會……

『卡茲先生，』他的助理用奇怪的喘氣聲跟他說，『我想我們有個問……』

又是一聲尖叫，尖叫之後一陣槍響，他嚇了一大跳，一時間他以為自己的心臟要在他的胸口發出一聲狂暴的巨響，然後永遠停止跳動。

他張開眼睛，眼前出現了槍客的眼睛。卡茲往下看，看見男人手上握著手槍。他往左看，看見警衛羅夫抱著一隻手，瞪著搶匪，眼睛都快從臉上凸出來了。羅夫的槍是一支點三八，他在警界服務的十八年間，他一直克盡職守的帶著那把槍（他只有從第二十三號地下室練習場的射擊線發射過一次。他說他曾經在執勤時拔槍兩次……但是誰知道？），現在那把槍躺在牆角，成了一塊廢鐵。

『我要凱復力，』有雙鏢靶眼的男人面無表情的說，『我要很多。現在就要。別理什麼杵方箋了。』

有那麼一會兒，卡茲只能瞪著他，嘴巴張得老大，心臟在胸膛掙扎著，他的胃成了一盆噁心的沸騰酸液。

剛才他是不是覺得自己到了人生的最低點？

他真的到了人生的最低點嗎？

15

『你不了解。』卡茲終於說出話。他覺得自己的聲音很陌生，這也難怪，因為他覺得自己的嘴巴像一件法蘭絨襯衫，舌頭像一條塞滿棉絮的布。『這裡沒有古柯鹼，不管在什麼情形下，都不能販賣那種藥……』

『我說的不是古柯鹼，』穿著藍西裝，戴著金邊眼鏡的男人說，『我說的是凱復力。』

那是我以為你說的，卡茲差點要把這句話告訴眼前這個瘋狂的雜種，但他覺得這句話可能會激怒他。他聽過有人去藥局搶安非他命、興奮劑，還有一大堆亂七八糟的藥（包括瑞絲朋太太的寶貝煩寧），但他想這或許是史上第一宗盤尼西林搶案。

他父親的聲音（願上帝讓這個老混蛋在地下腐爛）告訴他不要慌慌張張、目瞪口呆，快想點辦法。

但他想不到什麼辦法。

『快點！』拿著槍的男人說，『我在趕時間。』

『你——你要多少？』卡茲問。他的眼神輕輕閃過搶匪的肩後，看見了一件讓他難以置信的事情。那件事不可能發生在這個城市裡，但看起來似乎真的發生了。是好運嗎？卡茲竟然也有走運的一天？真該列入《金氏世界紀錄》啊！

『我不知道，』拿著槍的男人說，『袋子能裝多少就給我多少。要很大的袋子。』接著毫無預警，他轉過身，手上的槍再次發出轟然巨響。一個男人放聲哀號。玻璃窗爆裂開來，碎片在街道上閃閃發光。碎片割傷了幾名經過的路人，但全是輕傷。在卡茲藥局裡，女人（還有幾個男人）高聲尖叫著，防盜警鈴也開始它低沉的怒吼。顧客一陣兵荒馬亂，紛紛往門口逃竄。拿著槍的男人回過身，面對卡茲，臉上的表情毫無改變：他的臉上仍然掛著最初進門時那可怕（但不是取之不竭）的耐心。『照我的話做，動作快，我趕時間。』

卡茲喘了一大口氣。

『是的，先生。』他說。

16

槍客在看見了店舖左上方放的凸面鏡，感到相當欽佩，當時他正走向櫃台，櫃台後藏了許多神奇的藥水。在他的世界裡，沒有任何工匠能創造出這樣的凸面鏡，儘管曾經有段時間，這樣的東西（還有他在艾迪與歐黛塔世界裡看到的許多東西）可能曾經存在。他曾經在群山底下的洞穴看過一些遺跡，也曾經在其他的地方看過……那些遺骸既古老又神祕，就像在魔鬼出沒之地會發現的德魯依神石[61]一樣。

他也了解那面鏡子的用途。

他稍微遲了一點才發現警衛的動作（他發現摩特戴在眼前的鏡片使他的視線範圍大大受限），但是他還是有時間轉身把槍射出警衛的手。羅蘭還是覺得這一槍不過是家常便飯，儘管他的動作是有些倉卒；但是警衛就不是這麼想了。羅夫．藍尼克斯到死都會發誓，那個傢伙的那一槍不可能出自凡人之手……或許除了那些演給小孩看的舊西部片主角，比如說『安妮．奧克莉』[62]。

多虧了那面鏡子（那面鏡子顯然是放在那兒防小偷用的），羅蘭在處理第二個人的時候快多了。

他看見術士的眼睛往上一飄，往他的肩後瞧了一會兒，於是槍客的眼睛立刻望向那面鏡子。在鏡子裡，他看見一個穿著皮夾克的男人往他身後的中央長廊走來。他的手上拿了一把

[61] Druit stone，凱爾特族的祭司、占卜師等所使用的神石。
[62] Anne Oakley，十九世紀末的美國女神射手。

長刀，而且毫無疑問的，腦袋裡滿是光榮的幻想。

槍客轉身，發了一槍，他把手壓低放在腰間才發射，他知道自己對武器不熟悉，但這個一心想當英雄的男人身後有許多顧客嚇得呆站在原地，他不願意傷及無辜。他寧可從腰間發射兩次，讓子彈往上飛，以免傷及旁觀者，也不願意誤殺哪位女士，而那位女士唯一的罪過就是選錯日子買香水。

手槍保養得宜，相當準確。從那兩名槍客矮胖、缺乏運動的模樣看來，他們似乎覺得武器是拿來戴的，而不是拿來用的。這種行為相當奇怪，但話說回來，這是個奇怪的世界，羅蘭不能妄下評斷，也沒有時間評斷。

那一槍相當準確，打斷了刀鋒，男人手上只剩下刀柄。

羅蘭平靜的看著穿皮夾克的男人，他的眼睛裡一定有樣東西讓這個一心想做英雄的男人想起他有個重要的約會，因為他立刻轉過身，丟下刀柄，加入奪門而出的群眾。

羅蘭轉回身，向術士下了指令。要是再拖拖拉拉，當心小命沒了。術士要轉過身的時候，羅蘭用槍管拍拍他削瘦的肩胛骨。男人像窒息一樣，發出『咿——』的叫聲，立刻轉回身子。

『不是你，你留在這裡，讓你的學徒去拿。』

『你——你說誰？』

『他。』槍客不耐煩的指指他的助手。

『我該怎麼做，卡茲先生？』助手臉上的青春痘在他蒼白的臉上特別明顯。

『照他說的做啊，你這個白痴！拿藥給他！凱復力！』

助手走到櫃台後的一個櫃子前，拿起一罐藥。『轉過來讓我看看罐子上的字。』槍客說。

助手依言行事。羅蘭看不懂，上頭有太多字母他不認得。他問問摩特百科全書。沒錯，是凱復力，摩特百科全書回答，但羅蘭旋即發現確認上頭寫的字根本是浪費時間。他知道自己認不得這個世界所有的字，但這些人不知道。

『一罐有幾顆藥丸？』

『呃，事實上是膠囊。』助手緊張的說，『如果你要的是藥丸型的盤尼西林，我想你說的應該是……』

『沒關係，一罐有幾劑？』

『噢，呃……』緊張兮兮的助手看看瓶身，差點掉在地上，『兩百劑。』

羅蘭嚇了一跳，就像他發現在這個世界裡，只要用一點小錢就能買到大批火藥時，也是震驚無比。安立可．巴拉札的祕密藥櫃裡有九小瓶的凱復力，總共有三十六劑，差一點就能治好他。如果他不能用兩百劑阻止細菌感染，恐怕沒有什麼能阻止得了。

『給我。』穿藍西裝的男人說。

助手把藥交給他。

槍客捲起外套袖子，露出杰克．摩特的勞力士手錶。『我沒有錢，但這應該是足夠的補償，總之我希望它是足夠的補償。』

他轉過身，對警衛點點頭。警衛仍然坐在地上，坐在翻倒的凳子旁，張大眼睛瞪著槍客。槍客走出店門。

就這麼簡單。

有五秒鐘的時間，藥局裡一片死寂，只有警鈴大作，警鈴的聲響震耳欲聾，幾乎能淹沒街道上眾人的喧嘩聲。

『我的老天啊，卡茲先生，我們現在該怎麼做？』助手低聲說。

卡茲撿起手錶，在手上掂掂重量。

金子，純金的。

他不敢相信。

他必須相信。

某個瘋子從街上走進來，射飛警衛手上的槍，再射飛另一個人手上的刀，只為了買他覺得最不可能要買的藥。

凱復力。

凱復力大概值六十元。

但他付了價值六千五百元的勞力士。

『做？』卡茲問，『做？你要做的第一件事就是把那只腕錶收到櫃台下去。你沒看過它，』他看著羅夫，『你也沒看過它。』

『是的，先生。』羅夫立刻回答，『只要你把賣錶的錢分我一份，我就當從來沒看過它。』

『他們會把他當成狗，在街上射死他。』卡茲心滿意足的說。

『居然要凱復力！那傢伙甚至連鼻塞都沒有哩！』助手驚奇的說。

第四章　牽引

1

在羅蘭的世界裡，太陽的下半弦初次碰觸到西海，在海面上灑下一片金黃色的火焰，往艾迪像隻火雞般被五花大綁躺著的地方延燒。此時，在艾迪原來的世界裡，警官歐米拉和德勒文正全身無力的醒轉過來。

『幫我解開手銬好嗎？』胖子強尼用卑微的聲音問道。

『他在哪裡？』歐米拉聲音沙啞的問著，伸手摸向槍套。不見了，槍套，槍帶，子彈，手槍。手槍。

噢，該死！

他開始想著內務部的混蛋會問他什麼問題，那些傢伙對街頭的了解，全來自影集『警網』裡的傑克．偉博[63]；突然間，對他來說，那支手槍的價值大概跟愛爾蘭的人口或是祕魯的主要礦藏一樣重要。他看著卡爾，發現卡爾的武器也被搶走了。

噢，親愛的上帝，該小丑上場囉！歐米拉悲慘的想著。胖子強尼又問了一次歐米拉能不能拿櫃台上的鑰匙解開手銬，歐米拉正想說：『我應該……』但隨即停了下來，因為他本來想

[63] Jack Webb（一九二〇—一九八二），美國演員。『警網』（Dragnet）為其主演的電視劇，一九五五年至一九七〇年播出。

說：我應該一槍斃了你才對，但他不能一槍斃了胖子強尼，不是嗎？店裡的槍全用鍊條鎖著，而那個戴金邊眼鏡的怪胎，那個看起來一副好好公民的怪胎，輕輕鬆鬆就把他和卡爾的槍拿走了，就像歐米拉也能輕輕鬆鬆的從小孩手中搶走玩具槍一樣。

所以他沒把話說完，而是拿了鑰匙，解開手銬的鎖。他看見羅蘭踢到牆角的點三五七麥格農，撿了起來。槍套放不下，所以他把它塞進皮帶裡。

『喂，那是我的！』胖子強尼可憐兮兮的說。

『是喔？你想把它要回去啊？』歐米拉必須放慢說話的速度，他的頭真的很痛。在那一刻，他唯一想做的事就是找到金邊眼鏡先生，抓他去撞最靠近的牆，牆上最好還有鈍釘子。『我聽說阿提卡監獄裡的人最喜歡像你這種胖子，強尼。他們有句俗話：「墊子愈厚，撞起來愈爽。」你確定你想把它要回去嗎？』

胖子強尼一語不發的轉過頭，但歐米拉還是看見他的眼睛裡湧出了淚水，褲子上也濕了一大塊，他一點也不同情。

『他在哪裡？』卡爾．德勒文的聲音憤怒低沉。

『他走了。』胖子強尼呆呆的說，『我只知道這樣。他走了，我以為他會殺我。』

德勒文慢慢站起來，他覺得側臉有點濕濕黏黏的，他摸摸臉，再低頭看看手指。是血，幹！他在腰間摸來摸去，想摸到槍，摸了老半天後，終於確定他的槍和槍套都不見了。歐米拉的頭幾乎不痛，但德勒文卻覺得有人曾經把他的腦袋當作核子武器試爆場。

『那傢伙拿了我的槍。』他對歐米拉說。他的聲音糊成了一團，很難聽懂。

『看來咱們是同病相憐。』

『他還在這裡嗎？』德勒文往歐米拉走了一步，身體向左傾斜，好像搭著一艘行經怒海狂濤的船隻一樣，他努力了一番，總算站直了身體。

『不在。』

『他走了多久？』德勒文看著胖子強尼，胖子強尼沒回答，可能是因為胖子強尼是背對著兩人，所以他以為德勒文還在跟他的夥伴說話。德勒文本來就是個壞脾氣又沒耐性的傢伙，胖子強尼不答腔更讓他火冒三丈，於是他扯開嗓門對著胖子強尼大吼，儘管大吼讓他覺得他的頭要裂成一千塊：『我在問你問題，你這隻肥豬！那個混帳東西走了多久？』

『大概五分鐘。』胖子強尼呆呆的說，『拿走他的子彈跟你們的槍。』他頓了頓，『還付了子彈的錢，我真不敢相信。』

五分鐘，德勒文心想。那傢伙是坐計程車來的，他們坐在巡邏車裡喝咖啡的時候，看見他從計程車上下來。尖峰時間快到了，現在這個時候，計程車很難叫，也許……

『走，』他對喬治．歐米拉說，『我們還有機會逮住他。我們必須從這個王八蛋這裡拿支槍……』

歐米拉秀出麥格農，一開始德勒文以為是兩支槍，但接著兩個影像慢慢合成了一個。

『很好。』德勒文漸漸清醒過來，他沒有辦法馬上清醒，但是也快要完全清醒了，就像職業拳擊手被對手在下巴重重打了一拳。『你拿著，我用儀表板下面的霰彈槍。』他開始往門口走去，這次他不只覺得天旋地轉，而是一個踉蹌跌倒在地，必須扶著牆壁才能爬起來。

『你沒事吧？』歐米拉問。

『只要逮到那傢伙就沒事。』德勒文說。

他們離開了。兩人離開時，胖子強尼沒有像藍西裝幽靈離開時那麼高興，但是幾乎一樣高興，幾乎一樣高興。

2

德勒文和歐米拉甚至不必討論犯罪者在離開槍械店後，可能往哪個方向逃逸，他們只要從無線電聽聽播報員廣播就行了。

『第十九號警戒。』她一再播報。發生搶案，嫌犯開槍射擊。『第十九號警戒。地點是西四十九街三百九十五號，卡茲藥局，疑犯身材高大，黃棕色頭髮，穿藍西裝……』

嫌犯開槍射擊，德勒文這麼想著，頭痛得更厲害了。不曉得他是開喬治的槍，還是開我的槍？還是兩支都開？如果那個混帳殺了人，我們就完了，除非我們逮到他。

『出發了。』他簡短的告訴歐米拉，不需要再講第二次，歐米拉跟德勒文一樣了解情況。他打開車燈和警鈴，呼嘯著駛進車潮。尖峰時間剛開始，車流已經有些壅塞，所以歐米拉讓巡邏車兩輪開在排水溝蓋上，兩輪開在人行道上，嚇得行人像鴿子似的四處奔逃。他緊緊跟著前頭農產品卡車的後保險桿，滑進四十九街。他可以看見前面的人行道上有閃亮的玻璃碎片，兩人也都能聽見刺耳的警鈴聲。行人都躲在門後或是垃圾堆後，但住在高樓的住戶卻是拚命往外瞧，好像正在看一齣絕妙的電視劇，或是一部有錢也看不到的電影。

這個街區一輛車子也沒有，計程車和通勤者全都溜光了。

『我只希望他還在裡頭。』德勒文說。儀表板下的霰彈槍槍柄和槍管上鎖著短鋼條，他拿起鑰匙，解開鋼條，把霰彈槍拉出槍匣。『我只希望那個爛王八蛋還在裡頭。』

但兩人都不了解，在面對槍客的時候，硬碰硬只會下場更慘而已。

3

羅蘭走出卡茲藥局時，已經把大瓶的凱復力跟一盒盒子彈一起放在杰克．摩特的外套口袋裡。他的右手拿著卡爾．德勒文執勤用的點三八。用完整的右手拿槍，感覺真是棒透了。

他聽見警車的鈴聲，看見一部車子在街上呼嘯而來。是他們，他心想。他舉起槍，然後突然想起：他們也是槍客，盡忠職守的槍客。他轉過身，走回術士的店裡。

『不准動，王八蛋！』德勒文尖叫。羅蘭及時瞥了一眼凸面鏡，看見其中一個槍客——耳朵流血的槍客——正拿著一支掃射獵槍從窗戶探出頭。他的同伴突然煞車，車子發出尖叫，橡皮輪胎在路上冒著白煙，而他則把一個彈匣塞進彈膛。

羅蘭彎身趴向地板。

4

卡茲不用鏡子，也知道將發生什麼事。先是來了個瘋男人，接著是兩個瘋條子。哎唷喂呀。

『趴下來！』他對著他的助手和警衛羅夫尖叫，然後立刻在櫃台後面跪了下來，不等著確定其他兩個人是不是也跪了下來。

接著，在德勒文扣下霰彈槍扳機的前一刻，他的助手往他身上一趴，就像橄欖球比賽時擒抱對方四分衛的架式一樣。他把卡茲的頭重重壓在地上，讓卡茲的下巴裂了兩道傷口。

透過那陣突然在腦中嘶吼而過的疼痛，他聽見霰彈槍發出轟然巨響，聽見玻璃窗上剩下的玻璃碎裂開來——連帶破掉的還有一瓶瓶鬍後水、古龍水、香水、漱口水、咳嗽糖漿，其他還有些什麼東西破掉，只有天曉得。千種互不相容的氣味升起，產生一種惡臭，在卡茲昏過去之前，他再次為了父親將這間帶著詛咒的藥局拴在他的腳踝上，呼喚上帝腐爛他的父親。

5

在一陣颶風般的掃射中，羅蘭看見瓶罐與盒子往後飛。一個裝著鐘錶的玻璃箱解了體，裡頭大部分的手錶也跟著解了體，鐘錶在一陣閃光煙霧中往後飛去。

他心想：他們不知道店裡是不是還有無辜的人。他們不知道，但是他們還是照樣拿著獵槍掃射！

這是不可饒恕的。他覺得非常憤怒，但卻強忍住怒火。他們是槍客，他寧可相信他們是因為剛才撞昏了頭，腦袋才會這麼不清醒，也不願意相信他們是故意這麼做，完全不在乎他們會殺了人或傷了人。

他們會以為他會逃跑或是開槍。

但是他卻是匍匐前進，保持低姿態。玻璃碎片刺傷了他的雙手和雙膝，疼痛的感覺喚醒了杰克．摩特。他很高興摩特回來，他需要他，至於摩特的手和膝蓋，他一點也不在乎。對他來說，這點疼痛是小事一樁，而且對摩特這個罪大惡極的禽獸來說，這樣的疼痛是罪有應得。

他抵達了破裂的玻璃窗邊，在門的右方。他蜷伏在那兒，身體縮成一團。他把右手的手槍放回槍套。

他不需要它。

6

『卡爾，你在幹嘛？』歐米拉尖叫。他的腦袋裡突然看見了《每日新聞報》的頭條：警察在西區藥局誤殺四人。

德勒文充耳不聞，又塞了一個全新的彈匣進霰彈槍。『咱們進去逮那個混蛋！』

7

一切正如槍客所料。

兩個警察沒想到一個看似毫無殺傷力的平凡人居然能將他們當白痴耍，還奪走了他們的佩槍，不由得怒氣沖天，顧不得撞昏的頭還沒清醒，便往藥局衝去，領頭的是剛才發射霰彈槍的白痴。他們微微彎著身體，就像進攻敵方陣地的軍人一樣，但這是他們為防敵人仍在屋內，唯一採取的讓步措施。在他們的心裡，敵人已經從後門溜走，或是逃進了小巷裡。

於是他們嘎扎嘎扎的踩過人行道上的玻璃碎片，在拿著霰彈槍的槍客拉開沒有玻璃的門，衝進藥局時，槍客突然站起身，雙手緊握成一個拳頭，往卡爾．德勒文警官的頸背打去。

在調查委員會面前作證時，德勒文會聲稱在克萊門斯的店裡跪下來，看見櫃台下的皮夾後，就什麼也不記得了。委員會會覺得在這樣的情況下，宣稱得了失憶症，未免是個太權宜的開脫之詞，判他停職六十天不給薪還算他走運。但是羅蘭卻會相信他的說法，要是在不同的情況下（比如說，要是這個白痴沒有對著一間可能充滿無辜民眾的商店胡亂掃射），甚至還會同情他。一個人的頭要是在半小時內連續被撞兩次，腦袋有些混亂當然不令人意外。

在德勒文突然像一袋燕麥軟綿綿的倒下來時，羅蘭從他那雙鬆脫的手裡拿走了霰彈槍。

『不准動！』歐米拉尖叫，他的聲音混雜了憤怒與驚慌。他開始舉起胖子強尼的麥格農，但正如槍客所料：這個世界的槍客動作都慢得可憐。他可以連射歐米拉三槍，但沒有這個必要。他只需要揮動霰彈槍，在空中畫出一個強而有力、向上攀升的弧形。槍托擊中歐米拉的左臉，發出一聲悶響，就像球棒正中好球一樣。剎那間，歐米拉的左臉從臉頰以下整個往右移動了兩吋，要經過三次手術，釘入四根鋼釘，才能讓他恢復本來的相貌。他呆站在那兒一會兒，不敢置信，然後兩眼往上一翻，雙膝一軟，癱倒在地。

羅蘭站在門口，完全不在乎愈來愈接近的警鈴聲。他拆開霰彈槍，然後打開彈膛，把所有短胖的紅色子彈倒在德勒文身上，倒完後再把槍丟在德勒文身上。

『你是個危險的白痴，應該被送到西方去。』他告訴眼前這個昏迷不醒的男人，『你已遺忘父親的容顏。』

他踩過男人的身體，走向兩名槍客的座車，那台座車還沒有熄火。他從靠馬路的那側上了車，滑進了方向盤之後。

8

你會開這輛車嗎?他問腦袋裡那個拚命尖叫、語無倫次的東西，也就是杰克·摩特。

他沒有得到條理清楚的答案，摩特只顧著尖叫個不停。槍客認為這是歇斯底里發作，但並不是完全真實的。杰克·摩特是故意讓歇斯底里發作，以避免和這個詭異的綁匪有任何對話。

聽著，槍客告訴他，我的時間只夠說一次。我的時間非常有限，如果你不回答我的問題，我就會把你右手的大拇指塞進你的右眼。我會往裡頭一直戳，戳到不能再戳為止，然後我會把你的眼珠挖出來，像鼻屎一樣擦在這輛車子的椅子上。我不在乎只有一隻眼睛，而且畢竟，那隻眼睛好像也不是我的。

他騙不了摩特，摩特也騙不了他，兩人的關係既冷漠又勉強，但卻又比最狂熱的性交更親暱。畢竟，這不是軀體的連結，而是心靈的終極交合。

他言出必行。

歐斯底里突然停止。我會開。摩特說。自從抵達這個男人的頭以後，這是羅蘭第一次聽見摩特講出有條理的話。

那就開。

你要我開去哪兒？

你知道有個地方叫『村子』嗎？

知道。

到那裡去。

到村子的哪裡？

先開再說。

如果我開警鈴，我們的速度會比較快。

好，開吧！也把那些一閃一閃的燈打開來。

自從控制摩特後，羅蘭第一次稍稍放鬆了一點，放手讓摩特操縱一切。在摩特轉頭檢查德勒文和歐米拉藍白座車的儀表板時，羅蘭只是在一旁看著他的頭轉動，沒有插手。但如果羅蘭是一個實體，而不是一個毫無形體的業，他就會踮著腳尖，隨時做好準備，只要看見一點點造反的跡象，就立刻跳上前，接手操控一切。

但是摩特毫無造反的跡象，這個男人讓無數無辜的人失去性命或是終身傷殘，但卻不願意讓自己失去一隻寶貴的眼睛。他輕彈按鈕，拉動一根桿子，突然間車子就動了。警鈴呼嘯著，槍客看見車子前方有紅光規律的閃爍。

開快點，槍客嚴厲的命令。

9

雖然開了警鈴和閃光燈，杰克．摩特也不停按著喇叭，但在尖峰時間的車潮中，他們還是花了二十分鐘才到達格林威治村。在槍客的世界裡，艾迪．狄恩的希望正在傾倒，就像在傾盆大雨中坍塌的河堤，很快就會完全崩潰。

大海已經吞噬掉半個太陽。

好啦，杰克．摩特說，我們到了。他說的是實話（他騙不了槍客），不過對槍客來說，這個地方跟其他地方沒有什麼差別：一堆令人窒息的建築、人群與車流。車流發出刺耳的噪音與毒氣，不只讓街道窒息，也讓空氣窒息。他猜想毒氣是來自車子的燃料，這些人居然還能活著，女人也沒有生出畸形的怪獸，例如群山底下的遲緩變種人，實在是奇蹟一樁。

現在我們要去哪裡？摩特問。

接下來是最困難的一部分，槍客做好準備——無論如何，他盡全力做好準備。

關掉警鈴和閃光，把車停在人行道旁。

摩特把車停在消防栓旁。

這個城市裡有地底鐵路，槍客說。我要你帶我到火車停車讓旅客上下車的車站。

哪一站？摩特說。這個念頭微微帶著慌亂的金屬色澤，摩特瞞不了羅蘭，羅蘭也瞞不了摩特——至少不能瞞太久。

幾年前——我不知道是幾年前——你在一個地下車站裡把一名年輕女子推到火車前，我要你帶我到那個車站。

接著是一陣短暫、強烈的掙扎。槍客贏了，但卻意外的費了很大的功夫才贏。從某方面來說，杰克．摩特和歐黛塔一樣是個兩面人。他並不像歐黛塔一樣有精神分裂，他隨時隨地都知道自己在幹嘛，但是他把自己祕密的一面──變成『推人者』的那一面──小心翼翼的藏起來，就像一個盜用公款的人會把不義之財鎖在一個沒有人知道的地方一樣。

帶我去，你這個混帳！槍客又說了一次。他再次慢慢舉起拇指，往摩特的右眼戳。在摩特投降時，拇指只離眼睛半吋，而且還在往前移動。

摩特的右手再次拉動方向盤旁的桿子，他們前往克里斯多福街站，在那裡，傳說中的A列車曾在三年前，輾斷一個名叫歐黛塔．霍姆斯女人的雙腿。

10

『嘿，你看！』德勒文與歐米拉藍白相間的車子在街區中途停車時，步行巡警安迪．史坦頓對他的夥伴諾里斯．韋佛說。那裡沒有停車位，而駕駛也不打算找停車位。他乾乾脆脆的並排停車，讓後頭塞成一堆的車流費力穿過剩下的小洞，就像血流努力流向膽固醇嚴重堵塞的心臟一樣。

韋佛看了看右前照燈旁的數字。七四四。沒錯，就是無線電裡報的數字，沒錯。

車上的閃光燈亮著，一切看起來都很正常──直到門打開，駕駛走下車為止。沒錯，他穿的是藍西裝，但上頭並沒有鑲著金鈕釦、銀徽章。他的鞋子也不是警察配給的，除非史坦頓和韋佛漏看了什麼備忘錄，通知警官從此以後執勤的鞋子將由古馳提供。那似乎不太可能，比較有可能的是這個傢伙就是在住宅郊區打劫兩個條子的怪胎。他走下車，完全不理會其他駕駛在努力穿過他身邊時狂按喇叭、憤怒的狂吼抗議。

『天殺的。』安迪・史坦頓低聲說。

接近嫌犯時必須極度小心，無線電播報員這麼說過。此人攜有武器，極度危險。通常無線電播報員聽起來都像全世界最無聊的人——就安迪・史坦頓所知，他們的確是全世界最無聊的人——但這名播報員竟然這麼強調『極度』兩個字，幾乎可說是充滿了畏懼，安迪不由得感到相當震驚。

他掏出了武器，這是他執勤四年來第一次掏槍。他瞥了韋佛一眼，韋佛也掏了槍。兩人站在離IRT地鐵階梯三十呎的熟食店外。兩人認識彼此已有很長的一段時間，培養出只有警察和職業軍人之間才有的默契。兩人不必交談，便一起退回熟食店裡，槍口朝上。

『地下鐵？』韋佛問。

『對。』安迪很快的看了一眼入口。尖峰時間到了高潮，通往地下鐵的階梯擠滿了要搭車的人。『我們必須現在就解決他，免得他太靠近人群。』

『咱們上。』

他們一前一後走出熟食店門口，架式完美，羅蘭想必能一眼就看出這兩名槍客比先前那兩個更難對付。其一，他們比較年輕；其二，雖然羅蘭並不知道，但某個不知名的播報員把羅蘭稱為極度危險，對安迪・史坦頓與諾里斯・韋佛來說，這就等於是說羅蘭是個窮凶極惡的壞蛋。如果我叫他不准動的時候他敢輕舉妄動，他就死定了，安迪心想。

『不准動！』他尖叫，雙手在身體前方握著槍，彎下身來。在他身旁，韋佛也做了一樣的事。『警察！把手放在頭……』

他話還沒說完，那傢伙就衝下了IRT地鐵的階梯。他的動作快得驚人，但是安迪・史坦頓也不是省油的燈，全身充滿了幹勁。他用腳跟一轉，感到一件無情的冰冷斗篷籠罩全身——羅蘭想必能了解這種感覺，他有過太多類似的經驗了。

安迪微微領先奔逃的人影，然後扣下點三八的扳機。他看見穿著藍西裝的男人轉了一下，努力站穩身體，但最後還是倒在人行道上。數秒前，人行道上的通勤者還在專心捱過另一趟回家的旅程，但現在全都尖叫四散而去。他們發現今天下午，除了郊區列車之外，還有別的東西得捱。

『他媽的，夥伴！』諾里斯．韋佛低聲說，『你射中他了！』

『我知道。』安迪說。他的聲音一點也沒有顫抖，槍客想必會十分讚賞。『咱們去看看他的廬山真面目。』

11

我死定了！杰克．摩特在尖叫。我死定了！你把我害死了！我死定了，我死……

不，槍客回答。透過半瞇著的眼睛，他看見警察接近，手上仍然拿著槍。這兩個警察比停在槍械店附近的警察年輕、快速。快多了，而且至少其中一個警察的槍法很準。摩特——還有槍客——應該已經死了，快死了，或是受了重傷。安迪．史坦頓打算一槍斃命，他的子彈鑽進摩特西裝外套的左翻領，同時也穿透了摩特的箭牌襯衫——但最遠也就到這裡而已。摩特的打火機救了兩個男人的性命，也就是裡頭和外頭的男人。

摩特並不抽煙，但他的上司抽。摩特自信滿滿的認為，明年此時，上司的職位就會成為他的囊中物，因此摩特在Dunhill買了一只兩百元的銀製打火機。他和佛萊明漢先生在一起的時候，並沒有每次都幫佛萊明漢先生點煙——那會讓他看起來太像馬屁精。他只有偶爾幫他點煙……而且通常是在還有別人在場時，那個人職位更高，而且能夠欣賞兩件事：A、杰克・摩特不惹人注意的殷勤。B、杰克・摩特的好品味。

內行人是面面俱到的。

這次面面俱到救了他和羅蘭一命。史坦頓的子彈射爛了銀製打火機，而不是摩特的心臟（他的心臟當然和一般人沒有什麼不同，因為摩特雖然熱愛名牌——而且是高級名牌——但是幸好名牌只能妝點皮膚以外的部分）。

當然，他還是受了傷，被一顆重口徑的子彈擊中，不可能有全身而退這種事。打火機深深陷進他的胸部，挖出一個大窟窿。打火機先是攤平開來，然後四分五裂，在摩特的皮膚上劃出淺淺的溝痕，一片霰彈碎片幾乎將摩特左側的乳頭一切為二，灼熱的子彈也點燃了打火機裡浸滿燃料的棉絮。然而，在兩名警官接近時，槍客還是動也不動的躺著。沒有開槍的警官在叫群眾退後，退後就對了，他媽的。

我著火了！摩特尖叫。我著火了！快把火滅掉，把火滅掉！把火滅掉！把——火——滅——掉……

槍客還是一動不動的躺著，聽著兩名槍客鞋子在人行道上發出刺耳的摩擦聲，不理會摩特的尖叫，努力不理會胸前突然點燃的火焰和烤肉的味道。

一支槍探進他的胸部下方，在那隻腳舉起時，槍客允許自己軟綿綿的翻成正面朝上。杰克・摩特的眼睛張著，面容呆滯。雖然打火機碎裂的殘骸在燃燒著，但從外表完全看不出有個人在身體裡頭尖叫。

『天啊！』某個人說，『你是用曳光彈射他嗎，老兄？』

一縷小小的煙霧從摩特外套翻領的洞上升起，往翻領的邊緣逃竄，燒出一個個焦黑的小洞。碎裂打火機的棉芯浸滿了朗臣牌打火機燃料，此刻正式開始燃燒，兩名警官可以聞到焦肉的氣味。

到目前為止，安迪·史坦頓的表現可說是無懈可擊，但現在卻犯了唯一一個錯誤，這個錯誤可以讓寇特不顧他先前令人讚賞的表現，甩他一巴掌，送他回家，告訴他在大部分的情形下，只要一個錯誤就能害死一個人。史坦頓可以開槍射那個傢伙（所有的條子總要在必須開槍時，才知道自己真的能夠開槍），但是他的子彈讓那個傢伙著火，這樣的念頭卻讓他充滿了不可理喻的恐懼。所以他不假思索，彎下腰把火拍熄。槍客的腳乘機踢向他的肚子，他甚至還來不及發現那雙眼睛居然出現了熾熱的生氣，在此之前，他可以發誓那雙眼睛已經完全死透。

史坦頓飛向夥伴，手槍從手裡飛走。韋佛努力抓住手槍，但在他將史坦頓從視線中清除之前，他就聽見一聲槍響，接著他的槍就神奇的不見了。原先握著槍的手感到一陣麻木，好像被一支非常巨大的榔頭敲過一樣。

穿著藍西裝的人站起來，看了他們一會兒，然後說：『你們很不錯，比其他人都要好，所以聽我一句忠告：不要跟上來。就快要結束了，不要逼我殺你們。』

然後他轉過身，奔向地下鐵的階梯。

12

階梯上塞滿了圍觀的群眾，那群人原本正往下走向地下鐵，但在尖叫與槍聲開始時，在好奇心的驅使下（那種好奇心帶點病態，而且從某方面來說，是紐約客獨有的），全都回頭往上爬，想看看情形到底有多糟，到底有多少人，又會有多少血濺在骯髒的水泥地上。但不知怎的，在穿著藍西裝的人衝下樓梯時，他們全都能找到退路縮回身子。這也沒什麼好大驚小怪的，因為他手上拿著槍，腰間還繫了另一支槍。

此外，他看起來好像著了火。

13

火在摩特的襯衫、內衣還有外套上愈燒愈烈，打火機的銀製外殼也開始熔化，一道道燃燒的銀漿流下身體，流向肚子，摩特痛苦的尖叫聲也跟著愈來愈激烈，但是羅蘭充耳不聞。

他可以聞到流動的骯髒空氣，可以聽見即將進站的列車發出隆隆巨響。

幾乎就是現在，那一刻幾乎已經到來，那一刻將決定他會引出三人，或是失去三人。他似乎再次感到世界開始顫抖，在他的腦袋四周旋轉。

他抵達月台，把點三八手槍丟在一旁。他解開杰克‧摩特的褲腰帶，然後隨便的把褲子往下推，露出一件娘子內褲似的白色底褲，真是件奇怪的底褲，但他無暇多想。如果他不加快動作，他就用不著擔心自己會被活活燒死了，他買的子彈會過熱爆炸，而這副軀體也會跟著灰飛煙滅。

槍客把一盒盒子彈塞進底褲，拿出凱復力，也塞進底褲；底褲撐得鼓鼓的，看起來十分古怪。他脫掉著火的西裝外套，但並不打算脫掉著火的襯衫。

他可以聽見列車轟隆隆的往月台駛來，可以看見列車的燈光。他不知道這輛列車是不是跟輾過歐黛塔的列車路線相同，但是話說回來，他知道這輛列車一定跟輾過歐黛塔的列車路線相同。在一切跟黑塔有關的事物中，命運就像救了他的打火機一樣仁慈寬厚，也像那救命奇蹟點燃的火焰一樣痛苦難熬。就像那輛進站列車的輪子，它前進的方向既合乎邏輯，卻又無比殘忍，只有堅如鋼鐵、甜美如蜜，才能抵抗命運的巨輪。

他穿起摩特的褲子，再次開始奔跑，幾乎沒有注意到眾人紛紛走避。火焰接觸到更多空氣，他的襯衫領子也跟著著了火，接著他的頭髮也燒了起來。摩特底褲裡沉重的盒子拍打著他的睪丸，一次又一次，擠壓著睪丸，他的下腹部感到極度的疼痛。他跳進旋轉門，活像一顆隕石。幫我滅火！摩特尖叫。幫我滅火，不然我就要燒死了！

你應該燒死，槍客嚴厲的想著。即將發生在你身上的事情，比你應受的懲罰仁慈多了。

你是什麼意思？你是什麼意思？

槍客沒有回答，事實上，在他朝月台邊緣狂奔而去時，他根本把摩特的聲音整個關掉了。他感到一盒子彈想從摩特可笑的底褲邊緣溜出來，趕緊伸出一隻手握住。

他集中精神，拚命傳送念力給陰影夫人。他不知道她能不能聽見這種以心神傳送的命令，也不知道她會不會聽令行事，但他還是不停傳送念力，傳送一道迅捷鋒利的意念之箭：

那扇門！快看那扇門！快看！快看！

打雷般的列車聲響充滿了整個世界。一個女人尖叫我的天啊，他要跳了！一隻手拍在他的肩膀上，想要把他拉回來。接著羅蘭把杰克．摩特的身體推過黃色警戒線，跳過月台邊緣。他掉進列車進站的路線中，雙手抓著胯下，抓著他要帶回去的行李……他當然可以把那些行李帶回去，不過前提是他的動作必須夠快，能在最恰當的時刻離開摩特。在他往下墜著時，他再次呼喚她——呼喚她們：

歐黛塔．霍姆斯！黛塔．渥克！趕快看！

在他呼喊時，在火車駛向他、輪子以閃著銀光的無情高速轉動時，槍客終於轉過頭，回頭看著那扇門。

而且直直看著她的臉。

兩張臉！

兩個人，我同時看見她們兩個人——

不——！摩特尖叫，在火車輾過他之前，在火車將他從腰部而不是從膝蓋一分為二之前，在這千鈞一髮之際，羅蘭衝向那扇門……然後穿過了那扇門。

杰克．摩特一個人死了。

彈藥盒和藥罐出現在羅蘭身體旁，他的手抽筋似的緊緊抓著它們，然後放鬆下來。槍客強迫自己站起來，發覺自己又穿回他病重、抽痛的身體，發覺艾迪．狄恩在尖叫，發覺歐黛塔用兩個聲音在尖叫。他看著——只看了一會兒——然後他眼中的景象確認了他耳裡聽見的聲音：不是一個女人，而是兩個女人。兩個女人都沒有腳，都是黑皮膚，都是極美的女人，但是其中一個女人是個女巫，她內在的醜陋並沒有因為外在的美麗而隱藏，反而更加突出。

羅蘭瞪著這對雙胞胎，事實上她們並不是雙胞胎，而是一個女人的正反兩面。他瞪著她，眼中帶著狂熱、催眠般的強烈情感。

然後艾迪再次尖叫，槍客看見龍蝦怪滾出海浪，趾高氣昂的走向黛塔留下艾迪的地方，艾迪五花大綁，絕望無助。

太陽落下，黑暗降臨。

14

黛塔在門裡看見自己，透過自己的眼睛看見自己，透過槍客的眼睛看見自己，她的錯置感和艾迪一樣突然，但卻更為暴烈。

的。

她在那裡。

她在這裡，在槍客的眼睛裡。

她聽見即將進站的列車。

歐黛塔！她尖叫，突然間了解了一切：了解她是什麼，還有那件事是在什麼時候發生的。

黛塔！她尖叫，突然間了解了一切：了解她是什麼，還有那件事是誰幹的。

一時間她感到五臟六腑好像要全部翻出來……然後是一個更痛苦的感覺。

她覺得自己被扯裂開來。

15

羅蘭搖搖晃晃的走下短坡，走向艾迪躺著的地方，他的行動看起來像一個沒了骨頭的人。一隻龍蝦怪抓向艾迪的臉，艾迪尖叫起來，槍客一腳踢開龍蝦怪。他遲鈍的彎下腰，抓住艾迪的手臂，開始把他往後拉，但已經太遲了，而且他的力氣也太弱了，牠們會抓到艾迪，可惡，他們兩個人都會——

艾迪再次尖叫，一隻龍蝦怪問著噠噠喳？然後從他腿上扯下一塊褲子和一塊肉。艾迪努力再發出尖叫，但卻只能發出窒息的喉音，黛塔的繩結快要將他勒死了。

怪物圍繞著他，愈靠愈近，鉗子飢渴的一開一合，喀嗒作響。槍客費盡最後一點力氣，用力拉扯……但卻往後跌去。他聽見牠們愈靠愈近，聽見牠們問著可憎的問題，雙鉗喀嗒作響。也許沒有那麼糟，他心想。他孤注一擲，死亡只是讓他失去一切而已，沒有什麼可惜。

他的手槍發出如雷巨響，他感到一陣呆滯的驚奇。

16

兩個女人面對面躺著，身體翹了起來，像兩隻即將採取攻勢的蛇，有著相同指紋的手指緊緊掐著有著相同紋路的脖子。

那個女人想要殺死她，但那個女人不是真的，就像那個女孩也不是真的一樣。她是一個夢，一塊磚頭落下，創造了這個夢……但現在那個夢成真了，那個夢掐著她的喉嚨，想要置她於死地，而槍客則忙著救他的朋友。那個成真的夢尖叫著髒話，灼熱的口水灑在她的臉上。『我拿了藍色的盤子因為那個女人害我進了醫院而且我沒有特製的盤子然後我毀了它因為它需要被毀掉然後我看見一個我可以毀掉的白人小鬼於是我就毀了他我傷害了那個白人小鬼因為他需要被傷害我在店裡偷東西那些商店只賣特製品給白人而我的兄弟姐妹卻在哈林區挨餓老鼠吃掉他們孩子，是我才對，妳這個婊子，是我才對，是我……是我……是我！』

殺死她，歐黛塔心想，但她知道她辦不到。

她殺了那個巫婆，自己也活不成，就像那個巫婆要是殺了她，也會從此一命嗚呼一樣。她們可以把對方勒死，讓艾迪和

（羅蘭）／（真正的大壞蛋）

那個呼喚她倆的男人在海邊被活活吃掉，讓所有人從此一了百了，或者她可以

（愛）／（恨）

放手。

歐黛塔放開黛塔的喉嚨，不理會那雙手仍然緊緊掐著她的脖子，擠壓著她的氣管。她並沒有用雙手掐住另一個她，而是用雙手緊緊擁抱另一個她。

『不，妳這個婊子！』黛塔尖叫著，但那聲尖叫卻是無比的複雜，既充滿了仇恨，又充滿了感激，『不，妳放開我，放開我——』

歐黛塔無法發出聲音回答。在羅蘭踢走第一隻攻擊的龍蝦怪，第二隻龍蝦怪準備從艾迪的手臂上抓下一塊肉大快朵頤時，她只能在巫婆女人的耳邊低語：『我愛妳。』

有那麼一會兒，那雙手緊緊捏成一個致命的絞刑索……然後鬆了開來。

不見了。

她再次感到五臟六腑被翻了出來……但接著，突然間，她感到喜悅充盈，感到自己完整了。自從一個名叫杰克．摩特的人在一個孩子頭上丟下磚頭後，她第一次感到自己完整了。那個孩子會在那裡，成為暴行的對象，全因為一個白人計程車司機只看了一眼就把車開走（還有她的父親為了保全尊嚴，擔心再碰釘子，拒絕再試一次）。她是歐黛塔．霍姆斯，但另一個……？

快一點，婊子！黛塔大吼……但那個聲音還是她的聲音；她和歐黛塔已經合而為一。她曾經是一個人，曾經是兩個人，現在槍客從她的身體裡引出了第三個人。快一點，不然他們就要變成怪物的大餐了！

她看著那幾盒子彈，現在沒有時間裝新子彈了，等她裝好他的槍，一切就來不及了，她只能誠心祈禱。

還有別的選擇嗎？她問自己，然後扣下扳機。

17

突然間她棕黑的雙手充滿了雷電。

艾迪看見一隻龍蝦怪逼近他的臉，牠滿是皺摺的雙眼死氣沉沉，但卻又閃著可怕的生命之光。牠的鉗子朝他的臉揮去。

噠噠——牠的問題還沒問完，就往後飛去，四分五裂，血肉模糊。

羅蘭看見一隻怪物飛向他揮舞的左手，心想：又有一隻手要完蛋了……然後龍蝦怪成了蝦殼和綠色內臟的混合物，飛向漆黑的天際。

他轉過頭，看見一個女人，她的美驚心動魄，她的憤怒教人膽寒。『來啊，操你媽的！』她尖叫，『你們儘管來啊！儘管來吃他們！我會把你們的頭轟得從屁眼裡跑出來！』

她射死第三隻怪物，那隻怪物正在艾迪張開的雙腿間迅速爬行，打算好好享用艾迪大餐，同時順便閹了他，但卻被一槍轟了出去。

羅蘭曾經懷疑怪物有基本的智能，現在他看見了證據。

其他怪物紛紛退去。

手槍出現了一顆啞彈，但隨即又再度開火，將一隻撤退中的怪物打成肉醬。

其他怪物更是加快腳步，逃回海裡，看來牠們已經沒了食慾。

此刻，艾迪即將窒息而死。

羅蘭笨拙的想解開深深陷入艾迪脖子的繩子。他看見艾迪的臉從紫色漸漸轉成黑色，掙扎的力氣愈來愈小了。

接著一隻更強壯的手把他的雙手推開。

『我來幫忙。』她的手上拿著一把刀……他的刀。

妳來幫什麼忙？在他的意識漸漸退去時，他這麼想著。現在我們全都任妳宰割了，妳到底還來幫什麼忙？

『妳是誰？』他的聲音低啞，比黑夜更深沉的黑暗開始向他襲來。

『我是三個女人。』他聽見她說，好像他正掉進一口深不見底的水井，而她正從井口對他喊話，『我曾經存在。那時我沒有權利存在，但我仍然存在。我是受你救命之恩的女人。

『我要謝謝你，槍客。』

她吻了他，他知道她吻了他，但在之後，有很長的一段時間，羅蘭什麼也不知道，只知道黑暗。

最後的洗牌

1

似乎有千年之久的時間，羅蘭未曾像現在一樣，將黑塔拋在九霄雲外。現在，他的腦袋裡只想著一件事：那隻跑到林間空地水池邊的小鹿。

他把槍靠在落下的圓木上，用左手拿槍，瞄準小鹿。

肉，他一邊想著，一邊扣下扳機，唾液溫暖的溢在嘴裡。

沒打中，槍客在子彈發射後，立刻懊惱的這麼想著。不見了，我的槍法……全部不見了。

小鹿在水池邊倒下，死了。

不久後，黑塔會再次佔據他的心神，但現在，他真心感謝神明他的槍法仍然神準，一心想著肉、肉、肉。他收槍入套——那是他唯一的一把槍——然後爬過圓木，在黃昏向晚之時，他一直耐心的躺在這塊圓木後，等著大得能填飽肚子的獵物接近水池。

我就快復元了，他拔出刀子，有些驚奇的想著。我真的快要復元了。

他沒有發現有個女人站在他身後，用棕黑色的眼睛打量著他。

2

在海灘盡頭的正面衝突後，他們有六天的時間只靠吃龍蝦肉、喝微鹹的溪水過活。羅蘭對那段時間沒有什麼記憶，在那段時間裡，他滿口胡言亂語、精神錯亂，有時候叫艾迪『艾倫』，有時候叫他『卡斯博』，但總是叫那個女人『蘇珊』。

他的燒漸漸退去，一行人踏上艱辛的山丘旅程。有時候女人坐在輪椅上，艾迪在後頭推；有時候則是羅蘭坐在輪椅上，艾迪背著女人，女人的雙手鬆鬆的圍著他的脖子。大多數時候山路都相當難行，輪椅根本無用武之地，因此三人前進的速度相當緩慢。羅蘭知道艾迪很累，女人也知道，但是艾迪從未抱怨。

他們有食物。在那段日子裡，羅蘭在生死交界掙扎，高燒不退，滿嘴說個不停，叨叨唸著早已逝去的歲月，早已死去的人物。艾迪和女人不停的獵殺，龍蝦怪漸漸不敢接近他們，但那時他們已經有了豐富的存糧，在他們終於抵達一片野草蔓生的空地時，三個人立刻拔起草來大吃特吃。他們非常需要蔬菜，事實上，只要是綠色的植物都行。漸漸的，他們皮膚上的瘡口慢慢癒合。有些草是苦的，有些是甜的，但不管嚐起來是什麼味道，他們照吃不誤……只有一種草例外。

那時槍客剛從疲累的瞌睡中醒來，看見女人拔起一把他再熟悉不過的草。

『不！那個不能吃！』他嘶啞的喊道，『絕對不能吃！在上頭做個標記，記起來！絕對不能吃！』

她盯著他看了許久，然後把草放下，一句話也不多問。

槍客躺回原地，嚇出了一身冷汗。也許有別的草會殺死他們，但女人剛才拔的草會將他們打入無間的地獄。那是鬼草。

凱復力讓他的胃部不時感到劇痛，他知道艾迪很擔心，但是吃草已經將胃痛控制住。

最後他們終於抵達真正的森林，西海的浪潮聲成了隱約的蜂鳴，只有在風勢正確的時候才能聽見。

而現在……肉。

3

槍客走近小鹿，用右手的無名指和小指拿著刀，想要剖開小鹿。沒有用。他的手指不夠有力。他改用遲鈍的左手，努力一番後，終於從小鹿的鼠蹊部到胸部割開一道口子。刀子讓熱氣蒸騰的鮮血從傷口裡流出，以免血液在肉裡凝結，糟蹋了肉……但那還是很拙劣的刀法，小娃兒都做得比他好。

你得學聰明點，他告訴他的左手，然後準備再切一刀，這次要切得更深。

兩隻棕黑的手抓住他的手，拿走了刀子。

羅蘭回過頭。

『我來。』蘇珊娜說。

『妳有經驗嗎？』

『沒有，不過你可以教我。』

『好吧。』

『是肉耶！』她說著，對他微微一笑。

『是的，』他說著，也對她微微一笑，『是肉。』

『發生什麼事啦？』艾迪大喊，『我聽見槍聲。』

『我們在準備感恩節大餐！』她喊了回去，『快來幫忙！』

不久後，他們像兩個國王與一個女王一樣，盡興享用美食。槍客昏昏欲睡，抬頭看著星辰，感受清新的高地空氣，不由得覺得在無數的年頭裡，這是他最接近滿足的一次。

他沉沉睡去，做了夢。

4

是那座塔。黑暗之塔。

它佇立在一片廣大的平原之上，垂死的太陽以暴烈之姿落下，將那片平原染成一片血紅。他看不見在磚牆後迴旋而上的樓梯，但是他可以看見與樓梯一起迴旋而上的窗戶，看見他曾經認識的人成了鬼魂，飄過窗戶。他們不停往上走，一陣乾枯的風吹來了人語，聲聲呼喚他的名。

羅蘭……來吧……羅蘭……來吧……來吧……來吧……

『我來了。』他低語道，然後倏然驚醒，直挺挺的坐了起來，滿身大汗，顫抖不已，好像還在發燒一樣。

『羅蘭？』

是艾迪。

『是的。』

『做惡夢？』

『惡夢，好夢，黑暗的夢。』

『是黑塔？』

『是的。』

他們望向蘇珊娜，但蘇珊娜仍然熟睡著，沒有受到驚擾。曾經有個叫做歐黛塔．蘇珊娜．霍姆斯的女人；之後又有個叫做黛塔．蘇珊娜．渥克的女人；現在則有了第三個女人：蘇珊娜．狄恩。

羅蘭愛她，因為她會奮戰到底，絕不投降；羅蘭害怕她，因為他知道他會犧牲她——還有艾迪——而不多問一句話，也不會回頭。

為了黑塔。

那該死的黑塔。

『該吃藥囉。』艾迪說。

『我再也不想吃藥了。』

『快吃藥，少囉嗦。』

羅蘭配著一只水袋裡冰涼的溪水，吞下藥，然後打了個飽嗝。他不在意，那是個充滿肉味的飽嗝。

艾迪問：『你知道我們要去哪裡嗎？』

『去黑塔。』

『呃，是這樣沒錯啦！』艾迪說，『但是那就像個從德州來的呆子，手上沒有地圖，卻嚷著要去阿拉斯加一個叫「痛屁眼」的地方。黑塔到底在哪兒啊？哪個方向？』

『把我的錢包拿來。』

艾迪遵命行事。蘇珊娜動了動，艾迪停下動作，行將熄滅的營火餘燼在他臉上映出紅色的火光與黑色的陰影。等她再次平靜下來，他便回到羅蘭身邊。

羅蘭在錢包裡摸索了一會兒，現在錢包裡裝了來自另一個世界的子彈，沉甸甸的。只消一會兒的工夫，他就在此生殘餘的物品中找到他要找的東西。

下巴骨。

黑衣人的下巴骨。

『我們在這裡待一會兒，』他說，『我會復元的。』

『你會知道自己什麼時候復元嗎？』

羅蘭微微一笑。顫抖漸漸止息，汗水在涼爽的夜風裡漸漸風乾。但是在他的心裡，他還是看見那些人影，那些從前的騎士、友人、愛人與敵人，他們不停的迴旋向上，在窗邊露出身影，隨即又消失不見。他看見禁錮著他們的黑塔在充滿無情試煉的血色死亡大地上，灑下一道長長的黑影。

『我不會知道，』他說著，對著蘇珊娜點點頭，『但她會知道。』

『然後呢？』

羅蘭舉起華特的下巴骨。『這個東西曾經開口說話。』

他看著艾迪。

『它會再次開口。』

『那很危險。』艾迪的聲音毫無抑揚頓挫。

『是的。』

『不只對你很危險。』

『是的。』

『我愛她，老兄。』

『是的。』

『如果你敢傷害她……』

『我只會做我必須做的。』槍客說。

『你不在乎我們嗎？是不是？』

『我愛你們。』槍客看著艾迪，艾迪看見行將熄滅的營火餘燼在羅蘭的臉頰上映出紅光，羅蘭在哭。

『那並沒有回答我的問題。你會繼續前進，對不對？』

『是的。』

『直到終點。』

『是的，直到最終的終點。』

『不惜一切代價。』艾迪看著他，眼中愛恨交織，此外還充滿了令人心疼的深情，就像一個人竭盡生命，絕望無助的伸出雙手，想要觸碰到另一個人的心靈、意志與渴求。

狂風吹拂，群樹嗚咽。

『你說起話來像亨利一樣，老兄。』艾迪也哭了起來。他不想哭，他討厭哭。『他也有一座塔，只不過不是黑色的。記得我跟你說過亨利的塔嗎？我們是兄弟，我猜我們也是槍客。就是那座白色的塔，他求我跟他一起去追尋那座塔，他也只能這麼求我，所以我便踏上旅程，因為他是我的哥哥，你懂吧？我們也抵達了。我們找到白塔了，但它有毒，它殺死了我哥，也想殺我。你找到我，你救的不只是我的命，還救了我那該死的靈魂。』

艾迪抱住羅蘭，親吻他的臉頰，嚐到淚水的味道。

『現在怎樣？再次踏上旅程？繼續前進，再跟大魔頭決一死戰？』

槍客沒有說話。

『我是說，我們還沒有遇過太多人，但是我知道他們在前面等著，而且只要有塔，就會有個大魔頭。你等待大魔頭出現，因為你想要跟大魔頭決一死戰，最後是有錢人的說話最大聲，或許在這裡應該是有子彈的人說話最大聲。所以怎樣？踏上旅程嗎？去跟大魔頭決一死戰？因為如果只是這些爛戲不停重播，你們兩個當初就應該把我留給龍蝦怪。』艾迪用掛著黑眼圈的眼睛看著他，『我一直都很髒，老兄。如果說我有什麼新發現，那就是我不想髒兮兮的死掉。』

『那不一樣。』

『不一樣？你是說你沒有上癮嗎？』

羅蘭沒有說話。

『誰會穿過什麼神奇的門來救你，老兄？你知道嗎？我知道。沒有人會來。你已經拉出所有可以拉的人，現在你唯一能拉出來的東西就是你那支該死的槍，因為你只剩下那點東西了，就像巴拉札。』

羅蘭沒有說話。

『你想知道我哥唯一教我的東西嗎？』他的聲音抽抽噎噎，因為流淚而模糊不清。

『想。』槍客說。他往前傾身，雙眼急切的盯著艾迪的雙眼。

『他告訴我，如果你殺了你的愛，你就會墮入地獄。』

『我已經墮入地獄了。』羅蘭冷靜的說，『但或許就算是墮入地獄的罪人也有得到救贖的一天。』

『你要把我們全都害死嗎？』

羅蘭沒有說話。

艾迪抓住羅蘭破爛的襯衫。『你要把我們全都害死嗎？』

『人皆有死。』槍客說，『不只是因為世界會前進。』他直直盯著艾迪，在這樣的火光下，他褪色的藍眼珠幾乎成了藍灰色，『但我們能活得轟轟烈烈！』他頓了一頓，『我們贏得的將不只一個世界，艾迪。我不會讓你和她冒險——如果可以的話，我也不會讓那個男孩死掉。』

『你在說什麼？』

『沒什麼。』槍客冷靜的說，『我們會前進，艾迪。我們會奮戰到底，我們會受傷，而且最後我們會屹立不搖。』

現在輪到艾迪不說話了，他想不到什麼話好說。

羅蘭輕輕抓住艾迪的手臂。『即使是墮入地獄的罪人也會愛。』他說。

5

最後艾迪在蘇珊娜的身旁睡著，

墮入地獄？

救贖？

黑塔。

他會抵達黑塔，他會在那裡吟唱他們的名字。他會在那裡吟唱他們的名字，他會在那裡吟唱每個人的名字。

太陽將東方染成暗淡的玫瑰色，羅蘭也不再是最後一個槍客，而是最後三名槍客之一。

他終於沉沉睡去，做了一個憤怒的夢，夢中只有一個令人寬心的藍色意念：

我將在那裡吟唱每個人的名字！

後記

《黑塔》系列的第二集就此完成了。《黑塔》是個長篇故事，總共有六集或是七集。第三集叫做《荒原的試煉》（The Waste Lands），詳述了羅蘭、艾迪和蘇珊娜長征黑塔的旅程，不過只說了一半；第四集則叫做《巫師與水晶球》（Wizard and Glass），描述一件魔幻奇事，和一個迷人的誘惑，但最主要是告訴讀者，羅蘭在踏上追尋黑衣人的旅途，並與讀者首次相遇之前，曾經發生什麼事。

《黑塔》系列的第一集與我最著名的故事風格迥異，但竟然能獲得如此廣大的回響，令我相當驚訝，在此我要向看過這本書，而且喜歡這本書的讀者，致上最誠摯的謝意。這部作品似乎就是我的黑塔，這些人物在我的心頭縈繞不去，尤其是羅蘭。如果問我，我真的知道黑塔是什麼，知道有什麼東西在黑塔等著羅蘭嗎？（當然，前提是他必須抵達黑塔才行，不過我要請各位做好準備，因為羅蘭很可能不會是抵達黑塔的那個人。）我的答案是我知道……而且也不知道。我只知道在十七年的歲月裡，這個故事一而再、再而三的呼喚我。這部略長的第二集仍然留下許多沒有回答的問題，而且故事的高潮也還遙不可及，但我覺得這一集比第一集完整多了。

而黑塔也更近了。

史蒂芬・金

一九八六年十二月一日

III 荒原的試煉

The Dark Tower
The Waste Lands

先讀為快

羅蘭通過了門的試驗，
把囚犯和陰影夫人牽引到他的世界；
但槍客往往為友伴帶來惡運，
他們能一起抵達最後的終點嗎？
接著，故事將由三名朝聖客在海灘最後一道門
對決後的幾個月講起……

第一部　傑克——一撮塵土裡的恐懼

熊與骨

1

這是她第三次拿著真槍實彈……也是首次從羅蘭給她的槍套裡拔出槍來。

他們有得是彈藥；羅蘭從艾迪・狄恩和蘇珊娜・狄恩的世界弄來了超過三百發的子彈。但彈藥充足並不表示可以任意揮霍，恰恰相反，老天爺最厭惡浪費之人。羅蘭開始是跟著父親，隨後跟著他最偉大的老師寇特，從他們兩人那裡學到了這個道理，至今仍奉行不渝。報應不是不到，而是時機未到，一旦時機成熟，就得付出代價……拖得愈久，報應就愈重。

若是話說從頭，一開始壓根就不需要彈藥。羅蘭玩槍的日子比坐在輪椅上的美麗褐膚女子想像的時間還要久。一開始，羅蘭只讓她用空槍模擬射擊，然後再從旁指導。她學得很快，她和艾迪都學得很快。

正如羅蘭所料，這兩人是天生的槍客。

今天羅蘭和蘇珊娜來到一塊林間空地，距離樹林裡的營地不到一哩，他們在營地已經住了將近兩個月，日子過得倒愜意，三人逐漸熟稔。羅蘭這名槍客的身體日漸康復，艾迪和蘇珊娜乘機學習這名槍客所能教導他們的種種知識：射擊，狩獵，把到手的獵物開膛破肚，處理動物皮毛、先延展再曝曬，善加利用獵物的每一部分、不可浪費；靠老人星辨認北方、靠老婦星辨認南方、傾聽森林的聲音，比如說他們身處的這一座，距離西海東北方約莫六十哩之遙。今天艾迪沒跟著出來，但羅蘭並不因此而覺得顏面盡失。他知道最難忘的一課往往是自己摸索出來的。

但無論怎麼學，最重要的課程仍是非學不可：如何射擊，如何彈無虛發。簡而言之，如何殺戮。

『最後機會，』羅蘭說道。『如果槍套不舒服──就算只有一點點不舒服──也馬上告訴我。我們不是來這裡浪費彈藥的。』

她冷冷的瞅了他一眼，剎那間，他還以為眼前的人是黛塔・渥克。這感覺曇花一現，就像朦朧的陽光在鋼條上一閃即逝。『要是槍套不舒服，我偏不告訴你，你又能怎麼樣？要是我六個都打不中，你又敢怎樣？像你那個老師揍你一樣揍我嗎？』

羅蘭微笑。這五週他笑的次數比之前的五年加起來還多。『我拿妳沒辦法，妳也知道。因為我們不是孩子，不是還沒有舉行成年禮的孩子。你可以打孩子讓他改正，不過──』

『在我的世界裡，上層社會的人也是不同意打孩子的。』蘇珊娜酸溜溜的說道。

羅蘭聳聳肩，很難想像那種世界──聖經上不也說『盼子成器，莫棄樺枝』嗎？──可是他也不相信蘇珊娜是騙他的。『妳的世界落伍了，』他說道，『很多事情都變了，我不就是最好的見證。』

『大概是吧。』

『不管怎麼說，妳和艾迪都不是孩子，我也不能拿你們像孩子一樣對待。如果有必要考試，你們就得過關。』

他雖沒有說出口，心裡卻想著海灘那一次。在那些龍蝦怪還沒剝了他和艾迪的皮之前，她就已經把三個東西轟回了姥姥家。他看見她會心的一笑，心想她只怕也想起了同一樁事。

『那要是我沒射中，你會怎麼樣？』

『我會瞪妳，我覺得我只需要瞪妳就夠了。』

她想了想，點頭。『大概吧。』

她又試了試槍帶，她是斜掛在肩上，羅蘭把它稱作『碼頭工人的飛抓』，狀似輕鬆，其實是花了好幾週的功夫練習、犯錯——而且還有許多的功夫適應——才總算弄對了。這條槍帶和這把槍柄是白檀木的，已見侵蝕痕跡，而插在上油的古老槍套裡的左輪槍，原是羅蘭這名槍客的；槍套本掛在他右臀，他花了五個星期才逐漸明白這付槍套是不會再掛到原來的地方了。拜那些龍蝦怪之賜，他已成了不折不扣的左撇子。

『到底怎麼樣？』他又問。

這次她抬頭對他笑。『羅蘭，這條老槍套好得很，不用你操心。你是要我練習射擊還是要我陪你坐著聽天邊的烏鴉叫？』

他感覺緊張伸出了銳利的爪子，在皮膚下抓刮，他想有時儘管寇特外表裝得魯莽吹噓，但心裡必然也有相同的感覺。他想要她變強……需要她變強，但如果太心急，只會反受其害。

『再把開槍的規矩說一遍，蘇珊娜。』

蘇珊娜誇張的嘆氣……但一開口，就收起了笑臉，黝黑美麗的臉變得嚴肅。從她口中，他又聽見了那古老的教條，藉她之口又有了新生命。他從未想過會從一個女子口中聽見這些話。但聽來卻那麼的自然……同時卻又那麼的奇詭危險。

『「不要用手瞄準；用手瞄準的人連自己親生父親的長相都不記得。

『「用眼睛瞄準。

『「不要用手射擊；用手射擊的人連自己親生父親的長相都不記得。

『「要用心射擊。

『「不要用槍殺戮——」』

她停住不說，指著巨岩上的雲母石片。

『反正我本來也沒要殺什麼，那些只是沒感覺的石頭。』

『不，』他說道。『不是石頭。』

她微微挑眉，又笑了起來。羅蘭偶爾會因為她動作慢或任性而對她破口大罵，但現在看來他並不打算罵人，起碼還不會。她的眼睛又閃爍著那種讓他聯想起黛塔·渥克的嘲弄光芒。

『不是嗎？』她的語氣調侃，仍沒有惡意，但羅蘭卻認為放任不理只會讓她得寸進尺。她很緊張、激動，爪子已經伸出了一半。

『不是，』他說，回應她的嘲弄。他自己也露出笑容，卻毫無笑意，『蘇珊娜，妳還記得那些操他媽的白鬼嗎？』

她的笑容變淡。

『牛津市的白鬼？』她倏然變色。

『妳記得那些白鬼對妳和妳的朋友做的事嗎？』

『才不是我呢，』她說。『是別的女人。』她的目光變得單調陰沉。他痛恨她這種眼神，可是也覺得滿不錯。這種眼神就對了，這意味著火種燒得很旺，不消多久更大的木頭就要引燃了……

【待續·摘自皇冠文化集團新書《黑塔III——荒原的試煉》】

國家圖書館出版品預行編目資料

黑塔II三張預言牌/史蒂芬・金 著. 馮瓊儀 譯.
--初版.--臺北市：皇冠文化. 2007〔民96〕
面；公分（皇冠叢書；第3653）（史蒂芬金選；3）
ISBN 978-957-33-2338-9（平裝）

874.57　　　96011757

皇冠叢書第3653種
史蒂芬金選 3

黑塔II三張預言牌

作　　者—史蒂芬・金　　譯　　者—馮瓊儀
發 行 人—平雲
出版發行—皇冠文化出版有限公司
台北市敦化北路120巷50號　電話◎02-2716-8888
郵撥帳號◎15261516號
香港星馬—皇冠出版社(香港)有限公司
總 代 理　香港灣仔告士打道88號19樓
電話◎2529-1778　傳真◎2527-0904
出版統籌—盧春旭　版權負責—莊靜君
編務統籌—金文蕙　外文編輯—馮瓊儀
美術設計—王瓊瑤　印　　務—林莉莉
行銷企劃—李邠如
校　　對—鮑秀珍・邱薇靜・金文蕙
著作完成日期—2003年
初版一刷日期—2007年8月

讀者服務傳真專線◎02-27150507
皇冠文化集團網址◎www.crown.com.tw
電腦編號◎508003　ISBN◎978-957-33-2338-9
Printed in Taiwan
本書定價◎新台幣360元/港幣120元